Un improbable partenariat

Le sceau de la vengeance

CAROL ERICSON

Un improbable partenariat

Traduction française de
FABRICE CANEPA

BLACK ROSE

HARLEQUIN

Collection : BLACK ROSE

Titre original :
THE SETUP

HARPERCOLLINS FRANCE
83-85, boulevard Vincent-Auriol, 75646 PARIS CEDEX 13
Service Lectrices — Tél. : 01 45 82 47 47 - www.harlequin.fr
ISBN 978-2-2804-6688-2 — ISSN 1950-2753

Composé et édité par HarperCollins France.
Imprimé en janvier 2022 par CPI Black Print (Barcelone)
en utilisant 100% d'électricité renouvelable.
Dépôt légal : février 2022.

FSC
www.fsc.org
MIXTE
Papier issu de sources responsables
FSC® C159065

Pour limiter l'empreinte environnementale de ses livres, HarperCollins France s'engage à n'utiliser que du papier fabriqué à partir de bois provenant de forêts gérées durablement et de manière responsable.

Prologue

Règle numéro quatre : la victime ne doit jamais être quelqu'un que vous connaissez personnellement.

Il observa pensivement la jeune femme allongée en position fœtale sur la banquette arrière de sa voiture. Il ne connaissait pas *réellement* Kelsey. Certes, il connaissait son nom et la croisait de temps à autre. Mais cela ne comptait pas vraiment. Après tout, elle ignorait son nom à lui et n'avait probablement même pas eu conscience de son existence.

Pas plus que Shelby et Marissa qui l'avaient précédée…

Un bruissement de feuillage le tira brusquement de ses réflexions, le faisant légèrement sursauter. Son cœur se mit à battre la chamade, mais pas aussi intensément que lorsque ses mains s'étaient posées sur Kelsey.

Tous ses sens en alerte, il scruta les alentours, cherchant ce qui avait pu provoquer ce bruit. Un éclair roux attira alors son regard, et il se détendit légèrement. L'écureuil tourna la tête dans sa direction et le considéra de ses petits yeux noirs et perçants avant de s'élancer vers une autre branche.

Se penchant vers Kelsey, il l'attrapa sous les aisselles et la tira hors de la voiture. Après l'avoir extraite du véhicule, il la traîna jusqu'à l'endroit qu'il avait repéré préalablement. Il se trouvait suffisamment près du sentier pour qu'un joggeur puisse apercevoir le corps avant que les animaux sauvages l'endommagent trop.

C'était une précaution qu'il avait omis de prendre pour Shelby, et il était bien décidé à ne pas renouveler ce genre d'erreur…

Le corps de Kelsey paraissait nettement plus lourd qu'il ne l'avait été de son vivant. Les fois précédentes, il avait été surpris par cette différence de poids. Mais il n'était plus un débutant à présent.

Après trois victimes, il pouvait se considérer comme un amateur éclairé – peut-être même comme un professionnel. Cette idée fit naître sur ses lèvres un sourire qui n'était pas dépourvu d'une pointe de fierté.

Parvenu à l'emplacement qu'il avait choisi, il étendit le corps de la jeune femme et se redressa pour souffler et essuyer la sueur qui perlait sur son front. Il considéra attentivement Kelsey. On aurait pu la croire simplement endormie sur ce lit de feuilles et de brindilles. Seul le cercle violacé qui ornait son cou trahissait la violence dont elle avait été victime.

Il regrettait un peu de ne pas avoir pu utiliser un couteau comme il le faisait autrefois avec les opossums qu'il capturait pour les mettre à mort. Il aimait le sang. Mais il avait parfaitement conscience du risque que cela représentait. Et il ne pouvait se permettre de laisser la moindre trace qui permettrait de remonter jusqu'à lui.

Une odeur de pins et de citrus flottait dans l'air, fraîche et étrangement stimulante. Il aurait bien voulu pouvoir s'attarder un peu auprès de Kelsey, mais savait que le temps lui était compté. S'agenouillant auprès d'elle, il aligna ses bras le long de son corps et étendit ses jambes de façon que la pointe de ses bottines soit tournée vers le ciel.

Il observa de nouveau les alentours, à l'affût du moindre

mouvement suspect. Mais il n'y avait personne en vue. À sa connaissance, aucune caméra susceptible de le trahir ne se trouvait dans cette partie du parc.

Du bout de ses doigts gantés, il épousseta son jean et rabattit une mèche de cheveux blonds, qui tombait sur le visage de la jeune femme. S'écartant légèrement, il la considéra avec attention. Étendue là, elle paraissait presque aussi parfaite et intouchable que lorsqu'elle était encore en vie.

Malgré lui, il sentit s'éveiller le désir qu'il avait éprouvé en la voyant pour la première fois. Il aurait aimé pouvoir le satisfaire mais craignait que son ADN ne le trahisse. Mieux valait assouvir cette pulsion avec l'une des prostituées anonymes qui travaillaient le long de Hollywood Boulevard. C'était déjà ce qu'il avait fait, juste après avoir assassiné Shelby et Marissa.

Avant de partir, il ne lui restait plus que deux actes à accomplir. Tirant une carte à jouer – la dame de cœur – de la poche arrière de son jean, il la glissa entre les lèvres de Kelsey. Puis il sortit son cutter et entreprit de découper l'auriculaire gauche de la jeune femme – le trophée qui signerait son crime.

1

— L'absence de saignement indique qu'elle était déjà morte lorsqu'il a sectionné son auriculaire, commenta Jake McAllister en soulevant légèrement la main gauche de la victime. Est-ce qu'on a retrouvé les traces d'un véhicule ? De toute évidence, ce n'est pas ici qu'elle s'est fait tuer.

Billy Crouch, son coéquipier, secoua la tête.

— Il y a trop de marques de pneus pour que l'on puisse isoler celles laissées par le tueur, déclara-t-il d'un air sombre. Il n'y a pas non plus dans les parages de caméras qui nous permettraient de repérer les voitures qui sont passées dans le coin depuis l'heure de la mort.

— Il n'y avait pas non plus de caméras aux environs de la première scène de crime, remarqua Jake. Ce type a pris toutes ses précautions.

Il se redressa et huma l'odeur des pins qui flottait dans l'air. Un mouvement dans un arbre tout proche attira alors son attention, et il avisa un écureuil perché sur l'une de ses branches et qui l'observait attentivement.

Griffith Park était l'une des rares oasis de verdure au cœur de la jungle d'asphalte et de béton qu'était Los Angeles. Le parc abritait un zoo, un observatoire, une salle de concert et un manège pour chevaux. Il s'étendait sur plus de mille sept cents hectares, offrant aux joggeurs, aux promeneurs et aux cavaliers des kilomètres de pistes et de sentiers.

Malheureusement, c'était aussi un endroit très apprécié de tous ceux qui cherchaient à se débarrasser discrètement d'un corps, et l'on en retrouvait plusieurs chaque semaine.

— C'est la deuxième fille que nous retrouvons avec un doigt amputé et une carte à jouer entre les lèvres, dit Jake.

Billy souleva ses lunettes de soleil et tourna vers lui un regard interrogateur.

— Tu crois qu'il s'agit du Joueur ? s'enquit-il.

Jake secoua la tête.

— Non, sûrement d'un *copycat*, déclara-t-il. Le Joueur n'a pas fait une seule victime depuis la série de meurtres qu'il a commis, il y a près de vingt ans. Soit il est mort, soit il est allé s'installer ailleurs…

— Il a très bien pu se faire arrêter pour viol, pour meurtre ou pour vol à main armée, à l'époque, remarqua Billy. Et, s'il avait entre vingt et trente ans lorsqu'il a été mis en tôle, il en a entre quarante et cinquante aujourd'hui. C'est bien assez jeune pour reprendre là où il s'était arrêté à l'époque.

— Possible, concéda Jake. Malheureusement, cela ne nous avancerait pas beaucoup. On n'a jamais retrouvé d'empreintes digitales ni d'échantillons d'ADN du Joueur. Il n'y en avait pas non plus sur la première victime de cette série-ci.

— Espérons que le tueur se sera montré moins précautionneux, cette fois-ci, soupira Billy en s'épongeant le front à l'aide du mouchoir de batiste immaculé qu'il venait de tirer de sa poche.

Jake se redressa et observa avec une pointe d'amusement le costume trois-pièces impeccable que portait son coéquipier.

— Tu ne crois pas que tu es un peu trop habillé pour l'occasion ?

Le jeune afro-américain leva un sourcil, feignant d'être choqué par la question.

— On n'est jamais trop habillé, protesta-t-il. Pas lorsque l'on porte un costume Savile Row, en tout cas.

— J'oubliais que j'avais affaire au Dandy, répondit Jake en esquissant une révérence moqueuse.

C'était le surnom dont il avait affublé Billy, quelques jours après que tous deux s'étaient rencontrés. Son coéquipier était indéniablement l'une des personnes les plus élégantes qu'il lui ait été donné de rencontrer au sein de la police de Los Angeles.

En fait, Billy était un véritable esthète qui accordait une grande importance à ses tenues vestimentaires mais aussi aux vins qu'il buvait, aux restaurants qu'il fréquentait ou aux femmes avec lesquelles il sortait. Sur ce plan, cependant, il avait fini par renoncer à jouer les bourreaux des cœurs, le jour où il avait épousé la ravissante Simone.

Malheureusement, le couple avait été mis à rude épreuve par la vie de policier que menait Billy. Jake aurait voulu pouvoir épargner à son partenaire les affres du divorce que lui-même avait traversé. Mais il savait que, tout comme lui, Billy était avant tout marié à son métier. Et rares étaient les femmes qui le supportaient…

— Est-ce que je peux relever les empreintes ?

Jake se tourna vers Clive Stewart, le spécialiste envoyé par la police scientifique.

— Bien sûr, répondit-il. Mais je ne suis pas sûr que tu trouves quoi que ce soit. Le type n'a pas laissé l'arme qu'il a utilisée pour découper le doigt. Essaye la carte à jouer, par acquit de conscience. Et le cou, au cas où il l'aurait étranglée sans mettre de gants. Mais il n'avait commis aucune erreur de ce genre, la dernière fois.

Tandis que Clive se mettait au travail, Jake s'éloigna du

corps pour inspecter les alentours. C'était encore le début de la matinée, mais l'air était déjà brûlant.

Sortant son téléphone portable, il commença à prendre des photos des badauds qui s'étaient amassés de l'autre côté de la bande de rubalise jaune qui délimitait la scène de crime. Il n'avait jamais vraiment compris la fascination morbide qu'inspirait ce genre d'événement. Mais il savait que certains tueurs aimaient revenir en simples témoins sur les lieux pour se repaître une dernière fois des conséquences de leurs actes.

Comme il passait en revue le petit groupe de curieux, il aperçut un visage familier qui lui inspira un juron étouffé. Que faisait-elle là ? Avant qu'il ait pu aller le lui demander, Billy lui tapota l'épaule.

— Tu rêves, J-Mac ? lui demanda-t-il.

Jake se tourna vers lui.

— Notre tueur voulait que le corps soit découvert rapidement, reprit alors son coéquipier. Il a été abandonné à proximité du sentier, de façon à être bien en vue de ceux qui passeraient par là. En revanche, il ne tenait pas à ce que nous identifiions instantanément la victime. Elle n'a sur elle ni portable, ni papiers d'identité, ni aucun objet personnel.

Jake hocha la tête, cherchant de nouveau le visage qu'il avait entrevu précédemment. Mais elle n'était plus là. Ne sachant s'il devait se sentir inquiet ou soulagé par cette brusque disparition, il se remit à prendre des photos.

— Tu espères que le tueur se trouve parmi eux ? s'enquit Billy.

— Pourquoi pas ? admit-il.

— Le Joueur ne revenait jamais sur les lieux de ses crimes.

— Pas que nous sachions, concéda Jake. Mais cela

vaudrait peut-être le coup de jeter un nouveau coup d'œil aux photos prises à l'époque.

— Je suis convaincu que nous y aurons droit, opina Billy. Le patron va probablement créer une force opérationnelle, maintenant qu'il est établi que nous avons affaire à un tueur en série.

Des bips impérieux se firent entendre, et Jake jeta un coup d'œil à l'écran de son téléphone portable.

— Apparemment, il t'a entendu, Dandy, plaisanta-t-il. Castillo réunit tout le monde au poste à 4 heures pour discuter de l'affaire. Et je suis censé arriver une demi-heure en avance.

— Il y a des chances pour qu'il te confie la direction de l'équipe, déclara Billy. J'espère que tu n'avais pas de projets personnels au cours des prochaines semaines.

— Voyons, ironisa Jake, tu sais bien que je n'ai pas de vie personnelle.

Billy le connaissait trop bien pour s'aviser de le contredire.

À 3 h 28, Jake frappa à la porte du capitaine Castillo, le responsable du district nord-est de la police de Los Angeles. Ce dernier appréciait la ponctualité chez ses subordonnés, et aucun d'entre eux ne s'avisait jamais d'arriver en retard lorsqu'il leur donnait rendez-vous.

— Entrez, lança Castillo d'une voix bourrue.

Jake pénétra dans le bureau de son supérieur qui reposa le dossier qu'il était en train de lire.

— McAllister, le salua-t-il. Content de vous voir.

Jake inclina respectueusement la tête.

— J'imagine que vous vouliez parler de ce double meurtre, dit-il en prenant place sur la chaise que Castillo lui désignait.

— En effet. La seconde victime vient tout juste d'être

identifiée. Il s'agit d'une certaine Kelsey Lindquist. Elle semble n'avoir aucun lien avec Marissa Perez. Toutes deux ne se connaissaient pas, ne vivaient pas dans le même quartier et ne travaillaient pas ensemble.

— Toute la question est donc de savoir comment le tueur les a rencontrées et choisies. Nous savons que Marissa utilisait un service de rencontres en ligne. Est-ce que c'était aussi le cas de Kelsey Lindquist ?

Castillo tapota l'épais dossier qui se trouvait devant lui.

— Votre partenaire a commencé à analyser les données que nous avons retrouvées sur l'ordinateur de la victime, répondit-il. Et elle ne semble pas avoir fréquenté le site en question.

— On dirait que Billy n'a pas chômé pendant que j'étais au tribunal. Comment a-t-on identifié la victime aussi rapidement ?

— On a repéré la voiture de Kelsey Lindquist sur le parking d'un supermarché où elle était allée faire des courses, hier soir. La portière était entrouverte, et son sac à main et son portable se trouvaient encore à l'intérieur. Le patron du magasin a appelé la police et, en voyant sa carte d'identité, l'agent a immédiatement reconnu la photo de la victime que nous avions diffusée.

— Est-ce qu'elle avait un petit ami ?

— Oui. Mais il a un alibi en béton.

— Est-ce qu'il est venu identifier le corps ?

Castillo secoua tristement la tête.

— Ce sont les parents qui doivent le faire, répondit-il.

Il poussa le dossier en direction de Jake.

— Je veux que vous vous chargiez de cette enquête, ajouta-t-il. Vous serez assisté par une force opérationnelle que j'ai constituée pour l'occasion.

— Vous pensez qu'il va recommencer.

Ce n'était pas une question.

— J'en suis convaincu, déclara Castillo. Et j'imagine que le FBI finira par entrer dans la danse. Mais, tant que les corps seront retrouvés dans notre juridiction, nous serons en pointe sur ce dossier.

— Le Joueur a fini par s'arrêter de lui-même, remarqua Jake.

— Après six victimes, lui rappela Castillo. J'espère que nous parviendrons à arrêter son *copycat* avant que nous en arrivions là.

— Vous ne pensez pas qu'il puisse s'agir du Joueur lui-même ?

— Cela me semble peu probable, répondit Castillo. Il est très rare qu'un tueur en série laisse s'écouler tant de temps entre deux séries de victimes.

— Billy pense qu'il aurait pu déménager et commettre ses crimes dans un autre État ou même à l'étranger, objecta Jake. Ou bien, passer vingt ans en prison…

— C'est toujours une possibilité, concéda Castillo. Si jamais c'était le cas, vous devriez consulter Quinn.

Castillo n'eut pas besoin de préciser de qui il voulait parler : la réputation de Roger Quinn n'était plus à faire. L'ancien inspecteur aujourd'hui retraité était toujours considéré comme l'un des plus brillants enquêteurs ayant jamais travaillé pour la police de Los Angeles. Son seul échec avait été de ne pas être parvenu à capturer le Joueur, vingt ans auparavant.

— Est-ce qu'il vit toujours du côté de Venice Beach ?

— Je crois que oui. Posez la question à Ned Verona. Il connaît très bien Quinn.

Castillo se leva, et Jake l'imita aussitôt.

— Les autres doivent nous attendre en salle de réunion, déclara le capitaine. Je me chargerai de la présentation du dossier. Mais, si vous ou Crouch avez quoi que ce soit à ajouter, n'hésitez pas à intervenir.

Jake hocha la tête et glissa le dossier sous son bras avant de suivre Castillo dans le couloir. Ils gagnèrent la salle de conférences où étaient réunis plusieurs inspecteurs du service ainsi qu'un certain nombre de civils.

Après avoir brièvement salué l'assistance, Castillo fit éteindre la lumière et, s'appuyant sur une série de photos et de diapositives, il se lança dans un compte rendu détaillé de ce que l'enquête avait jusqu'alors permis d'établir. Il exposa ensuite le fonctionnement de la force opérationnelle et indiqua que Jake en serait le chef.

Lorsque les lumières se rallumèrent, Castillo fit signe à Jake de le rejoindre sur l'estrade.

— Est-ce qu'il y a des questions ? demanda-t-il alors.

— Quel est le nom de code de cette enquête ? s'enquit l'un des inspecteurs. « Le Joueur – le retour » ?

La suggestion suscita une vague de rires, mais Castillo ne semblait pas goûter l'ironie.

— Si nous ne voulons pas créer la panique, nous devrions éviter aussi longtemps que possible de mentionner le Joueur, déclara-t-il. La presse se chargera bien de faire le rapprochement au bout d'un moment. Mais le plus tard sera le mieux.

Tandis qu'il parlait, Jake avait passé en revue l'équipe que son supérieur avait rassemblée pour le seconder. Il aperçut alors le visage familier qu'il avait remarqué le matin même, à proximité de la scène du crime. Sa vue suffit à dissiper l'enthousiasme qu'il avait jusqu'alors éprouvé en découvrant ses collaborateurs.

Pourquoi avait-il fallu que Castillo la mêle à cette affaire ?

La mort dans l'âme, Jake répondit aux questions qui lui étaient adressées. Lorsque la réunion prit fin, il suivit

Castillo dans le couloir. Mais, avant qu'il ait eu le temps de lui parler, ce dernier se fit aborder par le lieutenant Alicia Fields.

Ravalant son impatience, Jake attendit pendant que tous deux s'entretenaient à mi-voix. Il sentit alors quelqu'un tirer doucement un pan de sa veste et se retourna pour faire face à Kyra Chase.

— On dirait que nous allons travailler ensemble, McAllister, lui dit-elle.

L'amusement manifeste qui faisait briller les grands yeux bleus de Kyra ne fit qu'attiser la colère qui bouillonnait en lui.

2

Jake McAllister était furieux et ne cherchait pas même à le cacher. Ses yeux couleur noisette semblaient lancer des éclairs, comme s'ils cherchaient à la transpercer de part en part.

Kyra ne s'était pas attendue à ce qu'il l'accueille à bras ouverts dans son équipe. Mais elle n'avait pas non plus anticipé une telle antipathie. Avant qu'il ait eu le temps de lui répondre, cependant, ils furent rejoints par le capitaine Castillo.

— Jake, je crois que vous connaissez déjà Kyra Chase, lui dit-il. Elle a fait du très bon boulot dans le cadre de l'enquête que Verona a menée sur les règlements de comptes entre gangs, il y a quelques mois de cela. Grâce au soutien qu'elle a apporté aux victimes et à leurs familles, nous avons pu établir d'excellentes relations et même obtenir de précieuses informations.

— J'ai effectivement entendu parler d'elle, grommela Jake qui lui tendit la main, visiblement à contrecœur. Mademoiselle Chase, je suis l'inspecteur Jake McAllister.

Elle lui serra la main en s'efforçant d'ignorer l'animosité qui faisait étinceler son regard.

— Vous pouvez m'appeler Kyra, lui dit-elle avec un enjouement forcé. Le capitaine Castillo m'a chargée d'intervenir auprès des familles des victimes. Je serai l'interface entre elles et vous.

— Est-ce que vous établirez aussi le profil psychologique du tueur ? lui demanda-t-il.

Kyra secoua la tête.

— Ce n'est pas de mon ressort.

— Vous m'en voyez rassuré, rétorqua-t-il sèchement. Je regrette que votre collègue n'ait pas fait preuve de la même humilité professionnelle.

Kyra faillit lui répondre qu'elle n'était pas responsable des erreurs de jugement de Lizbeth Kruger, mais s'abstint de le faire. Ce n'était pas uniquement par solidarité envers celle-ci. Si elle devait travailler avec Jake, il lui faudrait gagner sa confiance. Et ce n'était certainement pas en médisant de ses anciens collaborateurs qu'elle se ferait respecter.

— Les Lindquist doivent venir demain pour identifier le corps de leur fille, déclara alors Castillo. J'aimerais que vous soyez tous deux présents et que vous vous comportiez de façon civile, ajouta-t-il en adressant un regard appuyé à Jake.

— Je me conduis toujours de façon civile, rétorqua ce dernier.

Le lieutenant Alicia Fields, qui était demeurée à portée de voix, ne put réprimer un petit ricanement moqueur.

— N'en croyez pas un mot, Kyra, lui dit-elle. Mais si vous avez du mal à collaborer avec cet ours mal léché n'hésitez pas à venir me voir. Je connais bien l'animal.

— Je suis sûre que l'inspecteur McAllister et moi parviendrons à nous entendre, déclara Kyra d'un ton nettement plus convaincu qu'elle ne l'était réellement. J'ai entendu dire que vous étiez l'un des meilleurs enquêteurs du département, ajouta-t-elle à l'intention de Jake. Et je suis sûre que j'apprendrai beaucoup à vos côtés.

Ce n'était pas un mensonge : Kyra savait que McAllister était l'un des inspecteurs les plus prometteurs de Los Angeles. Le taux de résolution dont son partenaire Billy Crouch et lui pouvaient se targuer était le plus élevé de la ville, tous services confondus.

— Je vous contacterai demain matin, pour que nous puissions nous organiser, déclara Jake d'un ton plus résigné qu'enthousiaste.

— J'attendrai votre appel, acquiesça-t-elle.

Il la salua d'un petit signe de la tête et s'éloigna à grands pas. Tout en le suivant des yeux, Kyra se demanda si le rôle que lui avait confié Castillo au sein de la force opérationnelle ne serait pas plus ingrat qu'elle ne l'avait imaginé.

Elle était pourtant bien décidée à ne pas se laisser décourager aussi facilement. Car cette affaire lui permettrait peut-être enfin de tourner ce qui avait été la page la plus sombre de son existence…

De retour chez elle après plus de deux heures perdues dans les embouteillages monstres de Los Angeles, Kyra se servit un verre de vin blanc et alla s'installer sur son canapé avec la copie du dossier d'enquête que leur avait remis Castillo lors de la première réunion de la force opérationnelle.

Pour se détendre, la plupart des gens aimaient se plonger dans un bon livre. Elle préférait de loin décortiquer les affaires de meurtre passées et présentes sur lesquelles elle pouvait mettre la main. Mais, cette fois-ci, il ne s'agissait pas d'un simple cas d'école mais bien d'une enquête en cours à laquelle elle avait été invitée à participer.

Elle commença par relire en détail les différents rapports

de police que Castillo leur avait résumés, prenant des notes au fur et à mesure. Elle cherchait notamment à établir tous les points communs qui pouvaient exister entre les deux victimes qui avaient été retrouvées.

Elle dut rapidement se rendre à l'évidence : en l'état actuel de leurs découvertes, l'unique véritable fil rouge entre les deux meurtres provenait du mode opératoire qu'avait employé l'assassin – l'ablation de l'auriculaire gauche des victimes et la carte à jouer glissée entre leurs lèvres.

Pour l'instant, la presse ignorait tout de ces détails macabres. Le moment venu, la police ne divulguerait probablement que l'une de ces caractéristiques de façon à pouvoir écarter plus facilement les faux témoignages qui ne manqueraient pas d'affluer.

Il s'agirait probablement de la carte à jouer qui, vingt ans auparavant, avait déjà valu son surnom au Joueur. Le fait que le tueur en série ait également découpé l'auriculaire de ses victimes avait été passé sous silence et n'était connu aujourd'hui encore que de très peu de monde.

Il serait intéressant de découvrir comment le nouveau tueur – s'il s'agissait bien d'un *copycat* – avait eu vent de ce détail. Était-il un admirateur du Joueur ? Se prenait-il pour lui ? Ou bien avait-il juste décidé de s'inspirer de l'un des rares tueurs en série qui n'avait jamais été identifié ?

La plupart du temps, les criminels de ce genre finissaient par tomber entre les mains de la police – le plus souvent parce que le tueur finissait par devenir arrogant et par se trahir. D'autres se livraient volontairement, souhaitant plus que tout jouir de la notoriété que leur valaient leurs forfaits.

Mais le Joueur avait tout simplement cessé de tuer, tout comme certains de ses plus illustres prédécesseurs, de Jack l'Éventreur au tueur du Zodiaque. Et, en dépit des efforts des nombreux policiers, journalistes et auteurs qui s'étaient successivement penchés sur le dossier, personne n'était jamais parvenu à déterminer son identité.

Après avoir parcouru l'ensemble du dossier, Kyra reposa son verre vide et quitta le canapé pour gagner sa chambre à coucher. Elle ouvrit la porte qui donnait sur un vaste dressing. La présence d'une telle pièce constituait une exception parmi les appartements à loyer modéré de Santa Monica, et c'était l'une des raisons pour lesquelles Kyra avait choisi celui-ci.

Elle écarta une rangée de chemisiers qui dissimulaient un coffre-fort. Lorsqu'elle eut tapé le code, la porte métallique s'ouvrit. Elle écarta son passeport, son certificat de naissance et les papiers concernant son placement en famille d'accueil pour récupérer une épaisse enveloppe en papier kraft usée par le temps.

Sans prendre la peine de refermer le coffre, elle regagna le canapé et se resservit un verre de vin pour se donner le courage de rouvrir l'enveloppe. Les documents qu'elle contenait retraçaient toute l'histoire de la vague de meurtres commis par le Joueur, vingt ans auparavant.

Six auriculaires coupés. Six femmes dont les seuls points communs étaient d'être âgées d'une vingtaine d'années et d'avoir de longs cheveux blonds. Curieusement, les deux victimes du *copycat* ne correspondaient pas à ce signalement. Était-ce un hasard ? Le nouveau tueur avait-il cherché à se distinguer de son prédécesseur ? Ou fallait-il attribuer à ce détail un sens particulier ?

Kyra passa en revue les photos des six victimes originelles et s'arrêta longuement sur celle qui lui tenait le plus à cœur. Comme toujours lorsqu'elle la regardait, elle sentit sa gorge se serrer sous l'effet de l'émotion. Mais pour la première fois de sa vie il ne s'agissait plus simplement d'une histoire passée, d'un drame révolu.

Deux nouvelles jeunes femmes étaient mortes. Deux familles étaient aujourd'hui endeuillées. Et Kyra était bien décidée à ce qu'une telle chose ne se reproduise pas. Ils devaient impérativement retrouver le tueur avant qu'il sévisse de nouveau. Et elle ferait tout ce qui était en son pouvoir pour contribuer à sa capture.

Forte de cette conviction, Kyra reposa son verre à moitié vide et regagna sa chambre. Là, elle troqua le tailleur qu'elle avait porté ce jour-là contre un jean noir, un T-shirt et un sweat-shirt à capuche de couleur sombre. Elle enfila une paire de baskets et alla récupérer le pistolet qu'elle gardait dans son coffre-fort.

Elle vérifia qu'il était chargé et que la sécurité était bien enclenchée, puis glissa l'arme dans son sac à main. Après avoir rangé le dossier du Joueur et verrouillé le coffre, elle quitta son appartement.

En l'espace de deux heures, la circulation s'était résorbée, et elle ne tarda pas à rejoindre la voie rapide numéro deux qui permettait de rallier Hollywood. Elle prit ensuite la direction de Griffith Park et régla son GPS de façon à retrouver la route qu'elle avait empruntée le matin même pour se rendre sur les lieux du crime.

Elle s'y était rendue dès qu'elle avait appris qu'une deuxième victime du *copycat* avait été découverte. Mais, lorsqu'elle était arrivée, ses collègues de la brigade criminelle étaient déjà à pied d'œuvre. Elle avait aperçu McAllister et savait que lui aussi l'avait repérée.

Tous deux avaient eu la même idée : observer les badauds qui se trouvaient sur place en espérant que le tueur serait parmi eux. Kyra n'avait remarqué personne de particulièrement suspect. Mais les photos qu'avait prises Jake s'avéreraient peut-être très utiles, une fois qu'ils connaîtraient mieux les habitudes et les fréquentations des victimes.

Elle aurait bien voulu pouvoir jeter un coup d'œil à la scène de crime proprement dite, mais ne s'était fait aucune illusion à ce sujet. Elle connaissait la réputation de McAllister et savait à quel point il détestait les psychologues qui travaillaient pour la police. Il les considérait au mieux comme des gêneurs qui l'empêchaient de faire correctement son travail.

Elle aurait préféré que l'enquête soit confiée à Ned Verona, qu'elle connaissait bien et qui l'appréciait beaucoup. Mais il s'agissait d'une affaire aussi délicate que sensible : lorsque la presse aurait vent de ces meurtres, le maire de la ville, le capitaine Castillo et l'inspecteur en charge du dossier seraient soumis à une énorme pression.

McAllister était incontestablement le mieux placé pour y faire face. Lorsqu'il était sur une enquête, il avait la réputation d'être aussi tenace qu'un bouledogue. Et il travaillait comme un véritable forcené, de jour comme de nuit.

Kyra se gara sur le bas-côté de Griffith Park Drive, non loin de l'ancien zoo de Los Angeles aujourd'hui déserté. Il faisait déjà presque nuit, mais elle s'était munie d'une lampe torche qu'elle tira de son sac et alluma. Suivant le sentier pédestre qui conduisait à la scène de crime, elle s'efforça d'ignorer la nervosité qui montait en elle.

Il y avait très peu de chances pour que le tueur se trouve dans les parages. D'après le médecin légiste, Kelsey Lindquist avait été assassinée au cours de la nuit précédente. Ce crime avait dû apaiser momentanément la pulsion meurtrière du tueur. Mais il n'était probablement pas le seul esprit dérangé à errer au cœur de Griffith Park au beau milieu de la nuit.

Kyra tendit l'oreille. Mais tout ce qu'elle pouvait entendre, c'était le crissement des feuilles desséchées sous les semelles de ses baskets et le bruissement du vent dans les branches d'arbres. Elle prit alors conscience du fait qu'elle était en train de parcourir le même chemin que le tueur.

Il avait dû se garer à peu près au même endroit qu'elle avant de traîner le corps de sa victime sur quelques dizaines de mètres, jusqu'à la clairière où il l'avait abandonnée. La police avait relevé les traces qu'il avait laissées et qu'elle était probablement en train de suivre.

— Est-ce que c'est toi ? murmura-t-elle. Est-ce que tu es revenu ? Si c'est le cas, je te promets que tu ne t'en tireras pas à si bon compte, cette fois-ci. Je te tuerai de mes propres mains s'il le faut.

Comme en réponse à ce qu'elle venait de dire, elle entendit un craquement sec sur sa droite. Instantanément, elle plongea la main dans son sac et sortit son arme qu'elle braqua sur la silhouette qu'elle devinait sur sa droite, dans le sous-bois.

— Les mains en l'air ! s'exclama-t-elle. Un pas de plus et je tire !

3

La lueur de la lampe torche braquée sur lui l'empêchait de discerner les traits de la jeune femme qui venait de l'interpeller, mais il reconnut aussitôt sa voix. À son ton, il comprit qu'elle ne plaisantait pas.

— Je suis Jake McAllister de la police de Los Angeles, répondit-il en levant les mains comme elle lui avait demandé de le faire.

— McAllister ? s'exclama-t-elle, surprise. C'est Kyra, Kyra Chase.

— Est-ce que je peux approcher ? lui demanda-t-il prudemment.

Il ne tenait pas à ce qu'elle panique et lui tire dessus.

— Bien sûr, acquiesça-t-elle en abaissant sa lampe vers le sol. Je suis désolée. Sur le moment, je me suis dit…

— Que j'étais peut-être le tueur revenu sur les lieux du crime ? fit-il en allumant sa propre lampe.

Il se dirigea vers elle.

— Il ne ferait pas une chose pareille, ajouta-t-il. Pas le soir même, en tout cas.

— C'est ce que je me disais aussi, acquiesça Kyra. Du moins jusqu'à ce que je vous entende approcher.

— Que faites-vous ici ?

— La même chose que vous, probablement, répondit-elle lorsqu'il la rejoignit sur le sentier.

— Vous n'êtes pas inspectrice, que je sache, objecta Jake.

— Croyez-le ou non, j'aime connaître une affaire sur le bout des doigts avant de rencontrer les familles des victimes, répliqua-t-elle un peu sèchement. Il n'y a rien de pire que de donner l'impression à des gens qui souffrent que la police ne fait pas tout ce qui est en son pouvoir pour leur venir en aide. Je m'efforce donc de rassembler toutes les informations disponibles de façon à répondre à leurs questions le plus précisément possible.

— C'est tout à votre honneur, répondit-il d'un ton qui se voulait conciliant. Mais je ne suis pas sûr que vous ayez besoin de vous aventurer seule dans les bois au beau milieu de la nuit pour cela.

— Je suis parfaitement capable de me défendre, objecta-t-elle. Et je suis armée.

— Quel pistolet utilisez-vous ? lui demanda-t-il.

— Un M&P 22 Compact, répondit-elle sans hésiter.

Au moins, elle connaissait la marque de son arme.

— C'est un bon pistolet, acquiesça-t-il.

— Et je tiens à préciser que j'ai un permis de port d'armes en règle, ajouta-t-elle sur un ton de défi. Est-ce que vous voulez le voir ?

— Le permis ou le pistolet ? rétorqua-t-il du tac au tac.

Elle hésita, prise de court par sa réponse.

— Ce ne sera pas nécessaire, ajouta-t-il. J'ai déjà eu l'occasion de voir un M&P 22. Quant au permis, je n'ai pas de raison de douter de votre parole.

— Je vais y aller, déclara-t-elle alors.

— Déjà ? Mais vous venez tout juste d'arriver.

— Depuis combien de temps m'espionniez-vous ? demanda-t-elle, méfiante.

— Je ne vous espionnais pas, objecta-t-il. Je vous ai entendue approcher en vous parlant tout bas.

Kyra ne put réprimer un soupir.

— Je ne sais pas très bien ce que je m'attendais à trouver en venant ici, reconnut-elle. Est-ce que vous avez découvert quelque chose, de votre côté ?

— À part vous, rien d'intéressant, concéda-t-il en souriant. Je vais vous raccompagner jusqu'à votre voiture.

— Ce n'est pas la peine, répliqua-t-elle.

— Griffith Park n'est pas l'endroit le plus sûr au monde, objecta-t-il.

— Je vous rappelle que je suis armée.

D'un geste vif, Jake se saisit de son sac à main et le rabattit sur le côté. Non seulement elle n'avait plus accès à son arme mais, en plus, la lanière du sac lui enserrait la gorge. Elle lui asséna un coup sur le bras. Il n'était pas dénué de force, mais ne suffit pas à lui faire lâcher prise. Au bout de quelques instants, il libéra le sac, qui retomba lourdement contre sa hanche.

— Qu'est-ce qui vous a pris ? s'exclama-t-elle, furieuse.

— Je tenais juste à vous démontrer que porter une arme à feu ne suffit pas toujours, répondit-il posément. Au contraire, même, cela peut vous donner un sentiment de sécurité trompeur qu'un adversaire pourrait exploiter.

— Cela ne démontre pas grand-chose, rétorqua-t-elle. Je n'aurais jamais laissé s'approcher autant quelqu'un que je ne connaîtrais pas.

La remarque n'était pas entièrement dénuée de fondement. Mais Jake ne tenait pas à ce que Kyra se promène seule de nuit dans ce parc désert alors qu'un tueur en série était en liberté, cherchant peut-être sa prochaine victime.

— Laissez-moi juste vous raccompagner jusqu'à votre voiture, insista-t-il.

Elle haussa les épaules d'un air fataliste et se détourna pour rejoindre l'endroit où elle avait garé son véhicule.

— Nous y voici, lui dit-elle lorsqu'ils l'eurent atteint.

— Parfait, acquiesça-t-il. Je vous souhaite une bonne nuit, mademoiselle Chase…

— Kyra, le reprit-elle.

— Kyra. Castillo m'a donné votre numéro. Je vous enverrai un message pour vous dire à quelle heure nous devons retrouver les parents de Kelsey Lindquist à la morgue.

— D'accord, lui dit-elle. À demain.

Il la regarda monter en voiture en s'interrogeant sur la véritable raison de sa présence en ces lieux. Se remémorant le soliloque qu'il avait surpris quelques minutes auparavant, il songea qu'il ne s'agissait pas d'une affaire comme une autre, à ses yeux.

De toute évidence, elle s'était impliquée émotionnellement dans cette enquête. Toute la question était de savoir pourquoi…

Le lendemain matin, Jake se gara sur le parking visiteurs de l'hôpital universitaire de Los Angeles. Le vénérable bâtiment abritait les services de la morgue municipale, et il s'y rendait régulièrement. Mais cela ne l'empêchait pas d'avoir le blues chaque fois qu'il venait ici.

Réprimant un soupir, il récupéra sa veste, qu'il avait posée sur la banquette arrière pour ne pas la froisser, et se dirigea à grands pas vers l'entrée principale. Il attendit de se trouver à l'intérieur pour l'enfiler. L'été avait été relativement doux, cette année-là, mais en ce début du mois de septembre le vent de Santa Ana s'était brusquement levé, et une chaleur étouffante s'était abattue sur la ville.

Après avoir soigneusement boutonné sa veste, Jake prit une profonde inspiration. Il détestait par-dessus tout ces séances d'identification post-mortem en compagnie des parents des victimes.

Nombre d'entre eux s'effondraient en découvrant le corps de leur proche. Et ceux qui tenaient le coup étaient presque pires, car Jake savait que tôt ou tard cette façade se lézarderait avant de s'effondrer totalement. Perdre un enfant était l'une des épreuves les plus difficiles que quiconque puisse traverser.

Au moins, cette fois-ci, il ne serait pas seul. Il ne lui restait plus qu'à espérer que Kyra serait un peu plus compétente que sa collègue, Lizbeth Kruger.

Kyra se trouvait là, le jour où Jake s'en était pris à Lizbeth, l'insultant copieusement en face de tous leurs collègues et l'accusant d'être responsable de la mort de Jacinda.

Cet éclat lui avait valu une mise à pied temporaire accompagnée d'un blâme, mais il ne regrettait absolument pas de s'être emporté de la sorte. À ses yeux, c'était Lizbeth qui avait commis une faute grave – et elle n'avait pas même été réprimandée par leur hiérarchie.

Jake chercha Kyra des yeux. Ils s'étaient donné rendez-vous dans le hall de l'hôpital. Combien de fois avait-elle déjà participé à ce type d'identification ? En tant que thérapeute spécialisée dans le soutien aux familles, elle devait être une habituée de ce genre de circonstances…

Il se demanda soudain à quoi pourrait bien ressembler une séance de thérapie avec elle. Lui-même était forcé de fréquenter régulièrement un psychologue depuis sa confrontation avec Lizbeth. Il n'était toujours pas certain de comprendre l'intérêt de la chose.

Certes, son enfance n'avait pas toujours été facile. Mais pouvait-il réellement en vouloir à son père d'avoir abusé de la boisson ? Des tas de flics en faisaient autant – et certains d'entre eux comptaient parmi ses amis…

Il aperçut alors Kyra, qui se tenait près du couloir menant aux bureaux du coroner. Ce jour-là, elle était vêtue d'une jupe beige qui lui arrivait juste au-dessous du genou et d'un chemisier blanc. Elle paraissait apprécier les tenues claires.

Lorsque leurs regards se croisèrent, le sourire qu'elle lui adressa était purement mécanique, dénué de toute chaleur – tout comme la façon dont elle lui avait répondu au téléphone. Il avait préféré l'appeler en personne plutôt que de lui envoyer un simple SMS, mais elle n'avait pas semblé sensible à cette attention.

Sans doute lui en voulait-elle toujours pour ce qui s'était passé la veille au soir. Mais Jake n'avait strictement aucun regret à ce sujet : il ne tenait pas à ce qu'une collègue qui se trouvait sous sa responsabilité prenne des risques inutiles – particulièrement si cela n'entrait pas dans ses attributions.

— Bonjour, lui dit-il en jetant un coup d'œil au sac à main qu'elle portait en bandoulière.

Il se demandait si elle y avait glissé le Smith & Wesson avec lequel elle l'avait menacé à Griffith Park.

— Bonjour, répondit-elle.

Ses yeux étaient d'un bleu arctique, ce matin-là. Il espéra qu'elle saurait se montrer plus chaleureuse envers la famille de Kelsey. Lorsqu'il lui avait parlé de Kyra, Verona n'avait pas tari d'éloges. Mais Jake savait qu'il se laissait facilement impressionner par un joli minois et une belle paire de jambes. Or il devait bien reconnaître que, sur ce plan, Kyra avait été généreusement dotée par la nature.

— David et Marie ne devraient pas tarder à arriver, déclara-t-elle alors. Nous devrions aller nous assurer que le légiste est prêt à nous recevoir.

— Je m'en charge, acquiesça-t-il.

Il emprunta le couloir pour aller parler à l'infirmier de garde, qui lui confirma qu'ils étaient bien attendus et que l'autopsie n'aurait lieu que le lendemain. Cette précision soulagea beaucoup Jake. Il était infiniment plus difficile pour les familles de procéder à une identification lorsqu'elles savaient que leur proche avait déjà subi une telle procédure.

Lorsqu'il revint trouver Kyra, elle était en pleine conversation avec un couple qui devait avoir à peu près la cinquantaine. Il n'eut pas besoin de présentations pour deviner qu'il s'agissait des parents de Kelsey. La douleur et le manque de sommeil qui se lisaient sur leurs visages étaient suffisamment éloquents. La mère avait un regard égaré, et le père se mouvait comme un zombi.

Kyra, par contraste, semblait soudain rayonner d'empathie et de gentillesse, comme si elle s'efforçait de communiquer un peu de son énergie à ces pauvres gens. Jake savait qu'il ne s'agissait probablement que d'un masque, une technique que devaient développer tous les thérapeutes. Mais il ne pouvait s'empêcher de réagir, lui aussi, à l'aura apaisante qui émanait d'elle.

— Monsieur et madame Lindquist, je vous présente Jake McAllister. C'est l'inspecteur en charge de l'enquête concernant Kelsey. Jake, je vous présente David et Marie Lindquist.

Jake serra la main que lui tendait David. Plus précautionneusement, il prit ensuite celle de Marie entre les siennes et la pressa doucement, s'efforçant de lui communiquer par ce geste un peu de réconfort.

— Je vous présente toutes mes condoléances, lui dit-il.

— Merci, inspecteur, murmura Marie.

Elle jeta un coup d'œil en direction de son époux avant de se tourner de nouveau vers Jake.

— Pouvez-vous nous dire ce qui s'est passé exactement ? lui demanda-t-elle d'une voix légèrement tremblante.

David détourna le regard. Visiblement, sa femme et lui ne réagissaient pas de la même façon à la mort de leur fille. Elle voulait en savoir le plus possible, sans doute pour prendre pleinement conscience de la réalité de ce drame. Lui, au contraire, ne paraissait pas particulièrement désireux de connaître les détails de ce qui s'était produit.

Jake comprenait les deux attitudes. Au cours de sa carrière, il avait eu maintes fois l'occasion d'observer à quel point les réactions des gens étaient différentes face à la violence et à la mort.

— Je répondrai à toutes les questions que vous me poserez, répondit-il donc prudemment. Mais vous devez comprendre que dans l'intérêt de l'enquête nous devons garder certains détails secrets.

— L'essentiel, c'est que vous capturiez le salopard qui a fait ça, déclara David.

En plus du désespoir, il y avait de la colère dans sa voix. Jake le regarda droit dans les yeux.

— Je vous promets que nous ferons tout ce qui est en notre pouvoir pour retrouver le coupable, lui assura-t-il.

Il aurait voulu promettre plus, mais savait que c'était impossible. Ce qui s'était produit vingt ans auparavant démontrait malheureusement que certains criminels échappaient à la justice en dépit de tous les efforts déployés par les enquêteurs.

— Vous savez que vous n'êtes pas obligés de procéder à cette identification, dit-il aux Lindquist. Si vous préférez ne pas le faire, nous pouvons parfaitement procéder à un test ADN ou prendre une empreinte dentaire.

Jake se sentait tenu de le leur indiquer mais, au fond de lui, il estimait préférable que les parents de Kelsey la voient de leurs propres yeux. Il était en effet convaincu que cela les aiderait à faire leur deuil. Évidemment, Kyra était censée les assister dans ce moment difficile. Mais il n'avait qu'une confiance très limitée dans les pouvoirs et les bienfaits de la psychologie.

— Nous devons le faire, répondit Marie. Ce ne serait pas juste que Kelsey entreprenne seule ce voyage. Je ne sais pas si ça a du sens pour vous…

— Bien sûr que si, s'exclama Kyra en posant une main sur son épaule.

David, quant à lui, paraissait nettement moins convaincu. Il gardait les yeux résolument fixés sur le linoléum qui recouvrait le sol et paraissait presque absent, comme si rien de tout cela ne le concernait réellement. Jake n'était pas dupe, évidemment. Il savait que les plus grandes souffrances étaient souvent muettes.

Ils suivirent tous quatre le couloir qui menait aux bureaux du coroner, puis empruntèrent l'ascenseur qui desservait le sous-sol.

— Est-ce que l'homme qui a tué Kelsey est le même que celui qui a tué cette pauvre fille, il y a deux semaines ? murmura David à Jake.

— C'est ce que nous pensons, en effet. Et nous avons formé une équipe spéciale pour tenter de le retrouver avant qu'il récidive.

Tout en parlant, il constata que Kyra et Marie s'entretenaient à voix basse. Avec un peu de chance, la jeune femme recueillerait des informations concernant Kelsey, qui pourraient être utiles à leur enquête. S'il fallait en croire Castillo et Verona, elle avait un véritable don pour cela.

Ils empruntèrent le couloir carrelé qui menait à la morgue. Jake pressa la sonnette qui était installée près du chambranle et, quelques instants plus tard, un médecin légiste vint leur ouvrir. Jake sentit alors un courant d'air froid les happer.

Réprimant un frisson, il pénétra dans la pièce au fond

de laquelle étaient alignés des placards métalliques dont l'utilité ne paraissait que trop évidente.

— Jake, dit Sean, le légiste. Mademoiselle Chase.

— Sean, je te présente M. et Mme Lindquist.

Le médecin les salua d'un signe de tête.

— Je vous présente toutes mes condoléances, déclara-t-il d'un ton grave.

Les parents de Kelsey hochèrent la tête. David paraissait plus mal en point encore que son épouse, et Jake se rapprocha de lui au cas où il viendrait à défaillir. Fort heureusement, Sean avait pris soin d'extraire le corps de Kelsey de son tiroir et de l'étendre sur une civière, au milieu de la pièce. Il était recouvert d'un drap blanc immaculé.

Jake se demanda alors s'il tiendrait à voir le corps de sa propre fille, en de telles circonstances. Après réflexion, il estima que tel serait probablement le cas.

— Je vais vous montrer son visage, leur indiqua alors Sean. Est-ce que vous vous sentez prêts ?

Les parents acquiescèrent de nouveau, et il rabattit précautionneusement le drap. Marie laissa échapper un petit gémissement inarticulé. Jake ne pouvait s'empêcher de fixer le visage sans vie de la jeune femme.

— Est-ce bien votre fille ? demanda gravement Sean.

— Oui, répondit Marie. C'est bien Kelsey.

Sa voix résonna étrangement dans la pièce, se réverbérant sur les murs carrelés et les portes métalliques.

David vacilla légèrement sur lui-même, et Jake se rapprocha encore, posant la main sur son épaule pour le soutenir.

— Vous pouvez sortir, si vous voulez, souffla-t-il.

David secoua la tête.

— Ce n'est pas ma fille, murmura-t-il d'une voix étouffée. Ça ne peut pas être elle.

Jake jeta un coup d'œil à Marie, qui contemplait son mari d'un air sidéré. Croisant son regard, elle secoua la tête. Il comprit alors qu'il avait sans doute sous-estimé la détresse de David Lindquist. Incapable d'accepter la réalité, ce dernier préférait se réfugier dans le déni.

— Kelsey avait un piercing au nez, reprit David.

— Le médecin a dû l'enlever, objecta Marie.

Elle se tourna vers Sean, quémandant une confirmation.

— Nous avons retiré ses bijoux, annonça ce dernier. Et nous les tenons à votre disposition. Mais elle n'avait pas de piercing…

— C'était un diamant, insista David. Dans sa narine droite…

Sean se rapprocha du corps et hocha la tête.

— La narine est bien percée, dit-il. Mais je vous assure qu'elle ne portait pas de bijou.

— Il ne me semble pas non plus en avoir vu, intervint Jake. Lorsque nous l'avons retrouvée au parc, précisa-t-il. Se pourrait-il qu'elle l'ait enlevé ?

David secoua la tête.

— Elle venait juste de se faire percer la narine, objecta-t-il. Et elle le portait tout le temps…

— C'est vrai, soupira Marie. Mais c'est bien elle, David. C'est bien Kelsey…

Son mari ne répondit pas. Jake n'aurait su dire si c'était parce qu'il s'était rendu à l'évidence ou tout simplement parce qu'il était à court d'arguments. Sean recouvrit alors le visage de Kelsey.

— Allons-y, suggéra Jake en rouvrant la porte. Merci, Sean.

David fut le premier à sortir précipitamment. Les autres lui emboîtèrent le pas. Dans un silence pesant, ils retraversèrent le couloir, reprirent l'ascenseur et regagnèrent le hall de l'hôpital. Par comparaison avec la morgue, il paraissait surchauffé et bruyant.

— Est-ce que ça va ? murmura Jake à l'intention de David Lindquist.

— Je vais bien, répondit ce dernier avant de tourner vers sa femme un regard chargé de reproches. Nous n'avions pas besoin de venir ici, lui dit-il d'un ton accusateur. Nous savions que c'était elle. Quel besoin avais-tu de remuer le couteau dans la plaie ?

La colère qui montait en lui l'aidait à chasser le désarroi, la douleur et l'angoisse qui l'étreignaient quelques instants auparavant. Marie, au contraire, semblait avoir perdu le courage et la volonté dont elle était parvenue à faire preuve jusqu'ici.

— Je sais que cela n'a pas dû être facile pour vous, monsieur Lindquist, déclara Jake d'un ton conciliant. Mais grâce à vous nous avons obtenu une information qui pourrait s'avérer très importante.

David le considéra avec étonnement.

— Si Kelsey portait bien ce bijou lorsqu'elle s'est fait attaquer, cela signifie que c'est le tueur qui le lui a pris, expliqua Jake. Et cela nous donne une indication précieuse à son sujet…

4

— Vous croyez que c'est un trophée ? s'enquit Kyra.

Ils venaient de prendre congé des Lindquist, et la jeune femme leur avait promis de passer les voir dans les jours qui suivaient. Jake quitta des yeux la voiture du couple, qui s'éloignait sur le parking, et regarda la jolie blonde dans les yeux.

— Je vais demander une nouvelle fouille du site où l'on a découvert le corps, répondit-il prudemment. Nous inspecterons aussi sa voiture et le parking où elle a été repérée, au cas où le piercing aurait été arraché lors de l'enlèvement de Kelsey.

— Et si on ne le retrouve pas ?

— Il reste la possibilité qu'elle ne l'ait pas porté ce jour-là, quoi qu'en disent ses parents. Mais, si c'est bien le tueur qui l'a pris, c'est un élément intéressant. Rares sont ceux qui collectent un double trophée.

— Ça n'était pas le cas du Joueur, remarqua Kyra.

— En effet, concéda Jake.

— Est-ce qu'on sait si Marissa s'est également fait voler l'un de ses bijoux ?

Jake secoua la tête.

— Pour le moment, rien ne nous permet de l'affirmer. Mais nous pourrions interroger ses proches à ce sujet. Est-ce que vous avez déjà pris contact avec ses parents ?

— Pas encore, répondit-elle. Ils habitent dans un autre État. Mais je compte les appeler. Et je vais également rencontrer les amis des victimes qui en feront la demande.

— N'hésitez pas à les interroger au sujet des bijoux. Nous essayerons de nous mettre en contact avec ceux qui ne souhaitent pas recourir à vos services.

Jake desserra légèrement sa cravate. La chaleur paraissait plus accablante encore que lorsqu'il était arrivé, peut-être parce qu'ils sortaient juste d'une salle réfrigérée. Kyra, elle, ne semblait pas particulièrement incommodée, et il se sentit un peu jaloux de la résistance dont elle faisait preuve.

Elle parut deviner le cours de ses pensées et observa pensivement le ciel.

— Le vent de Santa Ana est impitoyable, cette année. Espérons qu'il ne cause pas trop d'incendies.

C'était ce qui se produisait presque chaque année, et le réchauffement climatique n'arrangeait rien à la chose. Jake se demandait parfois si, d'ici quelques dizaines d'années, la Californie ne finirait pas par devenir complètement inhabitable en cette saison.

— Oui, espérons-le. Tenez-moi au courant au cas où vous apprendriez quoi que ce soit des amis de Marissa ou de Kelsey. Je dois reconnaître que j'ai été impressionné par la façon dont vous êtes parvenue à établir le contact avec les Lindquist, ce matin…

Elle leva un sourcil légèrement moqueur.

— Cela semble vous surprendre, remarqua-t-elle.

Il haussa les épaules.

— Disons que mes précédentes expériences avec les professionnels de votre domaine ne m'ont pas forcément convaincu, déclara-t-il.

Elle ouvrit la bouche pour lui répondre mais fut interrompue par la sonnerie de son portable. Le tirant de sa poche, elle jeta un coup d'œil à l'écran.

— Il faut que je prenne cet appel, lui dit-elle avant de décrocher. Je suis à vous tout de suite, ajouta-t-elle à l'intention de son correspondant avant de se tourner de nouveau vers Jake. Faites de même de votre côté.

— De même ? répéta-t-il, surpris.

— Tenez-moi au courant si vous avez du nouveau.

Sur ce, elle se détourna et se dirigea à grands pas vers sa voiture en devisant avec son interlocuteur téléphonique. Jake la suivit d'un regard noir. Elle ne paraissait pas comprendre qu'ils ne se trouvaient pas sur un pied d'égalité, dans cette affaire. Il était l'inspecteur chargé de l'enquête et elle, une experte censée lui apporter son aide.

Alors même que cette pensée lui venait à l'esprit, il sentit une pointe de culpabilité monter en lui. Il n'avait pas pour habitude de se montrer aussi autoritaire envers les gens avec lesquels il collaborait et cherchait au contraire à encourager le travail en équipe.

Il avait parfaitement conscience de se montrer injuste envers Kyra. Mais il ne lui avait pas menti : il avait d'excellentes raisons de se défier des psychologues, psychiatres et autres psychanalystes. S'il n'avait tenu qu'à lui, il n'en aurait intégré aucun à la force opérationnelle qu'il pilotait.

Malheureusement, Castillo lui avait imposé la présence de la jeune femme, et il allait bien devoir apprendre à faire avec…

Une heure plus tard, de retour au poste de police, Jake se rendit dans le bureau de Billy qui était en train de s'entretenir au téléphone avec son teinturier. En attendant qu'il ait terminé son appel, il feuilleta le dossier concernant le meurtre de Marissa.

— Alors, J-Mac, comment s'est passée cette identification ? lui demanda son coéquipier lorsqu'il eut enfin raccroché.

— Aussi bien que possible, répondit Jake en haussant les épaules d'un air fataliste. En revanche, les parents nous ont signalé un détail qui pourrait s'avérer intéressant.

— Je suis tout ouïe…

— Apparemment, Kelsey avait un piercing au nez, un diamant dont elle ne se séparait jamais. Or elle ne l'avait plus à la morgue. On n'a rien retrouvé de tel à Griffith Park ni sur le parking ?

— Pas que je sache, répondit Billy en fronçant les sourcils. En tout cas, s'il s'agit d'un second trophée, cela tendrait à confirmer que nous n'avons pas affaire au Joueur.

— Il faudrait encore s'assurer que Marissa a également perdu quelque chose de ce genre. Est-ce que Jenkins et Washington ont eu le temps de se rendre au parking où l'on a retrouvé sa voiture ?

Billy hocha la tête.

— Y avait-il des caméras qui pourraient nous être utiles, dans les parages ?

— Oui. Ils sont en train de visionner les enregistrements qu'ils ont récupérés en ce moment même. Est-ce que tu veux envoyer des équipes à Griffith Park et au parking pour vérifier que le diamant ne s'y trouve pas ?

— Je préférerais en avoir le cœur net, acquiesça Jake.

— Et Kyra Chase ? lui demanda Billy alors qu'il était sur le point de quitter son bureau.

Jake lui lança un regard interrogateur.

— Comment cela s'est-il passé, avec elle ? précisa son partenaire. Elle était bien à la morgue avec toi, n'est-ce pas ?

— Oui. Et je dois avouer qu'elle a fait du bon boulot avec les parents. Particulièrement avec la mère de Kelsey.

Billy laissa échapper un petit sifflement mi-admiratif, mi-moqueur.

— Vu la haute opinion que tu as des psys, c'est une véritable déclaration d'amour, s'exclama-t-il.

— Très drôle, grommela Jake, refusant de céder aux provocations de son camarade. Je vais aller éplucher les rapports qui ont dû s'accumuler sur mon bureau depuis hier. Ensuite, j'appellerai Roger Quinn.

— L'inspecteur qui menait l'enquête sur le Joueur ?

— Lui-même.

— Tu crois qu'il peut avoir des informations intéressantes ?

Jake haussa les épaules.

— Aucune idée. Mais il est celui qui connaît le mieux le dossier. Et comme nous avons affaire à un *copycat* il aura peut-être des suggestions intéressantes. Nous n'avons rien à perdre à lui poser la question, en tout cas…

— Au fait, j'ai entendu dire que les fédéraux s'intéressaient de très près à notre affaire.

— Ce n'est pas étonnant, soupira Jake. Ils savent que nous sommes en présence d'un tueur en série et qu'à tout moment il peut franchir les limites de notre juridiction. Très franchement, j'espère que nous l'aurons coincé d'ici là. Cela nous évitera à tous de jolis maux de tête.

Jake avait suffisamment travaillé avec le FBI pour savoir que ce genre de collaboration s'accompagnait toujours de luttes d'influence, de guerres entre services, de temps perdu et parfois, hélas, de morts inutiles.

Après avoir lu le rapport concernant la voiture de Kelsey retrouvée sur le parking du supermarché, Jake appela le petit ami de la jeune femme pour prendre rendez-vous avec lui. Son alibi ne laissait aucun doute quant à son innocence, mais il pourrait peut-être leur communiquer des informations précieuses sur l'emploi du temps et les habitudes de la jeune femme.

En recoupant ces données avec celles concernant Marissa, ils parviendraient peut-être à découvrir un point d'intersection de leurs deux existences et à comprendre comment le tueur choisissait ses victimes.

Jake ouvrit alors le carnet dans lequel il avait noté les coordonnées de Roger Quinn que lui avait transmises Ned Verona. Ce dernier lui avait signalé que Quinn vivait quasiment en reclus depuis le décès de son épouse, quelques années auparavant. Il ne sortait quasiment plus de chez lui et ne fréquentait plus grand monde.

Verona, qui faisait partie du cercle très restreint de ses amis, avait pris soin de le prévenir de l'appel de Jake. Mais, quand ce dernier composa le numéro de téléphone fixe, il tomba immédiatement sur un répondeur et dut se contenter de laisser un message.

— Inspecteur Quinn, ici l'inspecteur Jake McAllister de la brigade criminelle du district nord-est de Los Angeles. Je dirige la force opérationnelle chargée de…

Une voix bougonne l'interrompit au beau milieu de sa phrase.

— Je sais qui vous êtes. Vous pouvez passer à la maison aujourd'hui à 6 heures pour en discuter.

Sans attendre sa réponse, Quinn lui donna son adresse et raccrocha. Sidéré, Jake considéra le combiné de son téléphone. De toute évidence, les rumeurs qui couraient au sujet de l'ex-inspecteur n'étaient pas exagérées.

Partagé entre amusement et agacement, Jake se replongea dans son travail jusqu'à 5 heures. Sachant qu'il lui faudrait bien trois quarts d'heure pour se rendre chez Quinn, il quitta alors son bureau et s'arrêta brièvement dans celui de Castillo.

— Je vais chez Quinn, lui indiqua-t-il. Il m'a accordé une audience à 6 heures précises… sans me demander mon avis.

Un sourire ironique se dessina sur les lèvres de son supérieur.

— Dans ce cas, vous ne devriez pas traîner, lui dit-il. Mais ne vous en faites pas trop, J-Mac. Quinn n'est pas commode, mais ce qu'il déteste par-dessus tout ce sont les imbéciles. Et vous avez la chance de ne pas en être un. En réalité, vous me faites un peu penser à lui, lorsqu'il était plus jeune. Alors, qui sait ? Cette entrevue sera peut-être pleine d'enseignement pour vous. Vous aurez un aperçu de ce qui vous attend d'ici quelques années…

Préférant ne pas répondre à cette prédiction de mauvais augure, Jake gagna le garage du poste de police pour récupérer sa voiture de service. Après s'être débarrassé de sa veste et de sa cravate, il démarra et poussa la climatisation à fond.

La chaîne d'informations en continu lui apprit que le vent de Santa Ana avait causé les premiers départs de feu dans les canyons de Malibu. Pour le moment, les pompiers étaient parvenus à les contenir, mais ils espéraient que le vent tomberait rapidement.

Lorsque Jake quitta la voie rapide pour s'engager sur Lincoln, il constata sans surprise que les embouteillages de l'après-midi commençaient déjà à se former. Quand il atteignit enfin Santa Monica, en bord de mer, il coupa la climatisation et abaissa sa vitre pour profiter de l'air marin.

Il ne tarda pas à rejoindre le dédale de ruelles qui constituaient le quartier de Venice Beach et chercha une place à proximité des canaux qui étaient censés reproduire ceux de Venise en Italie.

Jake n'était pas sûr de comprendre comment Abbot

Kinney, le riche entrepreneur qui avait imaginé et fait ériger ce quartier, avait bien pu croire qu'une plage californienne au bord du Pacifique pourrait ressembler à la fameuse capitale des doges.

Ce qui était certain, en revanche, c'est que plus d'un siècle plus tard cet endroit constituait toujours un havre de paix et de tranquillité pour ceux qui avaient la chance de posséder une maison le long des canaux.

Évidemment, ce n'était pas son modeste salaire d'inspecteur qui avait permis à Roger Quinn de s'installer dans ce paradis pour multimillionnaires. Mais Charlotte, son épouse aujourd'hui décédée, avait gagné beaucoup d'argent en publiant des romans policiers à succès – s'inspirant probablement en partie des expériences de son mari.

Jake finit par se garer sur une place de livraison et descendit de voiture pour longer à pied l'un des canaux secondaires. Il le traversa en empruntant un petit pont et finit par atteindre l'adresse que Quinn lui avait donnée. Sa maison était de taille relativement modeste, comparée à certaines de ses voisines. Par une fenêtre entrouverte s'échappait un air de jazz.

S'approchant de la porte peinte en rouge vif, Jake frappa. La musique s'interrompit brusquement et, quelques instants plus tard, la porte s'ouvrit, révélant la silhouette de Quinn. Sans dire un mot, il observa très attentivement Jake, qui se prit soudain à regretter de n'avoir pas remis sa veste et sa cravate.

Quinn était grand et il avait dû être athlétique, autrefois. Mais l'âge l'avait amaigri. Ses traits étaient creusés, ce qui faisait ressortir des yeux qui possédaient un éclat intense, témoignant d'une intelligence acérée et d'un esprit toujours alerte.

— Roger Quinn, se présenta-t-il en tendant une main décharnée à Jake. Tout le monde m'appelle Quinn.

Jake lui serra la main et fut surpris par la fermeté de sa poigne, qui contredisait l'impression de faiblesse physique qui émanait de lui.

— Inspecteur Jake McAllister, répondit-il. Vous pouvez m'appeler Jake.

— Je croyais qu'on vous appelait J-Mac ?

Jake ne put s'empêcher de sourire. Pour un ermite, Quinn semblait très bien renseigné sur les us et coutumes de la division.

— C'est vrai, monsieur.

— Pas « monsieur ». Juste Quinn, répliqua ce dernier en s'écartant pour le laisser entrer.

Il referma la porte derrière Jake.

— Vous aimez le jazz ? lui demanda-t-il.

Jake s'aperçut alors qu'il tenait à la main la pochette d'un disque vinyle, sur laquelle figurait un saxophoniste qu'il aurait été bien en peine de reconnaître.

— Je vous avoue que je suis plutôt fan de rock.

— Dommage, répondit Quinn en le précédant dans un confortable salon.

Jake remarqua aussitôt la rangée d'étagères surchargées de vinyles et de disques compacts, qui se dressait contre l'un des murs. L'imposante chaîne hi-fi proclamait l'importance que Quinn accordait à la musique.

— Bah, marmonna Quinn en lui faisant signe de prendre place dans l'un des fauteuils club en cuir qui entouraient la table basse envahie de magazines divers. J'imagine que vous n'êtes pas venu me parler des mérites comparés de Sonny Rollins et Charlie Parker…

Jake s'installa en face de lui.

— En effet. J'imagine que vous avez entendu parler des deux victimes que l'on a retrouvées dans Griffith Park ?

— Oui. Et je me suis laissé dire que toutes deux avaient une carte à jouer entre les lèvres et un doigt en moins.

Ces détails n'avaient pas été communiqués à la presse, pour le moment, mais Quinn avait toujours des contacts au sein de la police, au premier rang desquels figurait Ned Verona.

— À votre avis, se pourrait-il que le Joueur ait repris du service ?

Quinn ne répondit pas immédiatement, semblant se plonger dans ses réflexions. Jake en profita pour observer les aquarelles qui étaient accrochées sur le mur derrière lui. Elles représentaient des vues du quartier, et il se demanda si elles étaient l'œuvre de Quinn ou de sa défunte épouse.

— Ce serait certainement l'hypothèse la plus rassurante, déclara enfin son hôte.

Jake le considéra avec étonnement.

— Pourquoi ? s'enquit-il.

Quinn crispa les mains sur les accoudoirs de son fauteuil.

— Le Joueur est mon plus grand échec, vous savez. Le plus amer, aussi. Je n'ai jamais vraiment digéré la frustration et la honte de n'avoir pas su l'identifier et l'arrêter. Le fait que ses exactions aient fini par cesser ne suffisait pas : je voulais – je veux toujours – qu'il paye pour ce qu'il a fait à toutes ces pauvres filles.

Jake percevait distinctement cette frustration mais aussi la colère et la haine qui l'accompagnaient et vibraient dans la voix de Quinn. Il ne pouvait les lui reprocher.

— J'aimerais que ce soit lui parce que j'aimerais que nous ayons une nouvelle occasion de le coincer.

— Mais vous n'y croyez pas, n'est-ce pas ?

— Je n'ai pas lu les rapports concernant les derniers meurtres, bien sûr…

— Je suis certain que le capitaine Castillo ne verrait aucun inconvénient à ce qu'ils vous soient communiqués, remarqua Jake. Vous nous seriez certainement d'une aide précieuse en tant que consultant sur cette affaire.

— Pourquoi pas ? répondit Quinn. Mais sans même avoir lu ces rapports je crois pouvoir vous dire avec certitude que vous n'avez pas affaire au Joueur.

— Qu'est-ce qui vous fait dire cela ?

— Pourquoi courrait-il un tel risque ? Tous les profileurs s'accordaient à dire que le Joueur devait être un homme d'une intelligence supérieure. Pourquoi se remettrait-il à tuer alors qu'il s'est abstenu de le faire pendant près de vingt ans ? Il sait qu'aujourd'hui ses chances d'échapper à la police sont infiniment plus faibles qu'autrefois. Vous disposez de technologies dont nous ne rêvions même pas : la génétique, l'informatique, la surveillance électronique…

— Il se peut que l'abstinence du Joueur n'ait pas été un choix, objecta Quinn. Mon coéquipier pense qu'il aurait pu passer ces années en prison, par exemple.

— Raison de plus pour ne pas recommencer, déclara Quinn. S'il a séjourné en prison, ses empreintes digitales et génétiques sont dans vos bases de données, à présent.

— La pulsion est peut-être trop forte pour qu'il puisse y résister.

— Dans ce cas, il serait parti pour l'étranger – ou au moins pour un autre État.

— Vous pensez donc qu'il s'agit d'un *copycat*. Mais comment aurait-il découvert le mode opératoire précis du Joueur ? Vous ne l'aviez jamais communiqué aux médias. Ils étaient au courant pour la carte mais pas pour le trophée que collectait le Joueur.

— Ce genre de choses finit toujours par se savoir, surtout après toutes ces années. Des flics finissent par parler. Ou leurs proches. Ou bien encore les familles des victimes. Et on ne peut pas réellement le leur reprocher…

— Alors, ce pourrait être n'importe qui, soupira Jake. Avez-vous le moindre conseil sur la façon dont nous devrions procéder ?

— C'est à moi que vous posez la question ? rétorqua Quinn d'un ton où perçait une cruelle autodérision. Je vous rappelle que je n'ai pas réussi à capturer le tueur la première fois…

— Mais vous avez résolu la quasi-totalité des autres enquêtes qui vous ont été confiées, objecta Jake. Aujourd'hui encore, certaines d'entre elles sont tellement exemplaires qu'elles sont étudiées à l'académie de police.

Quinn se fendit d'un rire rauque.

— Seriez-vous en train de me cirer les pompes, Jake ? s'exclama-t-il malicieusement. Je n'avais pourtant pas l'impression que vous étiez de ce genre-là…

La façon dont il avait prononcé ces mots laissait entendre qu'il connaissait Jake bien mieux que ce dernier n'aurait pu l'imaginer. S'était-il renseigné à son sujet, lorsqu'il avait appris que c'était lui qui était responsable de l'enquête ?

— Effectivement, répondit-il. Et je ne cherchais pas à flatter votre vanité, Quinn. Je ne faisais qu'énoncer un fait objectif. Mais je comprendrais parfaitement que vous ne teniez pas à vous mêler de cette affaire. À votre place, je ne sais vraiment pas si j'aurais envie de replonger dans toute cette fange…

Jake fut interrompu par des coups frappés à la porte. Apparemment, Quinn n'était pas aussi reclus qu'on le disait. Son hôte se redressa péniblement en prenant appui sur les accoudoirs de son fauteuil. Mais, lorsqu'il se dirigea vers la porte, son pas était assuré.

Il disparut dans le couloir, et Jake ne put s'empêcher de froncer les sourcils en l'entendant ouvrir sans même prendre la peine de demander qui se trouvait là. Une voix de femme se fit alors entendre.

— Salut, Quinn, je t'ai apporté à manger.

Jake se figea brusquement en reconnaissant la voix en question. L'espace de quelques instants, il chercha vainement à comprendre ce que Kyra Chase pouvait bien faire ici. Mais avant qu'il ait pu trouver une réponse satisfaisante à cette question elle pénétra dans la pièce, suivie de près par Quinn.

En l'apercevant, elle se figea à son tour, visiblement surprise.

— Ça alors, s'exclama-t-elle. Si j'avais su que vous étiez ici…

Elle s'interrompit, mais Jake n'eut aucun mal à deviner ce qu'aurait été la fin de sa phrase.

Je ne serais pas venue.

5

Kyra plaqua sur ses lèvres un sourire pour dissimuler les émotions contradictoires qui bouillonnaient en elle. C'était une pratique qui lui était familière – une nécessité lorsqu'on exerçait un métier tel que le sien.

Elle se demanda pourquoi Quinn n'avait pas jugé bon de la prévenir qu'il avait un visiteur – a fortiori ce visiteur particulier. Mais elle connaissait suffisamment le vieil homme pour savoir qu'il n'avait agi ni par hasard ni à la légère.

Se tournant vers lui, elle tenta de déchiffrer l'expression de son regard, mais lui aussi avait appris à masquer ses pensées. Elle n'avait en revanche aucun mal à lire l'étonnement et le déplaisir dans les yeux de Jake.

— Je ne savais pas que l'inspecteur Quinn et vous vous connaissiez, déclara-t-il d'un ton légèrement suspicieux.

Croyait-il qu'elle l'avait suivi jusqu'ici ?

— Comment vous l'auriez su ? répondit-elle en haussant les épaules. Nous ne savons quasiment rien l'un de l'autre.

Quinn les considérait tous deux avec attention, comme s'il percevait dans leur confrontation quelque chose qui échappait à Kyra. Finalement, il s'avança dans la pièce en souriant.

— Est-ce que tu es passée au pub pour nous prendre

un de leurs délicieux *fishs and chips* ? demanda-t-il joyeusement.

— J'en ai pris deux. Mais si j'avais su que McAllister était là j'en aurais pris un troisième.

— Ne vous en faites pas pour moi, lui dit ce dernier. J'allais partir.

Il quitta le fauteuil club sur lequel il était assis et esquissa un pas en direction de la sortie.

— Pas si vite, Jake, objecta Quinn. Nous n'en avons pas fini. Et puisque Kyra fait partie de votre force opérationnelle je ne vois aucune raison de nous interrompre au beau milieu de notre discussion. Si vous avez peur de nous ôter le pain de la bouche, ne vous en faites pas. Personne n'arrive jamais à venir à bout des portions qu'ils servent au pub. Nous avons assez de *fishs and chips* pour au moins trois personnes, si ce n'est plus.

Jake les considéra tour à tour avec attention. Il était évident qu'il avait le sentiment de se trouver pris au piège.

— Je vais mettre la table, déclara Quinn. Kyra, pourrais-tu être un ange et aller nous chercher trois canettes d'IPA dans le réfrigérateur ?

— Je croyais que le Dr Wong t'avait conseillé de boire moins de bière, objecta-t-elle.

— *Moins* de bière ne signifie pas *plus* de bière *du tout*, répondit-il sentencieusement. Et franchement, je n'ai pas besoin que le Dr Wong me dise ce que je dois faire ou pas. Jake, allez lui donner un coup de main.

Au grand étonnement de Kyra, ce dernier semblait s'être résigné à ce dîner surprise et la suivit dans la petite cuisine américaine. Elle s'était attendue à ce que ces deux fortes têtes en viennent rapidement à l'affrontement. Mais Jake semblait faire preuve d'une certaine déférence envers son aîné, ce qui le fit remonter légèrement dans son estime.

Elle alla chercher deux plats dans un placard tandis que Jake déballait leur repas.

— Comment est-ce que vous connaissez l'inspecteur Quinn ? lui demanda-t-il.

Depuis qu'elle avait été affectée à la force opérationnelle chargée de traquer le *copycat* du Joueur, Kyra avait su que le moment viendrait pour elle de répondre à cette question. Mais elle ne se sentait pas encore prête à le faire. Avant cela, elle devait gagner la confiance de Jake. Sinon, il risquait fort de la renvoyer de l'équipe.

— Nous nous connaissons depuis longtemps, éluda-t-elle. Je l'ai aidé lors de l'une de ses enquêtes.

De l'autre côté du bar qui séparait la cuisine du salon, Quinn n'avait rien perdu de leur échange.

— C'est vrai, intervint-il. Kyra peut être d'une aide précieuse. Non seulement elle est très psychologue, mais elle a souvent une façon décalée de considérer les choses.

Kyra lui adressa un sourire reconnaissant.

— J'ai déjà pu constater son sens de la psychologie, ce matin, acquiesça alors Jake.

Elle le considéra avec une pointe de stupeur. Si le compliment de Quinn l'avait touchée, celui de Jake la prenait totalement de court.

— Nous sommes allés identifier la dernière victime avec ses parents, précisa Jake. Et Kyra a fait preuve de beaucoup d'empathie à leur égard.

— Je n'ai fait que mon travail, protesta-t-elle. Et je regrette de ne pas avoir pu faire plus pour David. Malheureusement, il était en état de choc. À un moment, dans la salle d'autopsie, j'ai bien cru qu'il allait perdre tout contrôle.

— Moi aussi, avoua Jake.

Il disposa les morceaux de poisson frit dans l'un des

plats et les frites dans l'autre tandis que Kyra allait chercher trois bouteilles de bière et un flacon de ketchup dans le réfrigérateur.

— Vous en mettez, du temps ! s'exclama alors Quinn d'un ton faussement bougon. J'aurais largement pu mettre le couvert pour dix.

Kyra leva les yeux au ciel en riant.

— Vous voyez comme il est exigeant ? dit-elle, feignant de prendre Jake à témoin.

Le sourire que lui décocha ce dernier était un peu forcé.

— Vous savez, lui dit-il, je ne veux pas m'imposer. Si vous aviez prévu de dîner tous les deux…

— Nous n'avions rien prévu du tout, lui assura-t-elle. Je lui apporte parfois à manger lorsque je viens le voir. S'il est là et s'il a faim, nous mangeons ensemble. Sinon, je lui laisse sa part au réfrigérateur.

Jake hocha la tête. À la façon dont il la regardait, elle comprit qu'il s'interrogeait sur la nature exacte de ses relations avec Quinn. Elle se garda cependant de clarifier la question. Après tout, si Jake la prenait pour sa maîtresse, il cesserait peut-être de s'interroger sur la façon dont ils s'étaient rencontrés.

Ils revinrent au salon, et tous trois y prirent place autour de la petite table sur laquelle Quinn avait disposé le couvert.

— Je vous propose un toast, déclara ce dernier en levant son verre. À la capture de ce salopard ! Celui-ci, je suis sûr que vous parviendrez à le coincer.

Ils trinquèrent et avalèrent une gorgée de bière.

— Quinn ne pense pas qu'il s'agisse du Joueur, précisa Jake à l'intention de Kyra.

— Vous non plus ne sembliez pas accorder beaucoup de crédit à cette hypothèse, remarqua-t-elle.

— Effectivement, concéda-t-il. Mais j'avoue que la

similitude des modes opératoires finissait presque par me faire douter… À ce propos, juste au cas où, je me demandais si, à l'époque, vous aviez envisagé qu'il puisse s'agir d'un flic.

Quinn le considéra avec étonnement.

— Qu'est-ce qui vous fait dire cela ? demanda-t-il.

— Ce que vous avez dit, tout à l'heure : que le tueur avait peut-être arrêté parce qu'il avait pris conscience du danger que représentaient pour lui les nouvelles technologies dont dispose la police scientifique.

— Il n'y a pas besoin d'être flic pour cela, objecta Quinn. Il suffit de lire des romans policiers ou de suivre les séries qui passent à la télévision.

— Il y a aussi le fait qu'il connaisse parfaitement le modus operandi du Joueur…

— Comme je vous le disais, en l'espace de vingt ans, toutes les informations concernant notre enquête ont eu le temps de fuiter, objecta Quinn.

— Sans doute, reconnut Jake en haussant les épaules. C'était juste une idée…

— Que le Joueur ait été ou non un policier ne change pas grand-chose si nous pensons que nous avons affaire à un *copycat*, remarqua alors Kyra.

— Exact, acquiesça Quinn. Et vous aurez sans doute plus de chance que nous, cette fois-ci. Son imitateur finira par commettre une erreur. Après tout, tous les tueurs en série ne sont pas aussi soigneux et perfectionnistes que le Joueur… Certains sont juste des monstres sanguinaires.

Kyra ne put réprimer un frisson. À ses yeux, tous les tueurs en série étaient de tels monstres. L'intelligence dont pouvaient faire preuve certains d'entre eux n'y changeait rien.

— Est-ce que ça va ? lui demanda alors Jake, à qui sa réaction n'avait apparemment pas échappé. Vous n'avez quasiment rien mangé. Nous aurions peut-être dû attendre la fin du repas pour discuter de cette affaire.

Elle secoua doucement la tête.

— Ne vous en faites pas pour moi, répondit-elle. Cela fait un certain temps que je travaille pour la police, et ce n'est pas la première fois que j'ai ce genre de discussion…

— Jake a raison : tu devrais vraiment avaler quelque chose, l'encouragea Quinn.

Elle piqua un morceau de poisson qu'elle mastiqua longuement avant d'avaler quelques frites.

— C'est plutôt moi qui devrais me faire du souci pour toi, dit-elle à Quinn. Avec ces feux qui se sont déclarés à Malibu, l'air risque de se charger de fumée, et je sais à quel point cela aggrave tes problèmes respiratoires…

— À la radio, tout à l'heure, ils disaient que la situation était sous contrôle, indiqua Jake. Espérons que cela n'empire pas.

— Malheureusement, le vent a forci, soupira Kyra. Et plusieurs foyers se sont déclarés. J'ai senti l'odeur de la fumée en descendant de voiture.

— Pour le moment, ça ne m'a pas incommodé, la rassura Quinn. Mais c'est gentil à toi de t'en préoccuper.

Une fois de plus, Jake les observa très attentivement, cherchant à percer la nature exacte de leurs relations. Kyra décida qu'il était préférable de dissiper certaines ambiguïtés.

— J'étais une amie de Charlotte, l'épouse de Quinn, expliqua-t-elle. J'ai fait sa connaissance alors qu'elle travaillait sur l'un de ses personnages de roman. Elle voulait avoir l'opinion d'un psychologue.

Jake hocha la tête.

— Il faut absolument que je lise l'un de ses livres, déclara-t-il. Je suis sûr que contrairement à bon nombre d'auteurs de romans policiers votre femme devait avoir une bonne connaissance de son sujet.

— C'est vrai, acquiesça Quinn. Elle s'intéressait beaucoup à notre métier – et plus encore à la mentalité des criminels contre lesquels nous luttons.

Quinn détourna la tête, mais Kyra eut le temps de surprendre le mélange de tristesse et de nostalgie qui se lisait dans son regard.

— Est-ce que vous voulez une autre bière, Jake ? proposa-t-il pour faire diversion.

— C'est très gentil, mais je ne préfère pas. Je ne vais pas tarder à reprendre la voiture. Est-ce que vous voulez que je vous en apporte une autre ?

— Il ne vaut mieux pas, déclara Kyra avant que Quinn ait pu répondre par l'affirmative.

— Tu sais que tu es un véritable tyran ? s'exclama-t-il. Tu me fais penser à Charlotte, parfois !

Kyra savait que sous couvert d'accusation cette comparaison était le plus beau compliment qu'il puisse lui faire. Jake se leva et commença à rassembler leurs assiettes sales et leurs couverts.

— Je vais mettre tout ça au lave-vaisselle, déclara-t-il.

Il semblait être habitué à ce genre de tâches domestiques. Kyra avait entendu dire que Jake était célibataire et elle se demanda soudain à quoi pouvait bien ressembler sa vie personnelle. Était-il toujours aussi sérieux, aussi sévère ? Avait-il des passe-temps ? Des amis ? Une petite amie, peut-être ?

Aux yeux de Kyra, il faisait partie de ces gens qui étaient toujours si impliqués dans leur travail qu'il était difficile de les imaginer hors de leur sphère professionnelle.

Se levant à son tour, elle récupéra les plats et les bouteilles vides. Mais, lorsqu'elle fit mine de suivre Jake à la cuisine, Quinn la retint par le poignet.

— Est-ce que tout va bien ? lui demanda-t-il gravement.

Elle perçut dans ses yeux une pointe d'inquiétude qu'elle ne s'expliqua pas.

— Oui, bien sûr, le rassura-t-elle en souriant.

Mais, alors même qu'elle prononçait ces mots, elle prit conscience du fait qu'elle n'était peut-être pas complètement honnête envers lui comme envers elle-même. Elle éprouvait en effet une certaine nervosité qu'elle avait mise sur le compte des questions de Jake au sujet de ses relations avec Quinn. Il y avait pourtant plus que cela.

— Je vais bien, ajouta-t-elle, plus pour se convaincre elle-même.

Jake et elle finirent de débarrasser la table avant de revenir au salon.

— Je vais vous laisser, déclara-t-il alors. Je n'avais pas l'intention de rester aussi longtemps, ni de m'imposer pour le dîner…

— C'est moi qui vous ai invité, lui rappela Quinn. Et vous serez le bienvenu dans cette maison à l'avenir.

Kyra le connaissait suffisamment pour avoir conscience de la valeur d'une telle invitation ouverte. Depuis la mort de Charlotte, Quinn était un solitaire et n'appréciait pas que l'on vienne troubler sa retraite.

— Je vous promets de revenir vous voir dès que Castillo m'aura officiellement autorisé à vous montrer les rapports d'enquête, dit Jake. Votre expertise nous sera très précieuse.

Le vieil homme se leva pour raccompagner son hôte.

— Ne vous donnez pas cette peine, protesta Jake.

— Ne vous en faites pas pour moi, déclara Quinn en le précédant dans le couloir. Je ne suis pas encore grabataire. Mais si vous revenez me voir appelez-moi avant, au cas où je serais de sortie. Ne faites pas comme cette impertinente qui débarque sans prévenir et me houspille sans arrêt !

— Ne l'écoutez pas, protesta Kyra en souriant. Si j'arrêtais de le faire, il se plaindrait encore plus.

— Évidemment ! s'exclama Quinn en riant.

— Merci pour le dîner, en tout cas, répondit Jake. Je vous inviterai à déjeuner un de ces jours, à charge de revanche, ajouta-t-il à l'intention de Kyra.

— Ne vous en faites pas pour ça. Tout ce que je vous demande, c'est de me mettre dans la boucle lorsque vous aurez du nouveau au sujet des meurtres. Et n'hésitez pas à faire appel à moi. Je sais que vous n'êtes pas un grand fan de ma profession, mais je vous assure que certaines victimes ont vraiment besoin d'un soutien qu'elles ne trouvent pas toujours auprès de leurs proches. De mon côté, je vous promets de ne pas trahir votre confiance comme certains ont pu le faire dans le passé.

Jake la considéra avec étonnement. Avait-il oublié qu'elle se trouvait là lors de l'incident qui l'avait opposé à Lizbeth Kruger ?

— Commençons par déjeuner ensemble, dit-il. Nous verrons ensuite pour le reste. Merci encore pour votre hospitalité, conclut-il en se tournant vers Quinn. J'ai été vraiment ravi de faire votre connaissance.

Sur ce, il les salua tous deux d'un petit signe de tête et sortit.

— Mais quel salopard ! lança Kyra, furieuse, lorsque le battant se fut refermé derrière lui. Tu as entendu ? Il préfère m'offrir un sandwich plutôt que de m'intégrer à son équipe !

— Tu ne crois pas que c'était une façon déguisée de t'inviter à déjeuner ? lui demanda Quinn.

Quelque chose dans le ton de sa voix éveilla la méfiance de Kyra.

— Qu'est-ce que tu veux dire ?

— Eh bien… J'ai cru sentir quelque chose entre vous.

— Quelque chose ? répéta-t-elle, craignant de le comprendre.

— Je ne sais pas. Une certaine alchimie, je dirais. Je suis sûr qu'il n'est pas insensible à ton charme. Et je parierais que la réciproque est vraie.

Kyra ouvrit de grands yeux.

— Je crois vraiment que tu es resté trop longtemps coupé du monde, déclara-t-elle. Tu n'es plus capable du tout d'interpréter le comportement de tes semblables…

— Tu ne trouves pas que Jake a un certain charme ?

Elle haussa les épaules.

— Je veux bien reconnaître que physiquement il est plutôt séduisant. C'est un excellent flic. Et quelqu'un d'intelligent et de volontaire…

— Ça n'est déjà pas mal, commenta Quinn en riant.

— Mais il est arrogant, incapable d'accorder sa confiance à qui que ce soit, et il n'a absolument aucun sens de l'humour.

— Depuis combien de temps le connais-tu, exactement ?

Elle hésita avant de lui répondre.

— Deux jours, reconnut-elle.

— Tu ne crois pas que c'est un peu court pour le condamner ainsi sans appel ?

Kyra ne put s'empêcher de rougir. Il n'était pas dans ses habitudes de se montrer aussi peu conciliante. D'ordinaire, elle s'efforçait toujours de laisser aux gens le bénéfice du doute. Mais Jake avait le don de la hérisser. Pire, même, elle était convaincue qu'il le savait et qu'il en jouait à dessein.

— Oublions McAllister, lui dit alors Quinn. Dis-moi plutôt ce que tu penses de ces meurtres.

— Je suis d'accord avec toi : il ne s'agit probablement pas du Joueur. Et, depuis ce matin, il se pourrait même que nous en ayons la preuve.

— Que veux-tu dire ?

— Le tueur semble avoir volé un bijou appartenant à la seconde victime.

— Un deuxième trophée ?

— Il est encore trop tôt pour l'affirmer. Mais c'est possible, en effet. Et si tel est le cas cela prouverait que nous avons bien affaire à un autre meurtrier…

Kyra fut brusquement interrompue par une série de coups martelés contre la porte d'entrée. Quinn et elle se levèrent, surpris.

— C'est Jake ! Il y a du nouveau.

Ils allèrent lui ouvrir et le trouvèrent sur le seuil, téléphone portable en main.

— Que se passe-t-il ? lui demanda Kyra.

— Le tueur vient de commettre une première erreur, répondit-il.

— Est-ce qu'il a laissé une empreinte ?

Jake secoua la tête.

— Il vient de prendre contact avec nous pour nous signaler l'existence d'une autre victime…

6

— Une autre victime ? répéta Kyra.

Jake perçut le tremblement qui perçait dans sa voix et fit mine de s'avancer vers elle. Mais elle se ressaisit aussitôt, refusant probablement de faire figure de demoiselle en détresse.

— Pourquoi a-t-il contacté la police ? s'enquit-elle d'un ton plus assuré. Il ne l'avait encore jamais fait.

— À cause de l'incendie, répondit Jake.

Quinn et Kyra le considérèrent d'un air étonné.

— L'endroit où il a déposé sa victime risque d'être en proie aux flammes, et il craint que le corps ne soit détruit, expliqua-t-il.

— Il a surtout peur que l'incendie ne le prive de la paternité de son crime, déclara Kyra d'une voix dure.

— Probablement, reconnut Jake.

Il se félicita d'être revenu les trouver après avoir appris la nouvelle. Les conversations qu'il avait eues avec Quinn et Kyra l'avaient convaincu que tous deux comprenaient les ressorts psychologiques qui animaient le tueur.

— Qu'est-ce que vous attendez ? s'exclama alors Quinn. Vous devriez filer sur place au plus vite, tous les deux. Avant que la scène de crime soit complètement détruite…

Kyra déposa un petit baiser sur la joue du vieil homme.

— Prends soin de toi, lui dit-elle. Nous te tiendrons au courant dès que nous en saurons un peu plus.

Elle paraissait bien décidée à l'accompagner, et Jake s'abstint de protester. Il n'avait pas oublié ce que lui avait dit Quinn au sujet du point de vue décalé qu'elle pouvait lui apporter. Et, s'ils n'avaient que quelques heures pour analyser la scène de crime, toutes les opinions pourraient s'avérer précieuses.

Lorsqu'ils ressortirent de chez Quinn, l'odeur de fumée s'était nettement renforcée.

— Le vent a dû tourner, remarqua-t-il.

— Espérons que nous arriverons à temps. Je vais vous suivre en voiture.

Il secoua la tête.

— Mieux vaut y aller ensemble. Je suis garé juste à côté.

Kyra hocha la tête. Au vu de l'indépendance d'esprit dont elle faisait généralement preuve, il s'était pourtant attendu à ce qu'elle insiste pour prendre sa propre voiture. Il la conduisit jusqu'à l'endroit où il avait laissé la sienne.

— J'ai eu de la chance de ne pas écoper d'une contravention, dit-il en désignant le panneau qui interdisait de se garer. Je ne pensais pas rester aussi longtemps chez Quinn…

— Je suis sûre que les agents qui sont passés ont vérifié votre plaque, répondit-elle en haussant les épaules. Ils n'ont pas voulu verbaliser l'un de leurs collègues.

Ils prirent place à bord, et Jake démarra.

— J'espère que je n'ai pas gâché votre soirée avec Quinn, déclara-t-il.

— Ne vous en faites pas pour ça. Je suis heureuse que vous soyez revenu me prévenir…

Sa phrase demeura en suspens, mais il devina qu'elle pensait au dernier échange qu'ils avaient eu, juste avant qu'il sorte de chez Quinn.

— J'imagine qu'on a essayé de repérer d'où venait l'appel du tueur, reprit-elle.

— Oui, mais il n'a pas duré assez longtemps pour cela. Nous avons le numéro, bien sûr, mais il a probablement pris la précaution d'utiliser une carte SIM jetable. Et dans ce cas cela ne nous servira pas à grand-chose.

Jake prit la direction de la voie rapide. Fort heureusement, à cette heure la circulation s'était faite plus fluide.

— Vous paraissiez penser que cet appel du tueur était une erreur, remarqua Kyra. En quoi, exactement ?

— Tout d'abord, nous avons un enregistrement de sa voix, expliqua-t-il. Mais ce n'est pas uniquement cela. Le fait qu'il nous contacte indique qu'il cherche à attirer notre attention, qu'il a besoin d'un public. Et ça nous donne un avantage. Ça veut dire qu'il va suivre nos déclarations et ce qui filtrera dans la presse. Nous pourrons donc communiquer indirectement avec lui.

— Je vois, acquiesça-t-elle.

Ils demeurèrent quelques instants silencieux.

— Pourquoi pensez-vous qu'il ait déposé ce corps-ci à Malibu plutôt qu'à Griffith Park, comme les deux autres ? lui demanda-t-elle alors.

— Je suis prêt à parier que cette victime a été tuée avant les deux autres, déclara-t-il. Cela fait plusieurs jours que les pompiers parlent des risques qui pèsent sur Malibu à cause du vent de Santa Ana. Le tueur n'avait donc aucune raison de choisir un tel endroit.

— Il se serait donc rabattu sur Griffith Park, qui est plus fréquenté, en voyant que le premier cadavre n'avait toujours pas été retrouvé ?

— C'est ce que je pense.

— C'est assez triste de se dire que quelqu'un peut disparaître pendant des jours, peut-être même des semaines, sans que personne ne s'en rende compte.

Jake haussa les épaules.

— Nous sommes à Los Angeles, répondit-il. Des gens viennent des quatre coins du pays dans l'espoir de faire fortune ou de devenir célèbres. Certains perdent leurs illusions, d'autres finissent par rentrer chez eux, d'autres disparaissent. Il y a des centaines de disparitions inexpliquées chaque année…

— La cité des rêves brisés, murmura Kyra. C'est comme cela que ma mère appelait cette ville.

— Le nom lui va comme un gant…, acquiesça Jake. Au fait, je ne sais même pas où vous habitez.

— Dans le quartier de Santa Monica. Ce n'est pas très loin de Venice Beach, ce qui me permet de passer voir Quinn régulièrement. Et vous ? Où vivez-vous ?

— Vers Hollywood, répondit-il évasivement.

Il s'abstint de préciser qu'il habitait dans la partie la plus chic du quartier, dans les collines qui surplombaient le centre-ville. Il ne tenait pas à ce que Kyra lui demande comment un inspecteur comme lui avait bien pu s'offrir un domicile aussi luxueux.

— En rentrant de Malibu, vous n'aurez qu'à me déposer à Santa Monica. Cela vous évitera de faire un détour. Je prendrai un taxi demain matin pour aller récupérer ma voiture près de chez Quinn.

— Je vous ramènerai jusqu'à votre véhicule, protesta-t-il. C'est le moins que je puisse faire. De toute façon, à l'heure où nous rentrerons, il ne devrait pas y avoir beaucoup de monde sur les routes.

— À moins que les pompiers ne fassent évacuer les environs, remarqua Kyra.

— Souhaitons que les choses n'en viennent pas là.

D'après ce que j'ai cru comprendre, le feu ne menace pas encore de zones habitées.

À mesure qu'ils approchaient de Malibu, la fumée se faisait plus dense, et Jake finit par remonter les vitres et allumer la climatisation. Lorsqu'ils s'engagèrent sur la route secondaire qui serpentait au cœur du canyon, l'air se chargea de fines particules de cendre en suspension.

Au loin, le ciel avait pris des reflets rougeoyants. De toute évidence, les pompiers n'étaient pas encore parvenus à circonscrire le sinistre.

Ils arrivèrent enfin devant un barrage installé par la police locale et s'arrêtèrent à la demande de l'un des hommes du shérif.

— La route est interdite à tous ceux qui ne sont pas des résidents, annonça-t-il.

Jake lui tendit son badge.

— Police de Los Angeles. Nous venons voir le corps que l'on a retrouvé dans le canyon. Est-ce que nous sommes les premiers sur les lieux ?

— Non, deux de vos hommes sont déjà sur place. Et le bureau du coroner doit nous envoyer un corbillard. Mais il n'est pas encore là.

— D'accord, acquiesça Jake. Espérons qu'il arrivera avant que le feu atteigne la scène de crime.

Il se remit en route, se laissant guider par son GPS. Quelques minutes plus tard, ils s'engagèrent sur un chemin de terre. Ils se garèrent juste derrière la voiture de patrouille qui les avait précédés sur les lieux. Jake se tourna alors vers Kyra et la regarda droit dans les yeux.

— Il vaudrait mieux que vous m'attendiez ici dans un premier temps, lui dit-il. Je ne sais pas depuis combien de temps ce corps se trouve là, ni dans quel état il est à l'heure actuelle.

— D'accord, acquiesça-t-elle. Est-ce que vous voulez que je retienne un peu les hommes du coroner lorsqu'ils arriveront. Cela pourra vous faire gagner un peu de temps.

Jake ne put s'empêcher de sourire.

— D'accord, mais n'en faites pas trop quand même. Sinon, nous risquons de perdre définitivement le corps.

— N'ayez crainte. Je garde un œil sur l'incendie.

Jake ouvrit la portière et sortit de la voiture. L'air était acre et étouffant, envahi de cendres qui avaient de faux airs de flocons de neige. Le vent qui soufflait convoyait jusqu'à eux la chaleur dégagée par l'incendie.

Les yeux embués de larmes, il se dirigea vers la scène de crime et manqua de trébucher sur le ruban de signalisation qu'avaient installé les agents qui se trouvaient déjà sur place. Il rejoignit les deux hommes, qui se tenaient près d'un corps en partie décomposé.

Jake ne put réprimer un juron. Comment le tueur avait-il pu s'imaginer que quelqu'un découvrirait sa victime dans un endroit aussi isolé ? Une chose était sûre, au moins : il ne pouvait s'agir du Joueur. Ce dernier était bien trop expérimenté pour commettre une telle erreur.

— Inspecteur Jake McAllister, se présenta-t-il. Police criminelle. Est-ce que vous êtes là depuis longtemps ?

— Un quart d'heure environ, répondit l'un des policiers. Nous avons reçu l'ordre de sécuriser la zone et de veiller à ce que les hommes du shérif restent à distance.

Jake approuva d'un hochement de tête. Les hommes de la police locale n'étaient pas toujours formés pour intervenir dans ce genre de situation, et il leur arrivait régulièrement d'endommager des scènes de crime sans même s'en rendre compte.

Jake commença par prendre quelques photos des lieux à l'aide de son téléphone portable. Puis il enfila une paire de gants en latex et alla s'agenouiller auprès de la victime. Il écarta les longs cheveux noirs qui dissimulaient son cou et découvrit sans surprise les marques de strangulation qui s'y trouvaient.

La bouche était grande ouverte, et il n'y avait pas de trace de la carte à jouer que le tueur avait dû laisser. Elle avait probablement été emportée par un coup de vent ou par l'un des animaux sauvages qui avaient endommagé le corps.

En revanche, le petit doigt de la main gauche avait bien été sectionné. La coupure n'était pas nette et précise comme sur les deux autres corps. De toute évidence, le tueur avait dû s'y reprendre à plusieurs fois, ce qui confirmait qu'il s'agissait probablement de son premier meurtre.

Jake ne pouvait qu'espérer qu'il avait commis d'autres erreurs et qu'ils retrouveraient une empreinte digitale ou un échantillon d'ADN.

— J-Mac ?

Jake releva les yeux et aperçut Billy Crouch, qui venait d'arriver à son tour sur les lieux.

— Nous n'avons plus beaucoup de temps, lui signala son coéquipier, qui avait noué un bandana par-dessus son nez et sa bouche pour se protéger de la fumée et des cendres. Est-ce que c'est bien le même tueur ?

— Oui, répondit Jake sans hésiter. La carte a disparu, mais le reste correspond parfaitement.

— Au moins, nous connaissons sa voix, maintenant.

— Exact. Et nous savons qu'il est vaniteux. Il a pris le risque de se faire coincer pour nous prouver qu'il avait une victime de plus à son palmarès. C'est une faille que nous pourrons exploiter.

— Malheureusement, cela prouve aussi qu'il n'est pas près de s'arrêter, remarqua Billy. Au fait… J'ai croisé cette psychologue, près de la route – Kyra Chase. Tu sais ce qu'elle fait là ?

— Elle est venue avec moi, répondit Jake.

— Avec toi ? s'exclama son partenaire, sidéré. Mais je croyais que tu la détestais ?

— Je ne la déteste pas, dit Jake, gêné. C'est juste que…

Il haussa les épaules.

— Je n'aime pas les psys.

Billy se fendit d'un large sourire.

— Mais tu avoueras que celle-là n'est pas désagréable à regarder. Personnellement, je ne serais pas contre une petite analyse…

— Billy, soupira Jake, je te rappelle que tu es marié.

— Eh ! Je disais ça en tout bien tout honneur, répliqua son coéquipier d'un ton faussement innocent. C'est toi qui as l'esprit mal tourné…

— Ne sois pas ridicule. Je l'ai juste croisée chez Roger Quinn. Nous étions là-bas quand on m'a appelé au sujet de ce nouveau meurtre. Je lui ai proposé de m'accompagner. Si je ne l'avais pas fait, elle serait probablement venue de son côté.

— Elle connaît Quinn ? s'étonna Billy.

— Oui. Apparemment, elle lui a donné un coup de main sur l'une de ses enquêtes.

— Eh bien, elle est sacrément bien conservée pour son âge, ironisa Billy.

Mais Jake ne l'écoutait déjà plus. Il venait de repérer une tache blanche dans un buisson, à quelques mètres de là. S'approchant, il constata qu'il s'agissait d'une carte à jouer. Il la retira précautionneusement et vit qu'il s'agissait de la dame de pique.

— Si nous avions encore besoin d'une confirmation,

nous l'avons, déclara-t-il en glissant la carte dans un sachet en plastique.

— Je suis vraiment désolé, inspecteur, dit l'un des deux policiers qui se trouvaient sur place à son arrivée. Nous ne l'avions même pas remarquée.

— Il n'y a pas de quoi, lui assura Jake. Vous étiez censés protéger le corps, pas inspecter les lieux.

Ils furent alors rejoints par un pompier au visage noirci.

— Les hommes du coroner sont juste derrière moi, leur annonça-t-il. Je suis désolé, mais il va falloir qu'ils emmènent le corps. Et vous devez partir aussi. Le vent n'est toujours pas retombé, et l'incendie sera sur nous dans moins d'une demi-heure.

— C'est d'accord, acquiesça Jake.

— Est-ce que la fille est avec vous ?

— Quelle fille ?

— La blonde qui a insisté pour que les hommes du coroner vous laissent plus de temps ?

— Oui, je lui avais demandé de le faire.

Le pompier secoua la tête d'un air mi-admiratif, mi-incrédule.

— Elle a un sacré caractère.

Avant que Jake ait pu le lui confirmer, ils furent rejoints par les deux hommes du coroner qui portaient une civière. Ils l'interrogèrent du regard, et il hocha la tête.

— Allez-y, leur dit-il. Je vous attends en bas.

Billy et lui redescendirent la colline jusqu'aux voitures qui étaient garées en contrebas. Il put constater que de nouveaux véhicules s'étaient joints aux leurs : le corbillard du coroner, une voiture de pompiers et un van frappé du logo d'une chaîne de télévision locale.

Jake croisa le regard de Kyra et répondit à son interrogation muette par un hochement de la tête. Il alla alors serrer la main du coroner.

— Il s'agit bien du même tueur, lui annonça-t-il à mi-voix. Vos hommes sont en train d'enlever le corps, et je retournerai là-bas pour voir s'il y avait quelque chose sous la victime.

Il s'interrompit en voyant approcher une journaliste suivie de près par son cameraman.

— Inspecteur, pouvez-vous nous confirmer que ce meurtre est bien l'œuvre du tueur de Marissa Perez et Kelsey Lindquist ? Qui a découvert le corps ? Et y avait-il une carte à jouer, cette fois encore ?

— Je n'ai aucun commentaire à faire, à ce stade, répondit Jake. Je peux juste vous répéter ce que l'un des pompiers vient de me dire : d'ici moins d'une demi-heure, cet endroit sera en proie aux flammes. Vous devriez donc quitter les lieux au plus vite.

Sur ce, il tourna les talons et regagna la scène de crime, croisant au passage les deux assistants du coroner qui descendaient le corps dissimulé dans un sac mortuaire. Billy et Jake inspectèrent une dernière fois les lieux. Mais le tueur n'avait laissé aucun indice de son passage : ni mégot de cigarette, ni papier de chewing-gum, ni trace de pas ou de pneus.

Il ne leur restait plus qu'à espérer que le médecin légiste trouverait une empreinte sur le corps. Mais Jake n'y croyait guère.

La priorité, désormais, était d'identifier au plus vite la victime. S'il s'agissait bien de la première, le tueur avait peut-être commis d'autres erreurs – en s'attaquant par exemple à quelqu'un qu'il connaissait et qu'il voyait régulièrement.

Au bout d'une vingtaine de minutes, le pompier revint

vers eux et leur enjoignit de partir au plus vite. Les flammes ne se trouvaient plus qu'à quelques centaines de mètres et continuaient de progresser malgré le travail acharné de ses collègues qui tentaient désespérément de l'arrêter.

Lorsqu'ils redescendirent, ils constatèrent que les hommes du coroner et ceux du shérif étaient déjà partis, de même que les journalistes. Ne voyant aucune trace de Kyra, Jake alla interroger les deux policiers qui avaient sécurisé la zone et s'apprêtaient eux aussi à quitter les lieux.

— Mlle Chase nous a demandé de vous prévenir qu'elle avait trouvé quelqu'un pour la raccompagner chez elle.

— Qui ça ? s'enquit Jake, surpris.

— Les reporters. Elle semblait bien les connaître.

— Ça ne me dit rien de bon, commenta Billy à mi-voix.

— À moi non plus, fit Jake d'un air sombre.

Il savait à quel point les journalistes étaient doués pour soutirer des informations sans que les gens s'en rendent compte. Nombre de policiers s'étaient déjà fait piéger, compromettant des enquêtes parfois sensibles. Il ne lui restait plus qu'à espérer que la formation de psychologue de la jeune femme la prémunirait contre ce genre de subterfuge.

Billy et lui prirent alors congé et se donnèrent rendez-vous au poste le lendemain à la première heure. Puis Jake remonta dans sa voiture pour quitter le canyon. Il avait la désagréable impression d'avoir avalé autant de fumée que s'il venait de vider deux paquets de cigarettes.

Fort heureusement, la circulation était fluide, et le trajet de retour se déroula sans difficulté. Lorsqu'il arriva enfin chez lui, il se débarrassa de ses vêtements couverts de cendre et de suie et alla prendre une douche. Il resta très longtemps sous le jet d'eau tiède, s'efforçant de se débarrasser de l'odeur de fumée qui s'accrochait à son corps et à ses cheveux.

Après s'être rasé et brossé les dents, il enfila un short et un T-shirt et se servit un généreux bol de crème glacée avant de se laisser tomber sur son canapé. Il alluma la télévision et choisit la chaîne d'informations locales.

Elle couvrait en détail l'incendie de Malibu et les efforts déployés par les pompiers. En revanche, il n'y avait pas un mot du corps que l'on avait retrouvé dans le canyon. Jake finit sa glace en écoutant l'intégralité du journal télévisé. Puis, coupant le son, il alluma son ordinateur portable et se connecta à la base de données de la police de Los Angeles.

Il fit apparaître les dossiers sur lesquels avait travaillé Roger Quinn et trouva rapidement celui qu'il cherchait – l'un des seuls à être marqué comme non résolu. Six meurtres commis par le Joueur, vingt ans auparavant. Jake enregistra le contenu du dossier sur son disque dur de façon à pouvoir le consulter ultérieurement.

Il comptait bien l'étudier en détail, mais ce soir ce n'était pas ce qui l'intéressait. Kyra lui avait dit avoir collaboré avec Quinn lors de l'une de ses enquêtes, et Billy lui avait fait remarquer qu'elle lui semblait bien trop jeune pour cela. Il chercha donc les dernières affaires sur lesquelles l'inspecteur avait travaillé avant de prendre sa retraite.

Elles remontaient à dix ans. Or Kyra ne devait pas avoir plus de trente ans, ce qui signifiait qu'elle en avait vingt à l'époque. Même si elle avait été diplômée très jeune, elle n'avait alors certainement pas assez d'expérience pour intervenir en tant qu'experte dans une enquête criminelle.

Troublé, Jake effectua une recherche rapide au sujet de la jeune femme. Sur un site professionnel, il trouva sa date de naissance. Il ne s'était pas trompé : elle était âgée de vingt-huit ans et avait décroché son diplôme de psychologie à l'université d'État de Californie quatre ans auparavant.

Lorsque Quinn avait quitté la police, elle n'était âgée

que de dix-huit ans – elle n'avait donc logiquement pas pu collaborer avec lui, ainsi que tous deux l'avaient prétendu. Toute la question était à présent de savoir pourquoi Kyra et Quinn lui avaient menti.

Et il était bien décidé à le découvrir très rapidement.

7

— Merci d'avoir accepté de me raccompagner, Megan, dit Kyra lorsqu'elles eurent déposé Marty, le cameraman, qui vivait à Santa Monica.

Megan s'engagea à tombeau ouvert sur la route qui longeait le bord de mer.

— Il n'y a pas de quoi, lui assura-t-elle. C'est sur mon chemin, de toute façon. Et j'adore conduire cette camionnette, ajouta-t-elle en tapotant affectueusement le tableau de bord. J'espère juste que ça ne posera pas de problèmes que tu sois rentrée avec des journalistes…

— Ne t'en fais pas pour ça. Je ne suis pas de la police, après tout.

Kyra avala une gorgée d'eau fraîche pour soulager sa gorge douloureuse.

— Je t'avoue que je suis contente d'être sortie de cet enfer, déclara-t-elle.

— J'imagine que tu ne peux pas me dire ce que McAllister et toi faisiez là-bas, avec tous ces flics ? demanda Megan en lui décochant son sourire le plus enjôleur.

— Un sentier perdu, l'inspecteur responsable d'une force opérationnelle chargée de traquer un tueur en série, un corbillard du bureau du coroner… Je pense que tu as assez de métier pour en tirer tes propres conclusions. Mais je ne peux pas te donner de confirmation officielle de ce qui s'est passé là-bas. Désolée.

— Tu peux au moins me dire si tu fais partie de la force opérationnelle en question, remarqua Megan.

— Oui, j'en fais partie. Et si je suis autorisée à communiquer la moindre information au sujet de cette affaire tu seras la première informée. Mais c'est trop tôt. Nous essayons pour le moment de contrôler la situation.

— Je vois, acquiesça Megan, comprenant probablement qu'il était inutile d'insister. Alors parle-moi plutôt de lui. Comment est-il, exactement ?

— Qui ça ?

— J-Mac, bien sûr. Ce type est une véritable légende. Un policier d'élite qui a bouclé un nombre incalculable d'enquêtes et a reçu plusieurs décorations. Sans parler du fait qu'il est carrément sexy…

— Tu trouves ?

— Il faudrait être aveugle pour ne pas s'en rendre compte ! lança son amie. Ce type est une vraie bombe. Alors ? Comment est-il ?

Kyra haussa les épaules.

— Arrogant, trop sûr de lui, pas particulièrement sympathique… Le mâle alpha typique, en quelque sorte.

— Est-ce qu'il est marié ?

— Non.

— Ah, ah ! tu t'intéresses quand même suffisamment à lui pour t'être renseignée sur la question.

— Bien sûr que non, protesta Kyra, qui se sentit rougir sans trop savoir pourquoi. Simplement, je passe pas mal de temps au commissariat et j'ai entendu des gens en parler. Ils disaient que si Jake n'était pas marié c'est parce qu'il l'était avec son travail.

— Pas de petite amie non plus, alors ? s'enquit Megan

en accélérant pour s'engager à toute allure dans une rue latérale.

— Pas que je sache, répondit Kyra en s'accrochant au tableau de bord. Est-ce que tes supérieurs savent comment tu conduis ce van ?

— Ne t'en fais pas, dit son amie en riant. C'est un véritable tank. Je suis sûre que si nous rentrions dans un mur c'est lui qui s'écroulerait.

— Je préférerais que tu n'essayes pas, marmonna Kyra alors que Megan prenait un nouveau virage sur les chapeaux de roues.

— Dis-moi plutôt où tu veux que je te dépose.

— Passe le prochain carrefour, puis prends la première à droite. C'est juste là.

— Je croyais que tu habitais à Santa Monica.

— Oui, mais j'ai laissé ma voiture ici. Et il faut que je passe voir un ami qui habite dans le coin.

— Tu comptes te balader toute seule à Venice Beach alors qu'un tueur en série se promène en liberté !

— Ne t'inquiète pas pour moi. Je suis armée. Et aucune des victimes n'a été enlevée dans ce quartier. J'ai nettement plus de risques de me faire agresser par un drogué en manque que de tomber sur le tueur.

— Ce n'est pas beaucoup plus rassurant, objecta Megan.

— Si j'ai survécu à ce trajet avec toi au volant, je devrais pouvoir résister à Venice Beach, répliqua Kyra en riant.

— Très drôle, rétorqua Megan en arrêtant son véhicule là où elle le lui avait demandé. Au moins, le quartier n'est pas complètement désert, ajouta-t-elle en désignant deux joggeurs qui couraient le long du canal. Fais attention à toi, d'accord ?

— Je t'assure que tu n'as pas à t'inquiéter. Il fait chaud

et il doit y avoir des tas de gens assis dans leur jardin ou devant chez eux.

— Envoie-moi quand même un texto lorsque tu seras arrivée chez ton ami, d'accord ?

— Promis. Merci encore de m'avoir ramenée !

Kyra sauta au bas du van et se dirigea vers le pont le plus proche. Megan ne redémarra que lorsqu'elle l'eut franchi. Comme elle l'avait prédit à son amie, nombre de gens s'étaient installés sur le pas de leur porte. Elle salua les voisins de Quinn à qui elle n'avait jamais été présentée mais qui la connaissaient de vue. Ils lui rendirent son salut, et elle s'avança jusqu'à la porte de Quinn. Elle envoya alors un SMS à Megan pour lui confirmer que tout allait bien, puis se servit de sa clé pour entrer.

Au bout du couloir, elle pouvait distinguer l'éclat bleuté et tremblotant de la télévision qui retransmettait un match de football américain. En s'approchant, elle vit que son ami s'était endormi devant l'écran, ce qui lui arrivait régulièrement. Mais dès qu'elle pénétra dans la pièce il se réveilla en sursaut.

— Kyra ! s'exclama-t-il, surpris. Qu'est-ce que tu fais là ?

— Je venais te faire mon rapport, répondit-elle avant de jeter un regard accusateur en direction de la canette de bière vide qui était posée sur la table basse devant lui.

— La main dans le sac, s'exclama Quinn en riant. Assieds-toi.

Il éteignit le poste de télévision et se tourna vers elle. Son regard vif et perçant ne trahissait plus le moindre signe de fatigue, et il était difficile de croire qu'il s'était trouvé plongé dans un profond sommeil, quelques instants seulement auparavant.

— Dis-moi tout, l'encouragea-t-il.

— Je n'ai malheureusement pas vu grand-chose.

McAllister ne m'a pas laissée accéder à la scène de crime parce qu'il pensait que le corps se trouvait peut-être dans un état de décomposition avancé.

— On ne peut pas le lui reprocher. Ce n'est pas toujours beau à voir, surtout lorsque les animaux sauvages se sont mis de la partie. Que t'a dit Jake ?

— Nous n'avons pas pu parler parce qu'il y avait des journalistes sur les lieux. Mais il m'a fait comprendre que nous avions bien affaire à une victime du même tueur.

— Vous n'en avez pas discuté sur le chemin du retour ? s'étonna Quinn.

Elle secoua la tête.

— Non, je suis rentrée avec une amie journaliste qui se trouvait sur place pour couvrir les incendies. C'était vraiment moins une, tu sais. Quelques minutes après que nous avons quitté les lieux et évacué le corps, la scène de crime a dû être ravagée par les flammes.

Quinn se leva péniblement de son fauteuil.

— Je vais te raccompagner jusqu'à ta voiture, lui dit-il.

— Pas question. Je peux très bien y aller toute seule. Il y a des tas de gens dehors. Et puis je suis armée, tu sais.

— C'est ce que tu me répètes régulièrement, acquiesça-t-il. Mais un revolver n'est pas un talisman. Il ne te protège pas automatiquement de tous les dangers.

— Je sais, soupira-t-elle, un peu lasse d'entendre en boucle la même recommandation. Je te promets d'être très prudente.

— À propos de prudence, tu sais que tu ne pourras pas cacher éternellement à Jake la vérité sur notre relation.

Elle hocha la tête. Quinn semblait bien décidé à aborder tous les sujets sensibles, ce soir-là.

— Tu ferais mieux de tout lui dire. Et le plus tôt sera

le mieux. Tu sais qu'il a déjà beaucoup de mal à faire confiance à qui que ce soit – a fortiori à une psy.

— Je sais, répéta-t-elle. Mais j'ai besoin d'un peu de temps. Laisse-moi faire les choses à mon rythme. D'accord ?

— N'est-ce pas toujours ce que tu fais, Mimi ?

Le surnom familier éveilla en elle une profonde mélancolie. Le cœur lourd, elle vint déposer un petit baiser sur la joue de Quinn, puis se dirigea vers la sortie. Une fois dehors, elle constata que le vent n'avait pas faibli. La brise apportait toujours la même odeur de fumée. Les pompiers devaient toujours être à l'œuvre, et leur travail se poursuivrait certainement durant toute la nuit.

Elle se demanda brusquement si le tueur n'avait pas pu mettre délibérément le feu pour que les pompiers retrouvent le corps qu'il avait trop bien caché. Cette idée fit naître un frisson glacé qui dévala le long de son échine.

Mieux valait sans doute éviter les suppositions gratuites. En suivant ce genre de raisonnement, elle risquait de se convaincre que le tueur était à l'origine du vent de Santa Ana…

Les voisins de Quinn étaient rentrés chez eux, et les rues paraissaient désertes. Réprimant un nouveau frisson, elle s'engagea sur le pont et le traversa d'un bon pas. Tandis qu'elle s'engageait dans le réseau de ruelles qui s'ouvraient de l'autre côté, elle se demanda si elle n'aurait pas mieux fait d'accepter l'escorte que lui proposait Quinn.

Elle aperçut alors une ombre à l'entrée d'une venelle. Le cœur battant à tout rompre, elle fut presque tentée de rebrousser chemin. Mais c'était absurde, bien sûr. Le tueur n'avait aucune raison de savoir qui elle était, ni où elle se trouvait.

Par acquit de conscience, elle plongea néanmoins la

main dans son sac. Lorsque l'ombre s'avança vers elle, elle crispa les doigts sur la crosse de son arme.

— Est-ce que vous auriez un peu d'argent, madame ? lui demanda un SDF aux longs cheveux grisonnants et à la barbe broussailleuse.

Elle ne put réprimer un soupir de soulagement et sortit quelques billets qu'elle lui tendit.

— Dieu vous bénisse, madame ! lui dit-il en portant la main à la visière de sa casquette.

Elle lui décocha un sourire un peu nerveux et se remit en marche. Contrairement à Jake, elle ne pouvait courir le risque de se garer n'importe où lorsqu'elle venait rendre visite à Quinn. Elle avait donc laissé sa voiture dans un petit parking qui se trouvait à quelque distance des canaux.

Lorsqu'elle y parvint, elle ne put s'empêcher de penser à Kelsey Lindquist, qui s'était fait enlever dans un parking semblable. Les choses auraient-elles vraiment tourné différemment si elle avait été armée ? Kyra n'en était plus aussi sûre.

S'installant au volant, elle démarra et remonta vers le nord-ouest, en direction de Santa Monica. En route, elle vérifia à plusieurs reprises qu'elle n'était pas suivie. Ce ne fut que lorsqu'elle arriva en vue de chez elle qu'elle réussit enfin à se détendre.

Après s'être garée sur le petit parking réservé aux occupants de son immeuble, elle franchit le portail qui donnait sur le jardin de la copropriété. Aussitôt, une forme surgit de l'ombre pour venir se frotter contre ses jambes.

Spot était un chat errant qu'elle avait pris l'habitude de nourrir, au grand dam de ses voisins. Elle était cependant parvenue à se concilier leurs bonnes grâces en leur assurant que Spot les débarrassait des rats. Elle se pencha pour caresser le petit animal, qui se mit aussitôt à ronronner de plaisir.

Il la suivit à l'intérieur de l'appartement qu'elle occupait au rez-de-chaussée. Là, elle changea son eau et remplit de pâtée pour chat la gamelle qu'elle lui avait achetée. Au moment de jeter la boîte de conserve, elle s'aperçut que la poubelle était quasiment pleine.

Réprimant un soupir, elle ferma le sac avant de ressortir pour aller le porter jusqu'au conteneur qui se trouvait sous un petit porche, au niveau du parking, et le jeta à l'intérieur. Elle prit soin de refermer doucement le couvercle pour qu'il ne claque pas, ce que ses voisins détestaient plus encore que Spot.

Comme elle s'apprêtait à repartir, elle aperçut soudain un morceau de papier qui gisait sur le sol. Convaincue qu'il avait dû tomber d'un sac-poubelle, elle se pencha pour le ramasser et le jeter. Mais elle se figea presque aussitôt en découvrant que ce qu'elle avait pris pour un simple morceau de papier était en réalité une carte à jouer. La dame de cœur.

8

En se levant, ce matin-là, Jake constata qu'il avait toujours dans la bouche un goût de fumée. Sa gorge le faisait encore souffrir et, après s'être douché, lavé les dents et habillé, il alla prendre une boîte de pastilles contre le mal de gorge.

Il en était déjà à la troisième lorsqu'il arriva au poste. Là, il se rendit directement dans la salle qui avait été mise à la disposition de la force opérationnelle. Brandon Nguyen, le technicien de l'équipe, était déjà à pied d'œuvre.

— Votre bureau est ici, inspecteur, dit-il en désignant l'une des tables, sur laquelle était effectivement posé l'ordinateur de Jake. J'ai tout connecté, et vous avez une ligne sécurisée.

— Parfait, Brandon. Est-ce que vous avez anticipé le fait que la force opérationnelle risquait de se voir renforcée ? Le canyon où nous avons retrouvé le corps, hier soir, se trouve sous la juridiction du shérif du comté de Los Angeles et non sous celle de la police de la ville. Ils vont probablement nous envoyer leur spécialiste en matière d'homicides.

— Le capitaine Castillo m'en a déjà informé, et je lui ai préparé un poste.

— Vous êtes le meilleur, Brandon ! s'exclama Jake. Savez-vous s'il y a du nouveau au sujet de l'appel d'hier soir ?

— Pas encore mais mon équipe est en plein travail, et cela ne devrait plus tarder.

— Est-ce que ça signifie qu'il ne s'agissait pas d'une carte prépayée ? s'étonna Jake.

— Apparemment, non. Mais nous en aurons la certitude d'ici moins d'une heure, je pense.

Brandon désigna le bureau qui jouxtait celui de Jake.

— J'ai installé Billy Crouch à côté de vous, précisa-t-il. J'espère que ça vous convient.

Jake haussa les épaules d'un air faussement fataliste.

— J'imagine qu'il faut bien qu'il s'asseye quelque part, répondit-il avant de décocher un clin d'œil complice à Nguyen.

Prenant place à son nouveau bureau, il se mit aussitôt au travail. Le corps du canyon n'avait pas encore été identifié. L'examen préliminaire indiquait qu'il s'agissait d'une femme entre dix-huit et vingt-cinq ans, de type caucasien, qui mesurait un mètre soixante et avait dû peser environ soixante-cinq kilos. Elle arborait sur le dos un grand tatouage représentant un papillon.

Ses empreintes ne figuraient dans aucune base de données de la police. Jake avait chargé l'un de ses hommes d'éplucher le fichier des personnes disparues au cas où quelqu'un correspondrait à cette description. Billy pourrait éventuellement y jeter un coup d'œil, lui aussi, car depuis que sa propre sœur cadette avait disparu il consultait très régulièrement ce fichier.

Les recherches du bijou de Kelsey dans sa voiture, sur le parking et dans le parc n'avaient rien donné. L'idée que le tueur avait pu prélever deux trophées devenait donc de plus en plus crédible. Ce n'était pourtant pas un procédé très courant, et Jake se demandait s'il fallait attribuer à ce détail une signification particulière.

Billy Crouch pénétra alors à grands pas dans la pièce. Comme à son habitude, il était vêtu d'un costume impeccablement coupé. Se dirigeant aussitôt vers Jake, il vint se percher sur le bord de son bureau.

— Comment est-ce que tu peux travailler avec un raffut pareil ? s'exclama-t-il en secouant la tête d'un air incrédule.

Jusqu'alors, Jake n'avait même pas prêté attention au bruit que faisaient ses collègues qui discutaient ou téléphonaient autour de lui.

— Il va bien falloir que tu t'y fasses, répondit-il en tapotant malicieusement le bureau voisin. Tu es juste ici. Comme cela, je vais pouvoir te tenir à l'œil, Dandy.

— À mon avis, c'est toi qu'il faudrait tenir à l'œil. Comme j'étais sur le point de te le dire hier soir avant que nous soyons interrompus par cet incendie, cette fille n'a pas pu travailler avec Quinn, contrairement à ce qu'elle prétend. Elle est beaucoup trop jeune pour cela. Toute la question est de savoir pourquoi elle t'a menti.

Jake secoua la tête.

— C'est moi qui me suis trompé, mentit-il avec aplomb. Ce n'est pas avec Quinn qu'elle a collaboré mais avec son épouse, Charlotte.

Il n'aurait su dire pourquoi il prenait ainsi la défense de la jeune femme. Cherchait-il à sauver la face vis-à-vis de Billy ? Ou voulait-il laisser à Kyra le bénéfice du doute ? Il y avait certainement un peu des deux.

— Cela paraît déjà plus logique, déclara Billy en ôtant sa veste, qu'il posa précautionneusement sur le dossier de son fauteuil. En tout cas, si tu continues à fréquenter Kyra Chase, demande-lui si elle a les coordonnées de Megan Wright, la journaliste avec qui elle est rentrée hier. Je l'ai vue à la télé ce matin et je dois dire qu'elle est vraiment très mignonne…

— Billy, je te rappelle que tu es marié, protesta Jake.

— Séparé, rectifia Billy avec un soupir. Simone m'a de nouveau fichu dehors. Et cette fois je crois bien que c'est pour de bon. Je ne peux pas vraiment le lui reprocher, d'ailleurs. Elle mérite mieux qu'un mari à temps partiel. Et les enfants ont besoin d'un père qui ne passe pas une partie de ses nuits à courir après des assassins…

Jake ouvrit la bouche et la referma aussitôt. Il n'était pas en position de prodiguer des conseils matrimoniaux à qui que ce fût. D'ailleurs, Billy avait sûrement raison. Simone voulait peut-être partager sa vie avec quelqu'un qui soit capable de s'engager réellement. Après tout, tel avait été le cas de Tess…

Ils furent interrompus par Brandon, qui venait d'entrer en courant dans la pièce.

— Ça y est ! lança-t-il à l'intention de Jake. Ils l'ont !

— Tu sais de quoi il parle ? s'enquit Billy.

— Du portable qu'a utilisé le tueur. Ils sont parvenus à l'identifier ! Alors, ce n'est vraiment pas une carte SIM jetable ? demanda-t-il à Brandon.

— Non, c'est un numéro attribué. Il est enregistré au nom d'une certaine Rachel Blackburn.

Brandon tendit à Jake le papier sur lequel étaient inscrits le nom, le numéro et l'adresse de la femme en question. Billy haussa un sourcil.

— Tu crois qu'il pourrait s'agir de sa femme ou de sa petite amie ?

— J'en doute, répondit Jake. Ce type s'est arrangé pour ne laisser aucune empreinte génétique ou digitale et pour échapper aux caméras de surveillance. Je ne pense vraiment pas qu'il commettrait une erreur aussi énorme alors qu'il est en train d'appeler la police.

— D'accord, concéda Billy. Tu as raison. Ce n'est

probablement pas l'appareil de l'un de ses proches. Mais il a bien dû se le procurer d'une façon ou d'une autre, et cette Rachel Blackburn pourra peut-être nous dire dans quelles circonstances ça s'est passé.

— C'est précisément ce que j'espère, Dandy. Félicitez votre équipe de ma part, Brandon. Je le ferai moi-même dès que j'en aurai l'occasion. C'est du bon boulot !

— Nous faisons juste notre travail, répondit modestement Brandon.

Mais son regard cachait mal la fierté que lui inspiraient ces éloges.

— Je suppose qu'on a déjà essayé de rappeler le numéro, fit alors Billy.

— Bien sûr. Mais il ne sonne pas. On ne tombe même pas sur une messagerie.

— Nous allons nous charger de localiser cette Rachel Blackburn, déclara Jake lorsque Brandon s'éloigna. Au travail !

Il leur fallut moins d'un quart d'heure pour y parvenir. Ne pouvant joindre Rachel elle-même, ils contactèrent ses parents. Sa mère leur apprit que la jeune femme s'était fait dérober son téléphone portable la veille. Elle leur donna aussi l'adresse de la boutique pour laquelle elle travaillait.

— C'est sur Melrose Avenue, précisa Jake en éteignant son ordinateur.

Billy fit de même, et tous deux enfilèrent leurs vestes avant de se diriger vers l'ascenseur.

— Quel genre de magasins est-ce ? s'enquit Billy.

— Une boutique de vêtements.

— C'est mon rayon, déclara son coéquipier en se frottant les mains.

— De vêtements pour *femmes*.

— C'est doublement mon rayon, dans ce cas.

— Tu es vraiment incorrigible, s'exclama Jake en riant.

Tous deux empruntèrent une voiture disponible dans le parking souterrain du commissariat, et Billy prit le volant.

— Est-ce que Rachel Blackburn nous attend ? demanda-t-il en prenant la direction de Melrose Avenue.

— Sa mère m'a dit qu'elle appellerait le magasin pour l'informer de notre arrivée. Elle ne paraissait pas particulièrement surprise que la police de Los Angeles se déplace pour un simple vol de portable.

— Elle croit peut-être que nous faisons ça à chaque fois. Ou alors, elle a été trop impressionnée par ton attitude pour oser te poser des questions…

— C'est pour cela que je t'emmène, répliqua Jake. Je serai le méchant flic et toi le gentil.

Moins de dix minutes plus tard, ils se garèrent en face de la boutique de vêtements. En pénétrant à l'intérieur, ils ne manquèrent pas d'attirer l'attention des clientes qui étaient pour la plupart des hipsters à la pointe de la mode.

La jeune femme qui se trouvait derrière le comptoir était vêtue dans le plus pur style gothique. Son maquillage très marqué mettait parfaitement en valeur ses grands yeux et sa bouche sensuelle.

— Regarde, souffla Billy en désignant une vitrine, ils vendent des bijoux pour piercing.

— Tu penses que Kelsey aurait pu acheter le sien ici ?

— Ça vaut le coup de s'en assurer.

— Je peux faire quelque chose pour vous, messieurs ? leur demanda alors la jeune gothique.

— Vous êtes bien Rachel Blackburn ?

Elle hocha la tête.

— Votre mère a dû vous prévenir que nous passerions. Nous sommes de la police de Los Angeles. Je suis l'inspecteur McAllister, et voici l'inspecteur Crouch.

— Bonjour, inspecteur, répondit-elle en serrant la main qu'il lui tendait.

Il put admirer les gracieux tatouages en forme de branchages qui s'enroulaient autour de son poignet pour remonter le long de son avant-bras droit.

— Je ne suis pas sûre de comprendre pourquoi la police de Los Angeles s'intéresse à un simple vol de portable, ajouta-t-elle.

— Est-ce qu'il y a un endroit où nous pourrions discuter à l'abri des oreilles indiscrètes ? lui demanda Jake.

— Bien sûr. Gustavo ! appela-t-elle. Est-ce que tu pourrais tenir le fort pendant quelques minutes ?

Le rideau de perles qui séparait le magasin de l'arrière-boutique s'écarta, laissant apparaître un jeune homme couvert de tatouages. Son crâne était presque entièrement rasé, ne laissant apparaître qu'un toupet de cheveux couleur platine en son sommet.

— Tes désirs sont des ordres, *chica*, s'exclama-t-il joyeusement.

Rachel leur fit signe de la suivre et les entraîna par-delà le rideau de perles dans une salle qui s'avéra être un studio de tatouage et de piercing.

— J'imagine que vous n'avez pas encore retrouvé votre téléphone, lui dit Jake.

— Non. J'ai tenté de l'appeler, mais ça ne sonne même pas. J'ai essayé d'envoyer un SMS, mais le message n'est jamais arrivé.

Elle écarta une mèche torsadée de cheveux noirs qui lui tombait sur l'œil.

— Vous ne m'avez toujours pas dit pourquoi vous vous intéressez à mon portable, remarqua-t-elle.

— Parce que celui qui vous l'a volé s'en est servi pour

passer un appel qui nous intéresse beaucoup. Et nous voudrions savoir de qui il s'agit.

— Je comprends, acquiesça gravement Rachel.

— Avez-vous la moindre idée de qui aurait pu vous voler cet appareil ? Quand l'aviez-vous pour la dernière fois et quand avez-vous constaté sa disparition ? Ce genre d'information pourrait nous être très précieuse.

— Nous allons également demander un relevé des communications passées depuis ce téléphone, ajouta Billy. Il nous serait donc utile de savoir quels appels vous avez passés et quels messages vous avez envoyés en dernier. Cela nous permettra d'évaluer quand l'appareil vous a été dérobé et qui le voleur a cherché à contacter.

— Je peux déjà vous dire que je me le suis fait voler à Melrose, déclara-t-elle en croisant les bras sur sa poitrine. J'ai travaillé presque toute la journée, hier. Je suis sortie pour prendre un café. Je suis passée voir une amie qui travaille dans une autre boutique de fringues. Et je suis allée déjeuner…

— Et vous êtes sûre que vous l'aviez en arrivant ?

— Certaine. Je l'ai utilisé hier matin. Et je me suis rendu compte que je l'avais perdu à 3 heures de l'après-midi, alors que j'étais encore ici.

— Et où était-il censé être pendant tout ce temps ? s'enquit Billy.

— Dans mon sac à main.

Jake sortit son calepin de sa poche. La plupart de ses collègues utilisaient leurs téléphones pour prendre des notes ou pour enregistrer les témoins. Mais il avait toujours préféré s'en tenir au papier. Cela lui permettait de mieux organiser ses idées.

— Pouvez-vous nous donner les noms des différents

endroits où vous êtes passée et les heures approximatives ? s'enquit-il.

— C'est facile, acquiesça-t-elle. À 10 heures, juste après être arrivée ici, je me suis arrêtée à Uncommon Grounds, le café voisin. Vers 11 h 45, je suis passée chez Jenny's, une boutique de vêtements située un peu plus loin sur Melrose. J'ai proposé à mon amie qui y travaille de venir déjeuner avec moi. Vers midi, nous sommes allées au Pita Shop. Puis j'ai fait un nouveau crochet par Uncommon Grounds pour prendre un café. Et je suis revenue ici…

— Et pendant tout ce temps vous n'avez pas utilisé votre portable ? s'étonna Jake.

— Je ne crois pas…

— Merci beaucoup pour ces précieuses informations, Rachel, conclut-il. Nous allons vérifier les caméras de sécurité de tous ces établissements pour tenter de comprendre où et par qui vous vous êtes fait dérober ce téléphone.

— Je suis heureuse d'avoir pu vous aider…

Elle hésita un instant avant de poser la question qui lui brûlait les lèvres.

— Est-ce que vous pouvez m'en dire plus sur ce fameux appel ? leur demanda-t-elle.

— J'ai bien peur que non, répondit Billy en tirant une carte de visite de sa poche.

Il la tendit à Rachel.

— N'hésitez pas à nous appeler si quelque chose vous revient – ou si vous constatez quoi que ce soit d'anormal.

Un éclair d'inquiétude passa dans le regard de Rachel.

— Est-ce que cette personne est dangereuse ? s'enquit-elle.

— Oui, répondit gravement Jake. Mais je ne pense pas qu'elle en ait après vous. Tout ce qu'elle voulait, c'était votre téléphone. Autre chose : est-ce que vous faites des piercings nasaux, ici ?

— Oui.

— Et vous gardez une liste de vos clients ?

— Bien sûr.

— Si je vous donnais un nom et une période, est-ce que vous pourriez vérifier si cette personne s'est fait percer le nez ici ?

— Sans problème. Gustavo ! appela-t-elle de nouveau. Où as-tu mis la liste des piercings ?

Gustavo les rejoignit dans l'arrière-boutique et alla chercher un registre relié de faux cuir rouge.

— Tout est là-dedans, déclara-t-il avant de se tourner vers Rachel. Alors ? lui demanda-t-il. Est-ce que tu leur as posé la question ?

Elle secoua la tête.

— Quelle question ? s'enquit Jake, curieux.

— Rachel veut devenir flic, leur expliqua Gustavo.

— C'est vrai ? s'étonna Jake.

Elle haussa les épaules.

— Si j'y arrive, répondit-elle. Il me reste encore un semestre à l'université de Santa Monica avant de décrocher ma licence de droit pénal. Mais j'aimerais pousser jusqu'au master avant de rejoindre la police.

— Et quelle était la question dont parlait Gustavo ?

— J'aimerais faire un stage, histoire de voir si c'est vraiment ce que je veux faire.

— Est-ce que vous vous verriez faire un stage au central téléphonique ? lui proposa Jake. C'est un très bon endroit pour découvrir l'ensemble de nos activités. Et nous avons toujours besoin de gens intelligents, calmes et méthodiques. Or c'est tout à fait l'impression que vous me donnez.

— C'est vrai ? murmura-t-elle en rougissant légèrement.

— Oui. Si j'en crois la façon dont vous avez répondu

à nos questions, en tout cas… Je pourrais vous obtenir un entretien si vous êtes intéressée.

— Je le suis, lança-t-elle avec enthousiasme.

Jake lui tendit à son tour sa carte et lui conseilla de l'appeler d'ici quelques jours. Rachel le remercia chaleureusement et lui confia le registre des piercings. Jake l'ouvrit et commença à le feuilleter. Il était parfaitement tenu : pour chaque client étaient indiqués la date, le nom, le numéro de téléphone et le type d'intervention effectuée.

Se fondant sur ce que lui avaient dit les parents de Kelsey, il remonta deux semaines en arrière et parcourut la liste.

— Bingo ! s'exclama-t-il en montrant à Billy le nom de la jeune femme. C'est bien ici qu'elle s'est fait percer le nez. Et c'est aussi là qu'elle a acheté son diamant, ajouta-t-il.

Il constata alors que Rachel s'était légèrement décalée de façon à pouvoir apercevoir le nom qu'il désignait. Avant qu'il ait pu retirer son doigt, elle eut le temps de le lire et laissa échapper une exclamation d'effroi.

— Kelsey Lindquist ! C'est l'une des victimes du tueur en série, n'est-ce pas ? L'une des deux filles qui ont été retrouvées étranglées par le *copycat* du Joueur ! C'est bien lui, n'est-ce pas ? C'est lui qui a volé mon téléphone ?

9

— J'ai une faveur à te demander…

Clive Stewart, le policier scientifique spécialiste des empreintes digitales, observa attentivement la carte à jouer contenue dans le sachet en plastique que Kyra venait de lui remettre.

— Où est-ce que tu as trouvé ça ? s'étonna-t-il. Je viens tout juste de recevoir la dame de pique que Jake a découverte à côté du corps à Malibu. Et j'ai déjà la dame de carreau et la dame de cœur qui étaient sur les deux autres victimes. Est-ce qu'il y en a eu une quatrième ?

— Non, le rassura-t-elle. Et c'est la raison pour laquelle c'est une faveur que je te demande. Celle-ci ne provient pas d'une scène de crime. Est-ce que tu pourrais jeter un coup d'œil et me dire s'il y a des empreintes ? Si c'est le cas, je transmettrai officiellement l'information à McAllister, mais s'il n'y a rien ce n'est pas la peine de perdre notre temps et notre énergie.

Clive ne parut pas complètement convaincu.

— Mais qu'est-ce qui te fait dire que cette carte pourrait avoir un rapport avec ces meurtres ? lui demanda-t-il.

Kyra savait que, si elle lui disait la vérité, Clive insisterait pour qu'elle en parle à la force opérationnelle. Et dans ce cas elle risquait de se voir mise sur la touche et placée sous la protection de la police.

— C’est juste une intuition, éluda-t-elle. Mais s’il n’y a pas d’empreintes ça ne servira à rien, de toute façon.

Clive la considéra d’un air hésitant mais, au grand soulagement de Kyra, il finit par hausser les épaules.

— Comme tu voudras, répondit-il. Suis-moi, je n’en aurai que pour quelques minutes.

— Merci beaucoup, Clive. Je te revaudrai ça.

Elle lui emboîta le pas et le suivit dans l’aile du bâtiment qui abritait les laboratoires de la police scientifique. Le district nord-est s’était récemment équipé de nouveaux laboratoires spécialisés en balistique, en analyse hématologique et en traitement des empreintes digitales. Cela lui permettait de ne plus être entièrement dépendant des labos du comté, qui étaient parfois surchargés. Seules les coûteuses analyses génétiques étaient externalisées.

Parvenu devant sa paillasse, Clive enfila une paire de gants en latex et sortit la carte à jouer de sa pochette avant d’y répandre de la poudre dactyloscopique à l’aide d’une petite brosse.

— Est-ce que tu savais que les cartes à jouer étaient originaires de Chine ? demanda-t-il sur le ton de la conversation. Les différentes couleurs – pique, cœur, carreau et trèfle – sont nées en Italie, en revanche. Les motifs ont ensuite été modifiés par les Allemands, puis simplifiés par les Français…

— Vraiment ? fit Kyra d’un ton absent.

Clive éclata de rire.

— Tu n’es pas obligée de faire comme si cela t’intéressait, lui dit-il. Ma femme fait ça tout le temps, tu sais. Et je suis maintenant capable de détecter l’ennui des gens à un kilomètre à la ronde.

— Ce n’est pas de l’ennui, lui assura Kyra en rougissant. Je suis juste… préoccupée, c’est tout…

Clive était bien trop poli pour la presser de questions à ce sujet. Il se concentra sur la carte à jouer dont il se saisit avec des pincettes pour la placer sous un tube de lumière noire.

— Rien de ce côté-ci, déclara-t-il. Même pas tes empreintes.

Kyra s'était servie d'une pince à épiler pour ramasser la carte et la glisser dans un sac de congélation.

— Au fait, tu ne m'as jamais dit… Qu'est-ce qui t'a donné envie de travailler avec la police ? lui demanda alors Clive.

C'était effectivement un sujet sur lequel elle évitait généralement de s'étendre. Tandis que Clive analysait le verso de la carte, elle lui livra la version qu'elle avait concoctée pour répondre aux gens qui lui posaient la question.

— Une de mes amies a été assassinée lorsque j'étais à l'université. Sa mort m'a beaucoup affectée. Je me suis alors spécialisée dans la psychologie criminelle. Je pensais initialement travailler comme profileuse, mais je me suis rendu compte que c'était trop dur, que cela me ramenait à ce qui s'était passé… Alors j'ai commencé à travailler avec les victimes et leurs familles, pour essayer de leur apporter l'aide dont j'aurais eu besoin à l'époque.

Ce n'était pas très loin de la vérité, au fond. À un détail près… Pendant qu'elle parlait, Clive avait inspecté le revers de la carte.

— Rien du tout, conclut-il. Il n'y a pas une seule empreinte. Elle pourrait sortir tout droit du paquet.

La nouvelle ne contribua guère à rassurer Kyra. Quelle chance y avait-il pour qu'une carte flambant neuve se retrouve dans son local poubelle ? Pourquoi quelqu'un aurait-il jeté un paquet jamais utilisé ? D'ailleurs, si les cartes avaient été sorties de leur étui, il aurait dû y avoir des empreintes dessus.

— Merci beaucoup, dit-elle à Clive en s'efforçant d'adopter un ton parfaitement décontracté. Tu peux la remettre dans le sachet. J'imagine que ce n'était qu'une simple coïncidence… En tout cas, je te suis vraiment reconnaissante pour ton aide. S'il y a quoi que ce soit que je puisse faire pour toi, surtout, n'hésite pas.

— Tout ce que je souhaite, lui dit-il gravement, c'est que tu n'ébruites pas ce que j'ai fait pour toi. Je ne tiens pas à ce que des dizaines de flics viennent me demander de réaliser des analyses en douce.

Cette mise en garde n'étonna pas Kyra le moins du monde. Elle savait que Clive était quelqu'un d'intègre et avait même été un peu étonnée qu'il accepte aussi facilement de l'aider. Mais l'heure de la retraite approchait pour lui, et il était un peu moins procédurier qu'il ne l'avait été autrefois.

— C'est promis, lui dit-elle. Je ne dirai pas un mot à qui que ce soit.

Tous deux ressortirent du laboratoire dont la porte à serrure magnétique se referma derrière eux.

— Il faut que je retourne à mon bureau, lui dit-il.

— Et moi au mien, répondit-elle. Merci encore, Clive, et à bientôt.

Ils se séparèrent et, après avoir glissé le sachet contenant la carte dans son sac à main, Kyra se dirigea à grands pas vers le QG de la force opérationnelle. Mais, au détour d'un couloir, elle percuta de plein fouet quelqu'un qui venait en sens inverse.

— Je suis désolée, lâcha-t-elle lorsqu'une main se posa sur son épaule pour l'empêcher de basculer en arrière.

— Ce n'est pas grave…

Elle prit alors conscience que l'homme dans lequel elle venait de foncer tout droit n'était autre que Jake McAllister.

— Vous semblez bien pressée, remarqua-t-il avec un sourire malicieux.

— J'ai entendu dire que vous aviez repéré le téléphone utilisé par le tueur.

— Et moi j'ai cru comprendre que vous aviez été ramenée chez vous par des journalistes, hier soir, rétorqua-t-il.

— C'est vrai, reconnut-elle. J'ai demandé à votre coéquipier de vous prévenir.

— Il l'a fait.

— Megan Wright, la journaliste en question, est une de mes amies. Je sais que vous n'en avez pas, ajouta-t-elle d'un ton narquois. Ce sont des gens avec qui on sort dîner, danser ou boire un verre, de temps en temps. Certains amis partent même en vacances ensemble. Vous devriez vraiment essayer. Cela réduirait votre niveau de stress.

Loin de prendre ombrage de ses moqueries, Jake se fendit d'un sourire amusé.

— Croyez-le ou pas, répliqua-t-il, j'en ai quelques-uns.

— Les collègues et les criminels ne comptent pas, objecta-t-elle.

— Aïe ! dit-il en grimaçant. Pas étonnant que je sois si stressé, alors…

— Pour en revenir à ce téléphone portable… ?

— Nous avons retrouvé la personne à qui il a été volé, répondit-il. Et, par chance, elle avait une idée très précise des endroits où l'on avait pu le lui dérober.

Il jeta un coup d'œil à sa montre.

— D'ici une heure environ, nous devrions recevoir les enregistrements des caméras de sécurité des boutiques par lesquelles elle est passée. En attendant, que diriez-vous d'aller manger un morceau ? Je vous dois un déjeuner, je crois.

— Vous ne me *devez* rien du tout, objecta-t-elle sans trop savoir pourquoi.

Elle aurait dû se réjouir de cette occasion de lui soutirer des informations au sujet de l'affaire.

— Alors, disons que j'en ai envie, répondit-il, à sa grande surprise.

Dans les yeux de Jake, elle tenta de discerner quelle pouvait être sa motivation. Mais il faisait partie de ces gens qui ne se dévoilaient pas facilement, et son expression ne laissait rien paraître.

— C'est d'accord, acquiesça-t-elle.

Il hocha sobrement la tête, et tous deux gagnèrent le parking où était garée la voiture de service de Jake.

— Avez-vous une envie particulière ? lui demanda-t-il en démarrant.

— J'aimerais juste éviter les restaurants fréquentés uniquement par des policiers, lui dit-elle.

— Vous avez honte d'être aperçue en ma compagnie ? s'enquit-il d'un ton narquois.

— Je préfère surtout éviter que nous soyons interrompus toutes les cinq minutes.

Ils quittèrent le parking et remontèrent Glendale Boulevard en direction du centre.

— Apparemment, les pompiers ont réussi à éteindre complètement l'incendie de Malibu, annonça alors Jake. Malheureusement, il a entièrement détruit la scène de crime.

— Le tueur avait raison, alors. Et il doit être soulagé que nous ayons découvert sa troisième victime à temps.

— Sa première, en fait. La décomposition du corps indique clairement qu'elle a été tuée avant les deux autres. Mais il l'a trop bien cachée.

— Est-ce que vous avez découvert de qui il s'agissait ?

— Pas encore, hélas. Mais c'est une priorité pour nous.

— Parce que les tueurs choisissent souvent leurs premières victimes dans leur environnement immédiat ? suggéra-t-elle.

Il lui jeta un regard appréciateur.

— En effet…

Ils roulèrent durant quelques minutes, jusqu'à un petit centre commercial sur le parking duquel Jake se gara.

— Il y a un très bon restaurant vietnamien, ici, lui dit-il lorsqu'ils furent descendus de voiture. Et si cela ne vous tente pas il y a aussi une pizzeria et un tex-mex très corrects.

— Va pour un *pho*, acquiesça-t-elle. J'adore ça.

Ils pénétrèrent dans la galerie commerciale, et Jake la guida jusqu'au minuscule restaurant qui se trouvait tout au fond. Lorsqu'il ouvrit la porte, un déferlement d'arômes vint leur chatouiller les narines. Ils allèrent passer commande au comptoir, puis s'installèrent à une petite table où la serveuse vint leur apporter une théière et deux tasses.

En regardant Jake les servir, elle se demanda ce qui pouvait expliquer ce brusque revirement d'attitude et décida qu'elle le devait probablement à la bénédiction que lui avait donnée Quinn. Ce dernier était toujours très respecté au sein de la police de Los Angeles et, de son propre aveu, Jake comptait parmi ses admirateurs.

Elle le regarda remonter les manches de sa chemise, révélant des avant-bras musclés et l'extrémité d'un tatouage qui devait orner son biceps gauche. On aurait dit la queue d'un serpent ou peut-être d'un dragon.

La serveuse revint alors avec deux bols de *pho* fumants et des couverts. Ils commencèrent à manger avec appétit, et Kyra dut bien reconnaître que Jake n'avait pas exagéré les mérites de ce restaurant.

— C'est vraiment délicieux, lui dit-elle.

— Je suis content que cela vous plaise.

Ils continuèrent à manger pendant quelques instants en silence.

— Parlez-moi de ce portable, l'encouragea-t-elle après avoir avalé une gorgée de thé pour apaiser la brûlure du piment sur sa langue.

— Il appartient à une certaine Rachel Blackburn, qui est vendeuse dans un magasin situé sur Melrose. Elle l'a perdu ou il lui a été volé hier.

— Et vous espérez trouver où et par qui en visionnant les bandes des caméras de surveillance des lieux où elle s'est rendue ?

— Précisément. Tous sont situés sur Melrose Avenue, et elle est certaine qu'elle l'avait en arrivant à sa boutique, hier matin.

— C'est une piste prometteuse, alors, s'exclama Kyra avec enthousiasme.

— Très. Et il y a mieux. Devinez qui est venu se faire faire un piercing au magasin où travaille Rachel ?

Kyra ouvrit de grands yeux.

— Kelsey ? murmura-t-elle.

— En personne.

— Donc, l'une des victimes du tueur fréquentait Melrose Avenue, et le tueur lui-même y a dérobé un téléphone. Se pourrait-il qu'il habite dans le coin ou qu'il y travaille ?

— C'est possible, concéda Jake. Il faudrait savoir si Marissa fréquentait le quartier, elle aussi. Quoi qu'il en soit, ce témoignage de Rachel Blackburn est notre première véritable piste.

— Vous avez eu beaucoup de chance de tomber sur un tel témoin.

— Oui. Et figurez-vous qu'elle rêve d'entrer dans la police. Je lui ai promis de soutenir sa candidature si elle voulait faire un stage chez nous.

— Ça alors, murmura Kyra, sidérée.

— Qu'y a-t-il ?

Elle secoua la tête.

— C'est juste que je n'aurais jamais imaginé que vous puissiez être aussi… gentil.

Jake ne put retenir un éclat de rire.

— Merci, répondit-il. Je suis flatté.

Kyra se sentit rougir malgré elle.

— Ce n'est pas ce que je voulais dire…

Elle s'interrompit en fronçant légèrement les sourcils.

— En fait, si, reprit-elle. C'est exactement ce que je voulais dire.

— Si cela peut vous rassurer, mon geste n'était pas complètement désintéressé. La police a besoin de personnes compétentes et intelligentes, et je suis convaincu que Rachel Blackburn en est une.

Kyra observa longuement Jake. Elle se demanda si l'attitude bourrue et parfois cassante qu'il adoptait ne servait pas à dissimuler une tout autre nature.

— À ce propos, ajouta-t-il, je me disais que vous pourriez peut-être vous entretenir avec elle. D'une certaine façon, elle aussi est une victime du tueur. Et je peux vous assurer que, lorsqu'elle a compris qui lui avait volé son téléphone, elle n'en menait vraiment pas large.

— Je serai heureuse de le faire, acquiesça Kyra sans hésiter.

Ils continuèrent à discuter de l'enquête et du travail de dérushage qui attendait toute l'équipe, cet après-midi-là.

— Je vais aller payer et me commander un café avant de retourner au charbon, déclara Jake lorsqu'ils eurent terminé leur déjeuner. Est-ce que vous en voulez un ?

— Volontiers. Avec un trait de crème et sans sucre, s'il vous plaît.

Il hocha la tête et se dirigea vers le comptoir pour commander. Quelques instants plus tard, il vint poser une tasse devant elle. Mais comme il contournait la table pour aller se rasseoir il heurta par mégarde le sac à main de Kyra, qui était posé sur le sol. Celui-ci bascula, et le contenu se répandit sur le sol.

— Je suis vraiment désolé, dit Jake en s'agenouillant pour ramasser les affaires éparpillées.

Il se figea alors brusquement en apercevant le sachet de congélation qui contenait la dame de cœur.

10

— Qu'est-ce que c'est que ça ? lâcha Jake, partagé entre stupeur et incompréhension.

— Une carte à jouer, répondit Kyra en soutenant son regard.

— Ça, je le vois bien. Ce que je voudrais savoir, c'est d'où elle sort et pourquoi elle est couverte de poudre dactyloscopique.

— Ce n'est rien, fit-elle pour éluder. Nous ferions mieux de rentrer au poste. L'équipe doit vous attendre…

Jake la considéra d'un air méfiant, se demandant ce qu'elle pouvait bien mijoter. Malheureusement, elle avait raison sur un point : ses hommes devaient l'attendre pour visionner les enregistrements des caméras de sécurité. Il vida donc d'un trait sa tasse de café, se brûlant la langue et le palais au passage.

— Allons-y, dit-il.

Sans attendre sa réponse, il glissa la carte dans la poche intérieure de sa veste et se dirigea vers la sortie. Kyra le suivit, abandonnant prudemment son propre café. Il l'entendit remercier la serveuse et lui souhaiter une bonne journée, ce qui ne fit qu'ajouter à la colère qui bouillonnait en lui.

Il ignorait d'où provenait cette carte, bien sûr. Mais il savait que si Kyra l'avait fait analyser c'est qu'elle était importante à ses yeux. Or elle ne lui en avait pas dit un mot.

Il jura intérieurement. Au fil de ces dernières heures, il en était presque arrivé à lui faire confiance. N'était-il pas revenu la chercher pour l'emmener à Malibu ? Ne l'avait-il pas invitée au restaurant pour lui faire part des dernières avancées de l'enquête ?

Et comment le récompensait-elle ? En lui mentant. En lui cachant des preuves. Une fois de plus, une femme – une psy, qui plus est – lui plantait un couteau dans le dos au moment où il s'y attendait le moins.

Par réflexe plus que par prévenance, il lui ouvrit sa portière. Sans mot dire, elle prit place sur le siège passager. Les dents serrées, Jake contourna le véhicule pour aller s'asseoir au volant.

— Je peux tout vous expliquer, vous savez, lui dit-elle lorsqu'il eut démarré.

— Et qu'est-ce qui vous fait penser que je vais vous croire, à présent ?

— J'ai trouvé cette carte dans le local poubelle de mon immeuble, reprit-elle sans tenir compte de son interruption. Je ne savais pas si c'était une simple coïncidence ou si cela avait un rapport avec l'enquête.

— Pourquoi est-ce que vous ne m'en avez pas parlé ? répliqua Jake durement.

— Je ne voulais pas vous embêter avec ça…

— M'embêter avec ça ? répéta-t-il d'une voix vibrante de colère à peine contenue. Alors que vous envisagiez la possibilité qu'il s'agisse d'une carte laissée par le tueur ? C'est une plaisanterie ? Au cas où vous ne seriez pas au courant, c'est moi qui dirige la force opérationnelle chargée de le retrouver. Comment suis-je censé y parvenir si je ne peux même pas faire confiance aux gens avec qui je travaille ?

— Écoutez… Je ne pensais pas vraiment qu'il puisse

s'agir du tueur… Je veux dire… Pourquoi m'aurait-il ciblée, moi ? Je ne suis même pas une policière – juste une experte indépendante.

— Et peut-on savoir ce que Clive a découvert ?

— Ne vous en prenez pas à lui, plaida-t-elle. Il m'a dit que c'était la première et la dernière fois qu'il faisait une expertise pour rendre service à quelqu'un.

— Qu'a-t-il trouvé ? insista Jake.

— Rien du tout. Aucune empreinte… Ce n'était probablement qu'une coïncidence. D'autant que ce n'est pas le même modèle de cartes à jouer que celui que le tueur utilise.

Jake ne put réprimer un soupir. Force lui était de reconnaître qu'au fond il comprenait la réaction de Kyra. Elle avait trouvé cette carte et avait pris peur, ce qui, étant donné les circonstances, était parfaitement compréhensible. Mais, au lieu de paniquer, elle avait préféré s'assurer tout d'abord qu'il ne s'agissait pas d'un malheureux hasard.

S'il était parfaitement honnête, cela témoignait d'un certain professionnalisme…

— Je suis désolé, déclara-t-il tandis qu'ils pénétraient dans le garage du commissariat. Je n'aurais pas dû m'emporter de cette façon.

— Ne vous en faites pas. Je comprends. Vous êtes soumis à une grande pression, ces temps-ci.

Jake alla se garer à sa place habituelle.

— Kyra, lui dit-il lorsque tous deux descendirent de voiture, vous avez probablement mieux à faire mais, si vous voulez, n'hésitez pas à vous joindre à nous pour visionner les enregistrements des caméras de sécurité.

— Vraiment ? fit-elle, surprise.

Il haussa les épaules.

— Quinn a affirmé que vous aviez parfois une façon

décalée de considérer les choses. Cela pourrait nous être utile…

Elle demeura silencieuse durant quelques instants. On aurait presque dit que cette proposition la touchait.

— Je suis partante, déclara-t-elle enfin.

Tous deux gagnèrent donc le QG de la force opérationnelle où plusieurs de leurs collègues les attendaient. L'étonnement qui se lut dans le regard de certains d'entre eux quand ils les virent arriver ensemble n'échappa pas à Jake. La plupart des gens qui travaillaient avec lui savaient combien il détestait les psys.

Il préféra s'abstenir de tout commentaire, sachant que cela ne ferait qu'alimenter les rumeurs qui risquaient de courir sur leur compte. Que lui importait, après tout, ce que les gens pouvaient bien penser de leurs relations ?

Il commença par résumer la découverte qu'avait faite l'équipe technique, le matin même, et les informations que leur avait transmises Rachel.

— Nous savons quelles boutiques elle a visitées et à quelle heure. À cela s'ajoutent les bandes de sa boutique pour l'ensemble de la journée. Brandon a réparti les différents enregistrements que nous allons visionner par groupes de deux personnes. Sur chaque bureau, vous trouverez la photo d'une jeune femme aux cheveux noirs avec un tatouage au bras droit et plusieurs piercings. C'est Rachel. Si nous la suivons attentivement au cours de ses déplacements de la journée, nous avons une chance d'apercevoir notre tueur. Alors, au travail !

Les équipes se formèrent rapidement et se mirent à l'œuvre.

— Asseyez-vous avec moi en attendant l'arrivée de Billy, proposa Jake à Kyra.

Elle hocha la tête et vint prendre place à ses côtés. Il

lança alors l'enregistrement que Brandon avait chargé sur son ordinateur.

— Où est-ce ? s'enquit Kyra.

— Dans un café situé près de la boutique de Rachel appelé Uncommon Grounds, répondit Jake. D'après l'heure indiquée par le *timecode*, il s'agit de sa pause du midi. Elle est passée prendre un café en revenant du restaurant où elle avait déjeuné. Vous êtes prête ?

— Prête.

Jake pressa la touche de lecture. Brandon avait pris soin de caler l'enregistrement cinq minutes avant l'heure que leur avait indiquée Rachel. À ce moment de la journée, le café était très fréquenté, et ils pouvaient voir se succéder les clients qui venaient commander au bar. L'unique caméra était en effet pointée vers le comptoir, et l'on ne distinguait pas le reste du café.

Tandis que, côte à côte, Kyra et lui observaient attentivement la scène, Jake se surprit à remarquer le parfum que portait la jeune femme. C'était un bouquet à la fois floral et épicé, riche sans être capiteux. Malgré lui, il ne put s'empêcher de se sentir légèrement troublé.

— Est-ce que c'est elle ? demanda soudain Kyra en désignant le bord de l'écran où venait d'apparaître une jeune femme aux cheveux noirs.

— C'est elle, en effet.

Il ralentit le flux vidéo et commença à prendre des captures d'écran régulières à mesure qu'elle progressait en direction du comptoir.

— J'essaye de voir si on aperçoit son portable dans son sac, mais ce n'est pas évident, dit Kyra.

— Mais il est fermé !

— Oui, mais dans le mien, par exemple, il y a une

pochette extérieure où je range mon téléphone, et on peut deviner la forme à travers le cuir.

— Juste à côté de votre pistolet, j'imagine ? ironisa Jake.

— Bien sûr que non, répondit-elle le plus sérieusement du monde. On n'est pas censé apercevoir le pistolet… Là ! C'est au tour de Rachel.

De fait, la jeune femme était arrivée au niveau du comptoir et passait commande auprès de la serveuse avec laquelle elle échangea quelques mots. Elle sortit son portefeuille et en tira une carte de crédit pour régler sa consommation.

Puis elle se décala pour attendre son café. La caméra n'offrait qu'une vue très partielle de l'endroit où les boissons étaient servies, et Rachel se trouvait hors-champ. Au bout d'un moment, Jake figea l'image.

— C'est elle, déclara-t-il en désignant une main qui se tendait pour attraper un gobelet en carton. Je reconnais son tatouage et le vernis à ongles noir.

— Malheureusement, on ne distingue ni son sac ni les gens qui se trouvent autour d'elle, soupira Kyra. Et moi qui espérais que nous prendrions le tueur littéralement la main dans le sac… Nous ne savons même pas si elle avait son portable en entrant dans le café.

— Une autre équipe aura peut-être plus de chances que nous.

Jake revint en arrière, jusqu'au moment où Rachel était entrée dans le café. Il s'apprêtait à relancer l'enregistrement lorsque Billy pénétra dans le QG.

— Alors ? lança-t-il à la cantonade. Est-ce que quelqu'un a repéré ce salopard ?

En guise de réponse, il n'obtint que quelques grognements qui n'auguraient rien de très positif.

— Nous avons vu Rachel sortir son téléphone, lors de sa pause-café du matin, signala l'un des inspecteurs.

— À quelle heure ? s'enquit Billy en s'approchant du grand tableau blanc qui était accroché au mur.

Il prit un marqueur et inscrivit l'heure exacte.

— Elle l'avait au moment du déjeuner, annonça une autre de leurs collègues.

— Cela nous amène donc à la pause-café du midi, déclara Billy. Qui s'en est chargé ?

— Kyra et moi, répondit Jake. Malheureusement, nous n'avons pas vu de téléphone – ni de mouvements suspects, d'ailleurs…

— Est-ce que quelqu'un a une vue de l'extérieur ? s'enquit Billy. Un enregistrement montrant la rue, au moment où Rachel est retournée à sa boutique ? Elle pourrait s'être fait voler le portable à ce moment…

Personne ne répondit, et Jake tourna un regard interrogateur vers Brandon. Ce dernier écarta les bras, arborant une mine désolée.

— Nous n'avons pas ces enregistrements, reconnut-il. Il y a pourtant bien une caméra, et nous avons les images de Rachel se rendant chez Jenny's, au restaurant, puis au café. En revanche, nous n'avons rien après cela.

— Est-ce un oubli de la part de l'équipe chargée de la vidéosurveillance ?

— Non. Il n'y a pas d'enregistrement pendant tout le reste de la journée. Apparemment, la caméra a été victime d'un dysfonctionnement.

— Drôle de coïncidence, murmura Jake, frustré.

Tout comme Kyra, il avait espéré pouvoir prendre le tueur sur le fait.

— J'ai une question pour ceux qui l'ont vue sortir son téléphone, intervint alors la jeune femme. Où l'a-t-elle rangé, ensuite ? Dans la poche centrale de son sac ou dans une pochette latérale ?

— Elle l'avait au moment où elle a déjeuné avec son amie. Il était posé sur la table à côté d'elle, et je me suis même dit que c'était le meilleur moyen pour se le faire voler. Mais à la fin du repas il était toujours là, et elle l'a remis dans son sac, dans la poche centrale.

— Cela signifie qu'elle aurait très bien pu le sortir et le poser près d'elle à un autre moment, remarqua Jake. Il ne s'agit donc pas nécessairement d'un pickpocket… Qu'a-t-elle fait en rentrant au magasin ?

— Elle a posé son sac dans l'arrière-boutique et n'y a plus touché jusqu'à 3 h 10 où elle est allée chercher son portable et s'est rendu compte qu'il n'était plus là, répondit l'un des deux inspecteurs chargés de l'enregistrement.

— Et elle ne pourrait pas s'être trompée ? s'enquit Jake.

L'homme secoua la tête.

— Impossible, déclara-t-il. Elle a entièrement vidé son sac.

— Cela signifie donc que le vol a eu lieu entre le moment où elle est entrée dans le café et celui où elle est revenue à la boutique, conclut Billy. Soit au café lui-même, soit dans la rue.

— Nous devrions regarder l'enregistrement une fois de plus, suggéra Kyra.

— Je suis d'accord, acquiesça Jake. Merci à tous pour votre aide. Nous vous tiendrons au courant si nous découvrons quoi que ce soit. Mais, une chose est sûre, Melrose Avenue est un point nodal de notre enquête : c'est là que le téléphone a été volé et que Kelsey Lindquist s'est fait percer le nez. Nous allons concentrer nos efforts sur ce quartier et tenter de déterminer si Marissa le fréquentait aussi.

Les policiers qui se trouvaient là se remirent au travail tandis que Billy rejoignait Jake et Kyra.

— Ça ne vous dérange pas si je jette un coup d'œil avec vous ?

— Plus on est de fous, plus on rit. Est-ce que tu as découvert quoi que ce soit au sujet de la victime de Malibu ?

— Malheureusement, non. Toutes les pistes que j'avais se sont révélées être des impasses.

— Tu as jeté un coup d'œil au fichier des personnes disparues ?

— Bien sûr. Mais ça n'a rien donné.

— Le tueur n'a pas l'air de cibler particulièrement les fugueuses ou les prostituées, remarqua Kyra.

Billy ne put s'empêcher de tiquer. Sa propre sœur avait fugué, et il savait comme chacun d'entre eux que bon nombre de jeunes femmes qui disparaissaient de cette façon se retrouvaient sur les trottoirs de Los Angeles ou d'ailleurs.

— Ni Kelsey ni Marissa n'en étaient, reconnut Billy. Le tueur n'a peut-être pas de critères de ce genre. Peut-être sélectionne-t-il ses victimes complètement par hasard.

— Raison de plus pour nous intéresser au lieu où il les choisit, déclara Jake. Ce pourrait être leur seul point commun. Est-ce que vous êtes prêts ?

Billy et Kyra marquèrent leur assentiment, et il déclencha la lecture. Les yeux rivés sur l'écran, tous trois suivirent la progression de Rachel dans le café.

— Stop ! s'exclama Kyra lorsque Rachel ouvrit son sac pour payer et sortit sa carte bleue.

Jake s'exécuta aussitôt.

— Regardez, lança la jeune femme, à l'intérieur du sac, juste à côté du portefeuille. Ça pourrait être son portable, non ?

Jake observa attentivement l'objet qu'elle leur montrait et que l'on distinguait à peine en raison de la mauvaise définition de l'image.

— Vous avez raison, reconnut-il enfin. À moins qu'elle n'ait aussi une liseuse ou une tablette…

Il pressa de nouveau la touche de lecture, et Rachel reprit sa carte de crédit, la replaça dans son portefeuille et remit celui-ci dans son sac. Un nouvel arrêt sur image leur confirma que Kyra ne s'était pas trompée.

— C'est bien son téléphone, s'exclama Billy. Bien vu, Kyra !

Elle hocha modestement la tête. Jake effectua une capture d'écran, puis relança la lecture. Billy ne put réprimer un juron.

— Elle est hors-champ pendant tout le temps où elle attend son café, murmura-t-il.

— Mais nous avons encore resserré la fenêtre durant laquelle elle a pu se faire voler le portable, déclara Jake. Je vais lui passer un coup de fil et je lui demanderai si elle se rappelle quoi que ce soit d'anormal, à ce moment-là. Quelqu'un qui lui aurait adressé la parole ou une bousculade, par exemple.

— Tu crois qu'elle s'en souviendra ? demanda Billy, dubitatif.

— C'est quelqu'un de très observateur. Elle nous l'a prouvé ce matin. Je pense que ça vaut le coup d'essayer. Je vais aussi joindre le bureau du shérif pour leur signaler que nous allons effectuer une enquête de voisinage du côté de Melrose.

— Quant à moi, je vais devoir vous laisser, déclara Kyra en jetant un coup d'œil à sa montre. J'ai plusieurs patients à voir, cet après-midi, et je ne suis pas précisément en avance. Merci de m'avoir laissée regarder les enregistrements avec vous.

— Il n'y a pas de quoi, dit Jake. D'autant que c'est vous qui avez repéré le portable de Rachel. Merci pour votre aide.

L'éclair de malice qui passa dans les yeux de Billy n'échappa pas à Jake.

— Je vais vous reconduire jusqu'à votre voiture.

— Ce n'est pas la peine, répondit-elle.

— C'est la moindre des choses, insista Jake.

Il vit Billy se fendre d'un large sourire, mais fit mine de ne pas l'avoir remarqué. Kyra et lui prirent l'ascenseur, quittèrent le poste de police et débouchèrent sur Treadwell Street, où elle s'était garée.

— Tenez-moi au courant si vous apprenez quoi que ce soit, lui dit-elle. Et merci encore pour ce délicieux déjeuner.

— C'était un plaisir.

Kyra s'approcha de sa portière et se pencha légèrement pour l'ouvrir. Il eut alors l'impression qu'un grand frisson la parcourait et, lorsqu'elle se redressa, son visage était très pâle.

— Quelque chose ne va pas ? lui demanda-t-il, inquiet.

— Tout va bien, lui assura-t-elle d'une voix qui manquait singulièrement de conviction.

— Kyra ?

Elle secoua la tête.

— Tout va bien. Je viens juste de me rappeler que j'avais un rendez-vous avec un patient en début d'après-midi. Et je l'avais complètement oublié…

Jake la considéra très attentivement. Son instinct lui criait qu'elle était en train de lui mentir, une fois de plus. D'ailleurs, n'avait-elle pas fait allusion aux rendez-vous qui l'attendaient, quelques minutes auparavant ? N'aurait-elle pas dû se souvenir alors de celui-ci ?

— Tout va bien, répéta-t-elle d'un ton à peine plus convaincu. Il faut juste que je rappelle ce patient et mon secrétariat, ajouta-t-elle en sortant son portable de son sac à main. Tenez-moi au courant pour la suite. Et, si vous avez Rachel au téléphone, n'hésitez pas à lui donner mon numéro et à lui dire qu'elle peut m'appeler quand elle veut.

— C'est d'accord, répondit Jake.

Il hésita quelques instants, mais Kyra s'était déjà installée au volant de sa voiture. Les yeux fixés sur son téléphone, elle était en train de rédiger un SMS. Il ne pouvait tout de même pas la forcer à lui dire ce qui venait de se passer. Et il ne pouvait pas demeurer là indéfiniment.

À contrecœur, il tourna donc les talons et se dirigea vers l'entrée du commissariat. Comme il était sur le point de tourner dans San Fernando Road, il jeta un dernier coup d'œil par-dessus son épaule et constata que Kyra était ressortie de sa voiture et qu'elle s'était agenouillée pour ramasser quelque chose qu'elle avait dû faire tomber dans le caniveau.

11

Kyra considéra la carte qu'elle venait de ramasser dans le caniveau, juste à côté de sa voiture. Il s'agissait de la dame de carreau. Cette fois-ci, elle ne s'était pas embarrassée de précautions pour la récupérer. Si le tueur n'avait pas laissé d'empreintes, la fois précédente, il y avait peu de chances pour que ce soit le cas aujourd'hui. De plus, elle ne se voyait pas demander un nouveau service à Clive Stewart.

Évidemment, elle aurait pu signaler sa découverte à Jake…

Elle jeta un coup d'œil à l'immeuble qui abritait le poste de police du district nord-est, cherchant d'éventuelles caméras de sécurité qui auraient pu filmer celui qui avait déposé la carte. Mais elle n'en aperçut aucune et regretta amèrement de ne pas s'être garée dans le parking souterrain.

Laissant tomber la carte sur le siège passager, elle ferma les yeux, s'efforçant de réfléchir posément à la situation. Il n'y avait aucune raison de penser que le tueur ait pu obtenir son adresse ou connaître le modèle de sa voiture. De plus, pourquoi s'en serait-il pris à une psychologue chargée d'aider les familles des victimes plutôt qu'aux inspecteurs qui le recherchaient activement ?

Tout cela n'avait aucun sens. Mais le fait qu'elle ait découvert une deuxième carte éliminait malheureusement la possibilité qu'il ne s'agisse que d'une simple coïncidence…

Elle comprit alors qu'elle n'avait pas d'autre choix que d'en parler à Jake. Ces cartes pouvaient parfaitement les mener jusqu'au tueur. D'autant que la force opérationnelle ne croulait pas sous les indices, pour le moment.

Mais avant cela elle allait devoir s'occuper de ses patients. Elle irait également parler à Quinn, dont les conseils s'avéreraient certainement très précieux…

Lorsqu'elle arriva chez Quinn, ce soir-là, Kyra fut très surprise de le trouver avec un grand plat de lasagnes fumantes à la main.

— Depuis quand est-ce que tu cuisines ? lui demanda-t-elle, passablement interloquée.

— Je te rassure tout de suite, ce n'est pas moi qui ai préparé ça.

— On dirait pourtant bien un plat fait maison…

— Il est fait maison. Par ma voisine, Rose, celle qui habite de l'autre côté du canal.

— Rose ? répéta-t-elle. N'est-ce pas celle qui était mariée à un producteur de cinéma ?

— C'est bien elle.

— Et n'a-t-elle pas perdu son mari, l'année dernière ?

— Si, lâcha Quinn en allant poser le plat sur la petite table de la salle à manger. Mais il est inutile de te faire des idées.

— Si tu le dis…

— Tu ferais mieux d'ajouter un couvert et de me dire ce qui ne va pas.

Elle le considéra avec étonnement.

— Je ne suis pas né de la dernière pluie, Kyra. Et je te connais comme si je t'avais faite.

Elle ne pouvait prétendre le contraire.

— À vrai dire, c'est pour t'en parler que je suis venue te voir…

Elle fouilla dans son sac et en sortit la dame de carreau.

— J'ai découvert ça par terre, près de ma voiture, cet après-midi.

— Et tu t'es empressée de la couvrir d'empreintes digitales ? s'exclama-t-il. Je croyais pourtant t'avoir mieux formée que cela…

— On n'aurait rien trouvé.

— Comment peux-tu en être aussi sûre ?

— Parce que ce n'est pas la première sur laquelle je tombe, répondit-elle. Il y avait une dame de cœur près de ma poubelle, hier soir. Je l'ai fait expertiser, et il n'y avait aucune empreinte.

L'inquiétude qui se lisait à présent dans les yeux de Quinn la fit se sentir coupable. Peut-être aurait-elle dû épargner cette révélation à son vieil ami et en parler directement à Jake.

— Qui a réalisé l'expertise ?

— Clive Stewart.

— Dans ce cas, il ne s'agit pas d'une erreur. Qu'en a pensé Jake ?

— Que j'aurais dû lui en parler. Il a découvert la carte un peu par hasard.

Quinn leva les yeux au ciel.

— Encore des secrets ! dit-il d'un ton réprobateur. Tu sais que tu fais partie de cette force opérationnelle, n'est-ce pas ? Tu es censée collaborer avec eux pour les aider à coincer ce tueur, pas leur mettre des bâtons dans les roues ! Ils ont besoin de tous les indices qu'ils peuvent trouver.

— C'est ce que j'ai compris après avoir découvert la seconde carte, acquiesça-t-elle un peu piteusement. Très franchement, j'ai pensé que la première n'était qu'une simple coïncidence.

— Tu sais ce que je pense des coïncidences, dans une enquête de police ?

— *Il n'y a pas de coïncidences*, déclara-t-elle en imitant sa voix.

— La simple absence d'empreintes sur la première carte prouve qu'elle était suspecte.

— Sans doute, concéda-t-elle, mais en l'absence d'empreintes et de caméras de surveillance devant chez moi je ne vois pas où cet indice aurait bien pu nous mener.

— Tu n'avais surtout pas envie que Jake se demande pourquoi *toi* tu serais visée spécifiquement.

— Nous n'avons pas affaire au Joueur, objecta-t-elle. Il s'agit d'un *copycat*. Comment saurait-il qui je suis ?

— Qui te dit que c'est le *copycat* qui a laissé ces cartes ? objecta Quinn.

Kyra sentit les battements de son cœur s'emballer dans sa poitrine.

— Tu penses que ce pourrait être le Joueur lui-même ?

— Bien sûr que non, répondit Quinn. Mais je pense que quelqu'un pourrait très bien se servir de cette histoire pour essayer de te faire peur…

— Tu veux parler de Matt ? s'exclama Kyra, totalement prise de court.

C'était une éventualité qui ne lui avait pas même traversé l'esprit.

— Pourquoi pas ? Tu sais qu'il en est parfaitement capable.

— C'est vrai, reconnut-elle. Et si c'est lui il espère probablement que je vais reprendre contact avec lui pour m'en assurer. Or je n'ai pas envie de lui donner cette satisfaction.

— Je ne peux pas te le reprocher, acquiesça Quinn. Mais tu m'as parlé de deux cartes. Où se trouve l'autre ?

— C'est Jake qui l'a, répondit-elle.

Elle désigna le plat qui trônait au centre de la table.

— Nous ferions peut-être bien de commencer à manger avant que ça refroidisse.

Quinn hocha la tête.

— Je vais chercher l'eau et la salade, déclara-t-il. Mets ton couvert.

Elle s'exécuta, et tous deux se mirent à table.

— Ces lasagnes sont absolument délicieuses, déclara Kyra au bout de quelques bouchées. Rose est une cuisinière hors pair…

— Comment a réagi Jake lorsqu'il a trouvé la première carte ? demanda-t-il sans tenir compte de sa remarque.

— Pas très bien, avoua-t-elle. Il était même très en colère contre moi, à vrai dire. Mais j'ai réussi à le convaincre que ce n'était probablement…

Elle s'interrompit et se mordit la lèvre.

— Qu'une coïncidence ? compléta Quinn en haussant un sourcil broussailleux.

Elle hocha la tête.

— Fais très attention avec Jake, lui conseilla Quinn. Il a déjà été trahi par l'une de tes homologues.

— Lizbeth, oui, je sais. Elle a témoigné à décharge alors qu'elle avait été appelée par l'accusation. À cause d'elle, un criminel a été libéré et il a récidivé dans la foulée. Jake était furieux… J'étais là, le jour où il a dit à Lizbeth ce qu'il pensait d'elle. Ce n'était pas beau à voir, mais je peux t'assurer que beaucoup pensaient tout bas ce qu'il disait à voix haute…

Ils continuèrent à manger en silence pendant quelques instants.

— Quand vas-tu parler à Jake de la deuxième carte ? lui demanda enfin Quinn.

— Bientôt.

— Est-ce que tu lui parleras aussi de ce qui s'est passé à l'époque ?

— Pas tant que ce ne sera pas absolument nécessaire, répondit-elle.

— Tu as bien conscience du fait qu'il pourrait découvrir la vérité par lui-même ? C'est un excellent enquêteur, et il a un instinct très sûr.

Elle secoua la tête.

— À ce stade, il n'a absolument aucune raison de soupçonner quoi que ce soit, déclara-t-elle avec assurance.

Jake considéra d'un œil noir l'écran de son ordinateur. Il avala une nouvelle gorgée de café. C'était sa troisième tasse depuis qu'il était rentré au poste, et il savait déjà qu'il aurait du mal à trouver le sommeil, ce soir-là. Mais il ne comptait pas aller se coucher tant qu'il n'aurait pas trouvé ce qu'il cherchait.

Ses premières recherches au sujet de Kyra Chase ne lui avaient permis que d'effleurer le passé de la jeune femme. Il savait ainsi qu'elle avait décroché sa licence à l'université de Californie à Los Angeles avant de suivre un master de psychologie clinique à l'université d'État de Californie. Parallèlement, elle avait commencé à travailler comme thérapeute et, très rapidement, comme experte auprès de la police.

De toute évidence, Kyra était brillante et très motivée. Mais c'était à peu près tout ce qu'il avait pu déduire de son profil. Elle était quasiment absente des médias sociaux, ce qu'il ne pouvait lui reprocher, lui qui s'en tenait résolument à l'écart.

Elle n'avait pas menti au sujet de Charlotte Quinn qui lui avait même dédicacé l'un de ses livres en indiquant qu'elle était sa psy préférée. En revanche, il n'existait aucun document confirmant qu'elle avait été impliquée dans l'une des enquêtes de Roger Quinn.

C'était d'autant plus étonnant que Jake n'imaginait aucun des deux lui mentir. Quinn était beaucoup trop droit dans ses bottes. Quant à Kyra, elle n'était pas du genre à se justifier, particulièrement en inventant des histoires de ce genre.

Jake se massa doucement l'arête du nez. Il devait en revenir à ce qu'il savait : Quinn avait travaillé sur l'affaire du Joueur. Kyra se passionnait pour l'affaire du *copycat*. Kyra connaissait Quinn. Et quelqu'un avait déposé chez elle une carte à jouer…

Se pouvait-il qu'elle ait été impliquée d'une façon ou d'une autre dans l'enquête initiale que Quinn avait menée pour tenter d'identifier le Joueur ? Il fronça les sourcils, calculant que la jeune femme devait alors être âgée de huit ans.

Se levant brusquement de son bureau, il alla chercher le volumineux dossier qu'il avait récupéré aux archives. Il commença à le feuilleter, parcourant les comptes rendus d'autopsie, les rapports de la police scientifique et ceux de Quinn et de ses hommes. Il y avait aussi un certain nombre d'articles de journaux concernant la macabre série de crimes. Et enfin, les dossiers de chacune des victimes…

C'était toujours la partie la plus déchirante, dans ce genre d'enquête – a fortiori lorsque le coupable n'avait jamais été retrouvé. Chacune de ces femmes s'était vue privée de son avenir, de ses rêves et de ses espoirs. Tous les membres de leurs familles avaient vu leur vie basculer dans la foulée.

Jake continua quelques instants à feuilleter ce triste florilège avant de tomber en arrêt devant une feuille froissée au bas de laquelle quelqu'un avait inscrit à la main à l'encre rouge : « Demande refusée ».

Jake s'aperçut avec étonnement que le document en question était une demande d'adoption. Elle avait été adressée par Roger Quinn et son épouse aux services sociaux du comté pour demander que leur soit confiée la fille de Jennifer Lake, l'une des victimes du Joueur. Et cette demande avait été rejetée.

Le cœur battant à tout rompre, Jake chercha des informations sur Jennifer et sur sa fille. Il ne tarda pas à tomber sur une photo de la jeune femme, une très jolie blonde. Il était évident que le cliché en question avait été pris pour illustrer un book de mannequin ou d'actrice.

L'un des articles concernant son assassinat indiquait qu'elle avait effectivement joué de petits rôles dans diverses séries, mais également qu'elle avait travaillé comme escort-girl. Au moment de sa mort, elle était âgée de vingt-cinq ans et avait une petite fille de huit ans appelée Marilyn Monroe Lake et surnommée Mimi.

— Incroyable, murmura Jake, de plus en plus sidéré.

Quelle personne saine d'esprit appellerait sa fille Marilyn Monroe ?

Jake tourna la page et trouva enfin la preuve qu'il cherchait. C'était une photo de Jennifer, démaquillée, cette fois. Et, malgré les différences qui existaient entre les deux femmes, il reconnut instantanément les grands yeux bleus qu'il avait sentis si souvent se poser sur lui au cours de ces derniers jours.

Jake prit à peine le temps de refermer le dossier d'enquête et d'éteindre son ordinateur. S'emparant de la sacoche de son portable, il se précipita hors de son bureau. Il salua au passage les agents de permanence et emprunta l'ascenseur pour gagner le garage.

À vive allure, il quitta le commissariat et remonta San Fernando Road avant de s'engager sur Glendale Freeway. Il rejoignit la voie express numéro dix qui traversait la ville de part en part et fonça vers la mer, en direction de Santa Monica.

Il ne savait pas réellement ce qu'il allait dire à Kyra. Des tas de pensées contradictoires se bousculaient dans sa tête sans qu'il parvienne à y mettre bon ordre. Mais il était au moins convaincu d'une chose : il fallait qu'il lui parle.

Le trajet jusque chez elle lui parut durer une éternité. Mais il finit par atteindre son immeuble et se gara à moitié sur un trottoir, misant une fois de plus sur son appartenance à la police de Los Angeles pour ne pas être inquiété.

Le bâtiment où vivait Kyra ne manquait pas d'un certain charme : il comptait huit appartements répartis sur deux niveaux et deux bâtiments qui se faisaient face. Ils étaient séparés par un petit jardin aménagé de façon plutôt charmante.

Comme Jake s'interrogeait pour savoir quel appartement habitait Kyra, il entendit une portière claquer sur le petit parking de l'immeuble. Quelques instants plus tard, la jeune femme ouvrit le portillon qu'il venait de franchir et tomba en arrêt devant lui, visiblement stupéfaite de le trouver là.

— Bonsoir, Mimi, lui dit-il.

12

Kyra sentit son porte-clés lui échapper, et il tomba sur le sol avec un tintement argentin. Elle se baissa aussitôt pour le récupérer, ce qui lui donna quelques secondes pour recouvrer un semblant de self-control. Lorsqu'elle se redressa, elle plaqua un sourire parfaitement artificiel sur ses lèvres.

— Comment m'avez-vous appelée ? lui demanda-t-elle.

— Mimi. C'était bien votre nom, n'est-ce pas ? Ou plutôt, votre surnom, il y a vingt ans de cela, quand avant d'être Kyra Chase vous étiez encore Marilyn Monroe Lake, une petite fille de huit ans dont la mère venait de se faire assassiner par le Joueur.

— Je plains cette pauvre Marilyn Monroe Lake, répondit-elle en se dirigeant vers la porte de son appartement.

Tandis qu'elle la déverrouillait, elle se demanda ce que Jake avait bien pu apprendre d'autre sur son compte. Une chose était certaine : Quinn ne s'était pas trompé à son sujet. Il avait démontré ses talents d'enquêteur.

Elle ouvrit la porte, et il esquissa un pas dans sa direction.

— Est-ce que vous allez m'inviter à entrer ? s'enquit-il. M'expliquer, peut-être, pourquoi vous avez jugé bon de me mentir ?

Elle se tourna vers lui et affronta son regard, refusant de se laisser intimider.

— Ai-je vraiment le choix ? répliqua-t-elle.

Sur ce, elle entra et laissa tomber ses clés et son sac à main sur la petite desserte qui se trouvait dans l'entrée.

— Vous pouvez fermer le verrou derrière vous, lança-t-elle par-dessus son épaule.

Jake s'exécuta, et la douceur avec laquelle il referma le battant l'inquiéta presque plus que s'il l'avait claqué. Elle se demanda avec angoisse s'il avait l'intention de la renvoyer de son équipe. Elle était bien décidée à se battre bec et ongles pour ne pas se laisser éconduire. Elle utiliserait toutes les armes qui étaient à sa disposition pour rester en poste.

— Pourquoi êtes-vous allé fouiller dans mon passé ? lâcha-t-elle en se tournant enfin vers lui. Est-ce que vous agissez de cette façon avec tous vos collègues ou seulement avec ceux dont vous voulez vous débarrasser ?

Jake passa une main dans ses cheveux en soupirant. Elle se rendit compte alors combien il paraissait fatigué : ses yeux étaient cernés de noir ; son front et la commissure de ses lèvres portaient la marque des responsabilités et de l'inquiétude qu'il devait endosser en tant que chef de la force opérationnelle.

— Est-ce vraiment ce que vous pensez ? Au cours des deux derniers jours, vous ai-je réellement donné l'impression que je ne voulais pas de vous au sein de mon équipe ? Je vous ai emmenée à Malibu, je vous ai invitée à déjeuner pour discuter de l'enquête et je vous ai proposé de vous joindre à nous pour dérusher les enregistrements vidéo de Melrose Avenue…

Kyra sentit sa colère refluer, remplacée par un sentiment de culpabilité. Elle ne pouvait nier la véracité de ce qu'il venait de lui dire. Et elle se rappelait parfaitement les mises en garde de Quinn. Peut-être aurait-elle dû accorder sa confiance à Jake dès le début…

— Comment avez-vous découvert la vérité ? lui demanda-t-elle d'une voix légèrement tremblante. J'ai fait appel à une agence spécialisée pour effacer toutes les traces de mon passé…

— Je m'en suis rendu compte, concéda Jake. Mes recherches en ligne n'ont strictement rien donné. Mais les gens à qui vous avez fait appel n'ont tout de même pas le bras assez long pour faire disparaître les dossiers de police.

— Mais qu'est-ce qui vous a poussé à vous y replonger ?

— Le fait que vous m'ayez menti chez Quinn. Vous avez prétendu avoir collaboré avec lui, mais vous étiez bien trop jeune lorsqu'il a pris sa retraite. Ensuite, il y a eu cette carte que vous m'avez cachée. Et cet après-midi encore, lorsque je vous ai raccompagnée jusqu'à votre voiture, vous m'avez de nouveau menti. N'essayez pas de le nier : je commence à vous connaître, Kyra…

Elle se sentit rougir malgré elle. Une fois de plus, il l'avait percée à jour. Elle n'avait pourtant pas l'habitude de se sentir aussi transparente.

— Vous me demandez si je passe au crible tous mes collègues ? reprit-il. La réponse est non. Mais c'est parce que je n'ai pas de raison particulière de me méfier d'eux.

Il n'y avait pas de colère dans les yeux de Jake – juste de la déception. Et cela ne fit qu'ajouter à sa culpabilité. Car elle savait que ce n'était pas la première fois que quelqu'un trahissait sa confiance. Et elle savait aussi combien il en avait souffert.

— Vous dites que vous avez vu mon nom de baptême dans le dossier du Joueur, remarqua-t-elle d'une voix légèrement étranglée. Mais Quinn m'a assuré qu'il n'y avait pas de photo de moi. Alors, comment avez-vous su ?

— Ce n'était pas très difficile. Il y avait la demande d'adoption déposée par Quinn et son épouse, Charlotte, pour la fille de l'une des victimes, qui se trouvait être âgée de huit ans. Et puis il y avait cette photo de votre mère, ajouta-t-il en sortant de sa poche un cliché qu'il lui tendit.

Kyra s'en empara d'une main tremblante et observa le visage de sa mère, si plein de vie et d'espoir. Elle pouvait presque sentir son parfum l'envelopper. Un brusque vertige s'empara d'elle, et elle ferma les yeux, submergée par un irrépressible flot de souvenirs.

L'immense tristesse qui déferlait en elle s'insinuait par chacun de ses pores, s'immisçait au plus profond de son être et menaçait de la dévorer tout entière. La muraille qu'elle avait érigée autour d'elle depuis près de vingt ans menaçait soudain de se fissurer et de s'effriter.

Elle prit alors conscience de ce qu'elle avait toujours su au fond : la blessure ne s'était pas refermée et ne se refermerait sans doute jamais. Mais, tandis que les ténèbres étaient sur le point de l'engloutir, elle sentit deux mains se poser sur ses épaules avec douceur et fermeté.

— Kyra ? Est-ce que ça va ?

La voix de Jake lui paraissait très lointaine, comme si elle provenait d'un autre âge. Une paume vint se poser sur sa joue.

— Je crois que vous devriez vous étendre, lui dit-il. Je vais aller vous chercher un verre d'eau.

Avec une immense délicatesse, il la guida jusqu'au canapé et l'aida à s'y allonger. Alors qu'il se rendait dans la cuisine, elle trouva la force de se redresser. Elle sentait ses larmes couler sous ses paupières closes et glisser le long de ses joues. Elle les essuya et se força à respirer profondément pour tenter de chasser la terrible détresse qui l'étreignait.

Lorsque Jake revint dans le salon avec deux verres, elle était parvenue à recouvrer un semblant de contrôle sur elle-même.

— J'ai de l'eau ou un fond de whisky, lui annonça-t-il.

— Je veux bien de l'eau, s'il vous plaît.

Il lui tendit le verre, et elle s'en saisit avec reconnaissance avant de le porter à ses lèvres pour boire à petites gorgées.

— Ne vous inquiétez pas pour moi, lui dit-elle enfin. Je vais bien. C'est juste que… Cela fait longtemps que je n'avais pas vu cette photo, et elle m'a prise au dépourvu.

Jake s'agenouilla à ses côtés et posa doucement la main sur son genou, qui tressautait convulsivement.

— Je suis vraiment désolé de vous être tombé dessus de cette façon, déclara-t-il. Je ne pensais pas…

Il s'interrompit, paraissant chercher ses mots.

— C'est une très belle photo de votre mère. Dès que je l'ai vue, j'ai su que vous étiez bien sa fille. Vous avez les mêmes yeux.

Un pâle sourire se dessina sur les lèvres de Kyra.

— C'est gentil, répondit-elle. Maman a toujours cru que ce seraient ses yeux qui feraient d'elle une star, un jour. Comme Liz Taylor… Elle était fascinée par l'âge d'or de Hollywood, vous savez.

— D'où votre prénom, j'imagine, acquiesça-t-il. Vos yeux se ressemblent. Mais vos regards sont différents. Sur la photo, celui de votre mère a quelque chose d'innocent, de presque enfantin. Le vôtre trahit plus de sagesse et d'expérience.

— Ma mère était une rêveuse, approuva Kyra. Qui sait ? Si elle avait été un peu plus terre à terre, un peu plus cynique, comme moi, elle serait peut-être encore en vie, aujourd'hui.

— Est-ce que vous avez connu votre père ?

Kyra secoua la tête.

— Maman avait dix-sept ans, lorsque je suis née. Elle ne m'a jamais dit qui était mon père. Mais visiblement il ne voulait pas avoir affaire à moi. Évidemment, les gens de son petit patelin de l'Idaho n'ont pas manqué de jaser. Alors, elle a décidé de partir pour Hollywood, pour commencer une nouvelle vie. Elle avait vingt ans et moi, trois.

— Et qu'ont dit ses propres parents ?

— Ils l'ont reniée.

Jake ne put réprimer une grimace.

— Comment se fait-il que vous ne soyez pas retournée vivre chez eux, lorsque votre mère a été tuée ? lui demanda-t-il encore.

— Ils ne voulaient pas de moi. Je crois que le meurtre de ma mère ajoutait encore à la honte qu'elle leur inspirait.

— Et aujourd'hui ?

Elle haussa les épaules.

— Je ne sais pas. J'imagine qu'ils vivent toujours dans l'Idaho. Je n'ai jamais cherché à reprendre contact.

En dehors de Quinn et de Charlotte, elle n'avait jamais parlé de tout cela à quiconque. C'était pour elle une impression très déstabilisante, à la fois douloureuse et étrangement libératrice.

— Est-ce que vous vous sentez mieux ? lui demanda-t-il alors. J'ai bien cru que vous alliez vous évanouir.

— Moi aussi, reconnut-elle. Mais ça va, maintenant.

Elle se pencha en avant pour poser doucement la photo de sa mère sur la table basse.

— Pourquoi ne m'avez-vous pas dit que votre mère était l'une des victimes du Joueur ?

— Personne n'est au courant, répondit-elle. Personne, sauf Quinn.

— Vous ne vous êtes pas dit qu'étant donné la nature

de l'enquête sur laquelle nous travaillons c'était une information primordiale ?

— C'est mon plus sombre secret, objecta-t-elle.

— Justement, il vous donnait une raison supplémentaire d'intégrer l'équipe, une motivation personnelle. Je sais que vous vouliez faire partie de cette force opérationnelle. Castillo m'a laissé entendre que vous étiez volontaire et que vous aviez insisté, alors même qu'il vous avait fait part de mon peu de sympathie pour les psys.

— C'est vrai, soupira-t-elle. Quand j'ai entendu parler des deux meurtres et de la façon dont ils avaient été commis, j'ai su que nous avions affaire à un *copycat*. Et, oui, je voulais faire partie de l'équipe qui essayerait de coincer ce monstre. Je le devais à ma mère. J'imagine que vous pouvez le comprendre…

— Je le comprends parfaitement, acquiesça-t-il. En de telles circonstances, je ferais tout ce qui est en mon pouvoir pour participer à l'enquête. Mais cela ne m'explique pas pourquoi vous ne m'en avez pas parlé.

— Il y a deux raisons à cela. La première, c'est que j'avais peur que vous ne me renvoyiez de l'équipe en mettant en cause mon objectivité. Je savais que vous n'aimiez pas les psys et je me disais que vous n'hésiteriez pas à vous servir de ce prétexte pour vous débarrasser de moi.

— Et la seconde raison ?

Elle se fendit d'un sourire triste.

— Je ne voulais pas que vous me regardiez comme vous le faites à présent.

— Comment ? s'enquit-il, étonné.

— Avec pitié. Comme si j'étais une victime. Je ne suis *pas* une victime, Jake.

Il la considéra gravement.

— Dieu sait que je ne suis pas psy et que je n'aspire

pas à le devenir, répondit-il enfin. Mais je trouve étrange que quelqu'un dont le métier est de venir en aide aux familles des victimes refuse à ce point d'accepter cette part de lui-même. Vous êtes une victime, Kyra. Cela ne fait pas de vous quelqu'un de passif et cela ne vous définit pas entièrement, bien sûr. Mais vous n'avez pas choisi de perdre votre mère. Et vous n'avez pas à avoir honte de la souffrance que le Joueur vous a infligée.

Kyra sentit les battements de son cœur s'emballer dans sa poitrine. Il n'avait pas mâché ses mots – mais Jake n'était pas le genre d'homme à s'embarrasser de précautions oratoires. Pourtant, elle devait bien reconnaître qu'il avait touché juste.

— Vous n'avez pas à avoir honte, répéta-t-il. N'est-ce pas cela qui vous a donné la force de devenir la personne que vous êtes aujourd'hui ? D'aider les autres à traverser les moments difficiles que vous-même êtes parvenue à surmonter ?

— Peut-être, reconnut-elle. Les gens sentent instinctivement que lorsque je leur dis que je sais de quoi ils me parlent ce n'est pas une simple expression…

Jake hocha la tête.

— Nous sommes tous le fruit de nos traumatismes passés – pour le meilleur et pour le pire. Je suis devenu flic comme mon père. Comme lui, j'ai parfois du mal à maîtriser la colère qui m'habite. Et, comme lui, il m'est quasiment impossible de séparer vie professionnelle et vie privée…

— Mais j'imagine que vous n'allez pas le clamer sur tous les toits, objecta-t-elle.

— Pas tant que je n'ai aucune raison de le faire, concéda-t-il. Mais, dans le cas présent, le fait que vous soyez la fille d'une victime du Joueur me semble être une information pertinente pour l'équipe chargée d'identifier son imitateur…

Kyra sentit une angoisse glacée descendre en elle.

— Ne faites pas ça, protesta-t-elle, luttant contre la panique qui menaçait de la submerger complètement. Ne le dites pas à tout le monde…

— Je ne le ferai jamais sans votre permission, lui assura Jake. Mais, très honnêtement, je ne comprends pas pourquoi vous tenez absolument à garder le secret.

Elle riva les yeux aux siens pour qu'il puisse lire dans son regard à quel point ce qu'elle s'apprêtait à lui dire était sérieux.

— Je dois garder le secret parce que je ne veux pas que le Joueur me retrouve, déclara-t-elle d'une voix tremblante.

13

En entendant les paroles de Kyra et en percevant la détresse qui l'habitait en cet instant, Jake sentit son cœur se serrer dans sa poitrine. Il était évident que cette femme, d'ordinaire si forte et si volontaire, était terrifiée.

— Le Joueur sait que sa troisième victime avait une fille de huit ans qui a survécu, reprit-elle en s'efforçant de maîtriser le tremblement qui agitait sa voix. Et il est toujours en liberté.

— Mais…, fit Jake, cherchant ses mots. Est-ce qu'il a pris contact avec vous ? Est-ce qu'il vous a menacée ?

Il s'interrompit brusquement.

— La carte à jouer, murmura-t-il.

— Je ne suis pas certaine qu'elle émane de lui, répondit-elle. Mais étant donné les circonstances ce n'est pas quelque chose que je peux me permettre de prendre à la légère. D'autant que celui qui a déposé cette carte près de ma poubelle a recommencé.

Elle se leva et se dirigea vers la petite console qui se trouvait dans l'entrée et sur laquelle elle avait posé son sac à main. Fouillant à l'intérieur, elle en tira une carte à jouer qu'elle lui apporta. C'était une dame de carreau.

— C'est cela que vous avez ramassé près de votre voiture, cet après-midi, n'est-ce pas ?

Elle hocha la tête et se détourna pour gagner la cuisine.

Jake la suivit sans mot dire. Il avait besoin d'un peu de temps pour mettre de l'ordre dans ses idées, pour dominer le mélange de stupeur, d'angoisse et de colère qui l'habitait en cet instant.

— Est-ce que vous voulez quelque chose à boire ? lui proposa Kyra en ouvrant le réfrigérateur. J'ai de la bière, du jus d'orange, du thé glacé à la pêche…

Elle s'était exprimée d'une voix cordiale et décontractée, et Jake comprit qu'elle était en train de reprendre ses distances, de laisser retomber le voile derrière lequel elle se dissimulait en temps normal et qu'il n'avait fait qu'écarter de façon fugitive.

— Pourquoi m'avez-vous caché l'existence de cette carte ? protesta-t-il, frustré. Surtout après ce qui s'est passé pour la première ! Vous saviez bien que cela ne pouvait plus être une coïncidence. Est-ce que vous pensez que c'est le Joueur qui a fait ça ?

— Je comptais vous en parler, lui assura-t-elle.

— Mais pas du lien qui existait entre le Joueur et vous, n'est-ce pas ?

— On ne peut rien vous cacher.

Un pâle sourire se dessina sur ses lèvres.

— On ne peut vraiment rien vous cacher, ajouta-t-elle d'un ton chargé d'autodérision. Quinn me l'avait bien dit…

Jake considéra d'un air sombre la carte qu'il tenait toujours à la main.

— Vous pensez qu'il s'agit d'une menace ? lui demanda-t-il.

— Je ne sais pas, soupira-t-elle en refermant la porte du réfrigérateur. Une menace ? Une carte de visite ? Une façon de retourner le couteau dans la plaie ? Je ne sais même pas si cela provient du Joueur lui-même, de son *copycat*… Ou de quelqu'un d'autre…

— Ce que je ne comprends pas, c'est comment quiconque

pourrait savoir qui vous êtes – qu'il s'agisse du Joueur ou de son imitateur. Vous avez réussi à effacer toute trace de votre ancienne identité. Et si je n'avais pas eu accès au dossier de police je ne vous aurais jamais percée à jour.

— Il y a une poignée de personnes qui connaissent mon passé, avoua-t-elle. Et Quinn pense que c'est l'une d'entre elles qui a laissé ces cartes.

— Vous en avez déjà parlé avec lui ?

Aussi absurde que cela puisse paraître, il ne pouvait s'empêcher d'envier la confiance dont semblait jouir Roger Quinn.

— Je ne lui cache jamais rien, reconnut-elle.

— Est-ce qu'il pensait à quelqu'un en particulier ? demanda Jake, qui avait vraiment la désagréable impression de lui arracher ces informations de force.

— À Matt Dugan.

— Qui est-ce ?

Elle prit une profonde inspiration, et il comprit qu'elle s'apprêtait à lui livrer un nouveau secret qu'elle aurait préféré taire.

— Lorsque ma mère est morte, je me suis retrouvée baladée d'une famille d'accueil à l'autre, expliqua-t-elle. Certaines ne prenaient qu'un enfant à la fois, d'autres en prenaient plusieurs. Matt Dugan a séjourné en même temps que moi dans l'une de ces familles.

— Une sorte de frère adoptif, en quelque sorte ?

Un sourire amer se dessina sur les lèvres de Kyra.

— En quelque sorte. Comme la plupart des enfants placés en famille d'accueil, Matt avait des problèmes psychologiques. Il avait des tendances pyromanes et un penchant sadique.

— Est-ce qu'il vous a fait du mal ? s'enquit Jake en

s'efforçant de réprimer la bouffée de colère irrationnelle que cette idée faisait naître en lui.

— Quelquefois, répondit-elle. Mais j'ai fini par le remettre à sa place, ajouta-t-elle d'une voix glaciale. Et, après cela, il ne m'a plus ennuyée. Je crois même qu'à sa façon il m'aimait bien.

— Et il sait ce que vous êtes devenue, par la suite ?

— Oui. Il a toujours gardé un œil sur moi. J'aurais peut-être mieux fait de quitter la ville, après avoir changé d'identité. Mais quelque chose me retenait ici.

Jake était convaincu que si elle était restée c'était dans l'attente du jour où elle pourrait venger sa mère. Et il comprenait de mieux en mieux pourquoi elle avait tenu à rejoindre la force opérationnelle.

— Est-ce que Matt serait du genre à vous faire parvenir ces cartes ?

— Oh ! oui, lâcha-t-elle sans hésiter un seul instant. Matt est un malade. Il a déjà fait plusieurs fois de la prison – pour incendie volontaire, pour coups et blessures, pour vol et pour violence domestique…

Elle lui décocha un sourire empreint d'ironie.

— Moi aussi, je garde un œil sur lui.

— Je ferais peut-être bien de lui rendre une petite visite, suggéra Jake.

— Non ! lança-t-elle vivement. Ce n'est pas une bonne idée. J'ai découvert il y a des années que la meilleure façon de traiter quelqu'un qui vous harcèle est de l'ignorer complètement. Si c'est bien Matt qui a laissé ces cartes, il cherche juste à provoquer une réaction – n'importe quelle réaction. C'est la raison pour laquelle j'ai rompu tout contact avec lui. Je ne veux plus être entraînée dans ses petits jeux malsains.

— D'accord, acquiesça Jake sans grand enthousiasme.

L'idée de laisser ce Matt harceler Kyra sans rien faire lui restait en travers de la gorge. Mais il estimait l'avoir suffisamment poussée dans ses retranchements pour la soirée.

Elle traversa alors la pièce pour venir se planter devant lui et le regarder droit dans les yeux.

— Je veux que vous me promettiez de ne pas parler de mes antécédents à l'équipe, lui demanda-t-elle d'une voix presque suppliante. Pas même à votre ami Billy Crouch.

— D'accord, lui dit-il. Mais en échange vous devez me promettre de ne plus me mentir et de me tenir au courant de ce qui vous arrive. Bon sang, Kyra, ces cartes auraient pu être des indices clés nous permettant de remonter jusqu'au tueur ! C'est bien ce que vous voulez, n'est-ce pas ?

— Plus que tout, acquiesça-t-elle. Et je vous jure que je ne vous cacherai plus rien désormais. Je tiens aussi à ce que vous sachiez que Quinn a toujours insisté pour que je vous dise toute la vérité.

— Cela ne m'étonne pas. Il m'a fait l'effet d'être quelqu'un de plutôt droit dans ses bottes.

Jake avait besoin de remettre de la distance entre eux et de se donner un peu de temps pour réfléchir. Il se détourna donc pour aller prendre le verre de whisky qui était toujours posé sur la table et le verre d'eau que Kyra avait vidé. Après les avoir rapportés dans la cuisine, il revint au salon.

— Pourquoi est-ce que les services sociaux du comté ont refusé la demande d'adoption déposée par Quinn et Charlotte ? s'enquit-il.

— Parce que Quinn était alcoolique, répondit-elle.

— Des tas de flics le sont, soupira-t-il. À commencer par mon propre père.

— Oui, mais Quinn a commis l'erreur de l'avouer, lorsqu'ils ont passé un entretien. Il a promis d'arrêter de boire et il l'a fait. Il ne boit plus qu'une bière ou deux de temps en temps, aujourd'hui. Malheureusement, entretemps, il s'était vu refuser l'adoption. C'était un véritable gâchis. Charlotte et lui auraient fait d'excellents parents. Je ne compte pas le nombre de fois où je suis allée trouver refuge chez eux, quand ça se passait mal dans l'une de mes familles d'accueil. Et ils ont toujours été là pour moi. Quinn l'est encore aujourd'hui.

— Est-ce qu'il s'en veut ?

— Bien sûr. Mais il s'en veut encore plus de ne pas avoir pu attraper le Joueur avant qu'il ait assassiné ma mère.

Jake sentit de nouveau son cœur se serrer en pensant à l'enfer intérieur qu'avait dû vivre Quinn depuis près de vingt ans.

— Kyra, lui dit-il enfin, si vous pensez que le Joueur est toujours en liberté et qu'il pourrait s'intéresser à vous, vous n'avez pas peur de rester seule ?

Elle se dirigea de nouveau vers son sac à main dont, cette fois, elle sortit son revolver.

— Si, répondit-elle gravement. C'est pour cette raison que j'ai appris à me servir de cette arme et qu'elle se trouve toujours sur ma table de nuit lorsque je vais me coucher.

Il y avait dans ses yeux bleus une lueur glacée d'une telle intensité que Jake préféra détourner le regard. Si le Joueur ou son imitateur faisaient l'erreur de s'en prendre à elle, il ne donnait pas cher de leur peau.

Le lendemain, après une matinée de travail bien remplie, Kyra alla manger un club-sandwich dans le petit fast-food qui jouxtait l'immeuble abritant son cabinet. Elle ralluma alors son téléphone et constata qu'elle avait reçu un message de Jake. Elle hésita quelques instants avant de l'écouter, craignant qu'il ne l'accable de nouvelles questions.

Elle lui en avait déjà dit bien plus qu'elle ne le souhaitait, la veille au soir. En dehors de Quinn, personne n'en savait autant sur sa vie. Et cela lui donnait sur elle une forme d'ascendant qui la mettait terriblement mal à l'aise.

Elle songea pourtant que, tôt ou tard, il faudrait bien qu'elle entende ce qu'il avait à lui dire. Après tout, elle faisait toujours partie de son équipe…

— Bonjour, Kyra, fit la voix désormais familière de Jake à son oreille. Au cas où vous auriez le temps, aujourd'hui, je compte me rendre sur Melrose Avenue pour discuter avec Rachel. J'avais quelques questions à lui poser au sujet des vidéos que nous avons visionnées hier. Je lui ai parlé de vous et du fait que vous pouviez l'aider à surmonter le choc qu'elle a éprouvé, et elle était très intéressée. Je crois qu'elle est encore secouée et que cela lui ferait du bien. Dites-moi si c'est possible pour vous. À bientôt.

Kyra ne put réprimer un soupir de soulagement. Jake ne lui avait posé aucune question. Il n'avait même fait aucune remarque d'ordre personnel. Et il s'était gardé de faire preuve de commisération à son égard. Cela lui donna le courage de le rappeler sans attendre.

— Kyra ? fit-il en décrochant. Je n'étais pas sûr que vous étiez disponible. Je suis en route pour Melrose.

— J'ai passé la matinée à animer un groupe de discussion, expliqua-t-elle. Je viens juste d'avoir votre message. Mais je peux vous rejoindre directement là-bas, si vous voulez. Pouvez-vous me donner l'adresse exacte ?

Il la lui transmit aussitôt et, sans prendre la peine de finir son repas, elle gagna sa voiture. Le trajet de Santa Monica jusqu'à Melrose Avenue dura une bonne demi-heure, et elle eut tout le temps de terminer son sandwich et son café en chemin.

Le vent de Santa Ana était enfin tombé, et la chaleur qui

l'accompagnait généralement s'était faite moins étouffante. Même en semaine, Melrose Avenue était fréquentée, aussi bien par les touristes que par les Angelenos. Des tas de gens flânaient, admiraient les vitrines ou s'arrêtaient pour manger et boire un verre.

En frissonnant, Kyra ne put s'empêcher de se demander si parmi cette foule de visages anonymes le tueur était en train de chercher sa prochaine victime. Repoussant cette pensée glaçante, elle pressa le pas pour gagner la boutique où travaillait Rachel.

À quelques mètres de la porte, elle repéra la voiture de Jake garée juste au pied d'un panneau de stationnement interdit. Cette vision lui arracha un demi-sourire, et elle se demanda s'il lui arrivait parfois de se garer sur un emplacement légal.

Pénétrant dans le magasin, elle fut accueillie par un homme aux cheveux couleur platine couvert de tatouages et de piercings. Il portait en équilibre très instable une impressionnante pile de boîtes à chaussures.

— Je suis à vous tout de suite, lui annonça-t-il avant de disparaître dans le fond du magasin.

Kyra s'approcha du comptoir. Il n'y avait pas trace de Jake ni de Rachel, mais elle pouvait entendre des voix qui provenaient de derrière un rideau de perles. Après une brève hésitation, elle le franchit et se retrouva face à Jake qui se tenait debout devant Rachel, assise dans un fauteuil de tatoueur, en train de pleurer toutes les larmes de son corps.

Jake, visiblement démuni, lança à Kyra un regard empli d'un indicible soulagement.

— Kyra est là, dit-il en posant doucement la main sur l'épaule de Rachel. Je vous ai parlé d'elle.

Il s'écarta, laissant place à Kyra, qui vint s'accroupir devant Rachel et prit ses mains dans les siennes.

— Bonjour, lui dit-elle. Je suis Kyra. Dites-moi ce qui ne va pas, Rachel.

La jeune femme tourna vers elle des yeux noyés de larmes. Elles ruisselaient le long de son visage, dessinant d'épaisses traînées d'eye-liner noir sur ses pommettes.

— Je ne sais pas ce qui m'arrive, lâcha-t-elle d'une voix tremblante. Je me sentais bien, hier… Un peu effrayée, peut-être, mais surtout en colère… Mais quand je suis arrivée à la boutique, ce matin, j'ai pris conscience de ce qui s'était vraiment passé… Un tueur en série a volé mon portable. Il a mes photos, les coordonnées de ma famille et de tous mes amis… Il sait où j'habite…

— Il s'est certainement débarrassé du téléphone, lui assura Jake. Et il y a peu de risques pour qu'il s'en prenne à vous ou à l'un de vos proches. Il sait qu'en volant ce portable il a couru un risque. Et il voudra probablement se dissocier complètement de l'appareil et de vous.

— Il est parfaitement naturel que vous soyez terrifiée, déclara Kyra d'une voix très douce. Ce qui vous arrive est réellement effrayant. Mais Jake a raison : le tueur ne s'intéressait pas à vous – juste à votre téléphone. Il avait besoin d'un appareil – de n'importe quel appareil – pour contacter la police de façon anonyme. Vous étiez juste au mauvais endroit, au mauvais moment.

— Vous croyez ? souffla Rachel en les observant tour à tour.

— J'en suis convaincue, répondit Kyra. Mais là n'est pas l'essentiel. La peur n'est pas quelque chose de rationnel. Et je crois que pour vous en libérer le plus important est que vous exprimiez ce que vous ressentez. Avez-vous un peu de temps pour en discuter ?

— Je peux en prendre, acquiesça Rachel. Gustavo tiendra la boutique.

— Parfait. De toute façon, l'inspecteur McAllister avait des choses à faire dans le quartier.

— C'est vrai, prétendit Jake de bonne grâce. Je comptais retracer le trajet effectué par Rachel et m'assurer que mon équipe n'avait pas raté de caméra. J'en profiterai pour interroger les commerçants du coin, au cas où. Rejoignez-moi lorsque vous aurez terminé, Kyra.

— Pas de problème, répondit celle-ci en se redressant pour prendre place dans le fauteuil voisin de celui de Rachel.

Elle le fit pivoter de façon que toutes deux se retrouvent face à face.

— Inspecteur, l'interpella Rachel tandis qu'il se dirigeait vers la sortie. J'espère que ça ne compromettra pas mes chances d'obtenir un stage chez vous.

— Certainement pas ! N'importe qui de normalement constitué réagirait exactement de la même manière.

Il lui décocha un sourire charmant et franchit le rideau qui les séparait de la boutique.

— L'inspecteur McAllister est vraiment quelqu'un de bien, déclara Rachel avec conviction.

— C'est ce que je me dis de plus en plus, approuva Kyra en souriant. Tenez, ajouta-t-elle en lui tendant un mouchoir. Essuyez-vous les yeux et racontez-moi ce que vous ressentez exactement…

Vingt minutes plus tard, après une discussion à bâtons rompus, Rachel avait définitivement cessé de pleurer et retrouvé un peu de son aplomb et de sa bonne humeur habituels. La terreur avait disparu de son regard, cédant de nouveau place à une saine colère dirigée à l'encontre du tueur.

Kyra lui tendit une carte de visite.

— Appelez-moi quand vous voudrez si vous avez besoin de discuter de nouveau, lui dit-elle. Mon cabinet est à Santa Monica, mais je peux me déplacer.

— Merci beaucoup, répondit Rachel en glissant la carte dans la poche du jean noir qu'elle portait. Quant à vous, si vous avez un jour besoin d'un piercing, ce sera un cadeau de la maison.

— C'est très gentil, Rachel. En attendant, je vais aller rejoindre Jake. Si jamais quelque chose vous revient – quoi que ce soit et même si cela vous paraît anodin –, n'hésitez pas à nous contacter.

— Je le ferai, lui assura Rachel. J'ai vraiment hâte que vous coinciez ce type. À ce propos, est-ce que la police a réussi à identifier la victime de Malibu ?

— Malheureusement, non. Pas encore.

— Cela veut dire que personne ne s'est rendu compte de sa disparition ? murmura Rachel, troublée. C'est triste, vous ne trouvez pas ?

— Il est possible qu'elle soit originaire d'une autre ville, répondit Kyra. C'était peut-être quelqu'un de passage.

— Vous savez, il y a pas mal de prostituées qui travaillent dans le quartier. Elles ne sont pas aussi visibles que celles de Hollywood Boulevard ou de Sunset Boulevard, mais il y en a. J'imagine que leurs souteneurs ne se précipitent pas au commissariat lorsque leurs filles disparaissent…

— Jake ne s'est pas trompé à votre sujet, déclara Kyra. Vous avez vraiment un instinct de flic.

Un pâle sourire se dessina sur les lèvres de Rachel.

— Merci, dit-elle.

En sortant de la boutique, Kyra se dirigea vers le petit restaurant où Rachel avait mangé, l'avant-veille. Elle jeta un coup d'œil à l'intérieur, au cas où Jake s'y trouverait toujours. Puis elle rallia Uncommon Grounds, le café où avait probablement été commis le vol du portable.

En entrant, elle aperçut aussitôt Jake, qui était en train de discuter avec l'une des employées. Il désignait l'endroit où Rachel s'était tenue en attendant son café, sans doute pour savoir si cette zone se trouvait sous vidéosurveillance. L'employée secoua la tête d'un air désolé.

— Alors ? lui demanda-t-il lorsqu'elle le rejoignit. Comment va Rachel ?

— Bien, lui assura-t-elle. Simplement, la nuit qui vient de s'écouler lui a laissé le temps de prendre la pleine mesure de ce qui s'est passé. Vous avez bien fait de lui expliquer que le tueur n'en avait pas après elle personnellement. Est-ce que vous le pensez réellement ?

— Oui. Le tueur serait stupide de s'en prendre à quelqu'un avec qui la police est en contact.

— Tant mieux. Est-ce que vous voulez boire quelque chose ? Cette fois, c'est moi qui vous invite.

— Un café ne me ferait pas de mal, acquiesça-t-il. La journée risque d'être encore longue.

Ils se dirigèrent vers le comptoir.

— À ce propos, est-ce que Rachel se rappelait quoi que ce soit d'anormal, pendant qu'elle attendait son café ?

— Non, rien. Et rien non plus sur le trajet de retour jusqu'à la boutique.

— C'est étrange de se retrouver là après avoir regardé cet enregistrement, dit-elle en se plaçant au bout de la petite file de clients qui patientaient.

— C'est l'occasion pour nous de reconstituer ce qui s'est passé. Et d'observer les habitués des lieux.

Kyra considéra attentivement les alentours et remarqua que la grande majorité des gens qui se trouvaient là – qu'il s'agisse des serveurs ou des clients – avaient un look très bohème. Bon nombre d'entre eux arboraient des tatouages, des piercings ou des dreadlocks. Ils portaient des tenues très typées qui allaient du néo-hippie au gothique, du hipster au soft grunge ou au hip-hop. C'était un véritable défilé des différentes contre-cultures de la ville.

Par comparaison, le serveur qui prit leur commande paraissait étrangement décalé, avec sa coupe au bol et sa chemise au col boutonné.

— Quelque chose ne va pas, mademoiselle ? lui demanda-t-il.

Prenant conscience qu'elle était en train de le regarder fixement, Kyra ne put s'empêcher de rougir.

— Je me disais juste que vous n'aviez pas l'air d'être du coin, répondit-elle.

Il la considéra avec étonnement.

— Vous n'avez ni tatouage, ni piercings, ni cheveux fluorescents, précisa-t-elle.

— C'est vrai, acquiesça-t-il en souriant. Et vous avez raison : je ne suis pas du quartier. D'habitude, je travaille au Uncommon Grounds de Studio City. Mais il m'arrive de venir donner un coup de main ici, en cas de besoin. Qu'est-ce que je peux vous servir, mademoiselle ?

— Je vais vous prendre un thé glacé.

Elle interrogea Jake du regard.

— Un grand café long, noir et sans sucre, dit-il.

Le serveur tapa leur commande, et Kyra la régla.

— Si vous voulez bien attendre sur le côté.

— Merci, Jordy, répondit-elle en lisant le nom qui figurait sur son badge. Nous y voilà, ajouta-t-elle à l'intention de Jake. Dans l'angle mort…

Ils regardèrent autour d'eux, cherchant sans trop y croire un indice quelconque.

— Regardez, s'exclama Kyra en désignant une table qui était placée contre le mur.

Plusieurs portables étaient posés dessus, reliés à une série de prises USB.

— Rachel pourrait avoir branché son portable, le temps de boire son café, ajouta-t-elle.

— Et elle a très bien pu l'oublier là, renchérit Jake. Le tueur n'aura eu qu'à le prendre discrètement.

— Kyra ! appela alors l'une des baristas. Votre commande est prête.

Ils récupérèrent leurs boissons et allèrent s'installer à l'une des rares tables disponibles.

— Malheureusement, nous ne sommes pas beaucoup plus avancés, soupira Kyra. Si Rachel a effectivement oublié son téléphone, le vol a pu avoir lieu n'importe quand dans l'après-midi. Et il y a énormément de passage dans ce café. J'imagine que vous avez demandé s'il y avait d'autres caméras de sécurité ?

— Aucune, hélas. En revanche, la gérante m'a désigné quelques-uns des habitués qui auraient pu se trouver là, l'autre jour. J'irai les interroger tout à l'heure, au cas où ils auraient vu quelque chose.

Kyra observa les gens qui les entouraient et constata que plusieurs personnes étaient installées face à leur ordinateur.

— On dirait que pas mal de gens viennent ici pour travailler, remarqua-t-elle. Je vous parie que la moitié d'entre eux sont en train d'écrire un scénario en espérant faire fortune.

Elle vit un étrange sourire se dessiner sur les lèvres de Jake.

— Qu'y a-t-il ? lui demanda-t-elle.

— Rien…

— C'est vous qui faites des cachotteries, maintenant ?

Il haussa les épaules.

— Ça arrive, vous savez.

— De faire des cachotteries ?

— De faire fortune en vendant un scénario.

Elle lui jeta un regard ironique.

— Vraiment ? Vous pouvez me citer une seule personne que vous connaissez, même par personne interposée, qui ait fait fortune en écrivant un script pour Hollywood ?

— Moi, répondit-il posément.

— Très drôle, fit-elle en riant.

— Je suis sérieux, objecta-t-il.

Elle le regarda fixement et comprit qu'il ne plaisantait pas.

— Vous avez déjà entendu parler du film policier *Coup de feu* avec Tito Valenti ?

— Bien sûr. Je l'ai même vu… Ne me dites pas que c'est vous qui l'avez écrit !

— En personne.

Elle le considéra d'un air franchement incrédule.

— Je ne sais pas si on peut dire que j'ai fait fortune grâce à ça, mais j'ai gagné de quoi m'acheter une maison dans les collines de Hollywood.

— Ça alors ! Je n'aurais jamais imaginé ça de vous… Et vous n'avez pas eu envie d'en faire un métier ?

Il secoua la tête en souriant.

— J'ai la police chevillée au corps, répondit-il. Mais j'ai écrit une suite. Ça s'appelle *Rafales*. Le producteur du premier opus me l'a aussi achetée, mais le film n'a jamais été tourné.

— Cela viendra peut-être.

— Ne vous faites pas trop d'illusions. La grande majorité des scénarios finissent leur vie dans un tiroir.

Jake avala une grande gorgée de café. Comme il reposait

son gobelet, son regard se fixa sur le logo d'Uncommon Grounds, qui représentait une chaîne de montagnes stylisée.

— J'ai déjà vu ça quelque part, murmura-t-il d'un ton pensif.

— Tout autour de vous, acquiesça malicieusement Kyra. Sur la vitrine, le mur derrière le comptoir, le tablier des serveurs…

Il secoua la tête.

— Non, dit-il. Pas ici…

Il se pencha vers la sacoche d'ordinateur qu'il avait posée à ses pieds et en tira le dossier de l'enquête. Il feuilleta rapidement les clichés qui y figuraient.

— Ne me dites pas que vous allez sortir des photos de scènes de crime au beau milieu d'un café ! lâcha Kyra.

— Pas des scènes de crime… Là ! C'est bien ça.

Il posa devant elle une photo qui montrait l'intérieur d'un véhicule.

— C'est la voiture de Marissa, expliqua-t-il. Comme dans celle de Kelsey, on y a retrouvé son portefeuille et son portable.

Il posa la photo suivante, un gros plan du plancher de la voiture du côté du siège passager.

— Regardez !

Sur l'image, on distinguait clairement un gobelet en polystyrène en tout point identique à ceux qui étaient actuellement posés devant eux.

— Depuis le début, nous nous demandons quel point commun pourrait bien exister entre les différentes victimes, déclara Jake. Eh bien, il se pourrait que nous nous trouvions en cet instant même au beau milieu de son terrain de chasse…

14

Kyra contempla longuement la photo qui était posée sur la table devant elle, paraissant considérer avec beaucoup d'attention l'idée qu'il venait de lui soumettre.

— Ce n'est pas le seul Uncommon Grounds de la ville, objecta-t-elle au bout d'un moment. Jordy, le serveur, vient juste de nous dire qu'il y en avait un autre à Studio City.

— C'est vrai. Et probablement plusieurs autres encore disséminés à travers la ville. Mais nous savons que Rachel s'est probablement fait voler son téléphone ici et que Kelsey est allée se faire percer le nez à deux pas. Ne se pourrait-il pas que Marissa soit venue ici, elle aussi ?

— Possible, concéda Kyra. Mais comment en être sûrs ?

— Je vais commencer par montrer la photo de Marissa à la gérante de l'établissement. Si c'était une habituée, elle la reconnaîtra peut-être.

— Voulez-vous que je vienne avec vous ?

Il secoua la tête.

— Restez ici, je reviens tout de suite.

Kyra sembla un peu déçue, mais Jake ne se laissa pas fléchir. Non seulement elle n'appartenait pas à la police mais, de plus, il n'était pas encore certain de pouvoir lui faire entièrement confiance. Car il ne se faisait aucune illusion : s'il ne l'avait pas mise au pied du mur, la veille, jamais elle ne lui aurait confié tout ce qu'il avait fini par découvrir sur son compte.

Gagnant le comptoir, il fit signe à la gérante du magasin, avec laquelle il s'était déjà entretenu juste avant que Kyra le rejoigne. Celle-ci se rapprocha du comptoir pour pouvoir lui parler.

— Y a-t-il autre chose que je puisse faire pour vous, inspecteur ? lui demanda-t-elle.

— Oui, je voudrais savoir si cette femme faisait partie de vos clients réguliers, par hasard, déclara-t-il en lui tendant la photo de Marissa.

— Son visage ne me dit rien, répondit-elle. Est-ce que je peux garder la photo ? Je pourrais la montrer à mes serveurs. Ils sont plus au contact des clients que je ne le suis moi-même.

— Bien sûr. Vous avez déjà ma carte. N'hésitez pas à me rappeler lorsque vous les aurez interrogés.

Jake rejoignit Kyra et reprit sa place en face d'elle.

— Un coup dans l'eau, soupira-t-il. Mais elle va interroger son personnel.

— Espérons qu'il en sorte quelque chose. Quant à moi, je vais devoir vous laisser. J'ai rendez-vous par tchat avec des amis de Marissa qui ont sollicité mon aide. Si jamais j'apprends quelque chose qui pourrait vous être utile, je vous fais signe. Je ne manquerai pas de leur demander si Marissa fréquentait Melrose Avenue.

— Merci encore pour l'aide que vous avez apportée à Rachel, lui dit Jake. Et pour le café, ajouta-t-il en levant son gobelet.

Kyra hocha la tête et ramassa son sac à main. Il la regarda s'éloigner, se surprenant à admirer sa silhouette élégante et la grâce naturelle avec laquelle elle se mouvait. Si Jennifer avait eu ne serait-ce que la moitié du charme que possédait sa fille, il n'était pas étonnant qu'elle se soit imaginé réussir à Hollywood.

Quelques heures plus tard, comme Jake s'apprêtait à quitter le commissariat, Billy Crouch pénétra dans leur bureau et, avec une habileté diabolique, projeta le morceau de papier froissé qu'il tenait à la main tout droit dans la poubelle.

— Panier ! lança-t-il.

— Dis donc, le basketteur, est-ce que tu as réussi à découvrir d'où venait le gobelet Uncommon Grounds de Marissa ?

Billy se laissa tomber sur sa chaise de bureau et étendit ses longues jambes devant lui.

— Malheureusement, il est impossible de rattacher un numéro de série de gobelet à un café précis, répondit-il. Ils les envoient au fur et à mesure, en fonction des besoins.

— Dommage. Et nous n'avons toujours pas pu identifier la victime de Malibu ?

— Non. Quant au petit ami de Kelsey, son alibi a été soigneusement revérifié, et il est définitivement hors de cause.

— Retour à la case départ, une fois de plus, soupira Jake en se levant. Bon, je crois que je vais rentrer. Tu devrais faire la même chose, tu as une sale mine.

— J'ai juste mal à la tête. Mais dis-moi, est-ce que tu as revu Kyra ?

— Cet après-midi, oui.

— Et est-ce que tu as pensé à lui demander le numéro de son amie journaliste ?

— Nous ne sommes plus au collège, protesta Jake. Si tu veux ses coordonnées, demande-les toi-même à Kyra.

— Pas bête, acquiesça Billy. Qui sait ? Je pourrais

peut-être même lui demander de me la présenter. Nous pourrions faire une soirée tous les quatre. Ça ne te ferait pas de mal de sortir un peu…

— Je crois que je vais passer mon tour, répondit Jake d'un ton faussement détaché.

Il ne pouvait nier le fait qu'il était resté célibataire pendant très longtemps – trop longtemps, peut-être. Mais Kyra n'était vraiment pas le genre de femme avec qui il s'imaginait avoir une aventure sans lendemain. Elle méritait beaucoup mieux que cela…

Après avoir pris congé de Billy, Jake alla récupérer sa voiture au garage. Il entra alors dans le GPS l'adresse de Matt Dugan qu'il était parvenu à trouver. Ce dernier vivait dans la partie la plus mal famée de Van Nuys.

Rien ne disait qu'il serait chez lui, ce soir-là. Mais Jake préférait passer sans prévenir, pour bénéficier de l'effet de surprise. Il ne voulait pas laisser le temps au frère adoptif de Kyra de concocter un alibi – ou, pire encore, de contacter la jeune femme.

Il emprunta le Golden State Freeway en direction du nord, puis sortit au niveau de Branford Street pour rejoindre Van Nuys. Le quartier où vivait Dugan était constitué d'immeubles vétustes et mal entretenus. Le sien avait dû évoquer autrefois une hacienda espagnole, mais les murs jaunes étaient délavés, les ornements de stuc qui subsistaient avaient noirci, et il manquait au toit de nombreuses tuiles.

Dans la cour extérieure défoncée, on voyait un barbecue qui n'avait pas dû servir depuis des années, quelques plantes en pot desséchées et un vélo mangé de rouille qui n'avait plus de roues.

Jake se gara et descendit de voiture. Il récupéra sa veste sur la banquette arrière, mais prit son temps pour l'enfiler, ce qui permit aux hommes patibulaires assis sur les marches de l'immeuble d'apercevoir le holster qu'il portait.

Lorsqu'il pénétra dans la cour, le groupe se dispersa, chacun regagnant prudemment son appartement. Dans l'un de ceux du rez-de-chaussée, un bébé pleurait sans s'arrêter. Dans un autre, un couple se disputait. Ce n'était pas le genre d'endroits où il devait être facile de garder un secret.

Jake gravit l'escalier vermoulu dont chaque marche craqua de façon inquiétante sous ses pas. Parvenu au premier étage, il trouva le numéro douze et frappa en prenant soin de se placer sur le côté de la porte tout en demeurant bien visible à travers l'œilleton.

Un bruit de pas traînant se fit entendre.

— Qui est là ? demanda une voix d'homme, qui trahissait une consommation intensive de cigarettes et d'alcool.

— Coup de bol, Dugan, ce n'est pas votre agent de probation. Je suis de la police criminelle de Los Angeles.

Il frappa de nouveau pour faire bonne mesure.

La porte s'ouvrit, laissant apparaître un homme de haute taille, massif, dont le crâne était rasé et le menton orné d'un bouc broussailleux.

— Police criminelle, hein ? fit-il. Je n'ai tué personne, que je sache.

— Il ne faut jamais dire jamais, répondit Jake. Je peux entrer ?

Sans attendre, il pénétra dans l'appartement où flottait une forte odeur de haschich. Sur la table basse du salon était posé un bong encore fumant.

— C'est médical, s'empressa de lui assurer Dugan.

— Je m'en contrefiche, répliqua Jake. Je ne suis pas des stups.

Ce dont il se moquait moins, en revanche, c'était du deck

de cartes à jouer qui était posé auprès du bong. Était-ce celui dont provenaient les dames de cœur et de carreau qu'avait découvertes Kyra ?

— Alors ? Qu'est-ce que vous me voulez, inspecteur ? demanda Dugan en croisant des bras musculeux sur une large poitrine.

Jake repéra aussitôt le tatouage qui ornait son avant-bras. Il proclamait clairement que Dugan appartenait à la Fraternité aryenne, un gang de prison aussi raciste que violent. Il comprit mieux pourquoi Kyra conservait toujours une arme à portée de main.

— Connaissez-vous une femme du nom de Kyra Chase ? demanda-t-il.

Un sourire cruel se dessina sur les lèvres de Matt Dugan.

— Pourquoi ? Est-ce qu'elle s'est fait tuer comme sa mère ?

Jake serra les dents, résistant difficilement à la tentation qu'il avait de se jeter sur son interlocuteur.

— Voyons, Dugan, répondit-il en se forçant à adopter un ton parfaitement décontracté. Vous seriez au courant, si tel était le cas. Je sais que vous gardez un œil sur elle.

— C'est elle qui vous a dit ça ? lâcha Dugan en ricanant. Elle prend ses rêves pour des réalités. Mais j'imagine que les femmes n'oublient jamais leur première fois...

Jake avait de plus en plus de mal à contrôler la rage qui bouillonnait en lui. Il était en effet convaincu que si Kyra avait couché avec cette ordure c'est qu'il ne lui avait pas laissé le choix. Mais ce n'était peut-être qu'une vantardise de la part de Dugan.

— Est-ce que vous vous êtes approché de sa maison ou de sa voiture, au cours de ces derniers jours ? lui demanda-t-il d'une voix glaciale.

— Non, répondit Dugan. C'est elle qui vous envoie ?

Il se gratta nerveusement le bras, et Jake remarqua les marques de seringue au creux de son coude. De toute évidence, Dugan ne se contentait pas de fumer de l'herbe.

— Elle ne sait pas que je suis ici, dit-il en s'approchant de la table basse pour ramasser le paquet de cartes.

— Eh ! ne touchez pas à ça ! protesta Dugan.

— J'imagine que vous avez entendu parler de ce tueur en série qui imite le Joueur, n'est-ce pas ?

— Je ne lis pas les journaux, déclara Dugan en haussant les épaules.

Jake passa en revue le deck qu'il avait en main. Sa conviction initiale se trouva rapidement confirmée.

— On dirait qu'il vous manque des cartes, remarqua-t-il.

— Quoi ?

— La Dame de cœur et la dame de carreau, pour être plus précis.

Il laissa tomber le jeu à côté du bong.

— Qu'est-ce que ça peut vous faire ? Je n'ai rien à voir avec ces meurtres, grogna Dugan.

— Peut-être, concéda Jake. Mais vous vous êtes servi de ces cartes pour effrayer Kyra Chase, n'est-ce pas ?

Sur ce, Jake se rua sur Dugan. Se servant de son élan, il l'attrapa par le cou et le repoussa jusqu'au mur contre lequel il le plaqua violemment. La paroi trembla sous l'impact. Jake resserra les doigts sur le cou de son adversaire, lui coupant la respiration.

— Je suis venu vous demander d'arrêter de l'ennuyer. Sinon, je vous promets que je vous renverrai en tôle avant que vous ayez eu le temps de dire ouf. C'est bien compris ?

Dugan émit un gargouillis que Jake considéra comme un assentiment. Il le relâcha et recula d'un pas, prêt à se défendre si l'autre cherchait à contre-attaquer. Mais Dugan se mit à tousser, luttant pour reprendre son souffle.

— Je vais emporter ce paquet de cartes, déclara-t-il en allant le récupérer sur la table basse. Après tout, il ne peut plus vous servir à grand-chose sans les dames…

Sur ce, Jake quitta l'appartement à grands pas. Il était terriblement tenté d'appeler l'agent de probation de Dugan pour lui faire part des dernières activités de son protégé. Cela suffirait peut-être à le renvoyer en prison pour quelques mois. Mais s'il agissait de la sorte cela risquait de revenir aux oreilles de Kyra.

Il se demanda s'il ne ferait pas mieux de raconter à la jeune femme la visite qu'il venait de rendre à son frère adoptif. Mais quelque chose lui disait qu'elle n'apprécierait guère cette interférence – particulièrement après lui avoir explicitement demandé de ne pas intervenir…

Jake revint au poste juste à temps pour animer le briefing de six heures et demie. Il commença par relater ce que Kyra et lui avaient découvert en se rendant sur Melrose Avenue et fit part de sa théorie concernant Uncommon Grounds tout en précisant qu'il ne s'agissait là que d'une hypothèse de travail.

Il laissa ensuite la parole à Billy, qui fit le point sur l'enquête concernant l'identité de la victime de Malibu. Il ne cacha pas son pessimisme à ce sujet.

L'un des inspecteurs les informa également que Kelsey et Marissa présentaient toutes deux une trace de piqûre au niveau du cou. Les résultats des tests toxicologiques n'étaient pas encore disponibles, mais ce détail paraissait expliquer la façon dont le tueur avait pu maîtriser ses victimes.

— Lorsque nous aurons identifié la substance qu'il utilise, nous aurons une piste supplémentaire, déclara Jake en s'efforçant d'insuffler un peu d'optimisme à son équipe.

À ce sujet, est-ce que quelqu'un a d'autres éléments à nous communiquer ?

Kyra leva la main, et il lui fit signe de parler.

— J'ai longuement discuté avec les amis de Marissa Perez, indiqua-t-elle. Je les ai notamment interrogés sur la question du bijou que le tueur aurait pu lui dérober. Apparemment, elle portait un bracelet de jade dont elle ne se séparait jamais. N'étant pas policière, je n'ai pas accès à l'inventaire de ses effets personnels et je me demandais si le bracelet en question avait bien été retrouvé sur elle.

Jake se tourna vers son coéquipier.

— Billy ?

— J'avoue que je ne me rappelle plus. Est-ce que nous avons une photo des affaires en question ?

Brandon effectua une recherche express et trouva rapidement une photo qu'il projeta sur l'écran installé au fond de la pièce. On y voyait deux anneaux d'oreilles en or, deux colliers – l'un avec une petite croix et l'autre avec la lettre *M* en pendentif – ainsi que trois bagues. Mais il n'y avait aucune trace du bracelet de jade.

— Intéressant, déclara Jake. Nous n'avons donc retrouvé ni le diamant de Kelsey ni le bracelet de jade de Marissa. Par acquit de conscience, nous rappellerons sa colocataire pour nous assurer qu'elle ne l'avait pas exceptionnellement laissé à la maison. Mais très sincèrement je doute fort qu'il s'agisse d'une coïncidence. Cela signifie que notre tueur collectionne des trophées personnels en plus de ceux que conservait son inspirateur. Félicitations, Kyra !

— Je ne suis malheureusement pas sûr de voir en quoi cette information pourrait bien nous aider, remarqua Billy. Après tout, ce n'est pas comme si le tueur allait revendre ces objets…

— C'est vrai, concéda Jake. Mais cela prouve qu'il

ne se contente pas d'imiter le Joueur. Il cherche aussi à satisfaire ses propres pulsions et à flatter son propre ego. C'est ce que nous prouvent ces trophées, de même que le coup de téléphone qu'il a passé, l'autre soir. Tôt ou tard, ces objectifs entreront en contradiction l'un avec l'autre, et il commettra une erreur…

Jake espérait juste que cela se produirait avant que le tueur fasse une autre victime.

— Bien, conclut-il. Merci à tous. Je vous souhaite une bonne soirée. Reposez-vous bien, car demain nous aurons du pain sur la planche.

Tandis que ses collègues quittaient la salle de réunion par petits groupes, Kyra s'approcha de Jake.

— J'avais quelque chose d'autre à vous dire, annonça-t-elle. Mais je préférais ne pas en parler devant tout le monde.

— Je vous écoute.

— Darcy, la colocataire de Marissa, m'a appelée pour me demander si je pouvais passer la voir, demain. Elle est toujours très choquée par ce qui est arrivé.

— Très bien. Pouvez-vous lui demander de chercher ce fameux bracelet, d'ici là ?

Kyra secoua la tête.

— Elle a quitté son appartement, expliqua-t-elle. Elle a préféré s'installer momentanément chez des amis, ce qui est une excellente idée, étant donné sa fragilité psychologique actuelle.

— C'est noté. Dans ce cas…

Il fut interrompu par une série de bips émis par son téléphone, qui était posé sur le bureau devant lui.

— Vous ne répondez pas ? lui demanda Kyra en désignant l'écran qui venait de s'allumer.

— C'est juste un SMS. Aviez-vous autre chose à me dire, Kyra ?

— Non, répondit-elle. Rien d'autre.

— Bonne soirée, alors, lui dit-il.

— Bonne soirée à vous.

Tandis qu'elle s'éloignait, il ramassa son portable et ouvrit le SMS que venait de lui envoyer Matt Dugan.

C'est bien moi qui ai laissé les cartes mais on m'a payé pour le faire. Si vous voulez savoir qui, j'accepte uniquement le cash.

Kyra essaya de se convaincre qu'elle n'avait pas réellement volé les clés de voiture qui se trouvaient sur le bureau d'un des inspecteurs de la force opérationnelle – elle les avait juste empruntées.

Ce n'était peut-être pas l'idée la plus brillante qu'elle ait eue mais elle savait que, si elle s'avisait de suivre Jake avec son propre véhicule, il la repérerait en l'espace de quelques minutes.

Certes, le seul fait de vouloir filer Jake était probablement une erreur. Mais elle avait immédiatement reconnu le numéro de Matt Dugan qui s'était affiché sur l'écran du portable. Or elle ne se faisait aucune illusion : jamais il n'aurait contacté un policier de son plein gré. C'était donc Jake qui avait pris l'initiative.

Et elle était bien décidée à découvrir ce qu'il lui voulait. Évidemment, elle aurait pu appeler Matt pour le lui demander directement. Mais, ce faisant, elle aurait contracté une dette envers lui. Et c'était bien la dernière chose au monde qu'elle désirait.

En émergeant du QG de la force opérationnelle, Kyra hésita quelques instants sur la conduite à adopter. Elle entendit alors la voix de Billy résonner dans la pièce qu'elle venait de quitter.

— Tu as encore oublié de lui parler de Megan.

— Écoute, répliqua Jake avec humeur, je te l'ai déjà dit :

si tu veux que Kyra te présente Megan Wright, demande-le-lui toi-même. Je ne suis pas une marieuse !

Kyra haussa les sourcils. Ainsi Billy voulait faire la connaissance de son amie Megan. Encore une chose que lui avait cachée Jake McAllister. Et dire qu'il l'avait accusée de lui mentir…

Sachant que les deux hommes ne tarderaient pas à sortir de la salle de réunion, Kyra se dirigea à vive allure vers l'ascenseur qu'elle emprunta pour gagner le parking souterrain. Là, elle activa la télécommande et chercha la voiture qui réagissait. Dès qu'elle l'eut localisée, elle prit place à bord et attendit l'arrivée de Jake.

Ce dernier déboucha de l'ascenseur quelques minutes plus tard. Gagnant sa propre voiture, il plaça dans le coffre sa sacoche d'ordinateur et le volumineux dossier avec lequel il était descendu. Puis il alla s'installer au volant et démarra.

Kyra lui laissa quelques dizaines de secondes d'avance avant de démarrer à son tour. Elle redoubla de précautions pour demeurer à bonne distance de Jake sans pour autant le perdre de vue. Cela fut facilité par le fait qu'il s'engagea rapidement sur le Golden State Freeway.

Qu'il prenne la direction du nord-ouest ne pouvait signifier que deux choses : soit il se rendait à Van Nuys, où se trouvait l'appartement de Matt, soit ce dernier lui avait donné rendez-vous au garage pour lequel il travaillait, dans North Hollywood.

Lorsque Jake sortit sur Empire Avenue, elle comprit que la seconde hypothèse était la bonne. Plutôt que de continuer à suivre Jake dans de petites rues où il risquait de la repérer, elle décida de se rendre directement sur place et de l'attendre là-bas. Elle bifurqua dans une rue perpendiculaire et accéléra.

Elle connaissait suffisamment le quartier pour éviter les zones les plus embouteillées. Pour gagner un peu de temps et être certaine d'arriver la première sur les lieux, elle alluma même le gyrophare de la voiture. Dépassant allègrement la vitesse autorisée, grillant plusieurs priorités et traversant plusieurs fois à l'orange, il ne lui fallut qu'une dizaine de minutes pour rallier le garage de Mike.

C'était un établissement spécialisé dans la réparation des motos, et tout particulièrement des grosses routières que conduisaient les Hells Angels de Los Angeles. L'endroit était particulièrement mal famé et, après s'être garée à quelque distance du garage, elle prit soin de vérifier que son revolver était à portée de main et qu'il était bien chargé.

Elle descendit de voiture et aperçut aussitôt l'un des membres d'un gang local en train de vendre une petite enveloppe de papier kraft à un junky qui semblait déjà avoir un pied dans la tombe. Tous deux la considérèrent d'un air étonné. Ils ne devaient pas avoir l'habitude de voir des femmes en tailleur se promener dans cette partie de la ville.

Feignant de ne pas leur prêter attention, elle se dirigea vers la petite allée qui conduisait à l'arrière du garage, là où se trouvait la porte du bureau de Matt. Si ce dernier la gardait à l'œil, Kyra n'était pas en reste et elle s'était fait un devoir de connaître les habitudes de son frère adoptif.

Les soirs comme celui-ci, il lui arrivait régulièrement de s'installer dans la ruelle avec des amis pour fumer un joint et discuter. Mais ce jour-là elle n'entendit aucun bruit de voix. Demeurant dans l'ombre du mur, elle s'approcha jusqu'à un conteneur à poubelles.

Si la porte du bureau était ouverte, elle pourrait demeurer là pour espionner la conversation de Matt et Jake. Si elle était close, il lui faudrait prendre le risque de s'approcher pour pouvoir les entendre.

Prudemment, elle risqua un coup d'œil en direction du fond de l'impasse. La lampe qu'avait installée Matt près de la porte était allumée, et la porte elle-même était grande ouverte. Pourtant, elle ne vit aucune trace de son frère adoptif.

Elle crut d'abord qu'il était retourné à l'avant du garage – peut-être pour aller accueillir Jake. Puis elle distingua une forme étendue sur le sol, à la limite de la flaque de lumière créée par la lampe. Comme elle hésitait, elle entendit un gémissement inarticulé.

Le cœur battant à tout rompre, elle s'approcha, la main plongée dans son sac à main et crispée sur la crosse de son arme. La forme étendue à terre était bien celle de Matt. Ses yeux étaient révulsés, et il avait l'écume aux lèvres. L'espace d'un instant, elle crut qu'il était mort, mais il poussa un nouveau gémissement, plus déchirant encore que le premier.

15

Jake pesta contre les embouteillages qui semblaient ne jamais se résorber dans cette maudite ville. Il avait mis plus de temps que prévu à atteindre le garage minable pour lequel Matt travaillait.

Mais cela n'avait sans doute pas grande importance : ce dernier espérait un juteux paiement en échange des informations qu'il avait à lui donner, et il y avait peu de chances pour qu'il renonce à cet argent.

Après s'être garé à proximité du garage, Jake vérifia son arme, puis descendit de voiture. Il se dirigea aussitôt vers la petite allée qui courait derrière le garage, où Matt lui avait donné rendez-vous.

Lorsqu'il contourna le conteneur à ordures qui lui masquait le fond de la ruelle, il tomba en arrêt devant la scène qui s'offrait à ses yeux. Un homme était étendu sur le sol, et une femme se penchait sur lui – une femme qu'il reconnut aussitôt.

— Kyra ? s'exclama-t-il. Mais qu'est-ce que vous faites là ? Et qu'est-ce qui s'est passé ?

— Je crois qu'il a fait une overdose, répondit-elle d'une voix légèrement tremblante. Il était conscient lorsque je suis arrivée, mais il a perdu connaissance depuis. Son pouls est faible. Est-ce que vous avez une seringue de naloxone, dans votre voiture ?

Jake secoua la tête.

— Seuls les flics des stups en ont.

Il s'agenouilla aux côtés de Matt, que Kyra avait pris soin de placer en position latérale de sécurité, et posa deux doigts sur sa gorge. Le pouls était faible, en effet, et filant.

— Est-ce que vous avez appelé les urgences ? demanda-t-il à Kyra.

— Pas encore. Je viens juste de le trouver.

L'ombre d'un soupçon s'insinua en lui, mais le moment était mal venu pour la presser de questions.

— Est-ce que vous pouvez le faire ? lui demanda-t-elle. Cela m'évitera d'avoir à expliquer ma présence ici… et à dévoiler ma véritable identité.

Elle dut percevoir le doute qui se lisait dans son regard, car elle secoua vigoureusement la tête.

— Je vous jure qu'il était comme ça lorsque je suis arrivée…

Jake se redressa et sortit son téléphone pour composer le numéro des urgences. Avant même qu'un opérateur ait pris son appel, Kyra s'était éloignée en direction de la rue principale.

Il fit un compte rendu concis de la situation et de l'état dans lequel se trouvait le patient, puis demanda qu'on lui envoie immédiatement une ambulance. Dès qu'il eut raccroché, il alla de nouveau s'agenouiller auprès de Dugan.

— Accroche-toi, espèce de salopard, lui souffla-t-il sans grand espoir d'être entendu. Tâche de ne pas me claquer entre les doigts. J'ai ton fric et je suis même prêt à doubler la mise si tu peux me dire qui t'a payé pour déposer ces cartes.

La respiration de Dugan s'était faite irrégulière, et il était évident qu'il ne tiendrait pas le coup très longtemps. Il prit la main de Dugan dans la sienne.

— Est-ce que tu m'entends ? insista Jake, qui ne voulait pas perdre une chance d'obtenir l'information que l'autre lui avait promise. Qui t'a payé ? Est-ce que c'est le tueur ?

Dugan ne réagit pas. Au loin, Jake pouvait entendre la sirène de l'ambulance qui se rapprochait. Il était quasiment convaincu qu'elle arriverait trop tard.

— Est-ce que c'est le Joueur ? demanda-t-il encore.

Il crut alors sentir une faible pression des doigts de Dugan sur les siens. Mais avant d'avoir pu répéter sa question il fut rejoint par deux urgentistes.

— Overdose ? lui demanda l'un d'eux en sortant de son sac une seringue de naloxone.

— Ça en a tout l'air, répondit Jake en s'écartant à regret pour leur laisser le champ libre.

Alors que les urgentistes s'activaient autour de Dugan, deux policiers remontèrent à leur tour la ruelle pour venir parler à Jake.

— C'est vous qui avez appelé les urgences ?

Il hocha la tête.

— Inspecteur McAllister, police criminelle, se présenta-t-il en tendant son badge. C'est un informateur. Nous avions rendez-vous ici, et lorsque je l'ai trouvé il était allongé, la bave aux lèvres…

— Qui est-ce ?

— Matt Dugan. Il est en liberté conditionnelle et il travaille pour le garage. Il devait me fournir des informations concernant l'affaire sur laquelle j'enquête – les meurtres commis par le *copycat* du Joueur.

Son collègue lui jeta un coup d'œil étonné.

— Vous pensez que quelqu'un a cherché à le faire taire ?

Jake hésita, ne pouvant s'empêcher de penser à la présence de Kyra sur les lieux. Il ne l'imaginait pas assassiner quelqu'un de sang-froid, bien sûr. Mais il avait aussi la conviction de ne plus être parfaitement objectif à son sujet.

— Dugan avait une longue histoire avec la drogue, répondit-il prudemment. Il est probable que je n'ai juste pas eu de chance. J'espère qu'ils pourront le sauver, ajouta-t-il en désignant les ambulanciers. Mais j'avoue que je ne suis pas très optimiste…

Une petite foule de badauds commençait déjà à s'attrouper dans la ruelle, et le collègue du policier avec lequel il s'entretenait était allé leur demander de reculer jusqu'à la rue principale.

Jake attendit que les urgentistes aient transféré Dugan à bord de leur ambulance. Lorsque les portes se refermèrent sur lui, il respirait toujours. Jake remit une carte de visite à l'agent avec lequel il s'était entretenu, lui demandant de le rappeler si par miracle Dugan parvenait à reprendre connaissance.

Il regagna alors sa voiture tandis que les badauds se dispersaient peu à peu. Durant quelques minutes, il demeura assis au volant, plongé dans ses pensées, cherchant à comprendre ce qui venait de se produire exactement.

Comment Kyra avait-elle eu vent de son rendez-vous avec Matt Dugan ? Ce dernier l'avait-il contactée ? Lui avait-il proposé de lui vendre à elle aussi les informations qu'il avait déjà offertes à Jake ?

Matt était-il réellement mort d'une overdose ? Pourquoi se serait-il injecté de la drogue alors même qu'il était sur le point de rencontrer Jake ? L'héroïne n'était pas à proprement parler une substance recommandée lorsque l'on s'apprêtait à négocier avec quelqu'un.

Kyra l'avait-elle réellement trouvé dans cet état ou en était-elle responsable ? Avait-elle sciemment attendu avant de contacter les urgences ? Après tout, elle ne lui avait pas caché le fait que Matt l'avait harcelée durant une bonne partie de son existence.

Elle ne verserait probablement pas beaucoup de larmes s'il venait à succomber. Mais de là à l'avoir volontairement assassiné ou laissé mourir, il y avait un pas que Jake n'était pas sûr de vouloir franchir.

Une chose était sûre : la seule personne qui fût capable de répondre à toutes ces questions était Kyra Chase elle-même. Il ressortit donc son téléphone portable et composa le numéro de la jeune femme.

— Est-ce qu'il est toujours vivant ? lui demanda-t-elle en décrochant.

— Il l'était lorsque l'ambulance l'a emmené.

Elle poussa un soupir dont il n'aurait su dire s'il trahissait du soulagement ou de la déception.

— Il a toujours eu un problème avec la drogue, déclara-t-elle.

— Il faut que je vous voie, déclara Jake.

— Je vous attends.

— Où ça ?

— Devant chez vous.

Jake fronça les sourcils. Il était convaincu de ne jamais lui avoir donné son adresse. Et n'étant pas de la police elle n'avait aucun moyen de l'obtenir par des moyens légaux. Mais elle avait très bien pu la demander à son vieil ami Roger Quinn…

— Ne bougez pas, lui dit-il. Je serai là aussi vite que possible.

Ne voulant pas perdre une minute, il activa son gyrophare. Il lui fallut tout de même près d'une demi-heure pour atteindre le quartier huppé de Hollywood Hills où il résidait. Garée juste devant son portail se trouvait une voiture banalisée qu'il connaissait parfaitement pour l'avoir utilisée lui-même à plusieurs reprises.

Il se gara derrière elle et eut alors la stupeur de voir Kyra en sortir et venir à sa rencontre. Il émergea de son propre véhicule et la considéra d'un air incrédule.

— Ne me dites pas que vous avez volé une voiture au commissariat ! lança-t-il.

— Pas volée, empruntée, rectifia-t-elle. Je compte la ramener ce soir même.

— Vous savez qu'il y a des caméras dans tout le parking souterrain ?

Elle haussa les épaules avec une belle désinvolture.

— Personne n'aura de raison de consulter les enregistrements, objecta-t-elle. Elle fait partie de la flotte allouée à la force opérationnelle.

Décidément, il n'était pas au bout de ses surprises, avec elle.

— Comment avez-vous su où j'habitais ? lui demanda-t-il.

— Vous m'avez dit que votre maison se trouvait à Hollywood Hills, lui rappela-t-elle.

— Le quartier ne manque pas de maisons, rétorqua-t-il en fronçant les sourcils. Comment avez-vous eu mon adresse exacte ?

— Je l'ai demandée à Billy.

— À Billy ? répéta Jake, incrédule.

— Je lui ai dit que nous avions rendez-vous chez vous à Hollywood Hills, mais que j'avais perdu votre adresse.

Jake ferma les yeux. Il n'osait imaginer le déluge d'insinuations et de plaisanteries douteuses auquel il se trouverait exposé dès le lendemain et pour une période indéterminée.

Serrant les dents, il se détourna et alla ouvrir le portail sans se soucier de savoir si Kyra le suivait. À ce stade, il était presque tenté de l'arrêter pour vol et tentative d'empoisonnement.

À grands pas, il remonta l'allée qui serpentait entre les pins et les chênes-lièges jusqu'à sa maison. Celle-ci était de taille relativement modeste, mais elle offrait une vue imprenable sur la ville qui s'étendait en contrebas et, plus loin, sur l'océan Pacifique. À cette heure-ci, on distinguait juste les lumières de la ville à perte de vue.

— C'est magnifique, murmura Kyra, visiblement impressionnée. Et si paisible…

C'était précisément ce que s'était dit Jake, le jour où il avait visité les lieux. Et, si la maison lui avait coûté la totalité de ce que lui avait rapporté le scénario de *Coup de feu*, il n'avait jamais regretté cet investissement. Cet endroit était son oasis, loin de la dure réalité à laquelle il était chaque jour confronté en arpentant les rues de Los Angeles.

Il désamorça le système d'alarme et guida Kyra jusqu'au salon où il lui désigna l'un des fauteuils qui entouraient la cheminée.

— Asseyez-vous, lui ordonna-t-il froidement.

Elle s'exécuta.

— Est-ce que je pourrais avoir un verre d'eau ? lui demanda-t-elle. Je suis assoiffée.

Serrant les dents, Jake laissa tomber sa sacoche et sa veste sur le canapé et alla remplir un verre d'eau dans la grande cuisine américaine qui s'ouvrait à l'autre bout de la pièce. Il se sortit également une canette de bière. Étant donné les circonstances, il aurait bien pris quelque chose de plus fort, mais il tenait à garder la tête parfaitement claire.

Kyra le remercia et vida le verre d'eau qu'il lui avait apporté en quelques gorgées. Il en profita pour s'asseoir en face d'elle, à califourchon sur une chaise.

— Comment avez-vous su que j'avais rendez-vous avec Dugan ? lui demanda-t-il.

— Est-ce que c'est lui qui a pris l'initiative de vous appeler ?

Il ne répondit pas.

— Non, bien sûr, murmura-t-elle. Matt n'aurait jamais contacté un flic de son plein gré. C'est vous qui l'avez fait. Pourquoi ?

S'efforçant de contenir la colère qui l'habitait en cet instant, Jake avala une gorgée de bière.

— Ce n'est pas vous qui posez les questions, cette fois, lui dit-il posément.

Un pâle sourire se dessina sur les lèvres de Kyra.

— Désolée. C'est une déformation professionnelle. Pour répondre à la vôtre, j'ai vu le numéro de Matt s'afficher sur votre téléphone, tout à l'heure. Je me suis dit que vous n'aviez tenu aucun compte de ma demande et que vous aviez l'intention de le rencontrer. Alors j'ai décidé de vous suivre pour savoir ce que vous lui diriez. Lorsque j'ai compris que vous vous dirigiez vers le garage, j'ai… pris un raccourci. Et je suis arrivée un peu avant vous…

— J'avais déjà rencontré Dugan, cet après-midi-là, lui avoua Jake.

— Et que lui avez-vous dit ? s'enquit-elle, surprise.

— Je lui ai demandé si c'était lui qui avait placé les cartes à jouer près de chez vous et près de votre voiture.

— J'imagine qu'il a refusé de répondre à la question.

— Je ne lui ai pas précisément laissé le choix, déclara Jake. Et il m'a confirmé qu'il était bien le responsable. Je lui ai demandé… fermement de ne pas recommencer.

Kyra demeura silencieuse durant quelques instants. Comme souvent, il avait du mal à déchiffrer l'expression de son regard et n'aurait su dire si elle lui en voulait ou si elle lui était reconnaissante pour l'initiative qu'il avait prise.

— Pourquoi vous a-t-il recontacté, alors ? lui demanda-t-elle enfin.

— Il m'a envoyé un SMS pour me dire que quelqu'un l'avait payé pour déposer ces cartes et qu'il était prêt à me dire qui, moyennant finance, évidemment.

Cette fois, Kyra ne put cacher son étonnement.

— Quelqu'un l'a payé ? répéta-t-elle.

— C'est ce qu'il prétendait, en tout cas. Mais, s'il ne survit pas à cette overdose, nous ne connaîtrons jamais le fin mot de cette histoire.

Elle ouvrit la bouche pour lui poser une nouvelle question, mais il la fit taire d'un geste.

— À mon tour, lui dit-il. Pourquoi avez-vous volé cette voiture ?

— Emprunté, rectifia-t-elle de nouveau. Parce que je me suis dit que si je vous suivais avec la mienne vous me remarqueriez très rapidement. Et puis ça m'a permis de traverser North Hollywood un peu plus rapidement.

— Ne me dites pas que vous avez utilisé le gyrophare, s'exclama-t-il.

Elle détourna les yeux.

— Vous savez, je ne suis pas sûre qu'il faille croire ce que Matt vous a raconté. Cela fait des années que je le connais, et je peux affirmer qu'il passe son temps à mentir. Parfois par intérêt, d'autres fois par plaisir malsain. Dans ce cas précis, il comptait peut-être juste vous soutirer un peu d'argent pour se payer sa prochaine dose d'héroïne…

— Vous auriez pu me dire tout ça lorsque vous avez vu que Dugan venait de m'envoyer un message, remarqua Jake. Vous n'étiez pas obligée de voler une voiture et de me prendre en filature.

— D'*emprunter* une voiture, rectifia-t-elle une fois de plus. Et je vous aurais peut-être dit tout cela si vous aviez été franc. Mais au lieu de cela vous avez préféré contacter Matt derrière mon dos.

— C'est pour vous que je l'ai fait, protesta Jake. Je voulais être sûr qu'il vous laisserait tranquille.

— C'est très gentil à vous, répliqua-t-elle froidement. Mais cela fait des années que je gère cette situation avec Matt. Vous ne le connaissez pas. Tenez : même ce qu'il vous a dit au sujet des cartes à jouer est peut-être faux.

Jake secoua la tête.

— À ce sujet, au moins, je n'ai strictement aucun doute.

— Vraiment ? fit-elle d'un ton ouvertement dubitatif.

— Vraiment, lui dit-il en se levant pour aller ouvrir sa sacoche.

Il récupéra le paquet de cartes qu'il lança rageusement à travers la pièce. Kyra le rattrapa au vol.

— Parce que j'ai trouvé ça dans le taudis où il vit, répondit-il. C'est le même modèle de cartes que celles que vous avez découvertes.

— Ce pourrait être un hasard, objecta-t-elle.

— Et le fait qu'il manque les deux cartes sur lesquelles vous êtes tombée ? C'est aussi un hasard ?

Il eut au moins la satisfaction de la voir pâlir.

— Alors c'était vraiment lui, murmura-t-elle d'une voix vibrante de colère à peine contenue.

La détestation farouche qu'il pouvait lire dans ses yeux en cet instant ne l'étonnait pas outre mesure. Malheureusement, elle lui donnait un excellent mobile pour se débarrasser de Matt Dugan.

Elle se leva brusquement et se dirigea vers la cuisine pour se resservir un verre d'eau. Là, elle tomba en arrêt devant la photo encadrée qui était posée sur le plan de travail.

— Qui est-ce ? lui demanda-t-elle.

— Ma fille, Fiona.

Kyra lui lança un regard stupéfait.

— Je ne savais pas que vous aviez un enfant, murmura-t-elle, visiblement troublée par cette révélation. Ni que vous aviez une compagne, d'ailleurs…

— Nous sommes divorcés, précisa-t-il.

Des émotions contradictoires se succédèrent sur le visage de Kyra.

— J'imagine que votre fille vit avec votre ex-femme ?

— Et avec son nouveau mari, acquiesça-t-il. Ils habitent à Monterey.

— C'est loin, remarqua Kyra en fronçant les sourcils.

— Je leur ai donné ma bénédiction, répondit-il en haussant les épaules. Je n'étais pas un bon père pour elle.

— Parce que vous étiez trop occupé par votre travail ?

Il hocha la tête.

— Cela ne signifie pas pour autant que vous étiez un mauvais père, déclara-t-elle avec une conviction qui le prit de court. Quinn travaillait beaucoup, lui aussi. Et cela ne l'empêchait pas d'avoir la fibre paternelle. Je suis bien placée pour le savoir.

Le regard de Kyra avait perdu de sa dureté habituelle. Il trahissait même une certaine douceur dont il se demanda si c'était une forme de compassion ou juste la façon qu'elle avait de regarder ses patients.

— Je suis désolée, lui dit-elle enfin. Je n'aurais pas dû me montrer aussi ingrate envers vous. Je sais que vous cherchiez seulement à m'aider et je vous en suis reconnaissante, croyez-le. Mais Matt est dangereux et pervers. Je vous assure qu'il est impossible de lui faire confiance.

Jake la considéra longuement, et elle ne détourna pas les yeux.

— Est-ce que vous l'avez tué ? s'enquit-il.

Le choc qui se lut dans le regard de Kyra paraissait authentique.

— Vous n'êtes pas sérieux ? lâcha-t-elle.

Il ne répondit pas.

— Vous pensez vraiment que j'aurais pu faire une chose pareille ? s'enquit-elle d'une voix blanche.

— Vous aviez de bonnes raisons de le faire.

Elle secoua la tête.

— Pas au point de le tuer…, protesta-t-elle.

Elle prit une profonde inspiration, s'efforçant de recouvrer un semblant de calme.

— D'ailleurs, reprit-elle, si j'avais voulu le faire, pourquoi aurais-je attendu qu'il ait rendez-vous avec un policier ? Et pourquoi serais-je restée sur place ?

Jake ne pouvait nier la logique de ces arguments.

— D'accord, je veux bien admettre que ce n'est pas vous qui l'avez drogué, déclara-t-il posément. Mais, dans ce cas, pourquoi n'avez-vous pas immédiatement appelé les secours ?

Elle pâlit encore, et il comprit qu'il l'avait profondément blessée. Mais il était flic et ne pouvait faire l'économie des questions qu'il lui posait. Si ce qui s'était passé ce soir avait un rapport avec l'enquête dont il avait été chargé, des vies étaient peut-être en jeu.

— Je vous assure que si vous n'étiez pas arrivé j'aurais appelé les urgences, lui dit-elle d'une voix tremblante. Il ne s'est écoulé que quelques minutes entre le moment où je l'ai découvert étendu là et le moment où vous m'avez rejointe.

Un long silence suivit cette affirmation tandis que tous deux se mesuraient du regard.

— D'accord, lâcha enfin Jake. Je vous crois.

Elle se détendit légèrement.

— Je ferais mieux de ramener cette voiture, déclara-t-elle alors.

— Bonne idée.

— Est-ce que vous allez faire un rapport sur ce qui s'est passé ce soir ? lui demanda-t-elle.

— Non. Si je faisais un rapport, même sans mentionner votre présence sur les lieux, je serais obligé de parler de la nature de vos relations avec Matt Dugan. Tant que cela n'ira pas à l'encontre de notre enquête, je garderai votre secret.

— Merci, lui dit-elle.

Elle détourna enfin le regard, mais il eut le temps de discerner les larmes qui brillaient dans ses yeux.

— Je vais appeler l'hôpital pour avoir des nouvelles de Dugan, annonça-t-il. Est-ce que vous voulez que je vous tienne au courant ?

— Bien sûr. J'espère vraiment qu'il s'en sortira.

Jake hocha la tête.

— Faites attention sur la route. Et ne touchez pas au gyrophare, cette fois.

— C'est promis, répondit-elle.

Elle hésita un instant avant d'ajouter :

— J'aime beaucoup votre maison.

Sur ce, elle fit volte-face et quitta la pièce. Jake avala une nouvelle gorgée de bière en réfléchissant aux événements surprenants de la soirée.

Il savait que ses relations avec Kyra venaient de franchir un nouveau cap. Le fait qu'il soit allé trouver Matt Dugan pour prendre sa défense, le fait qu'il ait accepté de taire ce qui s'était produit au garage avait créé entre eux un lien indissoluble. Il ne lui restait plus qu'à espérer qu'il ne s'était pas trompé à son sujet et qu'elle était vraiment digne de la confiance qu'il avait décidé de lui accorder.

Lorsqu'il eut terminé sa bière, il téléphona à l'hôpital.

On lui apprit alors que Matt Dugan était tombé dans le coma, ce qui n'augurait rien de bon.

Après avoir regardé les informations en mangeant un reste de pizza réchauffée, Jake décida de se coucher tôt. Il alla prendre une douche et se mit au lit avec le livre de Charlotte Quinn qu'il avait acheté la veille.

Il venait tout juste de terminer le premier chapitre lorsque son portable se mit à sonner. Il jeta un coup d'œil à l'écran, espérant confusément qu'il s'agissait de Kyra. Mais le numéro qui s'affichait était celui de Castillo. Ce n'était pourtant pas le genre de son supérieur de l'appeler en dehors de ses heures de service.

— McAllister à l'appareil, fit-il en décrochant. Que puis-je pour vous, capitaine ?

— Ce salopard a recommencé, lui annonça Castillo. Nous avons une nouvelle victime, J-Mac.

16

Sur le chemin du commissariat, Kyra s'était arrêtée pour acheter à manger. Elle avait également appelé l'hôpital où Matt avait été conduit dans l'espoir d'avoir de ses nouvelles. Mais, ironiquement, elle s'était entendu répondre que seule la famille avait le droit d'obtenir de tels renseignements.

Jake avait sans doute eu plus de chance, mais il ne l'avait pas rappelée, et elle n'avait pas osé lui téléphoner. Le souvenir des accusations qu'il avait portées contre elle était toujours aussi cuisant.

Elle ne pouvait nier que la mort de Matt ferait disparaître l'épée de Damoclès qui se trouvait suspendue au-dessus de sa tête depuis tant d'années. Mais elle n'avait pas menti à Jake : jamais elle n'aurait été capable de l'assassiner. Car elle se rappelait encore parfaitement le petit garçon malheureux et révolté qu'il avait été.

Elle était alors la seule personne qui fût capable de communiquer avec lui, de le calmer lorsqu'il menaçait de perdre tout contrôle. Mais à chaque fois elle avait eu un peu plus de mal à y parvenir. Et elle avait mis très longtemps à admettre qu'un jour elle en serait incapable.

La descente aux enfers de Matt avait commencé bien avant qu'il soit placé en famille d'accueil. Sa mère avait été une droguée, incapable de s'occuper de lui. Et plusieurs de ses petits amis avaient maltraité Matt ou abusé de lui.

Il faisait partie de ces enfants brisés, irrémédiablement condamnés sans jamais avoir eu la moindre chance de s'en sortir…

Après avoir garé la voiture à la place où elle l'avait prise, elle emprunta l'ascenseur et émergea dans le hall d'accueil du commissariat. Là, le policier de permanence vérifia son autorisation.

— Certains de vos collègues sont toujours là, lui signala-t-il. On dirait que ça ne chôme pas, dans votre équipe.

— Cela risque de durer tant que le tueur ne sera pas sous les verrous, répondit-elle en se demandant si Jake faisait partie de ceux qui travaillaient, ce soir-là.

Peut-être était-il revenu pour s'assurer qu'elle avait bien ramené la voiture. Après tout, il était évident qu'il ne lui faisait pas confiance. Et elle ne pouvait réellement lui en vouloir.

Il avait vécu un divorce dont elle sentait bien qu'il avait été difficile. Puis il s'était fait trahir en plein tribunal par une psy qui était pourtant censée être de son côté. Quant à Kyra, elle ne s'était pas toujours montrée très honnête envers lui.

Mais elle-même avait de bonnes raisons de se défier des gens qui l'entouraient. Au fond, songea-t-elle avec une pointe d'autodérision, tous deux étaient peut-être faits l'un pour l'autre…

Écartant cette idée absurde, elle gagna le QG de la force opérationnelle et constata avec un mélange de soulagement et de déception que Jake ne se trouvait pas là. Billy, en revanche, était assis à son bureau, plongé dans la lecture d'un rapport.

— Kyra ? s'exclama-t-il, surpris. Je pensais que vous étiez avec J-Mac.

— Nous nous sommes vus, confirma-t-elle. Merci

pour l'adresse, Billy. Je suis juste passée chercher quelques affaires avant de rentrer chez moi. Qu'est-ce que vous faites ici si tard ?

Billy s'étira pour chasser la raideur de son cou.

— J'essaye toujours d'identifier la mystérieuse première victime, répondit-il. On lui doit au moins ça.

Tout comme Jake, Billy se dévouait corps et âme à son métier. Peut-être cherchait-il ainsi à exorciser la disparition de sa sœur et le fait qu'il n'avait pas encore réussi à la retrouver.

— Est-ce que vous avez essayé de montrer sa photo aux prostituées qui travaillent du côté de Melrose Avenue ? lui demanda Kyra en pensant à ce que lui avait dit Rachel.

— Oui, mais sans résultat, hélas. Évidemment, le fait de devoir travailler à partir d'un portrait-robot ne nous aide pas. Mais le corps était dans un triste état.

C'était la raison pour laquelle Jake avait préféré que Kyra demeure dans la voiture, le soir où ils avaient retrouvé la victime, à Malibu. Sur le moment, elle lui en avait voulu mais, en entendant Billy, elle prenait conscience qu'il avait juste cherché à la protéger.

Billy passa les mains sur son visage. Il paraissait épuisé et, pour la première fois depuis qu'elle connaissait celui que Jake avait surnommé le Dandy, le costume qu'il portait était froissé.

— Je me suis laissé dire que vous vouliez rencontrer mon amie Megan Wright qui travaille pour la chaîne KTOP, lui dit-elle pour tenter de lui remonter le moral.

Billy releva les yeux en souriant.

— Je serais ravi que vous me la présentiez, acquiesça-t-il.

— Vous n'êtes pas marié, j'espère.

— Ma femme et moi sommes séparés, lui assura-t-il.

— Dans ce cas, je lui donnerai votre carte et lui toucherai un mot en votre faveur.

— Merci beaucoup, lui dit-il, paraissant recouvrer un peu de sa bonne humeur habituelle.

Le téléphone qui se trouvait sur son bureau se mit alors à sonner. Il décrocha, et Kyra en profita pour aller reposer discrètement les clés de voiture sur le bureau où elle les avait prises.

— Est-ce que J-Mac est au courant ? s'exclama alors Billy.

Le ton de sa voix indiquait que la nouvelle qu'il venait de recevoir n'était pas bonne.

— J'arrive tout de suite, conclut Billy avant de raccrocher. On a découvert une autre victime, annonça-t-il à Kyra.

— Où ça ?

— Dans les marais de Ballona.

Il s'agissait d'une minuscule réserve naturelle située en bord de mer, non loin de Venice.

— C'est assez audacieux de sa part, remarqua-t-elle. Il s'agit d'un endroit nettement plus exposé que Griffith Park et a fortiori que le canyon de Malibu.

— Il faut croire qu'il s'enhardit, acquiesça Billy. Espérons que ça le pousse à commettre des erreurs. Je vais aller rejoindre J-Mac sur place. Est-ce que vous voulez venir ?

— Je vous suivrai en voiture, répondit-elle. Cela m'évitera un aller-retour. Ballona est nettement plus proche de chez moi.

Pour la deuxième fois de la soirée, elle quitta le commissariat en suivant la voiture d'un inspecteur de police. Elle se demanda comment Jake réagirait en la voyant arriver avec son coéquipier. Au fond, cela n'avait pas grande importance. D'une façon ou d'une autre, tous deux allaient devoir rapidement normaliser leurs relations s'ils voulaient continuer à collaborer.

Trois quarts d'heure plus tard, ils arrivèrent sur les lieux. Plusieurs voitures de police, un van de la police scientifique et un fourgon du coroner se trouvaient déjà sur place. Kyra remarqua aussitôt le mât qui se dressait au centre du parking et sur lequel était fixée une caméra de surveillance.

— Au moins, vous aurez des images à exploiter, dit-elle à Billy.

— Malheureusement non, soupira-t-il. On m'a déjà informé que la caméra était hors d'usage.

C'était probablement ce détail qui avait conduit le tueur à choisir cet endroit, songea-t-elle. Elle s'apprêtait à suivre Billy qui se dirigeait vers la scène de crime lorsqu'elle aperçut Megan Wright et son cameraman, un peu en retrait. Elle se dirigea aussitôt vers son amie.

— Comment se fait-il que tu sois déjà sur place ? lui demanda-t-elle après qu'elles se furent saluées.

— Nous avons appris la nouvelle en écoutant la fréquence de la police, expliqua Megan. Je sais que c'est interdit, ajouta-t-elle aussitôt, mais ça reste le meilleur moyen de décrocher un scoop.

— Tu sais qui a découvert le corps ?

— Le jeune couple qui se trouve là-bas, déclara Megan en désignant deux jeunes gens qui étaient en train de répondre aux questions de l'un des inspecteurs de la force opérationnelle. Ce sont les hommes du shérif qui sont arrivés les premiers sur les lieux. Lorsqu'ils ont compris à quoi ils avaient affaire, ils ont immédiatement contacté ton équipe.

— Cela signifie qu'ils ont dû retrouver une carte à jouer sur le corps.

Kyra s'abstint de faire allusion au doigt coupé. C'était un détail qu'ils avaient sciemment évité de communiquer à la presse pour le moment.

— J'ai entendu dire aussi que le tueur dérobait à chaque fois un bijou appartenant à la victime, remarqua Megan. Est-ce que tu peux me le confirmer officiellement ?

— Non, répondit Kyra, qui se demandait comment elle avait pu avoir vent de ce détail dont la police elle-même venait tout juste de prendre conscience.

Mais Megan avait toujours été une journaliste très douée...

— C'est la quatrième victime en l'espace de deux mois, remarqua alors son amie. On peut dire que le tueur ne chôme pas. Et il se rapproche de l'endroit où j'habite, en plus, ajouta-t-elle en frissonnant.

— Tu es inquiète ?

— Un peu, avoua Megan. Les victimes sont un peu plus jeunes que moi mais pas de beaucoup. Ce ne sont ni des prostituées ni des fugueuses – juste des jeunes femmes parfaitement ordinaires...

Kyra regarda son amie droit dans les yeux.

— Est-ce que je peux te donner un conseil que je ne tiens pas à voir diffuser au journal de 20 heures ? lui demanda-t-elle.

— En off ? dit Megan.

Kyra acquiesça.

— D'accord.

— Évite de te promener aux alentours de Melrose Avenue.

— Vous pensez que c'est là qu'il les repère ?

— C'est possible. Pas encore certain mais possible. Mais si cela venait à se savoir le tueur risquerait de changer de mode opératoire, et nous perdrions un avantage décisif.

— Je comprends, acquiesça Megan. Tu peux compter

sur mon silence. Mais n'hésite pas à me contacter dès que vous aurez des infos diffusables.

— Tu peux compter sur moi.

Kyra vit alors Jake franchir la barrière de rubalise qui délimitait la scène de crime et s'avancer sur le parking. C'était la première fois qu'elle le voyait sans costume, vêtu simplement d'un jean et d'un T-shirt. Et cette tenue renforçait l'impression de force et de virilité qui émanait de lui.

Il lui adressa alors un signe de la main, lui demandant de le rejoindre.

— Ce McAllister est vraiment un canon, remarqua Megan, exprimant à voix haute les pensées de son amie.

— À propos de canon, Billy Crouch, son coéquipier, a un petit faible pour toi. Je lui ai promis de te donner son numéro.

Elle tendit la carte de visite de Billy à Megan, qui la saisit avec un mélange évident de curiosité et de plaisir. Kyra se dirigea alors vers Jake, qui venait à sa rencontre.

— Qu'est-ce que vous faites ici ? lui demanda-t-il.

— J'étais au commissariat lorsque Billy a appris la nouvelle. Il m'a proposé de l'accompagner.

— Est-ce que vous avez réussi à ramener la voiture discrètement ? souffla-t-il.

— Sans problème, acquiesça-t-elle. En tout cas, tant que personne ne s'avisera de consulter les enregistrements vidéo du parking. Est-ce qu'on est sûr qu'il s'agit bien d'une victime du *copycat* ?

— Malheureusement, tout correspond : dame de trèfle entre les lèvres, auriculaire tranché, marques de strangulation et aucun papier d'identité. En revanche, elle ne semble pas avoir été déposée ici ce soir mais probablement au cours de la nuit dernière. Elle se trouvait un peu à l'écart du sentier. C'est le chien du couple qui l'a découverte.

— À l'écart du sentier mais en plein cœur de la ville, cette fois-ci, murmura-t-elle. Le tueur prend des risques. C'est généralement mauvais signe.

— Vous pensez qu'il est en phase d'escalade ?

— J'en ai bien peur. Il faut vraiment que vous l'arrêtiez rapidement.

— Je sais, soupira Jake. J'attends juste qu'il commette une erreur, n'importe quelle erreur. Ils finissent tous par le faire.

— Pas le Joueur, objecta Kyra.

— Il en a commis, objecta Jake. Je suis sûr que même Quinn l'admettrait. Simplement, la police ne disposait pas des mêmes moyens d'investigation, il y a vingt ans. Nous coincerons ce type. Vous pouvez me croire. Il faut que j'y retourne. Quant à vous, vous devriez rentrer chez vous.

— D'accord, concéda-t-elle. Est-ce que vous passerez à l'appartement de Marissa, demain ? Je dois y retrouver sa colocataire. Nous en profiterons pour jeter un coup d'œil à ses bijoux.

— Vous pouvez compter sur moi, acquiesça-t-il. Bonne nuit, Kyra.

Sur ce, il tourna les talons et se dirigea vers les hommes du coroner, probablement pour superviser l'enlèvement du corps.

Kyra adressa un petit signe d'adieu à Megan, qui s'entretenait avec le jeune couple qui venait de retrouver le cadavre. Elle regagna sa voiture et prit la direction de Santa Monica. Mais, lorsqu'elle se gara devant chez elle et avisa le local poubelle où Matt avait déposé la première carte à jouer, une pensée s'imposa brusquement à elle, la faisant frissonner.

Si Matt avait dit la vérité, si quelqu'un l'avait effectivement payé pour qu'il la harcèle de la sorte, cette personne connaissait non seulement le lien qui existait entre eux mais aussi l'identité réelle de Kyra.

S'agissait-il du Joueur lui-même ? De son imitateur ? Ou d'une autre personne encore dont ils ne soupçonnaient pas l'existence ?

Quelle que soit la réponse à ses questions, une chose était sûre : elle se devait plus que jamais de demeurer sur ses gardes.

L'appartement de Marissa Perez était situé dans le quartier de Reseda, pas très loin de l'endroit où l'on avait retrouvé sa voiture. C'est là que Kyra avait donné rendez-vous à Darcy Myren, la colocataire de la jeune femme.

Lorsque Darcy lui ouvrit la porte, Kyra comprit aussitôt à quel point la mort de son amie l'avait affectée. Son visage était d'une pâleur de craie, ses traits tirés, ses yeux cernés de noir et rougis comme si elle venait de pleurer.

— Je croyais que vous deviez venir avec l'inspecteur qui supervise l'enquête, remarqua-t-elle.

— L'inspecteur McAllister m'a appelée pour me signaler qu'il serait un peu en retard et que nous pouvions commencer sans lui. Il nous rejoindra.

— D'accord, acquiesça Darcy en s'effaçant pour la laisser entrer.

Kyra ne tarda pas à s'apercevoir que l'appartement était sens dessus dessous.

— Vous déménagez ? demanda-t-elle.

— Oui. C'est trop dur de rester ici. Je sais que Marissa n'a pas été enlevée dans l'appartement, bien sûr. Mais chaque fois que je suis ici, je n'arrête pas de penser à elle et à ce qui s'est passé. C'est horrible.

— Je comprends, acquiesça Kyra d'une voix emplie de sollicitude.

— Pour le moment, je séjourne chez des amis, ajouta Darcy. Mais je vais retourner habiter chez mes parents à Orange County pendant quelque temps.

— C'est une excellente idée, approuva Kyra. Ça vous fera sans doute beaucoup de bien de vous retrouver dans un environnement familier.

Darcy se laissa tomber sur un canapé recouvert d'un tissu coloré aux motifs floraux, et Kyra prit place dans le fauteuil installé de l'autre côté de la table basse.

— Que va-t-il advenir des affaires de Marissa ? demanda-t-elle.

— Sa sœur doit venir du Texas dans quelques jours pour les récupérer.

— Est-ce que vous avez déjà jeté un coup d'œil à ses bijoux, après notre conversation ?

Darcy secoua la tête.

— Je ne suis pas rentrée dans sa chambre, avoua-t-elle. C'est trop dur.

Comprenant qu'elle avait grand besoin de soutien, Kyra entreprit de la faire parler de ce qu'elle avait éprouvé depuis qu'elle avait appris la mort de Marissa. Pendant près d'une demi-heure, elle aida Darcy à se libérer de ce terrible fardeau.

Leur discussion fut interrompue par la sonnerie de l'Interphone.

— Vous croyez que c'est l'inspecteur McAllister ?

— Sûrement. Allez vous passer un peu d'eau sur le visage pendant que je vais lui ouvrir, d'accord ?

— Merci, lui dit Darcy.

— Et si vous avez besoin de parler encore de tout cela n'hésitez pas à m'appeler. Si vous le désirez, je pourrai aussi vous recommander l'un de mes confrères dont le cabinet se trouve plus près de chez vos parents.

Darcy hocha la tête avec reconnaissance et fila vers la salle de bains tandis que Kyra allait répondre à l'Interphone. Lorsque Jake la rejoignit, il arborait une mine sombre et préoccupée qui n'augurait rien de bon.

— Quelque chose ne va pas ? lui demanda-t-elle.

— Je viens juste d'apprendre que la victime que nous avons retrouvée hier a été identifiée. C'est une certaine Gracie Cho. Elle venait d'obtenir son diplôme de l'université d'État de Californie.

— Avez-vous découvert le moindre lien avec Melrose Avenue ?

— Pas encore. Est-ce que tout s'est bien passé avec Darcy ?

— Elle a été très affectée par la mort de Marissa. Elle n'a même pas osé entrer dans sa chambre et n'a donc pu me dire si le fameux bracelet de jade s'y trouvait encore. Cela dit, nous avons bien fait de passer, car la sœur de Marissa ne devrait pas tarder à venir chercher toutes ses affaires pour les rapporter au Texas.

Darcy ressortit alors de la salle de bains. Elle paraissait s'être un peu ressaisie.

— Bonjour, lui dit Jake d'une voix très douce. Je suis l'inspecteur McAllister. C'est moi qui suis chargé de l'enquête concernant la mort de Marissa. Pourriez-vous me montrer sa chambre, s'il vous plaît ?

— C'est par ici, répondit Darcy en les précédant dans un petit couloir.

Elle poussa la porte qui s'ouvrait sur la droite.

— Marissa avait la plus grande des deux chambres parce qu'elle gagnait plus d'argent que moi et payait une part plus importante du loyer.

— Elle travaillait dans une agence publicitaire dans le quartier de Sherman Oaks, c'est bien cela ?

— Oui. Elle était spécialisée dans la création de contenus en ligne.

Darcy leur montra un beau coffret en bois sculpté qui était posé sur la coiffeuse de son amie.

— C'est là qu'elle rangeait ses bijoux. Mais, comme je l'ai dit à Kyra, elle ne se séparait jamais de son bracelet de jade. Je doute que vous le trouviez à l'intérieur.

La tablette de la coiffeuse était encombrée de produits de maquillage, de bouteilles de parfum, de chouchous et de barrettes. Cet assemblage d'articles hétéroclite apparemment anodin avait quelque chose de poignant.

Kyra sentit son cœur se serrer dans sa poitrine en songeant à sa propre mère. Combien de femmes seraient-elles encore privées de leur avenir par ces monstres sanguinaires ?

Jake, quant à lui, était allé ouvrir la boîte à bijoux dont il passa le contenu en revue.

— Il n'y a aucun bracelet en jade, conclut-il avant de se tourner vers Darcy. Est-ce que vous accepteriez de répondre à quelques questions ? Je veux juste vérifier deux ou trois choses avec vous.

— Bien sûr, répondit la jeune femme.

Tous trois retournèrent s'installer au salon.

— Est-ce que Marissa consommait de la drogue ? s'enquit alors Jake.

— Non, dit Darcy sans hésiter un seul instant. Elle ne buvait même pas ! Qu'est-ce qui vous fait poser cette question ?

— Une marque de piqûre qu'elle avait au niveau du cou. Elle n'avait pas non plus subi d'intervention médicale, récemment ?

— Pas que je sache.

Darcy se tordit nerveusement les doigts.

— Pourquoi elle ? souffla-t-elle. Pourquoi le tueur l'a-t-il choisie ?

— Il est probable qu'il n'y ait aucune raison à cela, reconnut Jake. Savez-vous si Marissa fréquentait régulièrement Melrose Avenue ?

Darcy lui lança un regard étonné.

— Non, répondit-elle. Il nous est bien arrivé une fois ou deux d'aller y faire du shopping, mais les boutiques sont très chères.

— Et elle ne connaissait personne qui travaillait là-bas ?

Darcy secoua la tête.

— Elle avait peut-être l'occasion de s'y rendre pour son travail, suggéra Jake.

— Pas que je sache. Est-ce là-bas que le tueur trouve ses proies ?

— Nous n'en sommes pas encore certains, dit prudemment Jake. Nous étudions encore un certain nombre de possibilités.

— Darcy, fit Kyra en lançant un regard interrogatif à Jake pour s'assurer qu'elle pouvait poser une question.

Ce dernier hocha presque imperceptiblement la tête.

— Marissa avait un gobelet de la chaîne de cafés Uncommon Grounds dans sa voiture, indiqua-t-elle.

— Ce n'est pas surprenant. Elle adorait le café. Elle en buvait beaucoup, notamment lorsqu'elle devait travailler tard, ce qui arrivait très souvent.

— Est-ce qu'elle est déjà allée à l'Uncommon Grounds de Melrose ?

— Je ne sais pas. Mais, comme je vous l'ai dit, elle n'allait pas souvent dans ce quartier.

Le téléphone portable de Jake fit alors entendre une série de bips qui indiquaient l'arrivée d'un SMS. Il y jeta rapidement un coup d'œil, et Kyra vit sa mâchoire se crisper légèrement.

— Est-ce que vous avez d'autres questions ? lui demanda-t-il alors.

Elle fit non de la tête.

— Dans ce cas, nous allons vous laisser, Darcy, conclut-il. Si jamais vous vous rappelez quoi que ce soit, n'hésitez pas à m'appeler. Et si vous avez besoin de parler n'hésitez surtout pas à faire signe à Kyra.

— Merci, répondit Darcy. Je pense que ça ira beaucoup mieux une fois que j'aurai déménagé. Mais j'espère que vous attraperez vite ce type.

— Nous faisons tout ce que nous pouvons pour le retrouver au plus vite, lui assura Jake.

Après avoir pris congé de Darcy, ils quittèrent l'appartement.

— Que se passe-t-il ? s'enquit Kyra dès que la porte se fut refermée derrière eux.

— Apparemment, quelqu'un pourrait avoir aperçu le tueur, répondit-il. Il faut que je rappelle Billy.

Kyra le suivit jusqu'à sa voiture et prit place sur le siège passager. Jake ne chercha pas à protester. Au contraire, même, il activa l'ampli de son téléphone portable avant de rappeler son coéquipier.

— Salut, Dandy. Je viens d'avoir ton SMS.

— Vous avez terminé avec l'amie de Marissa ? lui demanda Billy.

— Oui. Le bracelet de jade semble bel et bien avoir disparu. En revanche, Darcy n'a pas pu établir le moindre lien entre Marissa et Melrose Avenue. Mais dis-moi plutôt ce que tu as découvert. Kyra écoute aussi.

— Bonjour, Billy, intervint-elle.

— Bonjour, Kyra. Content que vous soyez là. Nous pourrions avoir besoin de votre aide, sur ce coup-là.

— Que se passe-t-il ? s'enquit Jake, impatient.

— Tu sais que nous avons décidé de rendre public le nom de Gracie Cho, la victime d'hier. Eh bien, figurez-vous que, dans la foulée, nous avons reçu un coup de téléphone d'une certaine Sunny, une prostituée qui travaille sur Hollywood Boulevard. Il y a deux nuits de cela, elle a été engagée par un client qui était dans un état de grande fébrilité. Le type avait des envies un peu tordues, mais apparemment elle a l'habitude de ce genre de choses. En revanche, il ne cessait de l'appeler Gracie. Elle n'y avait pas particulièrement prêté attention jusqu'à ce qu'elle entende le nom de la dernière victime du *copycat*. Elle est convaincue que c'est lui à qui elle a eu affaire ce soir-là.

17

Jake asséna un coup de poing enthousiaste sur le volant de sa voiture.

— Ça y est, s'exclama-t-il. Il a enfin commis une erreur que nous devrions pouvoir exploiter. Donne-moi les coordonnées de cette Sunny.

Kyra sortit un calepin et un stylo de son sac et prit en note le numéro de téléphone que leur communiqua Billy. Ce dernier leur indiqua que Sunny attendait leur appel.

— Voilà qui est prometteur, déclara Jake lorsqu'il eut raccroché.

— Cela pourrait expliquer pourquoi le tueur ne viole pas ses victimes, renchérit-elle. Et s'il agit systématiquement de cette façon il doit y avoir d'autres prostituées qui l'ont eu comme client à la suite des premiers meurtres…

— Nous demanderons à Sunny de se renseigner auprès de ses collègues, acquiesça Jake.

Il appela le numéro que leur avait donné Billy et discuta brièvement avec Sunny, qui leur donna aussitôt rendez-vous près de Hollywood Boulevard.

— Elle veut vraiment qu'on se retrouve devant un stand de hot-dogs ? s'étonna Kyra.

— À mon avis, elle veut surtout éviter de nous communiquer son adresse, opina Jake. Elle doit avoir peur que je la transmette à mes collègues de la brigade des mœurs.

— On se retrouve là-bas, alors ?

— Oui. Billy a raison : je pense que votre présence devrait l'aider à se détendre. Les prostituées n'apprécient pas trop les flics, en général.

Kyra regagna donc sa voiture et rattrapa la voie rapide 101, qui reliait Reseda à Van Nuys avant de descendre vers le sud. Elle traversa Studio City et les collines qui surplombaient le quartier de Hollywood.

Parvenue sur Hollywood Boulevard, elle trouva une place pour se garer à proximité du stand où ils avaient rendez-vous. Elle ne put réprimer un sourire en constatant que, comme à son habitude, Jake s'était garé à cheval sur le trottoir.

Tous deux commandèrent des sodas et prirent place à l'une des petites tables métalliques qui étaient installées autour du stand de hot-dogs. Sunny avait dû guetter leur arrivée car, quelques secondes après qu'ils se furent assis, elle s'avança vers eux.

Elle devait avoir entre vingt et vingt-cinq ans et était blonde, mince et plutôt jolie, dans un style assez naturel. En la voyant, Kyra ne put s'empêcher de penser à sa propre mère au même âge.

Jake, faisant preuve de sa galanterie coutumière, se leva à l'approche de la jeune femme et lui fit signe de s'asseoir avec eux.

— Vous êtes bien Sunny ? s'enquit-il.

— C'est moi. Et vous êtes bien l'inspecteur McAllister ?

— En effet. Asseyez-vous, je vous en prie.

Sunny considéra Kyra d'un air méfiant.

— Qui est-ce ? demanda-t-elle à Jake.

— Une psychologue qui travaille avec les proches des victimes.

— Bien, approuva Sunny en prenant place sur sa chaise.

Parce que je me considère comme une victime, dans cette histoire. Moi aussi, j'aurais pu me faire tuer !

Jake sortit son calepin, qu'il posa sur la table devant lui.

— Pourquoi ne commenceriez-vous pas par le début ? suggéra-t-il. Dites-nous comment vous avez rencontré cet homme, ce qu'il vous a dit et à quoi il ressemblait. Si cela nous paraît crédible, je vous emmènerai au poste pour que vous puissiez établir un portrait-robot.

— Crédible ? s'exclama Sunny. Ce n'est pas quelque chose que j'ai inventé, vous savez. Ça s'est vraiment passé !

— Très bien. Alors à quelle heure et où avez-vous rencontré cet homme ?

— Attendez, vous n'allez même pas m'offrir à déjeuner ?

— Que voulez-vous ?

— Un Hollywood dog et une limonade.

— Kyra, vous voulez manger quelque chose aussi ?

— La même chose, acquiesça-t-elle.

Jake se leva et alla faire la queue devant le stand, les laissant seules.

— Il est plutôt sympa, commenta Sunny en le suivant des yeux. Et sacrément beau gosse… J'imagine que ce n'est pas le genre à aller voir des filles comme moi. Encore que, parfois on est surpris. Si vous saviez qui j'ai vu défiler…

Elle entreprit de raconter à Kyra quelques anecdotes assez salées mais plutôt amusantes pour illustrer son propos. Lorsque Jake revint avec leurs hot-dogs accompagnés de chips de maïs, Sunny se mit à manger avec appétit.

— Bien, dit-elle après avoir avalé quelques bouchées. Pour répondre à votre question, c'est arrivé durant la nuit d'avant-hier. J'étais installée à mon endroit habituel lorsque ce type s'est approché pour me dire qu'il voulait prendre un peu de bon temps.

— Quelle heure était-il ? demanda Jake.

— Minuit passé, répondit Sunny. Mais pas après 2 heures. En général, c'est le moment où j'arrête de travailler parce que tous les bars ferment.

— À quoi ressemblait-il, exactement ?

— Il était de taille moyenne. Avec mes talons, je mesure environ un mètre soixante-treize, et il était un tout petit peu plus grand que moi. Pas particulièrement baraqué mais pas maigre non plus.

— Et ses cheveux ?

— Ils étaient assez longs, répondit Sunny. Ils devaient lui arriver à mi-cou. Il était brun avec des yeux marron. Il avait des lunettes. Ni barbe ni moustache.

— Est-ce que vous avez vu sa voiture ?

Elle secoua la tête.

— Il était à pied lorsqu'il m'a abordée. Je l'ai emmené dans une chambre de l'un des motels dans lesquels je travaille.

— Est-ce que vous vous rappelez lequel ? demanda Jake.

— Ne vous emballez pas, lui dit-elle. Si ce sont des empreintes que vous cherchez, vous n'en trouverez pas. Le type portait des gants.

— Des gants ? s'exclama Kyra. Mais il devait faire au moins vingt degrés, cette nuit-là. Ça ne vous a pas paru bizarre ?

— Si, bien sûr. Mais si vous saviez ce qu'on voit comme bizarreries dans ce métier vous n'en reviendriez pas, ma jolie. D'ailleurs, ce n'était pas ce qu'il y avait de plus étrange, chez ce gars-là.

— Que s'est-il passé ? s'enquit Jake.

— Il m'a demandé de m'allonger sur le lit en étendant les bras de chaque côté de mon corps. Il m'a demandé de faire la morte. Il ne voulait surtout pas que je bouge. Ça ne me dérangeait pas trop, notez bien. C'est toujours ça de moins à faire. Il tenait aussi à mettre les mains autour de mon cou. Mais il y a des tas de types qui font ça.

Kyra reposa son hot-dog. Le récit de Sunny lui avait définitivement coupé l'appétit.

— C'est alors qu'il a commencé à m'appeler Gracie. Il n'arrêtait pas de me parler et il m'appelait Gracie.

— Vous souvenez-vous de ce qu'il vous a dit ?

— Pas vraiment. Il marmonnait des phrases assez pathétiques. « Alors, qu'est-ce que tu penses de ça, Gracie ? », « Tu fais moins la fière, maintenant, Gracie. » Sur le moment, j'ai pensé que c'était une de ses ex, qui l'avait largué. Ou quelqu'un avec qui il rêvait de sortir mais qui avait repoussé ses avances. Ça n'a pas duré longtemps parce que le type était très excité. Après ça, il a payé en liquide et il est parti. Je l'aurais sans doute complètement oublié si je n'avais pas entendu le nom de la nouvelle victime, cet après-midi. Gracie. Ce n'est pas un nom si commun que cela. Et elle a été tuée la même nuit, d'après ce que j'ai compris. Ça m'a fait froid dans le dos.

— C'est compréhensible, déclara Jake en lui tendant sa carte de visite. Voici mes coordonnées. Pourriez-vous venir au commissariat du district nord-est le plus rapidement possible de façon à établir un portrait-robot du tueur ? Cela nous serait d'une aide précieuse.

— Vous devez me promettre que personne ne saura que je suis mêlée à ça, répliqua Sunny.

— Votre anonymat est garanti, lui assura Jake.

— Alors, c'est d'accord. Si vous pouvez m'emmener là-bas, je suis disponible dès maintenant.

— Parfait, acquiesça Jake. Mais j'ai une autre question à vous poser. Vous avez dit qu'il n'avait pas laissé d'empreintes parce qu'il portait des gants. Mais pourrait-il avoir laissé un échantillon de son ADN quelque part ?

Sunny fronça les sourcils, fouillant sa mémoire.

— Peut-être, répondit-elle enfin. Je n'ai pas encore lavé les habits que je portais ce soir-là, et il se peut qu'il ait laissé des traces… d'ADN dessus.

— Excellente nouvelle, déclara Jake. Est-ce que votre appartement est dans le coin ? Pourrions-nous nous y arrêter pour récupérer vos vêtements ? Vous serez dédommagée, bien sûr.

Sunny hésita quelques instants. L'idée de conduire un policier chez elle ne lui souriait probablement pas beaucoup.

— Si vous voulez, nous pouvons y aller ensemble et rejoindre l'inspecteur McAllister au commissariat, suggéra Kyra.

— Vous pensez vraiment qu'il peut s'agir du tueur ? demanda gravement Sunny.

— Je vais être parfaitement franc avec vous, répondit Jake d'un ton presque solennel. C'est la piste la plus solide que nous ayons, pour le moment.

— Alors d'accord, acquiesça Sunny en se tournant vers Kyra. L'essentiel, c'est que vous coinciez ce type avant que d'autres pauvres filles se fassent descendre.

Après un crochet par chez Sunny, Kyra conduisit la jeune femme au commissariat où Jake la confia à l'artiste qui réalisait les portraits-robots. Ils envoyèrent ensuite les vêtements qu'elle avait portés la nuit du meurtre au laboratoire de la police scientifique.

— Je pense que nous tenons enfin quelque chose de solide, déclara Jake lorsqu'ils se retrouvèrent dans le bureau de la force opérationnelle. Qu'est-ce que vous en dites ?

— Je suis d'accord avec vous. Je crois d'ailleurs qu'il serait intéressant d'envoyer quelques-uns de vos hommes interroger les collègues de Sunny. Certaines d'entre elles pourraient se rappeler des expériences similaires à la sienne.

— C'est fait. Nous referons aussi une tentative dès que nous aurons un portrait-robot. Je suis prêt à parier qu'il est allé voir une prostituée à chaque fois qu'il a tué une de ces filles.

— C'est probable. Mais cela prouve que le tueur est doté d'un certain self-control. Il est capable de maîtriser ses pulsions. Cela en fait quelqu'un de très dangereux…

Elle s'interrompit en voyant Billy Crouch pénétrer dans la pièce.

— Ça y est ! s'exclama-t-il. J'ai envoyé une équipe dérusher les enregistrements des caméras de surveillance installées dans le coin où Sunny a l'habitude de travailler. Avec un peu de chance, nous aurons bientôt une photo de ce fameux client.

— Espérons-le, répondit Kyra. Malheureusement, si c'est bien le tueur, nous savons déjà qu'il se méfie des caméras et qu'il parvient généralement à les éviter.

— Je vous trouve bien pessimiste, remarqua Jake.

Elle hocha la tête.

— Disons que je préfère rester prudente, expliqua-t-elle. Le tueur s'inspire du Joueur, et ce dernier a réussi à échapper à la police, en son temps. Est-ce que Gracie s'est fait voler un bijou, elle aussi ?

— Nous essayons toujours de nous en assurer, répondit Billy. Et nous cherchons aussi à savoir si elle fréquentait régulièrement Melrose Avenue. Mais pour le moment nous n'avons rien trouvé de concluant.

L'un des inspecteurs appartenant à la force opérationnelle passa alors la tête par l'embrasure de la porte.

— Kyra, est-ce que je pourrais vous parler un moment, s'il vous plaît ?

— Certainement, répondit-elle en se levant.

— N'oubliez pas que le briefing commence dans une heure, lui rappela Jake.

Elle hocha la tête et alla rejoindre l'inspecteur dans le couloir.

— Que puis-je faire pour vous ? lui demanda-t-elle.

— Les parents de Gracie Cho ne comprennent pas l'anglais, expliqua-t-il. Seulement le coréen. Ils vont avoir besoin du soutien psychologique de quelqu'un parlant cette langue. J'imagine que ce n'est pas votre cas...

— En effet. Mais je dois pouvoir vous trouver quelqu'un. Est-ce qu'ils habitent Los Angeles ?

— Oui.

— Bien. Je vais activer mon réseau. Je vous préviens dès que j'ai quelqu'un sous la main, d'accord ?

— Merci, Kyra. Nous avons vraiment beaucoup de chance de vous avoir avec nous.

Encouragée par ces paroles, Kyra retourna à son bureau et commença à passer une série de coups de téléphone pour tenter de dénicher un psychologue capable de parler le coréen. Cela lui prit un peu plus de temps que prévu, mais elle finit par découvrir la perle rare, quelques minutes seulement avant l'heure du briefing quotidien.

Comme à son habitude, elle s'installa un peu à l'écart pendant que Jake commençait à exposer aux membres de l'équipe tout ce qui s'était passé ce jour-là. Il projeta également le portrait-robot qui venait d'être réalisé. Kyra fut frappée par l'apparence anodine de celui qui était peut-être l'un des plus dangereux tueurs en série de ces dix dernières années.

Avec ses cheveux mal coupés, ses lunettes à monture d'écaille et son menton légèrement fuyant, il avait l'air d'un étudiant un peu paumé. Curieusement, son visage lui sembla vaguement familier sans qu'elle puisse identifier réellement à qui il la faisait penser.

Elle se concentra de nouveau sur le compte rendu qu'était en train de faire Billy, à qui Jake avait cédé la parole.

— Nous n'avons trouvé aucun lien évident entre Gracie et Melrose, disait-il. Elle habitait Encino et travaillait à Studio City. Nous continuons à interroger ses amis pour tenter d'établir une éventuelle connexion et pour savoir si elle avait un bijou fétiche. En ce qui concerne la victime de Malibu, nous ne connaissons toujours pas son identité, et je dois bien reconnaître que, pour l'instant, je n'ai plus trop d'idées qui nous permettraient de dissiper ce mystère. Nous avons commencé à arpenter Melrose Avenue et Hollywood Boulevard à la recherche de prostituées qui pourraient avoir vu l'homme que nous a signalé Sunny. Le filet se resserre sur notre homme. J'espère juste que nous parviendrons à le coincer avant qu'il récidive.

Après avoir répondu aux questions qui lui furent posées, Jake leva la séance, et Billy mit à disposition du groupe une pile de portraits-robots. Tous les inspecteurs présents en récupérèrent quelques-uns.

Kyra fit de même, songeant qu'il pouvait être intéressant de le montrer aux proches des victimes avec lesquels elle serait en contact. Tandis que les membres de l'équipe se dispersaient pour vaquer à leurs occupations respectives, Jake la rejoignit.

— Billy et moi allons faire un tour du côté de Hollywood Boulevard, lui dit-il. Ensuite, nous avons rendez-vous chez Castillo.

— Très bien, répondit-elle.

Jake hésita quelques instants avant d'ajouter à voix basse :

— J'ai rappelé l'hôpital où Matt Dugan a été admis. On

m'a dit qu'il était toujours dans le coma et que ce n'était vraiment pas bon signe.

Kyra ne put réprimer un petit frisson glacé qui prit naissance au creux de sa nuque pour dévaler ensuite le long de son échine.

— Est-ce que ça va ? lui demanda Jake, à qui sa réaction n'avait pas échappé.

— C'est étrange… Nous nous détestons depuis des années, lui et moi. Mais il était pour moi ce qui ressemblait le plus à un frère.

Jake hocha la tête. La sympathie qui se lisait dans ses yeux en cet instant la toucha plus encore qu'elle ne l'aurait cru possible.

— À propos de Matt, je me suis fait une réflexion, hier soir, lui dit-elle. Pourquoi quelqu'un l'aurait-il payé pour déposer ces cartes ? N'aurait-il pas été plus simple et plus discret pour cette personne de le faire elle-même ?

— Vous l'avez dit vous-même : Matt passait son temps à mentir. Je pense qu'il cherchait juste à me soutirer un peu d'argent. C'était sa façon de se venger pour ce que je lui avais fait cet après-midi-là.

— Vous avez sûrement raison, acquiesça-t-elle sans parvenir à s'en convaincre complètement.

— Merci de m'avoir accompagné pour parler à Sunny. Je crois que votre présence lui a permis de se détendre un peu et de se montrer plus coopérative qu'elle ne l'aurait été avec moi seul.

— Je suis ravie d'avoir pu vous aider, répondit-elle. Mais c'est vous qui avez mené cet entretien de main de maître.

— Je vous souhaite une bonne soirée et une bonne nuit, Kyra. Soyez prudente, d'accord ?

— Je le suis toujours.

Lorsque Kyra quitta le commissariat, quelques minutes plus tard, son téléphone se mit à sonner, et elle décrocha.

— Kyra ? Ici Rachel Blackburn.

— Bonsoir, Rachel. Comment allez-vous ?

— Je suis vraiment désolée de vous déranger, dit la jeune femme.

— Il n'y a pas de quoi, lui assura Kyra. C'est moi qui vous ai encouragée à appeler quand vous le vouliez. Que se passe-t-il ?

— J'ai du mal à retrouver une vie normale, soupira-t-elle. Je dors très mal, je fais des cauchemars et j'ai peur de tas de choses qui ne m'effrayaient pas du tout auparavant…

— Est-ce que vous voulez qu'on se voie ce soir ? suggéra Kyra, qui percevait la détresse dans la voix de Rachel.

— Ce serait possible pour vous ?

— Je ne suis pas très loin de Melrose Avenue, et c'est sur le chemin de chez moi, répondit Kyra. À quelle heure voulez-vous que nous nous retrouvions ?

— Je ferme la boutique à 7 heures.

— Très bien. Je vous rejoins là-bas à ce moment-là.

Cela laissa à Kyra le temps de taper son rapport sur les entretiens que Jake et elle avaient eus avec Darcy et Sunny.

Lorsqu'elle arriva devant le magasin de Rachel, à 7 heures précises, celle-ci était en train de rentrer les présentoirs qui se trouvaient sur le trottoir. Kyra lui donna un coup de main, puis Rachel ferma la boutique et activa le système d'alarme.

— Merci beaucoup d'être venue, lui dit-elle. Lorsque nous avons discuté toutes les deux, l'autre jour, j'étais vraiment convaincue que tout allait rentrer dans l'ordre et que ma vie redeviendrait comme avant… Mais je n'arrive pas à tourner la page.

— C'est tout à fait normal, lui assura Kyra. Vous avez

subi un choc traumatique. Dites-vous que vous êtes en période de convalescence. Vous aurez des hauts et des bas, mais progressivement votre esprit va reprendre le dessus, et vous recouvrerez une existence parfaitement normale.

— Vous croyez ? lui demanda Rachel d'une toute petite voix.

— J'en suis certaine. Mais en attendant je vous propose de me parler de vos difficultés. Cela vous aidera à les regarder en face et à les surmonter.

— D'accord.

— Où voulez-vous que nous nous installions ?

— À Uncommon Grounds, suggéra Rachel. Il n'y a pas beaucoup de monde à cette heure-ci, et nous ne serons pas dérangées. Et puis revenir sur les lieux du crime m'aidera peut-être à exorciser mes démons, ajouta-t-elle avec un pâle sourire.

Kyra posa doucement une main sur son bras.

— Jake ne s'est pas trompé à votre sujet, lui dit-elle gravement. Vous êtes vraiment quelqu'un de spécial, Rachel.

— S'il savait à quel point je suis terrifiée par ce qui m'est arrivé, il ne penserait peut-être pas ça, répondit la jeune femme en rougissant.

— Au contraire, le monde dans lequel nous vivons peut être très dur, et nous en avons tous peur à un moment ou à un autre – même Jake. Toute la question est de savoir ce que nous faisons de cette angoisse. Il n'y a pas beaucoup de gens qui, comme vous, acceptent de la regarder en face et d'essayer de la surmonter.

— Merci, murmura Rachel, visiblement touchée par le compliment.

Toutes deux se mirent en route vers le café, qui était en effet quasiment désert à cette heure. En s'approchant du comptoir, Kyra reconnut l'homme qui avait pris leur commande lorsqu'elle était venue là avec Jake.

— Bonsoir, Jordy, lui dit-elle.

— Bonsoir, répondit-il, visiblement surpris qu'elle connaisse son nom. Que puis-je vous servir ?

— Pour moi, ce sera un chocolat chaud.

— Quel format, je vous prie, mademoiselle ? lui demanda-t-il.

Une fois encore, elle songea qu'il était beaucoup trop poli et distingué pour travailler dans ce quartier. Il aurait sans doute moins détonné du côté de Beverly Hills ou de Bel Air.

— Moyen, s'il vous plaît.

— Et pour moi, un thé vert, grand format, commanda Rachel. C'est moi qui vous invite, ajouta-t-elle en voyant Kyra porter la main à son sac. Je vous dois bien ça.

— Merci.

Rachel régla, et toutes deux se décalèrent légèrement pour attendre leur commande. Kyra observa Jordy, qui la préparait avec des gestes précis, méthodiques, aussi sérieusement que s'il s'agissait d'une opération chirurgicale à cœur ouvert.

— Alors, vous pensez que c'est là que j'aurais pu oublier mon portable ? demanda Rachel en désignant la table située sous la rangée de prises USB.

— C'est possible. Est-ce que ça vous rappelle quelque chose ?

Rachel fronça légèrement les sourcils.

— Je ne crois pas l'avoir branché, avoua-t-elle. En revanche, j'ai très bien pu le mettre là. J'ai la fâcheuse manie de le poser n'importe où. Je ne compte plus le nombre de fois où un vendeur m'a rappelée alors que j'étais sur le point de sortir d'une boutique en l'ayant laissé sur le comptoir...

— Mesdemoiselles, vos boissons sont prêtes, leur annonça alors Jordy en désignant le plateau sur lequel il venait de les déposer.

Elles allèrent s'asseoir à une table libre qui était située un peu à l'écart et leur garantirait une certaine intimité. Là, Rachel entreprit de lui parler des difficultés qu'elle rencontrait depuis qu'elle s'était fait voler son portable. Kyra comprit rapidement qu'elle ne s'était pas trompée à son sujet : Rachel était quelqu'un de solide et elle se remettrait sans doute rapidement.

Elle avait d'ailleurs déjà envoyé son CV à la DRH du commissariat pour solliciter un stage au central téléphonique de la police, ainsi que le lui avait conseillé Jake.

— L'inspecteur McAllister m'a dit qu'il avait appelé la personne chargée du recrutement pour lui recommander ma candidature.

— N'oubliez pas de le tenir au courant de l'évolution de votre dossier.

— Vous croyez que cela ne l'ennuiera pas ?

Kyra lui décocha un sourire malicieux.

— Jake n'a pas sa langue dans sa poche : si vous l'embêtez, je suis sûre qu'il vous le fera comprendre. Mais, entre nous, je pense qu'il vous a vraiment à la bonne… Est-ce que vous voulez quelque chose d'autre ?

— Non, merci, répondit Rachel. Je vais aller faire un tour aux toilettes. Je reviens tout de suite.

Rachel quitta la table, et Kyra avala à petites gorgées la fin de son chocolat chaud. En reposant le gobelet, elle avisa le plan stylisé de Los Angeles qui figurait au verso et sur lequel était indiquée la localisation des différents Uncommon Grounds de la ville.

Elle repéra celui de Melrose Avenue, où Rachel s'était fait voler son téléphone portable et près duquel Kelsey s'était fait percer le nez. Il y en avait également un à Studio City, non loin duquel travaillait Marissa qui avait un gobelet Uncommon Grounds dans sa voiture…

— Vous êtes prête ? lui demanda Rachel, qui venait de sortir des toilettes.

— Je crois que je vais rester encore un peu, répondit Kyra en lui souriant. J'ai quelques coups de fil à passer. Et je reprendrais bien un de leurs chocolats chauds, ils sont vraiment délicieux. Est-ce que vous voulez que je vous raccompagne jusqu'à votre voiture ?

— Ce n'est pas la peine, lui assura Rachel. Il y a encore beaucoup de gens dans les rues. D'ailleurs, il faut que je me réhabitue à me promener seule. Ça fait partie de ma convalescence, non ?

— C'est vrai, acquiesça Kyra. En tout cas, si vous avez besoin de parler, n'hésitez surtout pas à m'appeler, d'accord ?

— C'est promis. Et qui sait ? Quand vous aurez réussi à coffrer ce type, nous pourrons peut-être sortir un soir toutes les deux.

— Avec plaisir.

Malgré les nombreuses différences qui existaient entre elles, Kyra était convaincue que Rachel pourrait devenir une véritable amie si elles prenaient le temps de mieux se connaître.

— À bientôt, alors, lança la jeune femme en récupérant ses affaires.

— N'oubliez pas votre portable, lui dit Kyra en désignant l'appareil qu'elle avait posé sur la table.

Rachel le récupéra en pouffant de rire, ce qui rassura encore un peu plus Kyra sur ses chances de se remettre du traumatisme qu'elle avait subi. Elle la suivit des yeux jusqu'à ce qu'elle soit sortie du café, puis se pencha pour récupérer son propre téléphone dans son sac à main.

Elle avisa alors le portrait-robot qu'elle avait glissé à l'intérieur et le sortit. Une fois de plus, elle fut frappée par l'impression de vague familiarité qui émanait du portrait. Pourtant, en dépit de ses efforts, elle ne parvenait pas à se rappeler où elle avait pu voir cet homme à lunettes et aux cheveux longs…

Elle fronça brusquement les sourcils. Le tueur était quelqu'un de très précautionneux, qui évitait soigneusement de laisser le moindre indice sur les scènes de crime. S'il avait besoin de se rendre chez une prostituée après avoir accompli ses meurtres, il devait également prendre des précautions – le fait qu'il porte des gants le démontrait.

Il était donc plus que probable qu'il cherchait également à altérer son apparence – en portant une perruque et une paire de lunettes, par exemple. Kyra plissa les yeux, s'efforçant de ne considérer que le visage en faisant abstraction de ces deux accessoires.

Et elle comprit enfin pourquoi cet homme lui avait semblé familier…

18

La réunion qui rassemblait dans le bureau du capitaine Castillo le shérif de Los Angeles, le représentant du maire et celui du gouverneur semblait ne jamais devoir se terminer. Jake leur avait présenté en détail les informations dont il disposait au sujet des meurtres ainsi que toutes les pistes que ses hommes et lui avaient entrepris de suivre.

Personne n'avait rien trouvé à redire à l'action menée par la police de Los Angeles dans cette affaire. Mais cela ne suffisait malheureusement pas à apaiser la nervosité croissante des médias, de la population et, par extension, des élus de la ville.

Jake était pourtant intimement persuadé que l'identification du tueur n'était plus qu'une question de jours, d'heures, même, peut-être. Non seulement ils disposaient de son portrait-robot mais, en outre, ils venaient d'obtenir la confirmation du laboratoire concernant les vêtements de Sunny.

On avait pu prélever un échantillon d'ADN. Et, si le tueur figurait dans l'une des bases de données auxquelles la police avait accès, il serait identifié dès le lendemain. De plus, ils disposeraient d'une preuve circonstancielle accablante au moment du procès.

Dès que la réunion prit fin, Jake se dirigea vers sa voiture. Il n'avait rien mangé depuis le demi-hot-dog qu'il avait avalé ce midi-là en compagnie de Sunny et Kyra, et il se sentait affamé.

En chemin, il commença à écouter les nombreux messages vocaux qu'il avait reçus durant l'interminable session de travail qui venait de se terminer.

Cela commençait par l'un des hommes du shérif qui avaient été chargés d'interroger les prostituées sur Hollywood Boulevard. Il expliquait s'être entretenu avec une autre fille dont le témoignage évoquait de façon troublante celui de Sunny. Jake le rappela aussitôt.

— Est-ce que vous pensez que c'est le même type ? demanda-t-il après s'être identifié.

— En tout cas, il s'est comporté exactement de la même façon. Et la date coïncide avec le meurtre de Kelsey Lindquist.

— Est-ce qu'il a prononcé son prénom ?

— La fille ne se rappelait plus le prénom qu'il employait, mais il avait la même attitude à son égard. Comme s'il prenait sa revanche sur quelqu'un qui l'avait repoussé.

— Est-ce que vous lui avez montré le portrait-robot établi par Sunny ?

— Oui, et c'est ça qui est bizarre. Elle a dit que ça ressemblait beaucoup au type en question, mais qu'il n'avait pas la même coupe de cheveux. Il ne portait pas non plus de lunettes. En revanche, il avait une moustache.

Jake fronça les sourcils.

— Est-ce qu'elle vous a dit s'il portait des gants ? s'enquit-il.

— Oui, il en portait, effectivement.

— Je vois, acquiesça Jake. Je pense que c'est bien le même homme. Et cela signifie qu'il utilise des postiches pour aller voir ces prostituées. Nous aurions dû y penser plus tôt – après tout, nous savons que c'est quelqu'un qui ne prend aucun risque inutile… Envoyez-moi les coordonnées de la fille, et je prendrai directement contact avec elle pour organiser une nouvelle séance avec le dessinateur. Je demanderai ensuite à ce dernier de réaliser un troisième portrait en éliminant tous les signes distinctifs.

Jake raccrocha après avoir félicité le jeune policier. Il téléphona alors à Billy, qui avait cherché à le contacter.

— Désolé de ne pas avoir rappelé plus tôt, mais la réunion de Castillo n'en finissait plus.

— J'imagine que le maire et le gouverneur doivent être dans tous leurs états, à l'heure actuelle. C'est une chance que nous n'ayons pas encore le FBI sur le dos.

— Touchons du bois, fit Jake. Est-ce que tu avais quelque chose à me dire ?

— Oui. Nous en savons maintenant un peu plus sur les habitudes de Gracie Cho. Elle travaillait dans le quartier de Studio City et, apparemment, elle n'allait pas souvent sur Melrose Avenue. En revanche, elle portait toujours une bague de famille qui ne figure pas dans l'inventaire des objets découverts sur le corps.

— Je vois. Est-ce qu'elle fréquentait Uncommon Grounds ?

— Pas celui de Melrose, en tout cas, s'il faut en croire ses amis.

— Dis-moi, je suis en route pour aller manger un morceau. Ça te dit de te joindre à moi ?

— Ce serait avec plaisir, répondit Billy. Mais je dois dîner avec Megan Wright, ce soir, après son passage dans le journal de 10 heures.

— Eh bien ! On peut dire que tu ne perds pas de temps, toi !

— La vie est trop courte pour ça, s'exclama son coéquipier.

— Fais quand même attention à toi. N'oublie pas que

Megan fait partie de la presse et qu'elle enquête elle aussi sur le *copycat.*

— Ne t'en fais pas pour moi, le rassura Billy en riant. Je suis un grand garçon.

— Si tu le dis… N'hésite pas à m'envoyer un inventaire de ce que l'on a retrouvé dans la voiture de Gracie Cho, à l'occasion.

— Ce sera fait. Bon appétit, J-Mac !

Jake raccrocha et écouta le dernier message qu'il avait reçu et qui émanait de Rachel Blackburn.

— Bonsoir, inspecteur McAllister. Je viens juste de prendre un café à Uncommon Grounds avec Kyra qui m'a conseillé de vous appeler pour vous confirmer que j'avais bien envoyé ma candidature pour le poste au central téléphonique. Je vous remercie encore pour ce conseil et pour le soutien que vous m'avez apporté. J'espère que nous aurons l'occasion de nous revoir bientôt. Et je vous souhaite bonne chance, pour l'enquête.

Quelques minutes plus tard, Jake atteignit le petit restaurant italien sur lequel il avait jeté son dévolu, ce soir-là. Il commanda un plat de tagliatelle *ai funghi* ainsi qu'un pichet de chianti. Il attendit que ce dernier soit arrivé pour se servir un verre et écouter le dernier de ses messages.

Il émanait de l'hôpital dans lequel Matt Dugan avait été conduit et confirmait ce que Jake redoutait : ce dernier était décédé durant la journée des suites de son overdose. Il se demanda s'il devait appeler Kyra pour le lui annoncer ou s'il valait mieux attendre de pouvoir le faire en personne.

— J'ai demandé au cuisinier de te faire une assiette un peu plus généreuse que la normale, déclara Molly, la serveuse qui travaillait dans le restaurant depuis près de vingt ans. On dirait que tu en as bien besoin.

— Merci, Molly, répondit-il.

Il ne pouvait nier que cette enquête faisait peser sur lui un lourd tribut. Il avait hâte d'en finir et d'arrêter le monstre qui faisait régner la terreur à Los Angeles.

Comme il venait de s'attaquer à son plat avec appétit, son téléphone lui signala qu'il venait de recevoir un nouveau message de la part de Billy. Il ne put résister à la tentation de l'ouvrir.

Tu avais raison au sujet de Gracie Cho. Il y avait bien un gobelet Uncommon Grounds dans sa voiture. Impossible en revanche de dire de quel établissement il provient.

Billy avait joint deux photos de l'intérieur de la voiture. On y voyait la tasse désormais familière posée dans le porte-gobelet. Jake se mordilla pensivement la lèvre. Trois personnes qui avaient été en contact direct avec le tueur avaient fréquenté Uncommon Grounds. S'y ajoutait Kelsey qui avait pu s'y rendre lorsqu'elle était allée se faire percer le nez.

Le problème, c'est que ni Marissa ni Gracie ne semblaient fréquenter l'établissement de Melrose Avenue. Jake ouvrit l'appli de cartographie de son téléphone portable et fit apparaître tous les Uncommon Grounds de la ville. Il ne tarda pas à en déduire qu'en toute logique Marissa et Gracie devaient toutes deux fréquenter celui qui se trouvait à Studio City, à proximité des endroits où elles travaillaient l'une et l'autre.

Quelqu'un lui avait justement parlé de l'Uncommon Grounds de Studio City, récemment. Il fouilla sa mémoire, cherchant qui avait bien pu mentionner cet établissement. Et brusquement il se rappela le serveur de Melrose dont Kyra trouvait qu'il ne faisait pas vraiment couleur locale.

Un frisson glacé courut le long de son échine.

Ne leur avait-il pas dit qu'il travaillait à la fois pour

l'Uncommon Grounds de Melrose et pour celui de Studio City ?

Le cœur battant à tout rompre, Jake fit apparaître le portrait-robot du tueur qu'il avait pris soin de photographier. Si l'on faisait abstraction des lunettes et des cheveux longs, aucun doute n'était permis. Le tueur qu'ils poursuivaient sans relâche était bien l'homme qui les avait servis, le jour où ils étaient retournés voir Rachel à Melrose.

Et, s'il fallait en croire le message de celle-ci, Kyra se trouvait peut-être encore à Uncommon Grounds en cet instant même…

— Vous vous appelez Jordy, n'est-ce pas ? demanda Kyra en plaquant sur ses lèvres son plus charmant sourire.

Le jeune serveur qui était en train de nettoyer le comptoir releva les yeux vers elle et lui sourit.

— C'est bien cela, répondit-il. Que puis-je faire pour vous, mademoiselle ?

— Je me demandais s'il vous restait des scones.

Jordy jeta un coup d'œil et constata qu'il n'y en avait plus sur le présentoir.

— Vous en avez peut-être en réserve, ajouta Kyra. Même s'ils datent de ce matin, cela ne me dérange pas.

Plusieurs expressions se succédèrent sur le visage de Jordy, comme s'il cherchait celle qui convenait à ce moment précis. Cela ne fit que confirmer les doutes de Kyra à son égard. Finalement, il sembla opter pour un sourire amical quoique très légèrement crispé.

— Je vais aller vérifier en cuisine, lui dit-il. Ne bougez pas, mademoiselle.

— Je ne bouge pas, acquiesça-t-elle en se forçant à adopter un ton léger.

Dès qu'il eut disparu par la porte qui se trouvait derrière

lui, Kyra contourna le comptoir et se servit d'un torchon pour attraper la tasse dans laquelle elle avait vu boire Jordy, quelques instants auparavant. Elle la laissa tomber dans son sac.

Elle franchit alors le comptoir en sens inverse, s'efforçant de maîtriser les battements précipités de son cœur. Elle disposait à présent de ses empreintes digitales et d'un échantillon d'ADN qu'ils pourraient éventuellement comparer à celui trouvé sur les vêtements de Sunny.

Quelques instants plus tard, Jordy émergea de la cuisine les mains vides.

— Je suis vraiment désolé, dit-il. Malheureusement, nous n'avons plus un seul scone. Puis-je vous servir autre chose, à la place ? Un brownie, peut-être ?

— Non, merci. C'est très gentil à vous d'avoir vérifié, répondit-elle. Bonne soirée.

Elle se dirigea vers la sortie, se faisant violence pour ne pas se mettre à courir. Une fois à l'extérieur, elle ne put réprimer un soupir de soulagement. Pressant le pas, elle se dirigea vers le parking où elle avait garé sa voiture.

Là, elle fit mine de sortir ses clés, mais se rendit compte avec étonnement qu'elles ne se trouvaient pas dans la pochette extérieure où elle les rangeait habituellement. Inquiète, elle fouilla son sac à main à leur recherche. Sans résultat.

Se pouvait-il qu'elle les ait oubliées à Uncommon Grounds ? Elle ne se rappelait pourtant pas les avoir sorties et n'avait d'ailleurs eu aucune raison de le faire.

Un frisson d'angoisse la parcourut de part en part. Et si c'était Jordy qui les lui avait prises ? Elle se souvenait de l'avoir vu balayer le sol à proximité de leur table, tandis que Rachel était en train de se confier à elle.

Elle se força à chasser la terreur qui s'insinuait en elle. Il lui suffisait d'appeler Jake, puis de se rendre dans n'importe quel bar de la rue en attendant qu'il vienne la chercher. Il ne serait sans doute pas ravi d'apprendre qu'elle avait joué les détectives amateurs, mais se consolerait sans doute lorsqu'elle lui révélerait le nom du tueur et lui fournirait un échantillon ADN.

Sans attendre, elle ouvrit son portable et composa le numéro de Jake. Malheureusement, ce dernier devait être en ligne, et elle tomba directement sur sa messagerie.

— Jake, c'est Kyra, lui dit-elle. Je suis sur Melrose. Je crois que j'ai découvert qui est le tueur. Mais j'ai perdu mes clés de voiture. Pouvez-vous venir me chercher au Galapagos ? C'est un bar au croisement de Melrose et de Meredith Street. Je crois qu'il est ouvert jusqu'à 11 heures. À bientôt.

Sur ce, elle s'éloigna de sa voiture. Mais, comme elle était sur le point de sortir du parking, elle aperçut du coin de l'œil une forme qui émergeait de la pénombre. Avant même qu'elle ait eu le temps de se retourner, elle sentit quelque chose lui piquer le cou. Une main se posa alors sur son épaule.

— On dirait que vous avez trop bu, mademoiselle, fit la voix de Jordy, juste derrière elle.

Kyra voulut se dégager, mais elle avait brusqucment l'impression de se mouvoir au ralenti. Même la panique qui l'habitait lui semblait à présent vague et lointaine. Elle tâtonna à la recherche de son pistolet dans son sac à main. Mais Jordy n'eut aucun mal à le lui arracher.

— Je vais vous prendre ça, lui dit-il. Je crois qu'il contient quelque chose qui m'appartient, ajouta-t-il en sortant la tasse qui se trouvait à l'intérieur.

En dépit de la déformation inquiétante de son champ de vision, Kyra se rendit compte qu'il portait des gants en latex semblables à ceux qu'utilisaient les policiers pour ne pas laisser d'empreintes. Elle comprit qu'il était sur le point de la tuer, tout comme le Joueur, son modèle, avait tué sa mère, vingt ans auparavant.

— Non, balbutia-t-elle d'une voix faible et pâteuse, presque méconnaissable.

— Ne vous en faites pas, lui dit-il. Je vous ai injecté suffisamment de drogue pour que vous ne sentiez rien, le moment venu.

Il brandit le trousseau de clés qu'il lui avait volé.

— Nous allons prendre votre voiture, annonça-t-il. Je n'ai malheureusement pas eu le temps de m'organiser...

Il s'interrompit brusquement et fronça légèrement les sourcils.

— Règle numéro quatre, murmura-t-il.

— Quoi ? fit Kyra, qui avait de plus en plus de mal à se tenir debout.

— Règle numéro quatre, répéta-t-il. La victime ne doit jamais être quelqu'un que vous connaissez personnellement.

— Vous me... connaissez, Jordy, parvint à bredouiller Kyra. Et je vous connais.

— Non, non, non, répondit-il d'une voix boudeuse. Personne ne me connaît. Vous faites semblant. Bonjour, Jordy. Est-ce que je peux avoir des scones, Jordy ? Un déca, Jordy. Vous avez l'air en forme, Jordy... S'ils savaient qui je suis vraiment...

— Moi je sais, Jordy. Je sais qui vous êtes... Vous ne pouvez pas me tuer... Pensez à la règle numéro quatre...

Jordy l'attrapa sans ménagement par l'épaule et la fit pivoter pour la pousser vers sa voiture. Kyra lutta contre la peur qui l'enveloppait de toute part, menaçant de la priver de tous ses moyens.

— Jordy Lee Cannon ! fit une voix derrière eux. Lâchez immédiatement cette femme et levez les mains !

— Jake, souffla Kyra, se demandant si elle n'était pas en proie à une hallucination auditive.

Mais Jordy l'attrapa par le cou, la plaquant contre lui avant de faire face à Jake McAllister qui se tenait à quelques mètres de là, l'arme au poing.

— Lâchez-la ! répéta-t-il.

Jordy avait sorti un couteau qu'il plaqua contre sa gorge. Elle sentit l'acier mordre sa chair.

— Je vais la tuer, cria Jordy. Je n'ai plus rien à perdre. J'ai enfreint la règle numéro quatre !

Elle comprit qu'il ne mentait pas et que, si elle ne réagissait pas dans les secondes à venir, elle mourrait comme sa mère avant elle. Se rappelant un conseil que lui avait donné Quinn autrefois, elle leva la jambe puis abattit de toutes ses forces le talon de sa chaussure sur le pied de l'homme qui la maintenait contre lui.

Il poussa un cri de douleur, et son étreinte se desserra imperceptiblement. Kyra se laissa alors tomber de tout son poids sur le sol, échappant à son emprise. L'instant d'après, un coup de feu assourdissant claqua, et Jordy se trouva violemment projeté en arrière.

Kyra sombra alors dans les ténèbres.

Épilogue

— Il vivait vraiment chez sa mère ?

Jake contempla Kyra, accoudée à la rambarde du petit pont qui franchissait le canal, à deux pas de chez Quinn. Ce dernier les avait invités pour fêter dignement leur succès. Mais ils s'étaient arrêtés pour admirer le sublime coucher de soleil qui embrasait le ciel de Los Angeles, ce soir-là.

Les cheveux blonds de la jeune femme accrochaient cette lumière ambrée qui éveillait dans son regard un éclat magnifique. La contempler si pleine de vie et d'énergie l'aidait presque à oublier l'horreur qu'il avait éprouvée en la voyant s'effondrer aux pieds de Jordy.

C'était à cet instant précis qu'il avait brusquement compris à quel point il tenait à elle.

— Jake ? Tu rêves ? l'interpella-t-elle.

Il lui sourit, cherchant à renouer le fil de leur conversation.

— Oui, répondit-il. Il vivait chez sa mère.

— Est-ce que vous avez découvert les autres règles, là-bas ?

Il savait que c'était une question qui la préoccupait.

— Non, je suppose qu'il les avait mémorisées et que nous ne saurons jamais quelles étaient les trois premières.

— Et les trophées de ses victimes ?

— Nous n'avons pas retrouvé leurs doigts.

— Peut-être n'y accordait-il pas réellement de valeur à

titre personnel, suggéra Kyra. C'était peut-être seulement une façon pour lui de rendre hommage à son inspirateur.

— Peut-être. Quoi qu'il en soit, nous avons mis la main sur les bijoux qu'il avait volés – le diamant de Kelsey, le bracelet de Marissa, la bague de Gracie et un pendentif qui devait appartenir à Shelby Shipton.

— Je suis heureuse que Billy ait enfin réussi à l'identifier. Je détestais l'idée qu'elle puisse être enterrée sans que personne ne sache qui elle était.

— Billy s'est surpassé, cette fois-ci, reconnut Jake. Shelby venait tout juste d'arriver de l'Idaho et espérait pouvoir réaliser ses rêves dans la Cité des anges.

— Exactement comme ma mère, souffla Kyra.

Ils demeurèrent tous deux silencieux, contemplant le ciel où l'ocre avait cédé place à un embrasement de rouges. Cela faisait bien longtemps que Jake ne se rappelait pas avoir assisté à pareil spectacle.

— C'est étrange, murmura-t-elle alors. Après tout le mal qu'il m'a fait, je ne devrais pas être affectée par la mort de Matt. Mais j'ai de la peine pour lui aussi. Personne ne mérite de finir comme ça…

Jake n'était pas certain de partager cette mansuétude, mais il garda le silence. Après tout, Matt Dugan était la seule famille qui restait à Kyra, en dehors de Roger Quinn, bien sûr. Percevant la mélancolie qui émanait de la jeune femme, il passa un bras autour de ses épaules, la serrant affectueusement contre lui.

Ce qui s'était passé sur le parking de Melrose ce soir-là les avait rapprochés, faisant naître entre eux un attachement qui dépassait de très loin la simple amitié. Jake ignorait encore jusqu'où cette relation pourrait bien les mener, mais il avait hâte de le découvrir.

— Cette enquête aura au moins eu un mérite, lui dit-elle avec un sourire malicieux.

— Lequel ?

— Tu sembles avoir surmonté ton aversion envers les psys.

— Envers une psy en particulier, c'est certain, répondit-il en riant.

Tous deux se dévoraient des yeux, et Jake songea que le moment était idéalement choisi pour céder enfin à la tentation qu'il avait de l'embrasser. Mais, comme il s'apprêtait à mettre ce délicieux projet à exécution, son téléphone se mit à sonner.

— Désolé, dit-il, terriblement frustré par cette interruption.

Elle hocha la tête, mais il crut lire dans son regard une pointe de déception qui semblait refléter la sienne.

— Salut, Billy. Tu sais que je suis en congé ?

— Je n'aurais jamais cru que cela arriverait un jour, répliqua son coéquipier. Mais j'ai bien peur que cela ne dure pas.

— Que veux-tu dire ? demanda Jake, qui sentait un terrible pressentiment l'envahir.

— On vient de retrouver un corps dont l'auriculaire a été tranché et qui tient une carte à jouer entre ses lèvres.

— Ce n'est pas possible, murmura Jake.

— Malheureusement, si. On dirait bien que le Joueur a un second *copycat*…

Vous avez aimé *Un improbable partenariat* ?
Découvrez la suite de votre série
« Enquêtes à Los Angeles »
dès le mois prochain, dans votre collection Black Rose.

JULIE MILLER

Le sceau de la vengeance

Traduction française de
GAËLLE BRAZON

BLACK ROSE

HARLEQUIN

Titre original :
DEAD MAN DISTRICT

1

De la fumée.

Matt Taylor tenait les poignées des extenseurs devant lui, sentant la tension dans ses bras musclés et son large torse. Il tourna la tête vers le seuil de la chambre d'amis, où il faisait sa musculation quand il n'était pas de garde à la caserne, et huma l'air.

Oui, c'était bien de la fumée.

Lentement, il fit coulisser les câbles dans la poulie et laissa les poids retomber en douceur sur la pile. Ramassant la serviette posée par terre à côté de lui, il essuya son visage et son cou couverts de transpiration. Il la passa ensuite sur ses cheveux sombres coupés court, puis se leva du banc de musculation. Il était lieutenant à la caserne 13 des pompiers de Kansas City. Grâce à ses années d'expérience et son tempérament naturellement flegmatique, il garda la tête froide et commença à faire le tour de son appartement. La cuisine était propre et bien rangée. La chaudière fonctionnait bien, même s'il faisait moins quinze degrés dehors et qu'il neigeait. Il vidait régulièrement le conduit de ventilation, mais il ouvrit le cagibi où se trouvaient le lave-linge et le sèche-linge pour vérifier qu'il n'y avait pas de peluches à l'intérieur.

Pas de feu ici.

Mais son nez ne se trompait jamais.

Ses oreilles perçurent alors le bip aigu et répétitif d'un détecteur de fumée, assourdi par les murs et la distance.

Le feu n'était pas ici.

Il saisit la serviette autour de son cou et la jeta sur le dossier d'une des chaises de cuisine, puis récupéra le petit extincteur rangé sous l'évier. Un T-shirt, un survêtement et des chaussures de sport n'étaient pas la tenue idéale pour combattre un feu, mais une chose était sûre : c'était l'homme et non l'équipement qui était la meilleure arme pour localiser et éteindre un incendie. Prêt à livrer bataille, il courut jusqu'à la porte d'entrée et l'ouvrit à la volée.

Une femme cria.

Corie McGuire, la mère célibataire qui habitait de l'autre côté du couloir, posa la main sur le col de son cardigan bleu marine. Sa petite poitrine se soulevait et s'abaissait précipitamment, tandis qu'elle se pressait contre la porte de son appartement.

— Nom d'un chien, monsieur Taylor… Vous m'avez fait une de ces peurs !

— Où est le feu ?

En un instant, il avait noté la panique dans les yeux vert mousse levés vers lui, le fait qu'elle gardait le plus de distance possible entre eux et la poêle carbonisée qu'elle tenait avec une manique le long de son corps. Le résidu collant au fond de l'ustensile fumait encore. Matt donna un petit coup de pied dans son paillasson et le fit glisser vers elle.

— Posez-la dessus.

Après avoir hésité quelques secondes, elle hocha la tête et obéit.

— Ça va laisser une marque sur votre… Oh ! d'accord.

Il vaporisa une couche de mousse sur la fonte, puis s'empara de la manique sans prévenir. Il souleva la poêle et renouvela l'opération sur le dessous et les côtés, s'assurant que la substance qui avait brûlé à l'intérieur ne puisse pas s'enflammer à nouveau.

— Merci, déclara la jeune femme. Je comptais l'apporter en bas et la poser dans la neige à côté de la benne, dehors. Je l'aurais récupérée demain matin avant l'école. Mais ça aussi, ça marche.

Une fois satisfait, Matt se redressa en même temps que sa voisine… et déglutit péniblement. Sans s'en rendre compte, il s'était rapproché d'elle, ou elle s'était rapprochée de lui, et sa queue-de-cheval avait effleuré la devise des pompiers, *Pour que d'autres puissent vivre*, tatouée en haut de son bras. Corie McGuire devait avoir dans les trente ans, comme lui, et elle était jolie. Il l'avait toujours su, de façon objective, mais il ne s'était encore jamais trouvé aussi près d'elle.

Et il n'avait jamais non plus été sensible à sa présence au point d'en avoir presque le souffle coupé.

Sous le parfum du shampoing, il décela quelque chose de sucré salé, comme des pancakes et du sirop servis avec du bacon croustillant. La plupart des hommes ne trouveraient peut-être pas cette odeur sexy, mais il en eut l'eau à la bouche. En tout cas, c'était beaucoup plus alléchant que les volutes qui passaient sous la porte close de sa voisine.

— Il y a de la fumée chez vous. Je peux vous aider.

— Ça va aller. J'ai ouvert les fenêtres pour aérer. Désolée de vous avoir dérangé.

Quand elle se baissa pour ramasser la poêle, Matt tendit brusquement la main pour l'en empêcher, et elle s'écarta aussitôt.

— Laissez-la là.

— La laisser ? Je doute que M. Stinson apprécie de trouver une poêle brûlée au beau milieu du couloir.

Matt se moquait de ce que le gardien de l'immeuble pensait. Il avait un problème plus immédiat à régler. Mais il était conscient de ne pas bien gérer cette rencontre. Dès qu'il avait atteint sa taille actuelle d'un mètre quatre-vingt-seize et commencé à prendre de la masse musculaire après le lycée, sa mère et sa grand-mère adoptives l'avaient gentiment averti : les gens qui ne le connaissaient pas risquaient de le trouver intimidant. Et, même si les femmes de sa famille savaient qu'il était un gentil géant plutôt qu'un ogre effrayant, les autres, comme Corie McGuire, pouvaient mal interpréter son attitude brusque et taciturne et se méfier de lui.

Il ne lui en voulait pas de garder ses distances. Les grands costauds dans son genre pouvaient intimider. Quand il ne faisait pas de musculation, il courait, en partie à cause de son métier, qui exigeait une forme physique exemplaire, et en partie parce qu'il n'avait pas beaucoup d'autres occupations, surtout en hiver. Hormis un dîner du dimanche avec sa grand-mère et un assortiment de parents, de frères, d'oncles et de leurs familles respectives une ou deux fois par mois, ou une virée au bar de temps en temps avec ses compagnons de caserne, il n'avait pas vraiment de vie sociale.

Corie McGuire était plutôt menue, et sa tête blonde lui arrivait à peine à l'épaule. Depuis qu'elle avait emménagé en face de chez lui avec son fils, ils s'étaient seulement salués de la tête dans l'ascenseur. Elle continuait à aller du côté opposé au sien quand il était dans la cabine et serrait son petit garçon contre elle. Un jour, il l'avait aidée à porter ses courses, et même là elle s'était arrêtée devant sa porte et avait repris ses sacs sans le laisser entrer dans son appartement. Comme il n'était pas franchement sociable, il n'avait pas tout de suite remarqué qu'elle faisait la même chose que lui : elle gardait poliment les voisins à distance et n'invitait jamais aucun ami chez elle. Il ferait mieux de la laisser tranquille, comme elle semblait le vouloir.

Mais c'était sans compter la fumée qui envahissait le couloir et l'alarme sonore signalant un problème. Et s'il y avait bien une chose que Matt Taylor assumait avec le plus grand sérieux c'était sa mission de pompier.

— Je m'y connais, c'est mon métier. Ça vous embêterait que j'entre chez vous pour vérifier qu'il n'y a pas de point chaud secondaire susceptible de s'enflammer ?

Corie écarquilla davantage les yeux.

— Il pourrait y avoir un autre feu ?

— Vous avez dit avoir ouvert une fenêtre, n'est-ce pas ?

À la surprise de Matt, elle passa la main derrière elle pour tourner la poignée.

— Mon fils est à l'intérieur. Je vous en prie, entrez.

Dès qu'elle poussa la porte, le bip strident du détecteur de fumée transperça les tympans de Matt. Après avoir refermé derrière eux, il la suivit dans la cuisine. Corie plaqua les mains sur ses oreilles tandis qu'ils s'avançaient sous l'arcade en direction de l'appareil. La fumée était plus épaisse ici, avec des volutes grises qui s'échappaient du four ouvert. Matt s'empressa de le refermer, puis passa derrière Corie pour faire de même avec la fenêtre. Il tendit ensuite le bras pour enlever le couvercle du détecteur et ôter la pile. Le silence revint, mais ses oreilles continuèrent à tinter.

— Merci, déclara-t-elle en baissant les mains.

Elle avait déjà éteint le four, mais Matt s'accroupit devant la vitre pour voir s'il y avait des étincelles ou des éléments rougeoyants.

— Il y a encore quelque chose qui brûle ? demanda-t-elle.

— Il faut laisser le four ouvert et toutes les fenêtres fermées jusqu'à ce qu'on soit sûrs que le feu est bien éteint.

De nombreux feux reprennent dès qu'on leur donne de l'air frais.

Il poursuivit son observation pendant une minute entière, avant de poser sur le plan de travail l'extincteur qu'il avait apporté.

— Je pense que c'est bon.

Elle s'était penchée à côté de lui pour étudier elle aussi le four. Mais elle était plus près qu'il ne l'avait cru, et il la bouscula quand il se releva. D'instinct, il chercha à la rattraper pour l'empêcher de tomber, mais elle se cramponna au plan de travail pour garder l'équilibre. Elle s'éloigna ensuite de quelques pas pour qu'il ne la touche pas. Matt laissa retomber sa main.

— Désolé.

Elle poussa un soupir qui souleva sa frange blonde.

— Non, c'est moi qui suis désolée. Vous vous êtes toujours montré poli et, maintenant, vous essayez de nous aider. C'était grossier de ma part. Je vous ai déjà hurlé dessus une fois ce soir.

— Avoir l'instinct de conservation, ça n'a rien de grossier. Je vous ai effrayée. Vous faites ce que vous jugez nécessaire pour vous sentir en sécurité.

— Je…

Elle entrouvrit les lèvres, mais les referma aussitôt. Sa posture se détendit, et elle croisa les bras, avant de sourire. Un vrai sourire. La tension autour de ses yeux se relâcha, et sa jolie bouche rose s'incurva.

— Merci de votre compréhension.

Face à ce magnifique sourire qui lui était adressé, il eut envie de sourire à son tour.

Mais qu'est-ce que tu fais, Taylor ? Il reniflait sa voisine ? Il lui souriait ? Il devait arrêter, sinon il allait vraiment lui faire peur.

Matt se tourna vers le four, s'assurant que le feu était bien éteint et que ce qui avait brûlé avait été privé d'oxygène. Il rouvrit ensuite la fenêtre de la cuisine. Après avoir allumé la hotte au-dessus de la cuisinière, il attendit de voir si Corie allait s'écarter du chemin.

— Ça ne risque plus rien d'ouvrir les fenêtres maintenant ? demanda-t-elle.

Matt secoua la tête. Quand il entendit la chaudière se déclencher, il fit un pas vers la jeune femme, qui perdit aussitôt son sourire. Il s'arrêta net. Elle n'avait plus besoin d'un pompier. Elle avait besoin d'un voisin respectueux qui terminerait sa tâche ici le plus vite possible avant de rentrer chez lui.

— Où est votre thermostat ?

Elle frissonna dans l'air glacial qui s'engouffrait dans la cuisine et serra son cardigan autour d'elle.

— Vous devriez mettre un autre pull, conseilla-t-il. Il faudra vingt ou trente minutes pour que la fumée se dissipe.

— Dame Nature ne nous gâte pas vraiment en matière de chaleur et de soleil. J'ai adoré avoir toute cette neige à Noël. Mais j'aimerais bien que les températures soient plus douces, que la neige fonde et que le printemps arrive en avance.

— Il n'y aura pas de printemps en janvier. Pas dans le Missouri.

— Vous avez raison, bien sûr.

Elle prit son manteau en laine sur le dossier d'une chaise et l'enfila, avant de guider Matt hors de la cuisine.

— Par ici.

Même si cet appartement était le miroir du sien de l'autre côté du couloir, et qu'il aurait pu trouver le thermostat tout seul, il avait appris une chose au cours de sa carrière : une femme seule sur une scène d'incendie, petit ou grand, appréciait peu qu'un homme envahisse son espace personnel – à moins que tout l'endroit soit en proie aux flammes et que son irruption fasse la différence entre la vie et la mort. Il se contenta donc de la suivre dans le salon et dans le couloir.

La queue-de-cheval haute de Corie rebondissait sur son col comme une gerbe de blé doré agitée par le vent. Ses hanches se balançaient, elles aussi. Il avait déjà remarqué combien son jean moulait sa taille et ses fesses. Malgré sa minceur naturelle, elle avait des courbes très féminines que même son gros manteau ne pouvait cacher.

Lorsque Corie s'arrêta dans le couloir entre deux pièces, Matt s'aperçut qu'il n'avait pas quitté son derrière du regard. Un petit garçon aux cheveux châtains un peu trop longs sortit de la seconde chambre.

— Qu'est-ce que vous voulez ?

Il se campa devant sa mère et brandit une sorte d'animal composé de briques en plastique – un dragon, a priori, à en juger par les flammes accrochées à la gueule de la créature et les pièces triangulaires sur son dos, qui étaient soit des petites ailes, soit des épines façon Godzilla. Derrière sa créature colorée, qu'il tenait comme un bouclier, le petit garçon leva sur Matt des yeux aussi verts que ceux de sa mère.

— Si vous approchez, le feu vous brûlera.

— Evan !

Corie passa le bras autour des épaules de son fils.

— Tu te souviens de M. Taylor, notre voisin d'en face. Alors sois poli.

L'enfant leva les yeux au ciel d'un air accablé. Matt connaissait cette expression, son neveu la maîtrisait à la perfection. Il reconnut aussi chez ce petit garçon la posture d'un jeune homme qui protégeait quelqu'un qu'il aimait.

Cette réaction lui inspira autant de respect que d'inquiétude à l'idée d'en être la cause.

Evan McGuire cala son dragon fait maison sous son bras.

— Désolé, monsieur. Bonsoir.

— Bonsoir.

Matt régla le thermostat à une température plus basse, puis attendit que la chaudière s'éteigne.

Si Corie McGuire lui arrivait à peine à l'épaule, son fils atteignait à peine sa taille. Les McGuire devaient être génétiquement menus. Matt se souvenait à peine de ses parents biologiques, mais ils avaient été grands et larges d'épaules comme lui et son frère cadet, Mark, qui était lui aussi pompier au sein de la brigade Lucky 13.

Malgré son gabarit fluet, Evan n'hésita pas à s'avancer vers lui. Il pencha la tête en arrière et mesura Matt du regard.

— Vous êtes drôlement grand, de près.

— Je suis aussi grand de loin, répliqua-t-il, répétant la phrase avec laquelle sa minuscule grand-mère l'avait souvent taquiné.

Corie éclata bruyamment de rire. Un grognement lui échappa, et elle plaqua aussitôt la main sur sa bouche. Visiblement embarrassée par sa réaction, elle poussa son fils vers l'entrée.

— Evan, mets ton manteau. Il va bientôt faire froid ici.

Matt se rappela un trajet en ascenseur avec eux, au cours duquel Evan avait annoncé que c'était son huitième anniversaire. Sa mère l'avait aussitôt fait taire, interrompant la conversation avant même qu'elle commence. Comme tout jeune homme normalement constitué, il râla, avant de traverser le salon d'un pas lourd. Il enfila son blouson, dont les manches étaient trop courtes et qui s'avéra trop serré quand il remonta la fermeture Eclair.

Mais, lorsqu'il regarda dans le couloir et aperçut la poêle calcinée sur le paillasson de Matt, il changea d'attitude.

— Je suis désolé, maman. Je ne voulais pas faire de bazar. J'ai essayé d'éteindre le feu.

— Ce n'est pas ta faute.

Corie lui ébouriffa les cheveux et l'embrassa sur le sommet du crâne, puis le fit rentrer dans l'appartement.

— J'aurais dû terminer ma conversation avec le Pr Nelms et raccrocher pour te préparer à manger, pour que tu n'aies pas à allumer ce vieux four.

— Mais j'ai fait la pizza surgelée comme tu m'avais montré.

— Alors c'est peut-être le four qui est cassé. En tout cas, je suis contente que tu n'aies pas été blessé.

Après avoir hoché la tête, Evan releva le menton vers Matt.

— Je suis désolé qu'on vous ait dérangé, monsieur Taylor.

Il jeta un coup d'œil vers sa mère.

— Pas vrai ?

Matt aperçut la tristesse et le regret qui crispaient le visage de Corie avant qu'elle s'oblige à sourire. Ce sourire n'était pas aussi joli que celui qu'elle lui avait adressé dans la cuisine. Qu'est-ce qui poussait un enfant à s'excuser pour une simple erreur, quoique potentiellement dangereuse, et une mère à regretter qu'il éprouve ce besoin de s'excuser ?

Matt n'avait pas d'enfants, mais il avait été élevé par deux des meilleures personnes qu'il ait jamais connues. Il se rappelait comment son père adoptif, Gideon Taylor, avait fait sortir du silence et rassuré l'orphelin traumatisé qu'il avait été. Il lui avait donné des choses à faire, des petites responsabilités qu'il pouvait assumer et qui lui avaient donné confiance en lui. Gideon Taylor avait travaillé côte à côte avec chacun de ses fils, leur montrant comment être quelqu'un de bien, comment faire partie d'une famille, comment avoir un but dans la vie et comment ne pas avoir peur de faire des erreurs. À nouveau.

Imitant l'exemple de son père, Matt retira la montre utilitaire multifonctions de son poignet et la tendit à Evan.

— Tu sais lire l'heure ?

— Évidemment. On a appris ça au CP. Moi, je suis au CE1.

— Bravo. Tiens, prends-la.

Le petit garçon écarquilla les yeux en voyant tous les nombres indiquant l'heure, la température et la pression atmosphérique. Bouche bée, il saisit la montre.

— D'ici trente minutes, reprit Matt, je veux que tu remettes le thermostat à vingt et un degrés Celsius et que tu rappelles à ta maman de fermer la fenêtre de la cuisine. Tu peux faire ça ?

Surexcité, Evan se mit à danser sur place.

— Je peux, maman ?

— Tu devras rendre sa montre à M. Taylor.

— Pas avant trente minutes, protesta l'enfant.

— Ce n'est pas un cadeau.

— S'il te plaît ?

Comment résister à cette énergie pleine d'enthousiasme ? Corie eut à nouveau son joli sourire naturel.

— Bon, d'accord. Tu as fini tes devoirs ?

— Oui, chef.

— Bien. Alors tu peux profiter de cette demi-heure pour jouer à ton jeu avant d'aller au lit.

Corie passa les doigts dans les cheveux de son fils, puis posa la main sur sa joue. Quand elle l'embrassa à nouveau, il jeta un coup d'œil sur Matt et s'écarta d'elle. Il était peut-être embarrassé par toutes ces marques d'affection, à moins qu'il n'essaye de ressembler à l'homme qu'il pensait devoir être en recevant la montre de Matt.

— Je t'ai dit que j'ai obtenu un rônin pour combattre avec mon nain ? Maintenant, je peux lancer des flèches sur les méchants.

— C'est super.

Son fils était tellement réjoui par son jeu vidéo, avec lequel Matt était familier, qu'elle sourit à nouveau.

— Tu sais ce que c'est, un rônin, au moins ?

Mais Evan courait déjà en direction de sa chambre.

— À tout à l'heure, monsieur Taylor. On se voit dans trente… vingt-neuf minutes.

La chaudière s'éteignit avec une secousse bruyante. Matt n'avait pas parlé autant en dehors du travail depuis longtemps. Cette envie qu'il avait de rester un peu plus et de continuer à discuter avec cette petite famille était étonnante. Mais il le fit.

— On dirait un jeu auquel mes petits-cousins jouent. J'y ai aussi joué plusieurs fois avec mes frères. Si je me souviens bien, un métamorphe et un sorcier sont les prochains à rejoindre l'équipe.

— Vous jouez à *Bomba's Quest* ?

Matt sentit ses joues s'empourprer.

— Mon oncle Brett voulait savoir si c'était approprié pour ses enfants. Alors mes frères et moi, on a bien voulu le tester.

— Moi aussi, je me suis demandé si c'était approprié pour un enfant de huit ans. Il aime bien les puzzles et les énigmes. Mais tous les personnages sont des cartoons, et personne ne meurt pendant les batailles. Ce n'est pas comme la vraie violence, où ça finit mal et les gens souffrent.

Elle s'interrompit brusquement, comme si elle était surprise d'avoir dit ces mots à voix haute.

— Je suis désolée, je bavasse. Je n'oublierai pas de vous rendre votre montre. C'était gentil de votre part.

L'ombre qui venait de passer sur son visage éveilla la curiosité de Matt, autant que ce qu'il avait dit qui l'avait fait sourire tout à l'heure.

Recommence à penser en pompier et sors d'ici.

— Vous faites cuire votre pizza dans une poêle ? demanda-t-il, repensant à la remarque de son fils.

— La fonte chauffe et fonctionne comme une pierre à pizza. Avec les deux poignées, Evan aurait dû s'en sortir.

Quand elle retourna vers la cuisine, Matt la suivit.

— En général, son en-cas préféré, c'est le pop-corn au micro-ondes, mais pour je ne sais quelle raison, mon micro-ondes ne fonctionne pas ce soir.

Elle appuya sur plusieurs boutons, mais rien ne s'alluma.

— Je ne sais pas si c'est le micro-ondes ou la prise.

Si cet appartement était conçu comme le sien, il devait y avoir un disjoncteur sur la prise du micro-ondes, songea Matt. Il avait peut-être sauté, et ni Corie ni son fils ne savaient comment le réarmer. Mais un feu de four *et* un micro-ondes défectueux en une soirée ? C'était beaucoup de malchance d'un coup, en particulier pour une femme qui semblait aussi compétente et prudente que Corie. Matt enfonça le bouton du disjoncteur, mais rien ne se passa.

— J'avais déjà essayé, déclara-t-elle.

Bien. Elle connaissait donc cette mesure de sécurité. Soit le micro-ondes était cassé, soit il y avait un problème électrique. Matt débrancha l'appareil et le plaça sur le plan de travail près d'une autre prise.

— Vous n'avez pas à faire ça. J'appellerai M. Stinson demain pour qu'il regarde. Je suis sûre que vous étiez en train de faire quelque chose de plus important.

Dès qu'il brancha le micro-ondes dans la nouvelle prise, toutes les lumières s'allumèrent.

— Ce n'est pas le micro-ondes. Ça doit être un souci de câblage.

Il regarda par-dessus son épaule et vit Corie froncer les sourcils.

— Quelque chose ne va pas ?

— Je n'en suis pas sûre.

Saisi d'une intuition, il lui demanda une lampe de poche, puis s'agenouilla à nouveau devant le four. Après avoir vérifié que tout avait refroidi, il frotta les doigts sur les éléments chauffants en haut et en bas du four. Un résidu collant et calciné comme ce qu'il avait vu dans la poêle se détacha dans sa main. Il avait combattu assez de feux pour savoir que celui-ci n'avait rien de naturel.

Il essaya de ne pas tressaillir lorsque Corie posa la main sur son épaule pour s'agenouiller à côté de lui.

— Qu'est-ce que c'est ?

— Je l'ignore.

Bien sûr, de la nourriture pouvait déborder du plat sur l'élément chauffant du bas. Mais il faudrait un jet conséquent d'huile ou de graisse pour recouvrir celui du haut. Or, avec une pizza, rien ne giclait pendant la cuisson.

— Avez-vous mis quelque chose sur le feu pour l'éteindre ?

— Evan a jeté un peu de farine dessus.

— La farine, ça brûle.

— Je le sais. Il le sait aussi, maintenant.

Elle le lâcha et se releva pour ouvrir le placard au-dessus de la cuisinière.

— Je garde une boîte de bicarbonate de soude mélangé à du sel pour éteindre les petits feux.

Une solution classique qui fonctionnait aussi bien qu'un extincteur chimique.

— Ça prive le feu d'oxygène.

Elle hocha la tête.

— J'ai montré à Evan où était le mélange et je lui ai appris à l'utiliser. J'étais dans ma chambre, au téléphone avec mon professeur à propos d'un projet pour la fac. Quand j'ai entendu le détecteur de fumée, je me suis précipitée, j'ai vu les flammes, j'ai pris la boîte…

Elle ôta le couvercle et la lui tendit.

— Elle est vide. C'est pour ça qu'il a pris de la farine à la place. La seule fois où on a utilisé ce mélange, c'est quand je lui ai appris à s'en servir pour éteindre un feu. J'ai craqué une allumette dans une poêle et je la lui ai fait éteindre pour qu'il puisse s'entraîner. Cette boîte devrait toujours être pleine. Je ne sais pas comment…

Un pli se creusa entre ses sourcils.

— Je ne me rappelle pas l'avoir vidée. Je ne vois pas pourquoi je l'aurais fait.

Elle ne l'avait peut-être pas fait.

Étrange. Et un peu perturbant de voir que toutes les précautions qu'elle avait prises pour protéger son fils en cas d'incendie avaient échoué.

Matt avait besoin de temps pour y réfléchir. Evan semblait du genre précoce. Et Matt était bien placé pour comprendre la fascination d'un enfant à jouer avec le feu. Mais un garçon de huit ans saurait-il saboter une prise électrique pour rendre son histoire plus plausible ? Ou se tramait-il autre chose ? Pour l'instant, Matt voulait simplement remplir son rôle de pompier et se montrer bon voisin. S'il pouvait faire quoi que ce soit pour aider Corie à se sentir en sécurité chez elle – même si cela impliquait qu'il s'en aille –, il le ferait.

— Mon micro-ondes marche, annonça-t-il. Je suis chez

moi le mardi soir. S'il veut manger quelque chose, et que vous êtes trop prise par vos études, il peut venir me voir.

— En général, il n'a aucun mal à s'occuper quand j'étudie. Et il sait qu'il peut m'interrompre s'il a besoin de quelque chose.

Après avoir rangé la boîte vide, elle se plaqua un sourire crispé sur le visage et se dirigea vers la porte d'entrée. Soupçonnait-elle son fils d'avoir mis le feu, elle aussi ?

— Je vous raccompagne.

Cette fois, il ne bougea pas.

— Voulez-vous que je remette le micro-ondes à sa place ?

— Laissez-le là. Vous en avez assez fait.

Il commençait à penser qu'il n'avait pas fait grand-chose.

— Parlez au gardien. Il doit remplacer ce four et la prise du micro-ondes au plus vite.

— Je le ferai, répondit-elle, figée près de la porte.

— En attendant, vous avez un endroit où préparer vos repas en toute sécurité ?

— Vous avez peur qu'on mette à nouveau le feu ?

Il ne plaisantait pas à propos de ce genre de choses. Et à en juger par le pli qui était réapparu sur le front de Corie elle n'essayait pas non plus de faire de l'humour.

Que se passait-il ici ? S'agissait-il seulement d'une série de coïncidences malheureuses qui pesaient sur une mère célibataire éreintée ? Ou pensait-elle comme lui que quelque chose ne tournait pas rond dans cet appartement ce soir ?

Enfin, il s'obligea à marcher vers la porte.

— Je vais laisser l'extincteur ici, le temps que vous remplissiez votre boîte de bicarbonate de soude. J'en ai un autre dans mon pick-up.

Une fois dans le couloir, il ramassa la poêle calcinée et lui tendit la manique.

— Je vais la descendre à la benne.

Les doigts de Corie effleurèrent les siens lorsqu'elle essaya de récupérer l'ustensile.

— Vous n'avez pas à faire ça.

Bien sûr, elle n'arriverait pas à lui reprendre la poêle de force, mais avec un autre contact inattendu comme celui-ci, qui envoya des élancements de chaleur sous la peau qu'elle avait touchée, elle pourrait probablement lui demander n'importe quoi. Fallait-il qu'il soit esseulé pour être aussi sensible à une femme avec qui il n'avait pas échangé dix mots avant aujourd'hui ? songea-t-il en désignant la cuisine.

— Je vais revenir pour réinitialiser le détecteur. Les trente minutes d'Evan devraient être terminées d'ici là.

— D'accord.

Elle poussa un soupir, qui fit penser à Matt qu'elle était trop fatiguée pour débattre, ou qu'elle acquiesçait pour qu'il parte.

— Je vais verrouiller derrière vous. Frappez à la porte quand vous remonterez.

Matt descendit au rez-de-chaussée et brava l'air froid sans manteau pour poser la poêle sur la benne derrière leur immeuble. Sortant son couteau de poche de son jogging, il gratta le résidu au fond de la poêle et sur la poignée. Même s'il y avait bien des restes de fromage et de viande hachée transformés en cendres, il trouva surtout la même substance visqueuse que dans le four. Après avoir découpé un morceau de plastique dans un sac-poubelle à l'intérieur de la benne, il mit ce qu'il avait gratté dedans, puis rangea le couteau et l'échantillon dans sa poche. Le feu n'avait pas été assez important, et il n'y avait pas d'enquête officielle pour qu'il puisse envoyer la substance au labo d'expertise incendie, mais il pouvait demander au capitaine de sa caserne et à d'autres pompiers plus expérimentés s'ils avaient déjà vu quelque chose de ce genre.

Tiré de ses réflexions par le vent cinglant, il retourna à l'intérieur et s'arrêta devant la porte de Wally Stinson. Il devrait peut-être demander au gardien s'il était intervenu chez Corie récemment, ou si elle avait déposé une réclamation pour faire réparer une prise ou un appareil électrique. Il aurait aimé savoir s'il y avait eu d'autres feux dans l'appartement. N'importe quoi indiquant qu'un garçon jouait avec des allumettes ou d'autres matériaux inflammables. Mais aucun son ne provenait de chez le gardien, aucune lumière ne brillait sous la porte. Soit Wally Stinson était au lit, soit il était sorti pour la soirée. Tant pis, il repasserait demain matin avant d'aller travailler.

Ressentant le besoin de réfléchir, il prit l'escalier au lieu de l'ascenseur. Il pouvait passer outre à un incident bizarre chez Corie. Deux avaient de quoi le rendre curieux. Mais trois, susceptibles d'aboutir à un incendie potentiellement dangereux sans aucun moyen de le combattre, lui indiquaient qu'il y avait un problème. Maintenant, il était incapable de dire si Corie était vraiment douée pour cacher un comportement irresponsable, ou si quelque chose de plus sinistre se tramait derrière les murs de cet appartement. En attendant d'en savoir plus, il ferait son possible ce soir pour que Corie et Evan McGuire puissent dormir tranquilles.

Lorsqu'il arriva au sixième étage, Corie attendait devant chez elle. Elle tenait sa montre et une petite assiette recouverte de film plastique.

— J'ai remis la pile dans le détecteur de fumée. Je n'ai eu besoin que d'une chaise pour l'atteindre.

— Vous l'avez testé ?

Elle hocha la tête.

— Il a bipé.

En d'autres termes, mêlez-vous de vos affaires.

Elle lui tendit la montre.

— Evan vous dit merci. J'apprécie votre façon de l'avoir rassuré et de lui avoir donné l'impression d'être utile. Même si je ne savais pas à quoi servent la moitié des fonctions sur cette montre. Et je vous assure qu'il a posé la question pour chacune d'entre elles.

Lorsqu'il l'eut rattachée à son poignet, Corie lui tendit l'assiette.

— Tenez. Ce n'est pas grand-chose, mais merci.

Matt n'avait pas besoin d'être remercié, pas plus qu'il n'avait escompté de cadeau. Il leva l'assiette pour observer de plus près la grosse part de tourte à la cerise. Il n'avait pas atteint cent quinze kilos de muscles en refusant les desserts gratuits. Mais il était gêné à l'idée d'accepter quoi que ce soit d'une femme qui portait un manteau au col élimé, et dont le fils avait clairement besoin de vêtements plus grands… ainsi que de conseils sur les dangers de jouer avec le feu.

Lisant mal son hésitation, Corie enchaîna aussitôt :

— Ne vous inquiétez pas. Je ne l'ai pas fait cuire dans mon four. Je travaille au Pearl's Diner les soirs après l'école. Sauf quand j'ai cours, comme aujourd'hui. Ça m'arrive de faire des gâteaux, mais en général je m'occupe du service.

Il connaissait ce restaurant, qui proposait des plats traditionnels remplissant bien l'estomac et donnant l'impression d'être comme à la maison. Il y avait mangé avec sa famille de nombreuses fois au fil des ans. La propriétaire originale, Pearl Jenkins, avait pris sa retraite et vendu le restaurant à Melissa Kincaid, la femme de l'un des enquêteurs avec qui ses frères Alex et Pike travaillaient au sein de la police de Kansas City. Mais en dehors de quelques plats plus légers ajoutés au menu il n'avait pas remarqué de changement dans la qualité de la nourriture. Et la tourte du Pearl's était légendaire.

— J'ai le droit de rapporter les restes de gâteau à la maison étant donné qu'on en prépare tous les jours, expliqua Corie.

— C'est vous qui avez fait cette tourte ?

Elle hocha la tête, et il finit par se rappeler les bonnes manières.

— Merci. À la cerise, c'est celle que je préfère.

— Tant mieux, répondit-elle en ouvrant sa porte. Eh bien, merci encore. Bonne nuit, monsieur Taylor.

— Bonne nuit, madame McGuire. Ou mademoiselle ?

Son visage aux traits tirés parut encore plus las.

— Je suis divorcée du père d'Evan. Corie, ça suffira.

— Matt, ça suffira aussi. Pour moi. Je suis Matt. Pas marié. Jamais marié. Jamais fait de gâteaux.

Elle sourit d'une façon qui lui donna l'impression de ne pas avoir fait de gaffe rendant la conversation inconfortable.

— C'est bon à savoir. Bonne nuit, Matt.

Il attendit dans le couloir, puis entendit Corie tourner le verrou et mettre la chaîne de sûreté. C'était bien qu'elle soit prudente. Même si le quartier du City Market était en plein bouleversement à cause des milléniaux et des promoteurs immobiliers, tout n'avait pas encore été transformé. Une femme seule avec un petit garçon devait rester sur ses gardes.

Et Matt était le voisin effrayant qui était sorti de son antre assez longtemps pour venir à leur rescousse… et l'apeurer au point de la renvoyer derrière sa porte bien verrouillée.

Après avoir remis son paillasson à sa place, il rentra dans son appartement et ferma à clé derrière lui. Il retournerait à sa musculation plus tard. Pour le moment, il allait regarder les informations à la télévision. Il s'assit sur le canapé et posa les pieds sur la table basse, puis déballa la tourte, humant son odeur alléchante. Douce et délicieuse, comme Corie.

Matt ne prit même pas le temps de se relever pour aller chercher une fourchette. Il souleva la part et mordit dedans à pleines dents. Sa grand-mère était une excellente cuisinière, et cette tourte lui rappela le mélange parfait de talent et d'expérience dont elle faisait preuve. La deuxième bouchée lui fit oublier la pensée tapie dans un coin de sa tête que quelque chose ne tournait pas rond dans l'appartement de l'autre côté du couloir.

Mais il y avait aussi quelque chose qui tournait très bien.

Corie McGuire avait de jolis cheveux, de jolies fesses et un joli sourire.

Matt dévora le reste de pâte sablée et de garniture.

Et en plus elle cuisinait bien.

Il était peut-être bien amoureux.

2

— C'est bon, arrête un peu de te la jouer.

Ignorant la voix qui le taquinait, Matt se releva du trottoir enneigé après avoir vérifié qu'il n'y avait pas de fuite d'essence. Il força ensuite le capot de la voiture en flammes à l'aide de sa longue hache, puis se servit de l'instrument pour le maintenir ouvert. Un flot de fumée se mit à tourbillonner autour de lui, et il se détourna pour regarder Mark en fronçant les sourcils. Son frère avait apporté une autre hache du fourgon d'incendie garé à quelques mètres de là dans le parking.

— Quoi ? demanda Matt.

Il leva la lance qu'il avait traînée jusqu'à la voiture et la dirigea vers les flammes, avant d'ouvrir la valve et d'arroser le bloc-moteur. La vapeur produite par la rencontre de l'eau et du feu les obligea tous deux à reculer d'un pas. Ils portaient leur équipement de protection individuelle, comme tous leurs coéquipiers du Lucky 13. Ils avaient été appelés en intervention derrière un immeuble de bureaux au nord du centre-ville. Mais, comme il s'agissait d'un feu de véhicule et non d'un incendie de structure où l'oxygène risquait de manquer, ils ne portaient pas de masques et d'appareils respiratoires. La vapeur picotait ses joues froides et embuait ses lunettes de protection, ce qui l'obligea à rediriger l'eau.

— Est-ce que tu râles parce que je fais mon boulot ?

— Je râle parce que tu fais le boulot de tout le monde.

Mark s'avança à côté de lui. Il agita le bras pour dissiper la vapeur et la fumée, afin de s'assurer que le feu était complètement éteint.

— Bon sang, j'aurais pu rester au chaud à la caserne et finir mon déjeuner au lieu de venir ici te regarder tout faire.

— Je t'ai laissé ouvrir l'eau et gonfler le tuyau, non ?

Matt arrosa le moteur une nouvelle fois, avant de tourner la valve. Il fit signe à Ray Jackson, un de leurs collègues qui attendait à côté du poteau incendie, de couper l'eau.

— Ça me fait une belle jambe, répliqua Mark. Je te rappelle qu'on est censés travailler en équipe. Tu me fais de l'ombre devant notre public admiratif.

Il tourna les yeux vers le groupe de curieux agglutinés de l'autre côté du parking.

— À moins que tu n'essayes d'impressionner l'une des jeunes demoiselles qui nous observent ?

Matt suivit son regard. Même s'il s'était assuré que les gens qui s'étaient arrêtés restent à bonne distance pendant qu'il éteignait le feu, il n'avait pas fait attention aux trois femmes qui se trouvaient parmi eux. Il ne semblait pas remarquer la moindre femme depuis son passage de la veille chez Corie McGuire. Les queues-de-cheval dorées et les grands yeux verts devaient être son point faible. Les deux brunes et la blonde platine étaient assez jolies, mais aucune n'éveillait son intérêt.

— Non, bien sûr que non, poursuivit son frère. Le gros dur Matt Taylor ne fait que son travail, comme toujours.

Les deux frères grognèrent de concert en voyant Ray Jackson traverser le parking au pas de course pour aller draguer les trois femmes.

— On ne peut pas en dire autant de Jackson.

— Il connaît peut-être l'une d'entre elles, suggéra Matt, accordant le bénéfice du doute à son coéquipier.

— Ça changerait quelque chose qu'il les connaisse ou pas ?

Mark posa sa hache sur son épaule et secoua la tête.

— Comment je vais réussir à te dégoter un rencard pour mon mariage avec Amy si tu dois rivaliser avec ça ?

Matt haussa les épaules, tandis que Ray ôtait son casque et que les trois femmes lui serraient la main avec enthousiasme. Il n'avait jamais eu le bagou ni le physique de star de cinéma de leur copain Ray. C'était évidemment lui qui avait représenté la caserne 13 sur le calendrier censé rapporter de l'argent à la brigade l'an dernier. Loin d'être jaloux, Matt était ravi de ne jamais avoir été réquisitionné pour les relations publiques du KCFD. Même s'il avait combattu des feux autrement plus dangereux que celui d'aujourd'hui avec Ray Jackson à ses côtés, même s'il était content que Ray ou Mark s'occupent des conversations avec les témoins et les victimes, il trouvait un peu gênant de voir son coéquipier se concentrer sur les femmes du groupe en ignorant les deux hommes qui se tenaient près d'elles.

— Si on avait une sœur, annonça-t-il, je ne les mettrais jamais en contact.

— On est bien d'accord, acquiesça Mark en le tapant sur l'épaule. Allez, viens. Je vais t'aider à vider et enrouler le tuyau. L'eau gèle à vitesse grand V. Je crois qu'on vient de transformer ce parking en patinoire.

Ils travaillèrent en silence durant quelques minutes, pendant qu'un peu plus loin leur capitaine, Kyle Redding, discutait avec un policier en uniforme et un couple de personnes âgées. Elles promenaient leur chien quand elles avaient vu la voiture en feu et avaient appelé les secours. Apparemment, le propriétaire du véhicule était introuvable.

Aucun des badauds ne semblait reconnaître la voiture ni savoir où l'inconnu travaillait.

Matt commençait à s'occuper du tuyau lorsque la plaisanterie – du moins, l'espérait-il – de Mark lui revint en mémoire.

— N'essaye pas de m'organiser de rencards. Même pour le mariage.

Mark se redressa brusquement, tout sourires.

— Pourquoi ? Tu vois quelqu'un, et je ne suis pas au courant ?

Matt repensa à l'expression de Corie lorsqu'il l'avait fait rire. Il ne savait pas exactement ce qui pouvait arriver avec sa voisine. Probablement rien d'autre que cela : être voisins. Mais il voulait savourer sa rencontre de la veille encore un peu avant d'essayer de s'intéresser à ce que son frère et sa future belle-sœur, les entremetteurs, allaient lui concocter.

— Non. Mais je n'ai aucune envie de rencontrer quelqu'un d'autre.

Les yeux bleus de Mark se plissèrent d'un air suspicieux.

— Alors tu as *bien* rencontré quelqu'un, remarqua-t-il avec curiosité.

Pour toute réponse, Matt lança ses lunettes de protection vers son frère.

— Si tu as tellement envie que ça de travailler, arrête de parler et mets-toi au boulot.

Mais Mark ne renonçait jamais aussi facilement.

— Je la connais ? C'est une femme que la famille a déjà rencontrée ? Tu l'as trouvée sur Internet ?

Matt tira sur le tuyau d'un coup sec, le délogeant des mains de Mark.

— Je suis plus gradé que toi, Taylor, le taquina-t-il,

sachant que son frère n'en ferait qu'à sa tête de toute façon. J'ai dit : au boulot.

— À vos ordres, mon lieutenant !

Même s'il ne se départit pas de son sourire niais, Mark n'insista pas, et ils finirent d'enrouler le tuyau en silence.

De toute la fratrie, Mark, le benjamin, était son seul frère biologique. Contrairement à leurs aînés, qui étaient policiers, Mark avait suivi l'exemple de Matt en devenant pompier. Une rivalité familiale amicale les opposait lors des parties de softball entre services, des dons de sang et des collectes de fonds. Parfois les policiers gagnaient ; d'autres fois, les pompiers l'emportaient. Mais rien ne pouvait briser le lien entre eux. Les quatre frères avaient vécu dans la même famille d'accueil, avant d'être adoptés par Gideon et Meghan Taylor. Le couple de pompiers les avait sauvés à bien des égards et avait inspiré la carrière de Matt. À eux six, ils étaient devenus la famille que le petit Matt n'aurait jamais cru trouver… ni même mériter.

Si Alex, l'aîné, était le leader, et Pike, le cadet, l'intellectuel, alors Matt était le discret. Ce qui faisait de Mark le sale gosse. Le fait d'être le plus jeune – et aussi amoureux fou et sur le point de se marier – rendait Mark particulièrement insupportable ces temps-ci. Même s'il avait failli perdre sa fiancée, Amy, à cause d'un tueur en série – qui avait masqué ses crimes derrière une succession d'incendies criminels – et failli mourir en la sauvant, Mark était désormais le plus heureux des hommes. Amy était parfaite pour lui. Elle l'avait sorti du chagrin et de la culpabilité qui l'avaient rongé après la mort de leur grand-père. Et elle trouvait amusant son sens de l'humour ridicule. Chacun ses goûts, songea Matt.

Mark lui donna un coup de coude qui le tira de ses pensées.

— Qu'est-ce que tu as, aujourd'hui ? Je viens de te voir sourire. Il y a une femme là-dessous, c'est clair.

— Mais non. Pas moi.

Pour l'instant, Corie McGuire et sa tourte à la cerise n'étaient qu'une sensation agréable que Matt voulait garder pour lui. En entendant le rire musical d'une femme de l'autre côté du parking, les deux Taylor se turent, regardant Ray Jackson se pencher et dire quelque chose qui sembla ravir ses spectatrices captivées. Tel qu'ils connaissaient Ray, il allait récupérer tous leurs numéros avant la fin de la conversation.

Mark émit un grognement amusé.

— Toi et moi, on devrait peut-être faire une pause et laisser Ray finir la corvée de nettoyage.

Matt secoua la tête. Il préférait continuer à travailler pour rester actif dans le froid. Il souleva sa section de tuyau, puis commença à marcher vers le camion.

— Tu ferais quoi si Ray flirtait avec Amy comme ça ?

Mark lui emboîta le pas.

— J'adore ce type. Mais je l'étalerais sans hésiter.

Il laissa tomber le tuyau qu'il portait près de ceux que deux autres pompiers chargeaient dans le camion.

— Sauf si c'est Amy qui l'étale la première, ajouta-t-il en ricanant.

Matt rit à son tour. La fiancée de Mark n'était pas du genre à tolérer ce qui ne lui convenait pas. Il aimait la franchise d'Amy Hall. Non seulement leurs conversations en étaient simplifiées, mais en plus elle ne laissait personne douter de ses sentiments pour Mark. Même si Matt enviait un peu ses frères d'avoir rencontré leurs âmes sœurs, il était aussi très heureux qu'Alex, Pike et Mark aient trouvé l'amour. Un jour, il espérait vivre la même chose.

Y aurait-il une suite à son attirance inattendue pour

Corie ? Serait-il capable de gérer le fait qu'elle ait un enfant ? Pour ce qui n'était pas la première fois de la journée, Matt repensa à l'étrange feu de four chez les McGuire. Ce matin, il avait montré le résidu qu'il avait gratté dans la poêle au capitaine Redding. Son supérieur, qui avait presque vingt ans d'expérience de plus que lui, avait été de son avis : la substance était suspecte. L'explication de la pizza brûlée ne collait pas. Il y avait eu autre chose que de la suie sur les éléments du four. Et Corie avait semblé tellement sûre d'avoir de la poudre antifeu dans son placard qu'il pressentait que l'incident était délibéré.

Quelqu'un avait voulu que ce feu brûle.

Matt avait allumé plus d'un feu quand il n'était encore qu'un enfant. Certes, il avait été motivé par la curiosité, mais pas seulement. Il le savait aujourd'hui, il avait réagi à la négligence de ses parents biologiques, puis au fait d'être placé en foyer ainsi qu'à la culpabilité qu'il avait ressentie à les faire atterrir là, Mark et lui. Que se passait-il dans la vie d'Evan McGuire qui l'incitait à jouer avec le feu ? Matt devrait peut-être demander à Corie si elle soupçonnait son fils d'avoir adopté un passe-temps dangereux. Il pourrait tenter de lui obtenir le même genre de thérapie que celle qui l'avait aidé enfant.

— Hé, Matt… Regarde un peu ça.

Mark se tenait devant le moteur carbonisé de la berline. Maintenant que la fumée et la vapeur s'étaient dissipées, ils pouvaient mieux évaluer ce qui avait pu causer ce feu.

— C'est toi le pro de la mécanique. Ces fils n'ont rien à faire ici, je me trompe ?

En voyant les câbles métalliques noircis qui se croisaient au-dessus du radiateur et de la batterie, Matt fronça les sourcils. Si ces câbles avaient été d'origine, ils auraient dû être protégés par une gaine en polymère ou en plastique pour empêcher les étincelles ou une électrocution accidentelle. Même si la chaleur avait tout fait fondre, il aurait dû rester des traces d'isolation.

— On dirait une espèce de bricolage maison.

Il se pencha pour regarder entre le châssis et le moteur.

— Mais ça n'a pas l'air de maintenir quoi que ce soit en place. Une seconde…

Sans se soucier de la neige et de la glace, Matt s'allongea par terre et se glissa non sans mal sous la voiture. Grâce à sa lampe et son couteau, il trouva vite à quoi les fils étaient reliés : aux restes fondus d'un téléphone portable ainsi qu'à un bouchon de mèche cirée carbonisée qui émergeait d'un trou dans le carter d'huile.

Ce feu n'était pas un accident.

— Tiens, tiens, voilà les jumeaux prodiges…

En entendant les pas qui approchaient et la voix masculine familière, Matt sortit de sous la voiture.

— Oncle Cole, lança Mark.

Ils étaient déjà en train de se serrer la main et de se taper dans le dos lorsque Matt se releva.

— Mark. Matt.

Hormis l'absence de tempes grisonnantes, Cole Taylor était le sosie de leur père, Gideon.

— Salut, fit Matt en lui serrant la main à son tour. Ça me fait plaisir de te voir.

Il baissa les yeux sur la plaque de police et l'arme visibles sous le blouson de cuir. Apparemment, leur oncle était de service, mais pourquoi était-il ici, sur la scène d'un petit feu de voiture ?

Cole pointa du doigt l'homme qui l'accompagnait.

— Voici l'agent Amos Rand, mon nouveau coéquipier. Je lui montre les ficelles du métier pendant le congé maternité de ma coéquipière. Le NCIS l'a détaché auprès du KCPD.

— Vous êtes dans la Navy ? demanda Matt en tendant la main vers lui.

— Corps des marines.

L'agent Rand, coiffé d'un bonnet d'où dépassaient des pattes sombres, semblait égaler Matt en matière d'impassibilité. Mais sa poignée de main était ferme et amicale.

— Comme papi, remarqua Mark en saluant lui aussi le nouveau coéquipier de Cole. Il a servi lors de la guerre de Corée, puis en tant que réserviste pendant plusieurs années. Il est mort il y a quelques mois.

Matt serra l'épaule de son frère. Le patriarche de la famille leur manquait à tous. Il était décédé d'une crise cardiaque en aidant Mark à secourir les victimes d'un accident de voiture. Mais Mark semblait s'estimer personnellement responsable de ne pas avoir aussi réussi à le sauver.

L'agent Rand enfonça les mains dans les poches de son manteau et hocha la tête.

— J'aurais sûrement apprécié votre grand-père.

— Tu aurais adoré papa, affirma Cole. Il t'aurait raconté des histoires pendant des heures. Il y en aurait peut-être même eu quelques-unes de vraies dans le lot.

Amos eut un petit rire.

— Ça semblait être un chic type.

— Le meilleur de tous, répliquèrent Cole et Mark d'une seule voix.

Matt approuva de la tête, avant de demander :

— Qu'est-ce qui vous amène ici en cette journée glaciale ? Vous enquêtez sur les incendies volontaires, maintenant ?

— Non, non. On est toujours affectés aux crimes majeurs, dans la division contre le crime organisé.

Amos sortit son portable et désigna la berline du menton.

— Je vous laisse bavarder.

Matt regarda l'agent du NCIS taper la plaque d'immatriculation sur son téléphone et l'envoyer par SMS, avant de faire le tour de la voiture. Il observa le bloc-moteur noirci, puis jeta un coup d'œil par les vitres.

— C'était un incendie volontaire ?

— Ça y ressemble, répondit Matt.

Cole fourra les mains dans ses poches et souffla un nuage de vapeur.

— On est censés retrouver un informateur.

Il observa les gens autour du parking, avant de lever les yeux vers les fenêtres au-dessus d'eux de chaque côté.

— Vous n'auriez pas vu un type brun, maigrichon et hyperactif ? Il doit porter une combinaison. Il travaille dans un garage du côté de South McGee Street.

— On a évacué les alentours.

Matt désigna les spectateurs de l'autre côté du parking. L'une des brunettes était en train de taper quelque chose sur le portable de Ray Jackson.

— Il n'y a que ce groupe là-bas. Il fait trop froid pour qu'un attroupement se soit formé. Votre gars peut-il être un de ces hommes ?

— En costume ? Je ne crois pas.

Cole regarda en direction du capitaine Redding, qui laissait partir le couple au chien.

— L'homme qui parle à votre capitaine est trop vieux pour être notre informateur. Il a exigé qu'on se retrouve en terrain neutre, là où personne ne risquerait de le reconnaître. Il ferait un peu tache dans le décor, en plein quartier des affaires. Sauf s'il livrait le véhicule d'un client.

Amos les rejoignit.

— C'est la voiture de Maldonado, confirma-t-il. Les plaques et le numéro VIN sont à son nom.

— Bon sang…, marmonna Cole.

Il se tourna vers Matt, la mine sombre.

— Je t'en prie, dis-moi qu'il n'y avait pas de corps à l'intérieur !

— Je n'ai vérifié que les sièges avant et la banquette.

— Tu peux ouvrir le coffre ?

Comme Matt hésitait, Cole tira sur le haut de son blouson pour que sa plaque soit visible aux yeux de tous ceux qui passeraient par là.

— Il existe des raisons plausibles de penser que notre homme est peut-être en danger. J'en prends l'entière responsabilité.

— Aucun problème.

En tant que pompier, il avait prêté serment de sauver les personnes avant les biens. Comme la hache de Matt était actuellement logée entre le capot et la carrosserie, Mark prit la sienne et les suivit vers l'arrière de la voiture. Il plaça le tranchant dans le mécanisme de fermeture et le força. Comprenant qu'il était inutile de conseiller aux deux policiers de reculer, Matt leva le hayon. Même si une partie de la fumée du moteur était passée dans l'habitacle, il n'y avait aucun doute à avoir : le coffre ne contenait que la roue de secours et une boîte à outils.

— Cette voiture semble abandonnée, déclara-t-il en ouvrant la boîte. Il y a tout ce qu'il faut là-dedans pour bricoler ce feu. Mais aucun outil spécial ne serait nécessaire. Un téléphone portable et le savoir-faire, c'est tout.

Cole et l'agent Rand prirent des photos du véhicule, puis envoyèrent les informations par téléphone à un autre enquêteur ou au labo de la police scientifique, supposa Matt.

— Ce feu n'avait rien d'un accident.

Il entraîna son oncle vers l'avant de la voiture pour lui montrer le mécanisme d'allumage sous le capot. Après avoir photographié le téléphone, Rand le déposa dans un sachet plastique qu'il sortit d'une poche de son manteau.

— Je me suis dit que c'était une arnaque à l'assurance, ajouta Matt. Voiture abandonnée. Déclenchement à distance. Celui qui a fait ça n'avait qu'à appeler ce numéro. C'était comme de craquer une allumette sur le carter d'huile. Une étincelle, de l'oxygène et du carburant. Le triangle du feu.

— Tu crois que les hommes de Meade lui envoient un message ? demanda l'agent Rand. « Ferme-la, sinon tu seras dans la voiture la prochaine fois qu'elle brûlera ? »

En entendant ce nom célèbre dans l'histoire criminelle de Kansas City, Mark fronça les sourcils.

— Ça me dit quelque chose. Vous parlez de Jericho Meade et de ses liens avec la mafia ? Il n'est pas mort ?

— Liens supposés. Et oui, il est mort, répondit Cole. Tori et moi, on s'est occupés d'eux.

Matt connaissait l'histoire de cette opération sous couverture qui avait eu lieu quelques années plus tôt. C'était à cette occasion que son oncle avait rencontré sa femme, l'agent du FBI Victoria Weston. Alors qu'ils infiltraient la famille criminelle, ils avaient dû s'allier pour accomplir leurs missions. Ils avaient fait semblant d'être en couple, puis la réalité avait rejoint la fiction. Une fois mariés, ils avaient cessé le travail sous couverture. Et, tandis que Cole était resté enquêteur au sein du KCPD, Tori avait quitté le FBI pour gérer une petite galerie d'art et s'occuper de leurs jumelles.

De sa main gantée, Cole tapa Matt sur l'épaule.

— Mais d'après nous, si la nouvelle génération des frères Taylor continue à se battre pour la sécurité de Kansas City, la nouvelle génération de la famille Meade lutte pour retrouver son influence. Il y a quelques mois, le neveu de Jericho, Chad Meade, a été libéré au bout de dix-sept ans de prison. Il essaye de prendre le relais de son oncle. Notre informateur allait confirmer que Meade vole des voitures et les fait désosser dans un garage clandestin. On le soupçonne d'utiliser ces bénéfices pour financer l'entrée d'armes illégales en ville. Et de blanchir de l'argent sale pour des terroristes présumés par l'entremise d'entreprises légales.

Il fit un signe de tête vers l'agent Rand.

— C'est ce qui a amené le NCIS dans notre enquête.

En entendant ce qui, d'après Matt, devait être une version édulcorée des méfaits de Meade, Mark fronça les sourcils.

— Il se passe tout ça à Kansas City ? Dans *ce* quartier ? Il y a beaucoup d'argent, dans le coin. Je pensais que c'était un endroit où les milléniaux et les yuppies à l'ancienne travaillaient et démolissaient les vieux bâtiments pour construire des appartements.

— C'est le cas, répondit Cole en désignant l'immeuble d'où les curieux étaient sortis. Ce n'est pas un territoire de gang, mais dans le bâtiment qu'on surveille il y a les sièges de deux entreprises d'import-export et de distribution agricole. Avec l'aéroport international et le Missouri où le trafic est important, Kansas City est considérée comme une ville portuaire. C'est pour ça qu'on a les consulats et les bureaux de douane.

L'agent Rand hocha la tête.

— Ce qui en fera une plaque tournante pour les filières d'approvisionnement et les transferts de fonds si la bonne personne s'implante ici.

L'énormité de ce que Chad Meade essayait d'accomplir après son séjour en prison fit grogner Mark.

— La mauvaise personne, vous voulez dire.

Il balaya le parking du regard. La foule était en train de se disperser, tandis que Ray Jackson avait rejoint l'équipe qui chargeait le matériel dans le camion.

— Même si c'est le quartier idéal pour trouver de belles voitures à voler.

— Exactement. Ce n'est pas ici que notre mécanicien viendrait traîner. On a pensé que ce serait l'endroit parfait pour rencontrer notre informateur.

Cole étudia à nouveau la carcasse brûlée.

— Apparemment, quelqu'un n'était pas de cet avis.

Le crime organisé présent dans le secteur de la caserne 13 ? Matt pensa à Corie et Evan, prudents à l'extrême et seuls au monde. Leur immeuble se situait à moins d'un kilomètre. Et le Pearl's Diner, qui employait Corie, se trouvait à deux rues d'ici. Plusieurs des personnes qui travaillaient dans ces immeubles avaient sûrement déjà déjeuné là-bas. Il devrait peut-être s'inquiéter de la sécurité des McGuire.

— Et vous pensez que ce feu a été allumé pour dissuader votre informateur de dénoncer Meade ? demanda-t-il.

Cole haussa les épaules.

— On n'a pas de preuves. Tu as peut-être vu juste, et c'est une arnaque à l'assurance. Si Maldonado a changé d'avis, il se peut qu'il essaye de se faire de l'argent rapide avec les indemnités, ou qu'il ait brûlé la voiture pour mettre les hommes de Meade – et nous – sur une fausse piste. Il saurait comment trafiquer une voiture comme ça.

Amos Rand s'agita. Il semblait pressé de partir.

— J'aimerais vraiment le voir. Savoir s'il a changé d'avis ou si les hommes de Meade lui ont mis la main dessus. M'assurer qu'il est toujours en un seul morceau quelque part.

Deux feux mystérieux en un jour… Bien sûr, Corie

McGuire ne pouvait pas avoir de lien avec un informateur de la police et le crime organisé. Selon Matt, son fils, livré à lui-même la veille, avait fait une bêtise avec le four. Cette voiture brûlée n'avait rien à voir avec cela.

C'était forcément une coïncidence.

Il n'aimait pas les coïncidences. Mais Matt était payé pour éteindre des feux et sauver des vies, pas pour résoudre des enquêtes pour son oncle ou n'importe quel autre policier.

— Ça va, mon grand ? demanda Cole, le tirant de ses pensées. Tu as l'air distrait.

Mark afficha un large sourire, comme le petit frère agaçant qu'il était.

— Je suis d'accord. Selon moi, il y a une femme là-dessous.

Matt lui lança un regard d'avertissement.

— La ferme.

Cole avait la même expression amusée que Mark.

— À en juger par cette réaction, ça me paraît évident.

Matt n'était pas prêt à admettre ressentir la moindre émotion qu'il n'était pas encore sûr de comprendre.

— On n'a pas droit à un peu d'intimité dans cette famille ?

Mais Mark ne lâchait pas l'affaire.

— Hé, tu es le seul célibataire de la famille jusqu'à ce que nos cousins finissent le lycée et la fac. J'ai été le petit frère pendant des années, à mon tour de t'embêter.

— Certaines choses ne changent jamais, ironisa Cole. Mitch, Brett, Mac, Gideon et Josh étaient sans arrêt sur mon dos pour que je me case. Même Jess a trouvé un mari avant que je rencontre Tori.

Il serra le bras de Matt.

— Ça arrivera quand ça arrivera. Et tu ne regretteras

pas d'avoir attendu. Mais s'il y a déjà quelqu'un de spécial tu sais qu'on aimerait tous faire sa connaissance. Quand tu seras prêt.

— Hé, les Taylor ! cria le capitaine Redding en se dirigeant vers le fourgon. On a un autre appel !

Mark poussa un juron.

— Décidément, c'est la loi des séries. Ce quartier devient une vraie zone dangereuse.

Cole serra la main de ses neveux.

— Allez faire votre travail. On vous tiendra au courant de ce qu'on trouve ici. Soyez prudents, les garçons.

Tandis que les deux frères s'élançaient vers le fourgon, Mark lâcha :

— Dis bonjour à tante Tori et aux filles.

— Bien sûr. Hé, est-ce qu'on va être invités au mariage ?

Sans cesser de courir, Mark se tourna vers lui.

— Les faire-part devraient partir le mois prochain. Amy est en train de les concevoir et de les préparer elle-même. Elle n'est pas seulement une artiste, elle est perfectionniste.

— Tori et elle auront de quoi discuter à la prochaine réunion de famille.

— Les Taylor ! cria Redding depuis le siège du capitaine.

Matt tira sur la veste de Mark.

— Il faut qu'on y aille.

Après avoir adressé un salut à Cole et Amos, il s'installa au volant et démarra.

— On a affaire à quoi ?

À côté de lui, le capitaine n'avait pas lâché sa radio.

— Un feu de classe B dans l'usine de recyclage sur North Front Street.

La classe B correspondait aux liquides inflammables. C'était autrement plus dangereux qu'un feu de moteur qu'un seul homme pouvait éteindre. La situation risquait de mal tourner s'ils n'intervenaient pas rapidement.

Il allait devoir repousser au fond de son esprit tout ce qui concernait Corie, Evan et les feux mystérieux qu'il ne pouvait toujours pas expliquer.

— Allons-y.

Matt passa la vitesse, puis alluma sirène et gyrophare.

— Lucky 13 en route.

3

— Maman, si on avait une montre comme celle de M. Taylor, tu pourrais mettre le minuteur et tu n'aurais pas besoin de regarder ta montre tout le temps pour être sûre qu'on est rentrés avant l'heure où je dois aller au lit.

Sautant d'un pied sur l'autre, Evan suivait Corie dans le couloir du bus en direction de la sortie.

— Ou alors on pourrait vérifier la température pour savoir si j'ai besoin de mettre mes moufles et mon bonnet.

Quand la porte du bus s'ouvrit, l'air froid et humide de la nuit frappa Corie en plein visage. Elle resserra son écharpe autour de son cou et releva le col de son manteau, puis renfonça le bonnet sur les oreilles d'Evan.

— Je n'ai pas besoin d'une montre perfectionnée pour savoir que tu dois mettre tes moufles et ton bonnet.

Elle leva la tête vers M. Lee, le conducteur. Il souriait en écoutant les arguments incessants et incroyablement logiques de son fils pour qu'elle lui achète une montre perfectionnée pour son prochain anniversaire, dans presque un an.

— Bonne chance avec ce jeune homme, lança-t-il. Il ne vous laissera aucun répit.

— Ça, c'est sûr.

L'aimable chauffeur noir d'un certain âge qui les ramenait chez eux depuis le *diner* presque tous les soirs était l'un des visages qu'elle croisait le plus à Kansas City. Elle avait sympathisé avec ses collègues du restaurant et de l'école d'Evan, où elle travaillait comme assistante d'éducation jusqu'à ce qu'elle obtienne son diplôme d'enseignante, mais sinon elle n'avait pas essayé de se faire des amis depuis qu'elle avait traversé le Missouri pour emménager ici. Pas depuis que sa dernière nouvelle *amie* à Saint Louis s'était avérée avoir des liens avec son ex-mari. Corie avait découvert que Denise avait transmis à Kenny Norwell des informations sur ses emplois du temps professionnel et scolaire. Un soir, Kenny était passé la voir dans le bar sportif où elle était serveuse. Pour une fois, elle avait été contente qu'Evan passe la nuit chez sa mère et son beau-père. Après cette visite surprise très déplaisante, sa mère l'avait sermonnée, lui reprochant de ne pas renouer avec l'homme dont elle-même aimait l'argent et les relations, sans se soucier des mauvais traitements qu'il infligeait à sa fille unique. Tout cela avait convaincu Corie de transférer ses crédits universitaires et de déménager à Kansas City.

— Bonne nuit, monsieur Lee, fit-elle en descendant du bus.

Elle regrettait de ne pas porter un jean ou un pantalon plutôt que son uniforme de serveuse. Au moins, grâce à ses chaussures de service robustes, elle pouvait marcher vite, ce qui limiterait le temps passé dans le froid. Main dans la main, Evan et elle avancèrent d'un bon pas en direction de leur immeuble, à deux cents mètres de là.

Il dansait à côté d'elle, plein d'énergie après avoir passé quatre heures assis à une table à l'écart, à faire ses devoirs, à manger son repas et à jouer à un jeu sur le portable de Corie.

— Je te jure, ça ne me dérange pas de rester debout après 21 heures, si ça peut t'aider.

— C'est très gentil de ta part, le taquina-t-elle. Mais je sais que tu n'arrives pas à te lever le matin si tu restes debout trop tard la veille.

— Sinon je pourrais avoir une nouvelle montre ? Mon anniversaire est en novembre.

— Et si on se dépêchait pour l'instant, bonhomme ?

Elle serra la main d'Evan plus fort et pressa le pas.

Si elle avait l'argent pour une montre multitâche comme celle de Matt Taylor, elle le dépenserait plutôt pour acheter un manteau neuf à son fils, verser un acompte pour une voiture d'occasion, afin de ne plus devoir attendre à un arrêt de bus ni marcher dans le froid, et peut-être même payer une facture ou deux. Voler de ses propres ailes était encore plus satisfaisant qu'elle ne l'avait imaginé, même si c'était parfois difficile de joindre les deux bouts. Un simple coup de fil à Saint Louis remplirait aussitôt son compte en banque, mais ce coup de main s'accompagnerait de contreparties. Hors de question de repartir sur cette voie.

Sa vie était ici à présent, à Kansas City, avec son fils. Une vie simple, certes, mais agréable. Ils étaient en sécurité. De jour en jour, Evan devenait plus fort et gagnait en assurance. Et elle en était sûre – du moins, l'espérait-elle – ils auraient bientôt une vie normale et heureuse.

Elle soupira, et un nuage blanc se forma devant sa bouche. Evan ralentit, s'amusant à faire ses propres nuages avec son souffle. Tout en jouant avec lui, elle l'obligea à avancer. Elle était aussi inquiète à propos du froid que de leur sécurité.

Heureusement, il y avait un arrêt de bus juste à côté du Pearl's Diner, et les tickets n'étaient pas chers. Mais elle redoutait les effets de l'air de janvier sur les petits poumons d'Evan ainsi que toutes les ruelles ou les garages qu'ils devaient dépasser avant d'atteindre le hall d'entrée sécurisé de leur immeuble. Elle dévisageait tous les conducteurs des véhicules qu'ils croisaient, dans l'espoir que son ex-mari ne s'était pas fixé pour priorité de la retrouver depuis sa libération de la prison de Jefferson City onze mois plus tôt. Il l'avait contactée par l'intermédiaire de son avocat à Saint Louis pour réclamer un droit de visite. Elle lui avait répondu par un non ferme et un rappel de tous les documents pour la garde et des mesures d'éloignement en place contre lui. Cette réponse n'avait pas dû plaire à Kenny, mais Evan avait été tellement paniqué à l'idée de voir son père – même dans le cadre d'une visite supervisée – que sa décision avait été facile à prendre. Corie avait pour mission de protéger son fils de l'homme qui n'était qu'un monstre dans ses souvenirs de petit garçon. Elle n'avait même pas donné à sa mère, à qui elle ne parlait plus, son nouveau nom et son adresse. Elle avait mis son numéro de téléphone sur liste rouge. Leur vie à Saint Louis semblait remonter à une éternité, mais sa peur que le passé ne les rattrape n'avait pas disparu.

Comme l'entrée de leur immeuble était sécurisée vingt-quatre heures sur vingt-quatre, sept jours sur sept, Corie sortit sa carte d'accès pendant qu'ils montaient les marches de granit. Sitôt les portes extérieures vitrées franchies, la température augmenta, tandis que son niveau de stress diminuait. Lorsque la porte intérieure se referma derrière eux, elle inspira profondément, déboutonna le haut de son manteau et dénoua son écharpe.

Elle hésita à frapper chez M. Stinson tant qu'ils étaient au rez-de-chaussée, mais Evan avait déjà couru jusqu'à l'ascenseur pour appuyer sur le bouton. Renonçant à s'arrêter chez le gardien, Corie suivit son fils dans la cabine. Elle attrapa ses moufles et son bonnet lorsqu'il les ôta, puis les rangea dans le sac à dos d'Evan. Malgré l'heure avancée, il semblait toujours déborder d'énergie. Ils avaient raté leur bus habituel, parce qu'elle s'était attardée au *diner* pour préparer des burritos au fromage pour leur petit déjeuner. Mais, même en temps normal, Evan avait du mal à se calmer et à s'endormir à 21 heures. Elle devait d'abord penser à lui. Elle redescendrait se renseigner sur son four et la prise électrique après avoir mis son fils en pyjama.

Corie attrapa son fils par l'épaule lorsque les portes de l'ascenseur s'ouvrirent. Elle jeta un coup d'œil à l'intérieur, puis le suivit dans la cabine. Une fois au sixième étage, le petit garçon s'élança dans le couloir sans l'attendre.

— Je peux ouvrir, maman ?

La fascination d'Evan pour les gadgets, même pour quelque chose d'aussi simple qu'une clé dans une serrure, lui laissa quelques secondes pour jeter un coup d'œil vers la porte de l'autre côté du couloir. Matt Taylor était-il chez lui ce soir ? Il avait dit qu'en général il ne travaillait pas les mardis, mais qu'en était-il des mercredis ? Et que faisait-il derrière cette porte close ? Regardait-il le sport à la télévision ? Faisait-il de la musculation ? Il aimait peut-être cuisiner des plats gastronomiques, à moins qu'il ne soit plutôt du genre bricoleur. Préférait-il les voitures rapides ou les gros pick-up ? Lisait-il des livres ?

Evan ouvrit la porte et lui lança les clés, puis courut à l'intérieur. Il se débarrassa de son blouson et lâcha son sac à dos sur le canapé. Secouant la tête, Corie lui emboîta le pas.

Peu importait ce que Matt Taylor faisait chez lui. Elle devait s'occuper de ce qui se passait dans *cet* appartement.

— Hé, bonhomme.

Après avoir tourné le verrou, elle désigna la patère à côté de la porte d'entrée.

— Accroche ton blouson et emporte ton sac à dos dans ta chambre. Tu sais qu'on ne met pas le bazar dans le salon.

— Oui, chef.

Corie sentait la fatigue peser sur elle après cette longue journée, d'autant qu'elle devait encore faire des recherches sur son ordinateur pour un exposé la semaine prochaine. Mais Evan fonçait d'un endroit à l'autre, accrochant son blouson et courant vers sa chambre avant même qu'elle ait déboutonné son manteau.

— Va te mettre en pyjama. Tu as besoin de manger ou boire quelque chose avant de te laver les dents ?

— Je peux avoir du chocolat au lait ? cria-t-il.

À en juger par ce qu'elle entendait, il avait ouvert un des tiroirs de sa commode à jouets et farfouillait dans ses petites briques en plastique. Il allait sûrement agrandir la forteresse *heroic fantasy* qui prenait de plus en plus de place sur ce qui lui servait auparavant de bureau. Même si elle s'inquiétait de voir son fils construire des bâtiments défensifs et des dragons d'attaque, la conseillère de l'école avait affirmé qu'il s'agissait de façons saines d'exprimer les peurs qu'il avait en lui depuis qu'il était tout petit.

— Et des cookies ? ajouta-t-il.

— C'est l'un ou l'autre. Et mets-toi en pyjama avant de jouer, d'accord ?

Elle sourit en réponse à son grognement mécontent, ramassa son propre sac à dos et l'apporta dans la cuisine. Elle alluma la lumière, puis s'arrêta net.

— Qu'est-ce…

Son four avait disparu. Plus de façade noircie, plus rien.

— Que… ? Où… ?

Avant de téléphoner à M. Stinson pour lui demander comment elle allait préparer le petit déjeuner demain matin, Corie s'obligea à prendre une profonde inspiration. Ce qu'elle remarqua alors ne fit rien pour la rassurer.

Elle renifla à nouveau. Il flottait dans l'air une odeur étrange. Inattendue. Inconnue.

Puis elle aperçut le post-it collé sur son micro-ondes. Elle posa son sac à main sur le plan de travail et arracha le papier. Elle le parcourut une première fois, puis une seconde, avant de respirer plus sereinement.

Madame McGuire,

J'ai réparé la prise. J'ignore comment, mais les fils avaient été déconnectés. Le micro-ondes marche. Pour le four, je vais avoir besoin d'un peu plus de temps.

Il faut qu'on parle.

Wally S.

— Ça, c'est sûr ! Il faut qu'on parle.

Elle appuya sur quelques boutons du micro-ondes pour vérifier qu'elle pourrait réchauffer leur petit déjeuner. Puis elle releva les manches de son cardigan et commença à ranger. Elle mit les burritos au réfrigérateur, puis passa une éponge sur le plan de travail pour nettoyer une trace grasse laissée par M. Stinson. Elle trouva de l'espace sous l'évier pour y mettre les casseroles et les poêles qu'il avait sorties du tiroir en bas du four. Après avoir pris le balai dans le placard, elle rassembla les moutons qui s'étaient accumulés sous le four et derrière. Elle aurait dû se sentir reconnaissante de l'aide de M. Stinson, pourtant elle éprouvait un sentiment tenace de violation. Comment pouvait-elle expliquer au gentil gardien qu'elle était mal à l'aise que quelqu'un soit entré chez elle en son absence ?

Il ne connaissait pas son histoire. Personne à Kansas City ne la connaissait. Il pensait l'aider en faisant son travail. Wally Stinson était quelqu'un de serviable. Mais sa notion de ce qui était « amical », « serviable » et « normal », avait été dévoyée par la violence et l'autoritarisme de son ex-mari ainsi que par l'opinion de sa mère qui prétendait que tout ce que Kenny lui avait infligé faisait partie du mariage. Il avait été arrêté pour de multiples incendies criminels et actes d'intimidation de témoins, mais avait accepté de reconnaître sa culpabilité en échange d'une peine de prison plus courte. Et, malgré tout cela, la mère de Corie l'avait suppliée de ne pas divorcer. Kenny avait de l'argent, des contacts et un vernis social que sa mère l'avait accusée de jeter aux orties.

Corie avait retiré sa plainte pour violences conjugales et tentative de kidnapping, pour s'assurer de voir Kenny emprisonné et d'obtenir la garde exclusive d'Evan.

Mais elle ne se sentait toujours pas en sécurité. Oui, elle avait rompu tout lien avec Kenny et sa mère. Elle avait déménagé, changé de nom et vécu une vie aussi invisible que possible. Cela ne signifiait pas qu'elle ne sursautait pas au moindre bruit, qu'elle ne s'inquiétait pas dès qu'elle n'avait pas Evan sous les yeux, qu'elle ne craignait pas que quelqu'un la surveille, touche ses affaires à son insu, s'immisce dans sa vie.

Au téléphone ce matin, le gardien lui avait promis de passer. Il avait les doubles des clés. Elle avait *su* qu'il viendrait aujourd'hui. Une personne normale n'en ferait pas toute une montagne. Oh ! comme elle rêvait du jour où elle se sentirait à nouveau normale ! Son thérapeute de Saint Louis lui avait conseillé de visualiser son avenir, affirmant qu'au bout d'un moment elle parviendrait à se délester du passé. Pendant ces séances, elle avait aussi appris à penser avant de réagir. Sa peur et sa méfiance étaient inévitables, étant donné tout ce qu'elle avait traversé. Mais elle ne devait pas laisser ces sentiments la submerger.

Prends une grande inspiration.

Réfléchis. Observe. Évalue.

Puis réagis à ce qui était vraiment là.

Tout en rangeant le balai, Corie se calma peu à peu. Le bâtiment avait été verrouillé. Son appartement était verrouillé. Evan et elle étaient en sécurité.

Le passage de M. Stinson expliquait la très légère odeur qui flottait dans l'air. Corie ferma les yeux et essaya de se concentrer sur ces quelques notes, à la fois boisées et citronnées. Rouvrant les yeux, elle alla rincer l'éponge dans l'évier. Quand elle fit couler du savon liquide au citron dans ses mains, elle crut avoir résolu le mystère. M. Stinson avait dû faire un brin de toilette ici à la fin de sa mission. Pour déplacer le four, il avait peut-être eu besoin d'un diable et de l'aide du gardien à temps partiel, qui vivait dans l'appartement situé sous celui de Corie.

Mais pour effacer complètement ses soupçons elle devait creuser un peu plus. L'un de ces hommes mettait-il de l'eau de Cologne ? Elle voulait vérifier que l'odeur dans sa cuisine était liée à eux et que sa réaction n'était que de la paranoïa. C'était une raison de plus de descendre parler au gardien.

Alors qu'elle attrapait un torchon pour se sécher les mains, son regard tomba sur l'assiette à dessert dans l'égouttoir. Matt Taylor l'avait rapportée ce matin, lavée et séchée, avant d'aller prendre son service à la caserne 13. Comme c'était le branle-bas habituel avant de partir pour l'école, elle l'avait remercié à nouveau, puis l'avait aussi remercié d'avoir comparé sa tourte à celle de sa grand-mère. Réalisant l'idiotie de cette conversation précipitée, elle lui avait dit au revoir et était allée poser l'assiette. Elle avait couru dans sa chambre pour mettre du mascara, du blush et du gloss, avant de saisir manteaux et sacs à dos et de foncer vers l'arrêt de bus.

Mais cette conversation à sa porte signifiait que Matt était venu dans son appartement deux fois en vingt-quatre heures. C'était peut-être ce qui la perturbait ce soir. En dehors des déménageurs et de M. Stinson, qui était assez vieux pour être son père, aucun homme n'était jamais entré chez elle. Matt avait-il une odeur qui persistait dans l'air ? Il n'avait pourtant pas l'air du genre à se parfumer. Mais il dégageait peut-être des phéromones qui éveillaient une part purement féminine en elle. Ou ne faisait-elle que projeter ses pensées, en imaginant que quelque chose avait changé dans son appartement parce qu'un homme séduisant y était entré ?

Corie rangea l'assiette, puis s'appuya à l'évier, fixant son reflet dans la vitre en face d'elle. Elle semblait un peu plus âgée et beaucoup plus fatiguée que la dernière fois qu'elle avait trouvé un homme séduisant. Elle n'avait pas pensé cela à propos de qui que ce soit depuis des années. Pas depuis Kenny et leur horrible divorce. Pas depuis qu'elle avait changé de vie pour se mettre à l'abri avec son fils.

Elle était assez humaine pour apprécier un bel homme en toute objectivité. Elle était même impressionnée par le physique viril de son voisin, sa taille et sa carrure, en particulier dans l'uniforme de pompier noir bien ajusté aux épaules qu'il avait porté ce matin. La première fois qu'Evan et elle avaient rencontré Matt Taylor, le jour de leur emménagement, elle avait eu peur de lui. Son ex-mari, Kenny Norwell, était de taille et de corpulence moyennes. Pourtant il l'avait terrifiée lorsqu'il avait utilisé ses mots, ses poings et ses menaces contre elle. Se retrouver dans l'espace confiné d'un ascenseur avec Matt lui avait donné l'impression d'être vulnérable. Elle appréciait qu'il respecte son besoin de garder ses distances. Elle ne l'avait jamais entendu jurer ni hausser le ton. Après des mois passés dans cet immeuble, elle en avait déduit qu'il n'était pas un baril de poudre prêt à exploser, qu'il était vraiment d'un naturel calme et gentil, malgré sa stature.

Cela dit, ces deux derniers jours, elle avait éprouvé une sensation de malaise dans son appartement, avant même que les soupçons de Matt concernant le feu de four aient renforcé les siens. Et, même s'il s'était montré attentionné et serviable, elle avait été impatiente de le faire sortir de chez elle. Elle lui avait donné cette part de tourte autant pour s'excuser de sa soudaine impatience à se débarrasser de lui ce soir-là que pour le remercier de l'avoir aidée. Et d'avoir impressionné Evan avec la montre. Comme elle était brouillée avec sa mère et son beau-père, il n'y avait pas d'influence masculine dans la vie d'Evan, hormis deux ou trois merveilleux enseignants. Et elle ne comptait pas fréquenter quelqu'un dans le seul but de donner une figure paternelle à son fils. Elle avait appris à ses dépens qu'épouser un homme ne faisait pas de lui un bon père – ni un bon mari.

Corie tendit le bras au-dessus de l'évier pour fermer les rideaux et masquer son expression soucieuse. Elle pouvait peut-être assouplir un peu ses règles d'isolement habituelles et devenir amie avec Matt. Et, de cette façon, Evan l'aurait comme ami, lui aussi…

Mais il était possible que Matt veuille plus que de l'amitié. Or c'était quelque chose qu'elle ne pouvait pas lui donner. En tout cas, elle avait cru percevoir des étincelles d'attirance, sentir la chaleur d'un regard rivé sur son dos. Et sa bouche.

Elle ne se rappelait pas la dernière fois qu'on l'avait

embrassée. La dernière fois qu'elle avait eu envie qu'un homme l'embrasse.

Mais elle avait tant perdu l'habitude des relations qu'elle se trompait peut-être complètement à propos de Matt Taylor. Matt était un homme calme et solitaire. D'après ce qu'elle savait, il n'avait pas de femme dans sa vie. Il se concentrait sur son travail. Et, à l'évidence, il faisait de la musculation. Elle l'avait vu rentrer chez lui vêtu de son uniforme noir ou d'un T-shirt du KCFD assez souvent pour savoir qu'il était pompier, avant même qu'il l'annonce dans le couloir la veille. Il était poli, un peu gauche, avec un humour pince-sans-rire dont il ne semblait pas conscient, ou qui le gênait peut-être. Mais était-il timide ? Ou avait-il d'autres raisons de préférer la solitude, comme elle ?

Corie se dirigea vers le couloir pour s'assurer qu'Evan avait mis son pyjama. Bien sûr, elle avait des hommes dans son entourage : des collègues, des camarades de classe de l'université. Mais il s'agissait plus de connaissances que de proches avec qui elle aimerait passer du temps seule à seul dans l'intimité. Il n'y avait rien chez eux qui avait éveillé son intérêt, et encore moins son désir. Après les violences et le chantage qu'elle avait subis, après avoir redouté la mort pour elle et son fils, elle était incapable de faire confiance à un homme. Et être attirée par l'un d'entre eux était un trop gros risque à prendre.

Même si elle avait désormais du mal à reconnaître ses élans féminins, quelque chose avait vraiment palpité en elle hier soir. Matt avait senti qu'elle était en danger et était venu à son secours. Il avait fait plusieurs choses concrètes pour les garder en sécurité et pour limiter les dégâts dans son appartement. Et il l'avait fait sans l'attraper brutalement par le bras, sans la menacer ni la rabaisser comme si elle était une idiote incapable de comprendre quoi que ce soit.

Après son mariage avec Kenny, Corie doutait de pouvoir un jour se sentir complètement en sécurité, mais hier soir, pendant quelques minutes, elle n'avait pas eu peur. Elle avait été inquiète à l'idée qu'Evan ait pu se blesser gravement. Elle avait craint de devoir puiser dans ses maigres économies pour remplacer le four si le gardien et le propriétaire du bâtiment l'accusaient de négligence et refusaient de le remplacer. Elle avait même été troublée d'avoir soupçonné que le feu n'avait pas été un accident.

Mais elle s'était sentie en sécurité quand Matt Taylor avait investi son appartement, avec son physique imposant, sa prévenance, son odeur masculine, ses remarques étonnamment idiotes qui lui avaient donné envie de rire. Et cela avait duré jusqu'à ce que son instinct de conservation habituel, qui l'avait maintenue en vie pendant plus de huit ans, s'impose à nouveau à elle. Même la tentation de toucher les muscles durs de Matt, la peau chaude marquée d'un tatouage dépassant de la manche du T-shirt, avait été balayée par le besoin de protéger Evan et elle-même à tout prix.

Elle ne pouvait pas succomber à ces émotions sexuelles oubliées depuis longtemps. Mais ces quelques minutes de sérénité, où elle s'était sentie comme une femme, où elle avait relevé des signes subtils d'intérêt masculin, avaient bien mérité une part de tourte aux cerises.

En arrivant devant la chambre d'Evan, elle frappa doucement, puis entra. Il était déjà en pyjama et travaillait à sa forteresse. Les yeux baissés sur son fils, qui était bien résolu à s'amuser sans lui désobéir, Corie secoua la tête. Elle ramassa le sac à dos par terre et le posa sur la chaise de bureau, avant de rassembler ses vêtements et de les fourrer dans le panier à linge sale dans le placard. Elle plia le pull qu'il avait porté et le serra contre sa poitrine.

Elle regrettait de devoir interrompre le combat entre les méchants à l'assaut des remparts du château et le seigneur Dragon, ou quelle que soit cette créature ailée qu'il avait créée, mais elle devait se rassurer. Elle ouvrit le tiroir de la commode et y rangea le pull.

— Dis-moi, poussin… tu n'as pas utilisé un nouveau savon ou vaporisé mon parfum dans l'appartement ?

Le dragon s'abaissa et percuta plusieurs petits guerriers en plastique, tandis qu'Evan répondait :

— Beurk, non. Je n'aime pas tous ces trucs de fille.

— Est-ce que tu as renversé quelque chose dans la cuisine ce matin ?

Délaissant son jeu un instant, il se leva, avec un froncement de sourcils qui vieillissait son petit visage.

— Qu'est-ce qui ne va pas, maman ? Je connais les règles. Je les respecte. Je sais qu'on doit être prudents maintenant que papa est sorti de prison. Je n'ai même dit mon vrai nom à aucun de mes amis.

Le cœur de Corie se serra lorsqu'elle entendit la maturité dans la voix d'Evan.

— Evan McGuire est ton vrai nom, à présent. Tu t'en souviens ? C'est ce que le juge de Saint Louis a dit.

Ses erreurs et ses peurs avaient forcé son petit garçon à grandir trop vite. Elle traversa la pièce pour le prendre dans ses bras. Elle le serra contre elle et passa les doigts dans ses cheveux châtains ébouriffés.

— Tout va bien, poussin. Je vais bien. Je suis désolée de t'avoir inquiété. M. Stinson a enlevé le four de la cuisine, et ça m'a un peu perturbée.

Il se laissa câliner aussi longtemps qu'un garçon de huit ans qui pensait devoir être l'homme de la maison pouvait le supporter. Il s'écarta et leva sur elle ses yeux verts pleins de sagesse.

— Je sais que tu n'aimes pas les changements dans tes habitudes. Mais je n'ai rien fait.

D'un doigt, il dessina une croix sur son cœur.

— Promis.

Après un coup d'œil sur son imposant bastion, il ajouta :

— Je le jure par le dragon.

C'était le plus grand serment qu'Evan McGuire pouvait faire. Dans son esprit, rien ne pouvait échapper au dragon qui les protégeait. Si seulement la réalité pouvait être aussi rassurante que ce monde médiéval imaginaire l'était devenu pour son fils…

— Je ne te reproche rien. Je voulais seulement vérifier.

Elle passa quelques minutes à admirer son dragon et la nouvelle tourelle du château avant de s'apercevoir de l'heure.

— Finis de te préparer. Je vais descendre parler avec M. Stinson pendant une minute. À mon retour, on lira ensemble un autre chapitre de ton livre, d'accord ?

— D'accord !

Pendant que son fils se précipitait dans la salle de bains pour lui obéir, tout excité comme le petit garçon qu'il était censé être, Corie sortit ses clés de son sac. Elle verrouilla son appartement et prit l'ascenseur jusqu'au rez-de-chaussée. Elle frappa chez le gardien mais, comme personne ne venait ouvrir, elle suivit le son de voix masculines en provenance de la porte de derrière.

Une rafale de vent froid balaya la ruelle, plaquant la robe en polyester de Corie sur ses cuisses et la glaçant jusqu'à l'os. Frissonnante, elle contourna la rangée de bennes et trouva Matt Taylor accroupi devant ce qui avait été son four. Penché par-dessus son épaule, le gardien éclairait l'intérieur de l'appareil avec une lampe électrique. Tout en serrant son cardigan autour d'elle, Corie demanda :

— Monsieur Stinson ?

Matt se releva aussitôt, tandis que le gardien faisait un pas en arrière. Il l'aveugla un instant avec sa lampe avant de la pointer vers la neige qui s'amassait sur le sol. Corie essaya de comprendre ce qui les avait autant fascinés, mais tout ce qu'elle voyait c'était un trou noir calciné.

— Il ne peut pas être réparé ?

Elle eut l'impression que Matt changeait de position pour l'abriter du plus gros du vent. Elle n'allait pas se réchauffer de sitôt, mais au moins elle ne se refroidirait pas davantage. C'était attentionné de sa part.

— Vous avez pu manger chaud ? demanda-t-il sans la saluer ni répondre à sa question.

Corie hocha la tête. Elle était plus intéressée par la discussion des deux hommes que par la température extérieure ou l'état de son estomac.

— Evan et moi, on a mangé au *diner.* Est-ce que ça veut dire que le four ne peut pas être réparé ?

Elle regarda tour à tour Matt et M. Stinson, qui affichait un froncement de sourcils déconcertant.

— Je dois en payer un nouveau ?

Pendant qu'elle calculait combien de services supplémentaires elle allait devoir enchaîner pour remplacer son four, M. Stinson se racla la gorge. Voilà qui n'annonçait rien de bon. Il passa la main sur son crâne dégarni, puis recula pour désigner l'espace entre la benne et le bac de recyclage.

— Votre fils aime-t-il jouer avec les allumettes ?

— Pardon ?

Corie passa à côté de Matt et jeta un coup d'œil dans le creux invisible aux regards.

Dans un cercle d'asphalte brûlé où la neige avait fondu se trouvait ce qui devait être sa poêle en fonte. Des traînées de suie noire maculaient le mur de briques au-dessus et encerclaient la brique de lait qui avait fondu dans l'ustensile. Il ne restait plus qu'une sorte de galette au milieu d'une pile de cendres. D'autres débris carbonisés étaient éparpillés tout autour, comme si quelqu'un avait essayé d'éteindre les flammes en projetant de la neige dessus. Elle voulait croire que c'était le feu d'un sans-abri qui avait échappé à son contrôle. Mais l'affreux soupçon mêlé d'inquiétude qui l'avait envahie refusait de se dissiper.

Corie s'agrippa par les épaules, prête à défendre automatiquement son fils – dressant en un instant toutes les barrières défensives qu'elle avait contre les cauchemars du passé. Un autre feu. Deux en deux jours.

— Qu'est-ce que vous sous-entendez ? s'exclama-t-elle d'une voix aiguë.

Matt ajusta son bonnet sur ses oreilles, aussi tranquillement que s'il discutait de la météo.

— J'ai trouvé un résidu chimique sur les deux éléments chauffants du four. J'ai trouvé la même substance gélatineuse dans l'ouverture de la brique de lait.

— Pourquoi avez-vous…

Matt portait encore son uniforme et sa veste de protection. Il devait tout juste rentrer du travail. À moins qu'il ne soit toujours de service. Corie fit quelques pas en arrière, gardant les deux hommes dans son champ de vision.

— Vous enquêtez sur moi ?

Wally leva ses mains gantées dans un geste apaisant.

— Votre fils est-il resté seul chez vous aujourd'hui ?

C'était encore pire.

— Vous enquêtez sur Evan ?

Elle secoua la tête, et son instinct maternel la submergea, la faisant crier :

— Il était soit à l'école, soit avec moi. Toute la journée, jusqu'à ce qu'on rentre à la maison il y a quelques minutes.

J'ai vu que mon four avait disparu et je suis descendue vous demander ce qu'il en était. Evan est chez nous en ce moment même, il se prépare pour aller au lit. Mais hors de question que vous l'interrogiez. C'est un enfant. Un enfant innocent.

Matt garda son calme.

— Je n'accuse pas Evan d'avoir allumé ces feux avec des intentions malveillantes.

C'était jouer sur les mots. Une accusation était une accusation.

Elle fusilla le gardien du regard.

— *Lui*, si.

4

Katie Norwell se souvenait des flammes s'élevant dans le ciel nocturne lorsque Kenny avait mis le feu à leur premier foyer. Tout en serrant dans ses bras son enfant qui hurlait et gigotait, elle avait senti les larmes qui coulaient de ses yeux se mêler au sang au coin de sa bouche. Et pendant ce temps le monstre qui lui tenait lieu de mari l'avait plaquée contre lui, pressant ses épaules si fort qu'elle en avait presque perdu toute sensation.

Tandis qu'il l'obligeait à regarder ce qu'il avait fait, Katie sentait son avenir partir en fumée. En revanche, Kenny semblait se réjouir de la destruction de la petite maison qu'elle avait pris tant de plaisir à décorer et à transformer en nid familial.

— Avec l'argent de l'assurance, on aura une maison plus grande, toute neuve, plus adaptée à ma nouvelle position au sein de la famille Carboni.

Elle s'abstint de dire qu'elle préférait l'histoire et le caractère à l'ostentation moderne. Elle se retint de le menacer de dénoncer son crime - elle n'était pas suicidaire. Elle était prise au piège, et il le savait. Approchant la bouche de son oreille, il murmura :

— Tu as de la chance que je t'aie laissée prendre le garçon.

Il ne voulait pas dire qu'il avait été gentil de lui per-

mettre de sauver leur fils. Danny serait toujours le bien le plus précieux de Kenny. Il voulait dire qu'elle avait de la chance qu'il lui ait laissé la vie sauve à elle.

— Corie ?

Elle fut tirée de ses souvenirs par la voix grave qui énonçait son prénom avec fermeté.

Ce n'était plus Katie. C'était Corie, maintenant.

Ces souvenirs appartenaient au passé. Matt Taylor, qui se tenait face à elle, avec son physique imposant et ses yeux sombres plissés d'inquiétude, faisait partie du présent.

Elle cilla rapidement pour ajuster sa vision et reprendre ses esprits. Les restes de deux feux. La neige. Le froid. Elle avait besoin de son manteau. Kansas City. Pas de Kenny. Homme chauve. Homme grand.

Corie leva les yeux sur le visage anguleux de Matt.

Il pensait qu'Evan avait allumé ces deux petits feux.

Il ignorait de quoi était capable un véritable incendiaire.

Le regard de Matt s'adoucit lorsqu'il sentit qu'elle le reconnaissait et qu'elle pouvait à nouveau entendre raison.

— Je ne veux aucun mal à Evan. Et je ne vais pas tirer de conclusions hâtives. Je vous le promets, affirma-t-il. Je veux d'abord avoir les faits.

— Les voilà : mon fils n'a pas allumé ces feux.

Quelque chose dans l'attitude stoïque de Matt la calma assez pour qu'elle puisse échanger de façon rationnelle.

— Qu'est-ce qui vous fait croire ça ?

— Il y a plusieurs choses qui éveillent mes soupçons.

Même s'il se demandait sûrement pourquoi elle s'était autant énervée, il était trop poli pour le dire. Il pensait peut-être qu'elle réagissait ainsi parce qu'elle cachait quelque chose. Le plus ironique, c'était qu'elle en cachait beaucoup.

— J'ai demandé à M. Stinson si je pouvais examiner les débris. Les signatures criminelles sont trop semblables pour qu'on ait affaire à deux incendiaires différents. Une substance a coulé dans la poêle et a enflammé la pizza de votre fils. Le four tout entier était condamné à brûler. Si le détecteur ne s'était pas déclenché… Si je n'avais pas senti la fumée…

Elle n'aurait pas eu de quoi éteindre le feu. La seule solution aurait été de priver les flammes d'oxygène, or elle avait ouvert une fenêtre. Cela aurait pu tourner au désastre. Mais… Il ne pouvait pas s'agir d'autre chose que d'une horrible coïncidence, n'est-ce pas ? Un produit chimique ? L'odeur inhabituelle dans la cuisine ? Une autre forme de panique enfla en elle. Elle contourna Matt pour s'adresser à l'autre homme.

— Monsieur Stinson, à part vous, quelqu'un est-il venu dans mon appartement aujourd'hui ?

— Seulement pour enlever le four, bougonna-t-il.

Il était sur la défensive maintenant que ce n'était plus lui qui posait des questions.

— J'ai réparé la prise, et ensuite Jeff m'a aidé à sortir le four sur un diable.

— Jeff ? C'est qui, Jeff ?

Elle essaya de se rappeler le retraité qui avait réparé son broyeur à ordures quand Wally était allé rendre visite à sa fille dans l'Ohio pour Thanksgiving.

— Je croyais que c'était Phil quelque chose qui vous aidait.

— Phil s'est remarié et a déménagé en Arizona avec sa nouvelle femme. Vous ne devez pas être au courant, étant donné que vous n'êtes pas beaucoup ici, ajouta-t-il, comme si avoir deux boulots et passer tout son temps libre avec son fils était un crime. Jeff a emménagé il y a environ un mois. Comme il m'aide à temps partiel, il bénéficie d'un loyer réduit. Il vit dans l'appartement sous le vôtre, le 512. On a passé une demi-heure chez vous à tout casser.

Le fait de savoir qu'aucun inconnu n'était rentré chez elle n'était-il pas censé la rassurer ? Bien sûr, elle se sentirait beaucoup mieux si elle savait qui était ce Jeff et pouvait mettre un visage sur ce nom. Il y avait forcément une autre explication pour les feux, en dehors de celle qui lui faisait plus peur que tout. Evan et elle étaient en sécurité. Rien ne prouvait que son passé les avait rattrapés.

Alors pourquoi avait-elle l'impression que quelqu'un avait violé son sanctuaire ?

Matt avait repris ses explications.

— D'après le capitaine de la brigade, il s'agit d'un produit incendiaire fait maison, utilisé la plupart du temps dans les actes de vandalisme. Il suffit de vaporiser ou d'appliquer la substance sur les éléments chauffants et d'augmenter la température jusqu'à ce que ça s'enflamme. Ou de lâcher une allumette dans une brique de lait remplie du composé.

Elle savait ce qu'il sous-entendait. Mais il avait tort. Evan avait été trop petit pour savoir quoi que ce soit sur le métier de son père : incendiaire à gages. Tout ce qu'il se rappelait à propos de Kenny Norwell, c'étaient les cris et le poing qui avait cassé la pommette de Corie quand elle s'était enfuie avec son enfant et rien d'autre que les vêtements sur leur dos. Il n'y avait pas de souvenirs tendres, seulement les feux, l'hôpital et le temps passé à fuir, jusqu'à ce que le reste des crimes de Kenny finisse par le rattraper. Katie Norwell avait témoigné lors du procès. Une fois le jugement prononcé, elle avait obtenu la garde exclusive de son fils, vidé ses comptes et vendu sa voiture, puis avait vu un juge pour commencer une nouvelle vie en tant que Corie McGuire.

Logiquement, elle savait que Matt ignorait tout de son

passé et des activités de Kenny – il ne pouvait pas faire le lien. Et elle savait que la génétique ne faisait pas d'Evan un incendiaire comme son père. Oui, son fils était obsédé par les dragons. Mais c'était un mécanisme de défense. Dans son esprit d'enfant, les dragons étaient les créatures les plus fortes et les plus invincibles jamais conçues. Un dragon pouvait le protéger contre les monstres. Un dragon contrôlait les flammes. Evan ne pouvait pas être fasciné par le feu. Elle refusait de revivre ce genre de terreur.

— Vous pensez qu'Evan est responsable ? Il a huit ans. Il ne connaît rien aux composés inflammables et il ne ferait jamais rien de risqué qui le mettrait en danger.

Les enfants pouvaient être curieux, mais elle connaissait son fils. De bien des façons, il était un gentil petit garçon, mais d'un autre côté il était beaucoup trop mûr et protecteur pour son âge.

— Evan ne ferait jamais rien qui me mette en danger, moi.

— Je n'accuse pas votre fils de quoi que ce soit de malveillant, insista M. Stinson. Mais ça fait partie de mon boulot de veiller à la sécurité des habitants de cet immeuble. Les garçons, ça fait souvent des bêtises. Et de nos jours on peut trouver tout et n'importe quoi sur Internet.

— Non, affirma-t-elle avec véhémence. Evan n'a rien à voir avec ces feux.

Les deux hommes semblaient convaincus qu'ils avaient été délibérément allumés. Ils pensaient tous les deux que son fils était coupable. Ils avaient tort tous les deux.

Lorsque Matt fit un pas vers elle, Corie tressaillit et lui lança un regard noir. Il recula aussitôt. D'une voix rauque, il déclara :

— Parfois, les enfants font des expériences avec des choses qui sont plus dangereuses que ce qu'ils pensaient au départ et qui dégénèrent. Je suis déjà intervenu auprès de gamins qui avaient déclenché l'alarme incendie à l'école, par exemple. La brigade intervient pour leur expliquer l'importance de respecter leur propre sécurité et celle des autres, et que le fait de répondre à des fausses alarmes peut nous empêcher d'aider quelqu'un qui en a vraiment besoin.

Elle repoussa une mèche de cheveux derrière son oreille et la maintint en place, créant une barrière entre elle et ceux qui voulaient s'en prendre à celui qu'elle aimait le plus au monde.

— Je connais ce programme de prévention. Des pompiers sont venus dans notre école pour parler de tout ça.

Elle jeta un coup d'œil sur le four et les briques noircies.

— Mais vous accusez mon fils d'incendie volontaire, pas de déclencher une alarme incendie par défi ou pour rigoler. Evan a peut-être mis une pizza au four, mais il n'a pas fait ça.

Matt tourna la tête vers M. Stinson. Le gardien haussa les épaules, comme s'il se retenait d'évoquer une autre possibilité.

Corie n'attendit pas qu'il se décide à parler.

— Ce n'est pas moi non plus qui ai allumé ce feu.

Elle releva le menton vers Matt. Était-il là pour des raisons personnelles ou professionnelles ? Et pourquoi la réponse à cette question l'intéressait-elle ?

— Mon fils n'a pas besoin qu'on lui fasse la leçon. S'il s'agit d'incendies volontaires, quelqu'un d'autre en est responsable.

Elle s'adressa ensuite au gardien.

— Quelqu'un est entré dans l'immeuble par effraction, alors vous devez renforcer la sécurité.

— Vous pensez que quelqu'un est entré par effraction

sans que je m'en rende compte ? lança Wally Stinson, offusqué.

Quelqu'un qui s'était lavé les mains à son évier et portait une eau de Cologne citronnée.

Quelqu'un qui ne devrait même pas savoir que Corie et Evan McGuire existaient.

Un frisson glacé se mit à courir dans ses veines.

— Je dois y aller.

Elle recula vers la porte du bâtiment. Elle devait voir son fils. Tout de suite.

— Je payerai le four et je nettoierai tout ça moi-même.

— Madame McGuire, ce n'est pas ce que j'ai dit, commença M. Stinson. On vous fournira un nouveau four. Je voulais seulement m'assurer que rien d'autre ne serait endommagé…

Corie passa son badge pour entrer dans le bâtiment, puis se hâta vers l'ascenseur. Il arriva sitôt qu'elle l'appela. Elle avait le doigt sur le bouton du sixième étage et les portes commençaient à se refermer lorsqu'une large main se glissa entre elles, les forçant à se rouvrir.

Avec un cri étranglé, Corie se réfugia au fond de la cabine, tandis que Matt Taylor apparaissait sur le seuil.

— Je suis désolé.

— Désolée, fit-elle à son tour.

Elle s'en voulait d'avoir hurlé quand son voisin était entré, alors qu'il s'était montré tellement gentil envers elle et Evan. Jusqu'à ce soir. Et, même alors, il avait pris des gants pour expliquer qu'il soupçonnait son fils de jouer avec le feu.

Il entra et se glissa dans le coin le plus éloigné d'elle. Comme si la faible distance qui les séparait pouvait le rendre moins imposant… ou rendre moins attirante l'odeur fraîche et vivifiante qui émanait de son uniforme.

— Je suis désolé, répéta-t-il.

Il ôta son bonnet et se mit à le triturer, puis s'adossa à la paroi, ajoutant ainsi quelques centimètres entre eux. Après avoir baissé les yeux sur les mains de Corie, cramponnées sur la barre d'appui, il les releva pour croiser son regard inquiet.

— Je sais que je suis du genre grand costaud effrayant. Je voulais seulement que vous vous arrêtiez une seconde et que vous me parliez. Pour m'aider à comprendre pourquoi vous êtes bouleversée. Pourquoi vous aviez besoin de partir aussi précipitamment.

Elle ne devait pas le juger à l'aune d'un Kenny Norwell, songea Corie en s'obligeant à lâcher la barre. Elle cligna des yeux et s'efforça de ne pas avoir l'air d'une proie observée par un prédateur.

— C'est vrai que vous êtes un grand costaud. Mais vous n'êtes pas effrayant, Matt. Vous êtes gentil et attentionné, d'après ce que j'ai pu voir. Vous m'avez surprise, c'est tout. Je suis… plus nerveuse que la majorité des femmes.

— Pourquoi ?

Sa question la surprit. En général, les gens gardaient poliment leurs distances ou se désintéressaient d'elle quand elle commençait à se dérober.

— Vous n'hésitez jamais, n'est-ce pas ? Vous avez une question, vous la posez. Vous voyez quelque chose à faire, vous le faites.

Il attendit. Tandis que l'ascenseur ralentissait, elle lui donna l'explication la plus brève possible.

— Mon mariage avec le père d'Evan n'était pas heureux. Par conséquent, je suis constamment sur mes gardes avec les hommes.

— Il vous a fait du mal ?

— Kenny Norwell a fait du mal à beaucoup de monde.

Dès que les portes s'ouvrirent, Corie se hâta dans le couloir, consciente que Matt la suivait… et aussi qu'il avait raccourci sa foulée pour garder la même distance entre eux. Elle appréciait sa prévenance, mais détestait avoir l'air d'une femme ayant besoin d'être ménagée. Et elle était tellement secouée par la conversation dehors qu'elle déverrouilla sa porte et entra sans un regard en arrière.

— Excusez-moi. J'ai besoin de voir de mes propres yeux qu'Evan va bien.

— Pourquoi n'irait-il pas…

Sans le laisser terminer sa question, elle ferma le battant et tourna aussitôt le verrou. Elle exhala bruyamment, de regret autant que de soulagement.

Elle ne voulait pas vexer Matt, mais elle avait plus l'habitude de se protéger que d'être ouverte, d'être effrayée que de faire confiance. Corie attendit de l'entendre tourner sa clé dans la serrure, avant de plaquer un sourire sur son visage et de se diriger vers la chambre d'Evan.

Elle le trouva à nouveau occupé à construire sa forteresse.

— Hé, bonhomme. Tu t'es lavé les dents ?

Evan leva les yeux au plafond d'un air las, comme tout petit garçon ayant perdu de précieuses minutes de jeu.

— Pendant deux minutes. Une éternité.

Corie sourit, soulagée de voir qu'il allait bien et heureuse d'entendre que son goût du mélodrame était intact. Elle était aussi embarrassée d'admettre qu'elle devait des excuses à son voisin.

— Prends ton livre et mets-toi au lit. Je dois aller parler à M. Taylor. Je reviens tout de suite.

— D'accord. Dis bonjour à Matt de ma part. Et demande-lui s'il a besoin que j'utilise à nouveau sa montre. Je pourrais peut-être lui emprunter pour quand on parlera technologie à l'école.

Elle haussa un sourcil et lui lança son regard de maman.

— D'accord, reprit-il. Pas la peine de lui demander. Je n'ai pas besoin de montre.

Oh ! le mélodrame…

— Allez, au lit.

— Oui, chef.

Une fois Evan couché et occupé avec son livre, Corie traversa le couloir et frappa doucement à la porte de Matt.

Elle recroquevilla les orteils, se préparant mentalement à le voir apparaître sur le seuil, occupant tout l'espace. Il avait dû l'apercevoir par le judas, parce que le battant s'ouvrit avec lenteur. Matt s'appuya de l'épaule contre l'encadrement de la porte, comme s'il tentait d'avoir l'air moins imposant. Il n'y parvenait pas, mais elle appréciait qu'il fasse l'effort.

Il avait enlevé sa veste, roulé les manches de sa chemise noire et défait quelques boutons, dévoilant l'un de ces T-shirts qui moulaient si bien son torse musclé.

— Evan va bien ?

— Oui.

Une bouffée de chaleur inattendue traversa Corie. Elle tripota les boutons de son cardigan, puis fourra les mains dans ses poches. Pourvu qu'elle n'ait pas l'air d'imaginer lui déboutonner sa chemise jusqu'en bas…

— Vous êtes sûr que quelqu'un a saboté mon four ?

Ce n'était pas comme cela qu'elle avait prévu de commencer à lui présenter ses excuses.

Mais Matt ne parut pas s'en soucier. Son hochement de tête convaincu la fit frissonner à nouveau.

— Le feu dans la ruelle a été délibérément allumé, lui aussi.

Il était temps de tout dévoiler.

— Mon ex-mari… Il est allé en prison pour incendie

volontaire – fraude à l'assurance et intimidation de témoins. Se glisser dans mon appartement pour détruire un appareil électroménager ou trafiquer une prise est le genre de choses qu'il aurait faites… pour me tourmenter. Pour me terrifier. Il refusait d'accepter que je veuille mettre fin à notre mariage et demander la garde exclusive d'Evan.

Les yeux sombres de Matt ne quittèrent jamais les siens. Il savait que l'histoire n'était pas finie, mais attendit patiemment qu'elle soit en mesure de la raconter.

— Mon mariage est terminé depuis longtemps. Kenny a passé la majorité des six dernières années en prison. Il ne sait pas où on habite. Il ne connaît pas son fils. Il ne me connaît pas. Plus maintenant.

Elle se passa les bras autour de la taille.

— J'ai légalement changé nos noms. J'ai coupé les ponts avec notre ancienne vie. Il n'a pas pu me retrouver. C'est impossible. Il ne peut pas être responsable de ça.

Elle marqua une pause pour observer son large torse. Que ferait-il si elle se jetait contre lui ? C'était étrange que les bras d'un homme – ceux de Matt Taylor – lui fassent l'effet d'un refuge ce soir. Elle serra davantage son cardigan autour d'elle, mais cela ne remplaçait pas la chaleur et la force qu'elle pouvait voir en lui.

— Ces feux me font penser à l'impossible. Ils m'inquiètent.

En proie à une migraine tenace, elle se frotta le front.

— Je veux croire à une autre explication que celle incluant Kenny.

— S'il y en a une, je la trouverai.

Matt se redressa de toute sa taille, mais recula d'un pas dans son appartement.

— Est-ce que je vous fais penser à lui ?

— À Kenny ?

Le seul point commun à lui venir à l'esprit était qu'ils étaient tous les deux des hommes. Même si Kenny n'avait pas été très doué pour cela non plus.

— Non.

Elle venait d'avouer avoir épousé un type violent dont le métier était d'allumer des feux et ne pas être la femme que Matt imaginait… et il s'inquiétait de l'effrayer ?

— Vous faites quinze centimètres de plus que lui.

Et, même s'ils étaient tous les deux des hommes musclés aux cheveux bruns, leurs iris marron étaient différents d'une façon qu'elle n'était pas sûre de pouvoir expliquer.

— Ses yeux sont comme un abîme glacé, et les vôtres sont… chauds. Comme une tasse de café fumant.

Elle s'accorda quelques secondes pour apprécier la lueur qui brillait dans son regard, avant de hausser les épaules.

— Et surtout, vos personnalités sont différentes. Kenny se moquerait bien que j'aie peur de lui. Il ne me laisserait pas l'occasion de m'expliquer ni de me défendre. Et il ne s'excuserait sûrement pas de m'avoir fait peur comme vous venez de le faire.

Matt expira doucement et hocha la tête.

— Je suis quelqu'un d'assez silencieux. Le fait que je ne parle pas beaucoup a quelque chose d'un peu flippant.

— Flippant ? Qui vous a dit ça ?

— Mon frère Alex. Et une femme avec qui je suis sortie.

— Eh bien, Alex et Machine se trompent. Moi, je pense que vous attendez de trouver la bonne chose à dire.

Elle n'avait aucun mal à imaginer Matt devenir sombre et intimidant si on le contrariait, mais il ne lui avait jamais montré ce côté de sa personnalité.

— Je parie que vous réfléchissez beaucoup et que vous pesez le pour et le contre avant de prendre la parole. Vous êtes peut-être un peu timide. Eh bien, si c'est ça, je trouve ça adorable.

Elle leva aussitôt la main.

— Et, avant que vous protestiez, « adorable » est un compliment.

— C'est ce que ma grand-mère répète sans cesse. Si une femme dit qu'on est adorable, pas le droit de râler.

— Elle me plaît bien, votre grand-mère.

— Elle est unique en son genre.

La ligne de sa bouche s'incurva légèrement. Ce devait être sa version d'un sourire, du moins l'espérait-elle.

Elle sentit l'étau autour de son crâne se desserrer un peu. Elle aimait être en bons termes avec Matt. Elle devait partir sur cette note. Elle fit un signe du pouce par-dessus son épaule.

— Je ferais mieux de rentrer. J'ai promis à Evan de lui lire une histoire. On a tous les deux école demain matin, alors…

— Bonne nuit.

— Bonne nuit, Matt.

— Corie.

Elle avait déverrouillé sa porte et l'avait ouverte en partie, mais il parvint à l'arrêter sans la toucher, sans la faire sursauter. Corie se tourna vers lui lorsqu'il s'appuya d'une main à l'encadrement au-dessus de sa tête.

— Si jamais je fais quelque chose qui vous rappelle votre ex, vous me le direz, n'est-ce pas ? Vous n'encaisserez pas en silence parce que vous êtes gentille, ou parce que vous avez peur de me vexer, ou parce que vous pensez que la vérité va me faire sortir de mes gonds ? Ça n'arrivera pas, c'est promis. Vous me direz de vous laisser tranquille si je vous effraye ?

Kenny lui avait rarement donné la possibilité de dire

quand il lui faisait mal ou la terrifiait. Il semblait même plutôt prendre plaisir à l'entendre exprimer ses peurs. Apparemment, cela lui donnait encore plus envie de la tourmenter. Kenny avait toujours eu besoin de prouver sa force, son pouvoir – et quand le monde extérieur ne l'avait pas laissé être tout ce qu'il voulait il avait exercé sa domination sur elle. Mais Matt Taylor n'avait rien à voir avec son ex. Il savait qu'il était fort, mais il faisait de son mieux pour minimiser sa présence physique plutôt que de l'imposer. Il était un peu gauche, un peu bourru, mais il semblait quelqu'un de bien. Un bon voisin. Peut-être même un ami. Si elle le lui permettait.

Corie réfléchit à sa requête puis, à sa grande surprise, et probablement celle de Matt, elle attrapa sa main et lui serra les doigts.

— Je vous le dirai.

Sa paume était calleuse et chaude. Avec une douceur infinie, il referma les doigts sur les siens.

— Et je vous préviendrai la prochaine fois que j'enquête sur quelque chose de suspect en rapport avec vous ou Evan.

Elle lui adressa un sourire d'excuse.

— J'ai tendance à couver mon fils. J'ai dramatisé.

— Non. J'ai outrepassé mes fonctions. J'ai cru reconnaître un enfant qui faisait des bêtises pour se faire remarquer, comme je l'ai fait à une époque.

— Vous avez fait des bêtises ?

Du pouce, il lui caressa le dos de la main.

— J'allumais des feux quand j'étais petit. J'étais plus jeune qu'Evan, mais bon…

Il resserra légèrement les doigts autour des siens.

— Il y a eu des conséquences catastrophiques, ajouta-t-il sans rentrer dans les détails de ce qu'avait pu être la tragédie. Je me suis dit que si Evan était dans ce genre de situation je pouvais l'aider. Lui parler et partager mon expérience.

— Vous avez joué avec le feu ?

Il y avait là quelque chose d'ironique qu'elle comprenait parfaitement.

— Et pourtant, vous êtes devenu pompier.

— Pour expier.

Expier. Ce mot évoquait beaucoup de choses, mais la laissait sur sa faim. Ce gentil géant était un homme étrange. Son honnêteté éveillait des émotions au plus profond d'elle. Son aveu, même incomplet, diminuait l'embarras et la circonspection qu'elle avait ressentis en dévoilant une partie de son propre passé. D'instinct, elle éprouvait le besoin de le réconforter. Et elle avait le désir d'apprendre à mieux le connaître. Mais l'instinct et le désir ne lui avaient pas vraiment été favorables par le passé. Son esprit lui disait de prendre ses distances avec Matt le plus vite possible, mais son cœur réclamait quelque chose de très différent.

Il lâcha l'encadrement et lui effleura la joue du dos de la main. Corie en eut le souffle coupé. Mais ce n'était pas l'appréhension qui lui fit écarter les lèvres et la fit rougir.

— Je veux que vous soyez en sécurité, Evan et vous.

Ils se tenaient toujours par la main, s'aperçut-elle alors. Ils se regardaient dans les yeux, et elle n'avait pas éprouvé une seule fois l'envie de fuir. Mais il était peut-être temps de s'éloigner. Elle attrapa les doigts posés sur son visage, puis serra ses deux mains entre les siennes.

— Merci de vous soucier de nous, Matt. Mais je peux gérer.

— N'oubliez pas ce que j'ai dit. Soyez franche avec moi. Et si jamais quelque chose ou quelqu'un vous inquiète à nouveau…

— J'appellerai les secours et je demanderai à parler au pompier qui habite en face de chez moi.

— Ou alors vous pourriez me joindre directement. Tenez, voici mon numéro.

Il fut le premier à être assez fort pour s'écarter. Il sortit son portefeuille de sa poche, puis lui tendit une carte de visite du KCFD avec son nom et les numéros de son portable et de la caserne.

— Lieutenant Taylor. Impressionnant, fit-elle en serrant la carte contre sa poitrine. Merci. Bonne nuit, Matt.

— Bonne nuit, Corie. Dites bonne nuit à Evan de ma part. Je vais attendre que vous ayez tourné le verrou pour y aller.

Après s'être enfermée à double tour, elle s'adossa au battant. Elle sourit en l'entendant rentrer chez lui et verrouiller sa porte à son tour. Tenait-il toujours parole de la sorte ? Se montrait-il aussi attentif avec tout le monde ?

Ils s'étaient tenu les mains bien plus longtemps que ne l'exigeait un simple merci. Observant sa paume, Corie s'émerveilla des sensations de chaleur et d'affection qui lui picotaient toujours la peau. Elle effleura ensuite sa joue du bout des doigts. Cela faisait des années qu'elle n'avait pas eu envie d'être touchée par un homme. Mais ce soir elle avait apprécié ce contact simple et délicat. Perdue dans ses pensées, elle traça le contour de ses lèvres. La bouche de Matt aurait-elle la même douceur, pressée contre la sienne ? Ou l'embrasserait-il avec une ardeur proportionnelle à sa taille et sa force ? Corie sentit son pouls accélérer et son corps brûler d'une chaleur depuis longtemps oubliée. Était-elle encore capable de répondre à une telle passion, sincère et débridée ? Si le souvenir de la caresse de Matt s'attardait sur sa peau, qu'éprouverait-elle si son corps tout entier était plaqué contre le sien ?

La sensation de chaleur s'accentua et se répandit dans ses veines, déclenchant une réponse purement féminine à des sensations qu'elle ne pouvait qu'imaginer. Elle avait été indifférente aux hommes pendant si longtemps. À une époque, elle avait réprimé ses désirs physiques pour protéger au moins une partie d'elle-même de Kenny. Elle n'avait jamais ressenti le besoin de ressusciter ce frémissement normal d'excitation dans sa poitrine et dans son bas-ventre. Matt Taylor n'était pas beau au sens classique du terme et ne semblait pas du genre charmeur. Mais il était indéniablement viril et, à l'évidence, elle était loin d'y être insensible. Il était une tentation inattendue pour ses hormones endormies. Il était intéressant. Un peu mystérieux et très sexy. Elle avait envie de mieux le connaître… d'aller beaucoup plus loin que de seulement lui tenir la main en ayant une conversation à mi-voix sur le seuil de son appartement.

— Ma-maaaan !

Voilà qui tombait à pic. Le cri d'Evan la ramena à la réalité et coupa court à ses fantasmes. Elle rangea la carte de Matt dans la poche de son cardigan, puis se redressa. Si elle ne faisait pas attention, elle allait finir par avoir le béguin pour son voisin le pompier. Il était peut-être même déjà trop tard.

Mais elle avait une famille à charge, un diplôme à obtenir et un fils de huit ans à qui elle devait lire une histoire.

Corie n'avait pas le temps d'écouter ce que ses hormones et son cœur essayaient de lui dire à propos de Matt Taylor.

5

En entendant le second coup rapide frappé à sa porte, Matt passa son jean par-dessus ses boots de chantier, puis sortit de la chambre. Tout en traversant l'appartement, il rentra son T-shirt dans son jean et enfila une chemise en flanelle.

— J'arrive ! s'exclama-t-il.

Il jeta un coup d'œil par le judas pour voir lequel de ses frères venait l'asticoter. Ils se retrouvaient tous ce soir dans l'ancien appartement de mamie Martha pour continuer les travaux de rénovation nécessaires avant la mise en vente au printemps ou à l'été. Mais il n'y avait pas de frère casse-pieds dans le couloir. Il prit une inspiration pour contrôler le mélange d'inquiétude et d'anticipation qui surgissait en lui, avant d'ouvrir doucement la porte à la jeune femme blonde et à son fils qui attendaient devant chez lui.

— Que se passe-t-il ? demanda-t-il en voyant l'expression anxieuse de Corie McGuire.

Elle serra Evan contre son ventre et recula d'un demi-pas. Elle regrettait peut-être déjà d'avoir frappé à la porte du grand méchant loup.

— Est-ce qu'on tombe mal ?

— Pour quoi ?

Il boutonna sa chemise et ajusta son col, tandis que Corie hésitait un instant, puis se lançait.

— J'ai un grand service à vous demander. Je ne sais pas si j'ai le droit de…

Ce n'était donc pas une urgence, songea-t-il, un peu rassuré. Il roula les manches de sa chemise, tandis qu'elle débitait une série de phrases précipitées.

— Le restaurant m'a demandé de venir ce soir. L'une des serveuses est tombée malade. C'est l'occasion pour moi de faire quelques heures supplémentaires. Mais ça veut dire travailler jusqu'à la fermeture, et Evan a école demain.

Elle s'interrompit pour reprendre son souffle. Non. Il ne comprenait toujours pas ce qu'elle attendait de lui.

— Je sais que je m'y prends vraiment au dernier moment, mais je vous ai entendu rentrer du travail il y a quelques minutes, et… Je ne vous laisse pas beaucoup de temps pour vous retourner, mais pourriez-vous garder Evan ce soir ?

Il avait besoin de précisions. Était-elle paniquée à cause de ces contraintes de temps ? Ou se passait-il quelque chose de plus grave ? Il baissa les yeux sur Evan et sur le dragon en plastique vert, violet et jaune qu'il tenait.

— Vous voulez que je fasse du baby-sitting ?

Evan s'écarta de sa mère en poussant un grognement.

— Je ne suis pas un bébé.

Il était contrarié, pas angoissé. La situation ne semblait donc pas trop grave. Demander un service mettait peut-être Corie mal à l'aise. À moins qu'elle ne soit gênée de lui demander un service à lui. Il était peut-être son dernier recours. L'erreur qu'il avait faite lorsqu'il avait gardé son petit frère Mark vingt-six ans plus tôt ne s'était jamais répétée. Il n'était peut-être pas le tonton rigolo de la bande mais, au fil des années, on lui avait confié des cousins plus jeunes ainsi que des neveux et des nièces, et ils avaient tous survécu. D'après son expérience, il suffisait d'occuper l'enfant, de le nourrir et de le mettre au lit à l'heure. Si elle avait besoin d'un baby-sitter, il était prêt. Comment lui faciliter les choses ?

Ce n'était peut-être pas avec elle qu'il devait se lier d'amitié.

Matt s'appuya contre l'encadrement et courba un peu les épaules. Il reporta son attention sur le garçonnet aux yeux verts et essaya de ne pas avoir l'air du… grand méchant loup.

— Je me suis mal exprimé, Ev. Excuse-moi. Toi et ton copain le dragon, vous voulez venir passer un moment chez moi ?

Il releva les yeux sur Corie.

— La personne qui le garde d'habitude n'est pas disponible ?

Elle rougit.

— D'habitude ? Eh bien… je n'ai personne d'attitré…

— En général, je vais au *diner* avec maman, intervint Evan.

Sans se rendre compte de l'embarras de sa mère, il expliqua leur problème.

— Mais ça, c'est quand elle travaille l'après-midi après l'école. Je peux seulement venir le vendredi et le samedi quand elle fait la fermeture. Elle dit que je suis ronchon le matin si je me couche trop tard. Et rester debout jusqu'à la fermeture du *diner*, ça veut dire « trop tard ».

Matt commençait à comprendre. Corie n'avait pas de baby-sitter habituel. Ils allaient à l'école ensemble le matin, et Evan l'accompagnait sur le campus quand elle avait cours et au Pearl's Diner quand elle devait travailler. Et elle avait évoqué le besoin de faire des heures supplémentaires, alors payer un baby-sitter n'était peut-être pas envisageable pour elle.

C'était son métier de gérer les urgences – qu'elles soient

de grande ampleur ou de la taille d'un garçon de huit ans. Matt s'adressa à nouveau à Evan.

— Tu sais te servir d'un marteau ?

Le visage parsemé de taches de rousseur du petit garçon se plissa d'un air suspicieux.

— Je ne sais pas.

Matt leva un doigt pour leur indiquer de ne pas bouger, puis fonça dans la chambre d'amis. Il sortit sa boîte à outils du placard et y récupéra un marteau. Quand il les rejoignit sur le seuil, il les vit regarder furtivement dans l'appartement. Corie tenait Evan par les épaules pour l'empêcher d'entrer, mais cela ne l'aurait pas dérangé que l'enfant le suive à l'intérieur.

— Je vais te montrer.

Matt s'agenouilla devant Evan et échangea le marteau contre le dragon. En voyant le petit garçon prendre l'outil par le milieu et le soupeser, il lui replaça les mains dans la bonne position, puis lui indiqua le mouvement à faire.

— Est-ce qu'on t'a déjà appris à tenir le manche à son extrémité et pas près de la tête ?

— La tête ?

— La partie métallique avec laquelle on tape sur un clou.

Evan se tourna vers Corie.

— Maman, je peux essayer ? Je veux enfoncer un clou.

Elle fronça les sourcils.

— Vous bricolez ? Je ne voudrais pas qu'il vous dérange.

— Aucun risque, répondit Matt en se relevant.

Il attrapa le marteau pour empêcher Evan de l'agiter dans tous les sens. A priori, il n'aurait aucun mal à occuper l'enfant.

— Vous acceptez qu'il m'accompagne dans l'ancien appartement de ma grand-mère ? Ce n'est pas loin d'ici. Je suis censé retrouver mes frères là-bas pour des travaux de rénovation. Je veillerai à ce qu'Evan soit bien attaché sur la banquette arrière de mon pick-up. Je suis du genre prudent. C'est moi qui conduis le camion de pompiers. Je n'ai jamais eu d'accident.

— Vous conduisez le camion de pompiers ?

À en juger par l'exclamation d'Evan, c'était la chose la plus cool qu'il ait jamais entendue. Beaucoup plus cool que la possibilité de taper au marteau sur quelque chose. Corie n'allait pas pouvoir dire non sans décevoir son fils. Ou Matt. En outre, elle n'avait pas besoin de refuser. Tout le monde allait venir chez sa grand-mère avec une femme ou une fiancée, des enfants et probablement un chien. Matt aimait bien l'idée d'amener lui aussi un petit compagnon à la fête.

— Je peux le conduire ?

— Tu es un peu trop jeune pour ça, mon grand, répondit Matt en lui ébouriffant les cheveux. Je te montrerai mon camion Lucky 13 un de ces jours. Tu pourras monter dedans et t'asseoir au volant, mais ce sera pour une autre fois. Et on n'ira nulle part ce soir si ta mère n'est pas d'accord.

— Maman, s'il te plaaaaît ! Il conduit un camion de pompiers, et je peux taper avec un marteau.

L'expression de Corie indiquait qu'elle était déjà prête à perdre la bataille.

— Vous êtes sûr qu'il ne vous dérangera pas ?

— Certain.

Le petit garçon s'était mis à sautiller entre eux. Corie secoua la tête, faisant rebondir sa queue-de-cheval blonde sur ses épaules.

— Vous le ramènerez à temps pour qu'il aille au lit à son heure habituelle ?

— Il ronflera déjà quand vous rentrerez du travail.

Evan s'arrêta enfin de gigoter.

— Hé, je ne ronfle pas ! Je peux, maman ? Je peux ? S'il te plaît ? Je veux en apprendre plus sur les marteaux. Et sur les camions de pompiers.

Il tira sur la manche de Matt.

— Vous me parlerez de votre camion ?

— Absolument. Et tu peux me tutoyer, tu sais. Ta maman aussi, d'ailleurs.

Il passa le marteau dans sa ceinture et posa la main sur l'épaule d'Evan avant qu'il se remette à sautiller. Quand Corie releva la tête vers lui, il fut incapable de détourner le regard de ses yeux verts.

— Tu le tiendras à l'écart des outils électriques ? demanda-t-elle, suivant sa suggestion.

— Ma-man !

— Mon frère Mark est secouriste diplômé, et je suis à jour en matière de premiers secours. S'il se blesse, on s'occupera de lui.

— S'il se blesse ?

— Il ne se blessera pas.

Elle leva les yeux au plafond, et Matt crut entendre un léger gloussement.

— Parfois, j'ai du mal à savoir si tu plaisantes, remarqua-t-elle. Il va falloir que je m'habitue à ton humour pince-sans-rire.

Il esquissa un sourire. « S'habituer » voulait dire passer plus de temps ensemble. Cette idée lui plaisait.

— C'est d'accord, poursuivit-elle. Pour tout.

Elle passa les doigts dans les cheveux d'Evan pour essayer de les discipliner un peu, puis elle prit son petit visage entre ses mains.

— Tu as fini tes devoirs ?

— Oui.

Quand elle haussa un sourcil, l'enfant grogna à nouveau.

— Il me reste les tables de multiplication.

— Cours chercher ton blouson et ton sac à dos. Tu finiras tes maths avant d'aider Matt et ses frères, d'accord ?

— D'accord !

Evan fila dans le couloir avant même la fin de la question.

Contrairement aux cheveux rebelles de son fils, ceux de Corie étaient lisses et épais. En la voyant repousser une mèche derrière son oreille, Matt sentit ses doigts le picoter du besoin de le faire à sa place. Et de les laisser traîner. Et de détacher sa queue-de-cheval pour voir la longueur de sa chevelure quand elle se répandait dans son dos.

— J'espère que tu sais ce qui t'attend, déclara-t-elle.

Matt serra les poings et s'efforça de chasser ces pensées de son esprit.

— Je devrais pouvoir gérer des maths de CE1.

— Oui, mais es-tu capable de gérer un CE1 ?

Même si elle le taquinait probablement autant qu'elle le prévenait, Matt s'empressa de la rassurer.

— J'aurai de l'aide. Ma grand-mère et mes belles-sœurs vont apporter à manger. Il ne restera pas le ventre vide. Et mon frère Pike va amener son fils. Gideon Jr a presque l'âge d'Evan. Tout va bien se passer.

— D'accord. Merci.

Corie semblait satisfaite de son explication, mais aussi un peu dépassée par la scène familiale animée qu'il venait de décrire.

— Je te devrai une tourte entière pour le service que tu me rends ce soir.

— Tu ne me devras rien du tout.

Elle sourit. Un grand sourire lumineux qui dévoilait des dents blanches bien alignées et adoucissait la tension autour de ses lèvres. Ne comprenait-elle pas que ce magnifique sourire était une récompense suffisante ?

— Je t'apporterai quand même cette tourte.

Quand elle lui prit la main et la serra, Matt lui rendit son étreinte. Il aimait la sensation de sa main dans la sienne. Petite et douce par rapport à sa grosse paluche de travailleur, mais forte. Avec des ongles courts, non vernis, et une pâle cicatrice entre le pouce et l'index. Elle pressa les doigts autour des siens, puis les lâcha et recula vers son appartement.

— Je ferais mieux d'aller me changer. Et je n'oublierai pas la tourte !

6

Trois heures plus tard, Matt leva les mains d'un geste triomphant. Il venait de traverser la cloison de la cuisine qu'ils abattaient avec leurs haches de pompier une fraction de seconde avant que Mark fasse de même dans sa section. Ses frères aînés, Alex et Pike, le félicitèrent avant de taquiner Mark.

— Voilà comment on manie la hache, s'exclama Pike en tapant sur l'épaule de Matt.

Alex acquiesça.

— Je t'avais dit qu'il gagnerait.

— Ce n'est pas juste, protesta Mark, toujours prêt à rivaliser avec n'importe lequel de ses trois grands frères. Les bras de Matt font cinq centimètres de plus que les miens.

— D'après toi, pourquoi je n'ai pas voulu relever le défi ? ironisa Alex, le plus vieux et le plus petit des quatre.

Pike Taylor, le seul d'entre eux à avoir les cheveux blonds, ramassa quelques morceaux de plaques de plâtre et les porta jusqu'à la poubelle dans le salon. Quand ils auraient enlevé l'ossature en bois, la cuisine serait complètement ouverte sur l'autre pièce.

— Si tu ne veux pas saluer la victoire de Matt, dis-toi que c'est Alex et moi qui sommes les vrais vainqueurs, parce qu'on ne s'est pas coltiné tout le boulot.

Il baissa les yeux sur Alex, qui ramassait les débris causés par la démolition pour les déposer dans la poubelle.

— Pas vrai, Minus ?

— Vraiment ? Minus ? J'ai toujours cru que c'était toi et moi contre les jumeaux prodiges.

— Hé ! fit Mark en tapotant le torse de Matt. Il a deux ans de plus que moi. Moi, je suis le petit dernier adoré. C'est mamie qui l'a dit. C'est chacun pour soi dans cette famille.

— Matt !

Evan surgit dans la pièce et s'arrêta net en voyant les quatre hommes rire et se taquiner. Le dragon qu'il tenait comportait une seconde paire d'ailes jaunes, remarqua Matt. Apparemment, Evan et son neveu Gideon avaient trouvé de quoi s'occuper. Les yeux écarquillés du petit garçon se posèrent sur la longue hache posée sur les épaules de Matt.

— Où est ton marteau ? Est-ce que ça va ? Tu t'es coupé ?

— Tout va bien, mon grand, répondit Matt, étonné de le voir tout pâle sous ses taches de rousseur.

— Tu le jures par le dragon ?

Heu… Oui ?

— À propos de quoi vous vous disputez, maintenant ?

Meghan Taylor, la mère adoptive des quatre frères, apparut derrière Evan. L'amusement lui plissait les yeux mais, hormis ces quelques pattes-d'oie, son visage était presque dépourvu de rides. Elle portait un bébé en pyjama rose sur un bras et posa sa main libre sur l'épaule d'Evan dès qu'elle le rejoignit. Ils arrivaient des chambres, où elle et leur père, Gideon Sr, s'occupaient d'Evan et des enfants de Pike, Gideon Jr et Dorie.

— Je n'en crois pas mes yeux. Vous utilisez vos haches de pompier pour abattre ce mur ? Avec tout le boucan que vous faites, heureusement que personne ne vit au-dessus ou en dessous de l'appartement de Martha.

Matt étudia le visage du petit garçon qui avait reculé tout contre sa mère. Avait-il été surpris par le fracas ? En voyant l'arme potentielle qu'il tenait, l'enfant croyait-il que Mark et lui s'étaient attaqués à autre chose qu'au mur ?

— C'est le genre de boulot qui fait du bruit, Ev.

Il baissa la hache pour la prendre entre ses mains.

— Tout va bien, ici.

Il n'était pas sûr du protocole, mais il dessina une croix sur son cœur.

— Je le jure par le dragon.

Après avoir posé son instrument en sécurité dans un coin, Mark leva les mains en l'air.

— Parle pour toi, le géant. Maman, tu sais bien que ces trois-là ont toujours aimé me charrier.

— Mais bien sûr…, répliqua leur mère.

Elle avait entendu – et ignoré – cette excuse à maintes reprises au fil des années.

— C'est probablement toi qui as eu l'idée d'utiliser ces haches.

— Je leur ai dit que c'était dangereux d'abattre le mur comme ça et que je ne voulais pas m'en mêler, affirma Pike.

Tout en parlant, il vint prendre Dorie des bras de sa mère. Il fit un bruit de pet sur la joue de sa fille qui émit un gloussement ravi. Evan releva le menton, observant la scène avec curiosité, tandis que Pike ajoutait :

— Je n'y peux rien, moi, s'ils ont refusé d'entendre raison.

Matt vit sa mère poser les mains sur les épaules d'Evan. Elle percevait peut-être la nervosité du petit garçon à être au milieu de toute cette agitation.

— Mais est-ce que tu y as mis de la conviction ? demanda-t-elle d'un ton dubitatif.

— Pas autant que moi, insista Alex. Je leur ai dit : « On

ferait mieux d'utiliser des masses, c'est fait pour ça. » Mais depuis quand ces trois pignoufs écoutent ce que j'ai à dire ?

Leur mère secoua la tête, puis leva les yeux sur Matt.

— Tu es mon dernier espoir d'avoir une réponse franche, mon grand. Pourquoi risquer de blesser quelqu'un et de faire un tel vacarme en fendant ce mur à coups de hache ?

— Le boulot devait être fait, répondit-il sur le même ton pince-sans-rire que sa mère. Étant donné que c'est un exercice qu'on pratique constamment à l'entraînement, je savais que c'était sans danger.

— Et c'est toi qui as gagné, conclut Meghan Taylor avant de se pencher pour murmurer à l'oreille d'Evan : je t'avais dit qu'ils allaient bien. Matt a remporté une compétition de démolition de mur face à ses frères, c'est tout.

Sa mère se tourna vers lui et lui adressa un sourire radieux. Comme c'était agréable de faire rayonner de la sorte quelqu'un à qui on tenait ! songea Matt. C'était peut-être pour cette raison qu'il trouvait le sourire de Corie aussi sexy. Elle se déridait rarement et difficilement. Et, même s'il était peut-être un peu bête de penser cela, son sourire lui donnait l'impression d'un cadeau spécial rien que pour lui.

Entre-temps, sa grand-mère ainsi que Hope, la femme de Pike, Audrey, la femme d'Alex, et Amy, la fiancée de Mark, les avaient rejoints dans le salon. Il y eut des rires et des applaudissements, mais le « Bravo, Matt ! » d'Evan était la seule marque d'approbation qu'il ait besoin d'entendre. Quelles que soient les inquiétudes qu'ait eues le garçon lorsqu'il avait accouru dans la pièce, elles avaient disparu avec les explications de Meghan. Quand Matt croisa son regard et lui fit un clin d'œil, Evan répondit par un grand sourire, puis repartit jouer dans la chambre.

Comme il l'avait souvent fait au cours de sa vie, Matt

remercia le destin de lui avoir permis d'entrer dans cette famille. La compétition entre eux était bien réelle, parfois intense, mais toujours pleine d'amour. La meneuse de la bande – une veuve de quatre-vingt-quatre ans de plus en plus menue – ramena le silence en se contentant de lever une boîte en plastique remplie de biscuits faits maison. Martha Taylor donna une petite tape sur la main de Pike lorsqu'il tenta de se servir sans permission. Elle posa ses doigts déformés par l'arthrite sur l'avant-bras de Matt et s'appuya sur lui le temps de contourner les débris.

— Le premier est pour notre vainqueur, annonça-t-elle en tendant à Matt l'un de ses délicieux sablés à la cannelle.

Aussitôt, il le fourra en entier dans sa bouche, tandis qu'elle l'enlaçait par la taille. Il déposa un baiser sur ses cheveux blancs, puis elle s'écarta et tendit un autre biscuit à Mark.

— Et un lot de consolation pour le second.

— Je ferai mieux la prochaine fois, assura-t-il avant d'embrasser la joue ridée de Martha et de la serrer dans ses bras. Merci, mamie.

— Et nous, alors ? demanda Alex avec une moue, en attirant sa femme contre lui. Je meurs de faim.

Audrey lui donna un coup de coude.

— Tu t'es resservi au dîner.

— Oui, mais ce n'étaient pas des biscuits.

— Oh ! d'accord, d'accord, dit Martha, comme ils s'en étaient tous doutés. De toute façon, il est temps qu'on fasse une pause. Allez-y, servez-vous.

Après avoir déposé plusieurs biscuits dans une serviette en papier, elle les tendit à Hope, qui était en train de frotter le menton de Pike pour en enlever des miettes.

— Tu pourras les apporter à Evan et aux Gideon.

— Avec plaisir.

— Je vais t'aider, déclara Pike.

Avant de s'engager dans le couloir, Hope passa les doigts sur les lèvres de son mari, même s'il ne restait plus aucune miette depuis longtemps. En voyant sa main s'attarder une seconde et les yeux bleus de Pike s'enflammer, Matt ressentit une pointe d'envie. Ce n'était pas parce qu'il éprouvait du désir pour sa belle-sœur, ni parce qu'il jalousait le bonheur bien mérité de son frère, mais parce qu'il rêvait de la même chose : une relation avec une femme n'ayant d'yeux que pour lui. Il voulait ce genre de rapport avec Corie McGuire.

Mais il ne savait pas comment s'y prendre pour y arriver. Ni même si Corie avait envie qu'il essaye.

Il avait trente ans et n'avait jamais eu de relation sérieuse. Il était sorti avec des femmes. Il avait couché avec des femmes. Mais rien n'avait jamais duré. C'était probablement lié au fait de mesurer un mètre quatre-vingt-seize et d'être, comme l'avait décrit une femme avec qui ses frères lui avaient organisé un rendez-vous, « bizarrement silencieux ». Il n'avait pas toujours grand-chose à dire et restait parfois coincé dans sa tête à force de réfléchir avant de parler. Il n'avait pas le sens de l'humour désinvolte de Mark ni la personnalité extravertie d'Alex. Même Pike avait une sorte de charme intello. Matt était seulement… Matt. Massif. Direct. Il avait été un enfant perturbé qui était resté muet pendant des mois après la mort de ses parents biologiques – jusqu'à ce que Meghan et Gideon Taylor, à force de patience et d'affection, parviennent à ce qu'il se livre sur la tragédie dont il se sentait responsable. Et, même s'il avait vaincu ses démons, une partie de lui restait ce rescapé réservé et trop observateur qu'il avait été un jour.

Avoir une relation avec lui ? Âmes sensibles s'abstenir.

L'homme qui lui avait sauvé la vie quand il était ce

petit garçon silencieux, Gideon Taylor Sr, entra dans la pièce et vint prendre Meghan par la taille. Sans le savoir, il complétait le tableau : tous les membres de la famille avaient quelqu'un dans leur vie, à l'exception de Matt… et de sa grand-mère, qui était veuve. Mais elle avait été mariée avec leur grand-père Sid pendant plus de soixante ans, jusqu'à sa mort l'été dernier.

— On n'a pas encore vu la couleur d'un seul biscuit, à cause de ces trois garçons, lança son père en les désignant tour à tour. J'ai comme une sensation de déjà-vu…

Mais il souriait.

— Maman, il en reste ?

Martha lui tendit la boîte pour qu'il se serve.

— J'ai beaucoup de chance que vous m'aidiez tous pour ces travaux de rénovation. J'adore comment vous avez ouvert la cuisine. Je regrette presque d'avoir dû déménager, maintenant.

Elle leva une main avant que Gideon puisse lui rappeler ses soucis de santé et les marches jusqu'à la porte d'entrée.

— Je sais que c'est mieux comme ça et j'admets que c'est amusant de chercher l'endroit parfait où ranger mes affaires dans mon nouveau chez-moi. Mais savez-vous combien d'années je suis restée coincée dans cette cuisine, à rater tout ce qui se passait ici ?

— On était tous dans la cuisine avec toi, maman, répliqua Gideon en lui entourant les épaules de son bras. Tu n'as jamais rien raté.

Il l'embrassa sur la tempe, puis poursuivit :

— Allons rejoindre mes petits-enfants et tes arrière-petits-enfants, pendant que les garçons finissent de tout abattre ici.

Il tendit la main pour attraper un second biscuit.

— Et n'oublie pas d'apporter ça avec toi, sinon les grands seraient fichus de tout manger.

Martha avait beau avoir dépassé les quatre-vingts ans, elle était rapide. Elle se libéra du bras de son fils et se tourna vers les jeunes hommes qui avaient démoli sa cuisine.

— Mais je veux tout savoir sur l'amie de Matthew.

Gideon et Meghan se tournèrent aussitôt vers Matt, pleins d'espoir et de curiosité. Super, pensa-t-il. Maintenant, ses parents allaient eux aussi faire partie de l'inquisition.

— Tu vois quelqu'un ? demanda son père.

Matt marcha jusqu'à sa boîte à outils et remit la protection sur la lame de sa hache. Puis il commença à balayer la poussière de plâtre sur le sol. Avec un peu de chance, cette question indiscrète allait peut-être passer à la trappe.

Comme il gardait le silence, Martha répondit à sa place :

— La mère d'Evan.

— On ne se *voit* pas, précisa Matt à l'intention de son père. Corie et moi sommes amis.

Un concert de sifflements taquins, émis par ses frères et ses belles-sœurs, résonna dans la pièce. Tout en grignotant lentement son biscuit, son père le contempla, les yeux plissés, évaluant la sincérité de son affirmation. Après les avoir élevés tous les quatre, il savait patienter jusqu'à obtenir la réponse qu'il voulait.

Et, même si Matt s'était remis à travailler, Mark n'hésita pas à l'asticoter, sans prêter attention aux « chut » de sa fiancée.

— Dis-nous comment elle est, Matt.

Matt se concentra sur ce qu'il faisait et tenta d'ignorer la curiosité bien intentionnée de sa famille. Balayer. Remplir la pelle. Vider. Balayer encore. Mais apparemment tout le monde attendait désormais sa réponse.

— Plus jolie que toi.

— Impossible, s'exclama Mark d'un ton amusé.

Amy lui donna une tape sur l'épaule, mais son petit frère refusa de changer de sujet. Il rapprocha la poubelle, puis Alex et lui aidèrent Matt à nettoyer.

— J'essaye seulement d'en savoir un peu plus sur cette personne qui te chamboule. Est-ce qu'Evan lui ressemble ?

Même s'il n'était pas sûr de vouloir entrer dans les détails, Matt ne put s'empêcher de visualiser sa jolie voisine.

— Ils ont les mêmes yeux vert mousse. Corie n'a pas de taches de rousseur. Ses cheveux sont de la couleur d'un champ de blé mûr.

Alex marqua une pause, un morceau de tasseau dans chaque main.

— Un champ de blé mûr ? Tu es poète, toi, maintenant ?

Tandis qu'Alex jetait les débris à la poubelle, Mark prit la suite de l'interrogatoire.

— C'est à cause d'elle que tu as posé des questions au capitaine Redding sur les incendiaires de la vieille école ?

Alex sortit son téléphone de sa poche.

— Ça me fait penser… J'ai lancé une recherche sur l'homme dont tu m'as parlé, Kenneth Norwell. C'est un professionnel du crime avec un casier judiciaire long comme le bras.

Bien conscient que le mot *crime* allait attiser encore plus la curiosité de sa famille, Matt enregistra dans sa mémoire les informations qu'Alex lui lisait.

— Son adresse actuelle est à Jefferson City. Apparemment, il ne s'est pas beaucoup éloigné de la prison à sa sortie. Il n'a pas manqué un seul rendez-vous avec son contrôleur judiciaire. Le dernier date d'une semaine. Rien n'indique qu'il vit ou travaille ici à Kansas City.

Évidemment, leur père réagit aussitôt à l'évocation d'un détenu en liberté conditionnelle.

— Pourquoi as-tu demandé à la police de vérifier le statut d'un prisonnier libéré sur parole ?

— Il y a eu un feu de four chez Corie. Je me suis assuré qu'il était bien éteint. Le lendemain soir, un autre feu a été allumé dans la ruelle derrière l'immeuble. Comme je trouvais tout ça louche, j'ai eu envie de creuser un peu.

— Incendie volontaire ? demanda son père.

En tant qu'enquêteur en chef spécialisé dans les incendies volontaires au sein de la brigade de pompiers de Kansas City, il s'y connaissait en feux, probablement mieux que n'importe lequel d'entre eux, à l'exception de leur mère, qui était capitaine dans une autre caserne.

— Corie a été catégorique : Evan ne ferait rien de ce genre et connaît les mesures de sécurité incendie. Mais, s'ils n'y sont pour rien, ça signifie que quelqu'un est entré chez eux et a enduit les éléments chauffants d'une substance inflammable. Une substance qu'il a de nouveau utilisée dans la ruelle.

Gideon plissa les yeux avec suspicion.

— Ça ne me dit rien qui vaille.

Amy se passa les bras autour de la taille et frissonna.

— Les incendies volontaires sont probablement la chose la plus effrayante que j'aie jamais eu à affronter.

Elle tourna la tête vers Mark, qui traversait déjà la pièce pour la rejoindre. Ils avaient failli mourir à cause d'un pyromane l'été dernier.

— J'aurais toujours mon chez-moi, et mamie et moi, on n'habiterait pas avec ce gars-là.

Son fiancé la serra contre lui.

— Tu *adores* vivre avec ce gars-là.

— C'est vrai, répondit-elle en posant le front au creux du cou de Mark. Et j'ai hâte de l'épouser.

Elle lui sourit, avant de se tourner face aux autres.

— Alors le grand méchant Matt a sauvé Corie d'un feu dans sa cuisine. C'est la spécialité de tous les Taylor ? Sauver les femmes que vous aimez ?

Aimer ? Hum...

Mark caressa les bras d'Amy, comme pour chasser le cauchemar auquel ils avaient survécu.

— Ma rouquine, tu as dit que tu n'aimais pas être sauvée.

— Eh bien, je n'aime toujours pas ça, parce que je suis une femme farouchement indépendante, et je sais que je peux prendre soin de moi, le taquina-t-elle. Cela dit, c'est sexy.

Elle regarda Audrey, qui prit Alex par le bras et hocha la tête.

— Très sexy. C'est important de savoir que quelqu'un veille sur nous et qu'on peut lui faire entièrement confiance. Ça nous permet d'être fortes.

Alex l'embrassa sur le front.

— Cette petite fille qu'on adopte aura beaucoup de chance de t'avoir pour maman.

Pourquoi sa famille ne pouvait-elle pas parler de météo ou de base-ball comme n'importe quelle famille de Kansas City ?

Matt aimait Amy comme une sœur, mais la jeune femme avait tendance à dire tout ce qui lui passait par la tête.

— Matt est sexy. Je parie que Corie est sexy, elle aussi.

Les joues de Mark rosirent, reflétant l'embarras que ressentait Matt face à ce compliment.

— On pourrait éviter de dire « sexy » ? Sauf si tu fais allusion à moi ?

— Oh ! tu sais comment j'aime te surnommer, Homme du feu.

Gideon secoua la tête en souriant.

— Dites donc, les amoureux, vous n'êtes pas tout seuls, et il y a des enfants à côté. Gardez ça pour après le mariage.

— J'ai raté quelque chose ? Qui est sexy ? demanda Meghan en revenant dans la pièce et en s'arrêtant près de son mari. La petite amie de Matt ?

— Maman, non. Je n'ai pas de copine… Corie est une amie. Je garde Evan pendant qu'elle travaille ce soir, c'est tout.

— Et tu enquêtes sur des événements étranges autour d'elle, ajouta Gideon d'un ton soucieux. Tu m'as déjà l'air très impliqué, fiston.

— J'aime savoir à quoi j'ai affaire, insista Matt. Et si Evan a quoi que ce soit à voir avec ces feux, s'il essaye d'imiter son père ou d'attirer l'attention parce que cet enfoiré a choisi une vie criminelle plutôt que lui, alors…

— Tu es le mieux placé pour l'aider.

Mieux que n'importe qui d'autre ici, sa mère comprenait le chemin qu'il avait parcouru depuis l'époque où il avait allumé le feu qui avait tué ses parents biologiques.

— Il est un peu nerveux avec nous – et qui ne le serait pas ? –, mais à part ça je ne trouve pas qu'il soit renfermé ni qu'il paraisse cacher quelque chose.

— Evan m'a l'air d'un chouette gamin, remarqua Pike en les rejoignant. Il veille à ce que Junior et Dorie ne courent aucun danger et qu'ils partagent leurs biscuits, même si papa, maman et Hope ont passé presque toute la soirée avec eux. Et le château qu'ils construisent est très sympa. Ça ne m'étonnerait pas qu'il devienne architecte un jour.

Y avait-il quelque chose de si effrayant dans sa vraie vie pour que l'enfant éprouve le besoin de construire des forteresses imaginaires afin de se sentir en sécurité ? se demanda Matt.

Pike commença à les aider à ranger.

— On est en train de parler de la mère d'Evan ? C'est elle qui a fini par tirer Matt de son long sommeil ?

Alex l'aida à déplacer les placards qu'ils avaient démontés.

— Ses cheveux sont comme, et je cite, « un champ de blé mûr ».

— Tu es poète, toi, maintenant ? demanda Pike, répétant la question d'Alex. Ça semble sérieux, dis donc.

Apparemment, sa description factuelle des cheveux de Corie en avait révélé plus qu'il ne le pensait, songea Matt, gêné d'être au centre de l'attention.

— Vous n'avez pas du boulot ?

— Pas moi, répliqua Martha Taylor. Il n'y a rien de plus intéressant que cette conversation.

— Mamie !

Heureusement, sa mère avait toujours été sa plus précieuse alliée.

— Fichez-lui la paix, les garçons.

Dès l'instant où ils s'étaient rencontrés au sein de leur famille d'accueil, Matt, Mark, Alex et Pike avaient été les garçons de Meghan Taylor. Ils étaient devenus adultes, mais le surnom et leur lien avec leur mère n'avaient pas changé. Elle toucha la joue de Matt en souriant.

— Je sais que tu attendais simplement de tomber sur la bonne. J'aimerais rencontrer Corie, un de ces jours. J'espère qu'elle sait quel trésor tu es. Et j'espère que tu le sais aussi, murmura-t-elle rien que pour lui, avant de s'écarter. Et n'oublie pas que les pompiers travaillent en équipe. S'il y a un danger qui rôde autour d'Evan et de sa mère, tu ne t'y attaques pas tout seul, d'accord ? Ce ne sont pas les alliés qui manquent, conclut-elle en balayant la pièce du regard.

— Oui, chef.

Malgré le soupir de déception théâtral poussé par mamie

Martha, Matt cessa d'être au centre de l'attention. Les jeunes femmes se remirent à peindre boiseries et moulures, tandis que Gideon, sa femme et sa mère retournaient auprès des enfants. Matt et ses frères continuèrent à nettoyer et à préparer la cuisine pour les travaux prévus ce week-end.

Cependant, Mark, tout à son bonheur de jeune fiancé, refusait d'abandonner le sujet. Il abattit les dernières plaques de plâtre et lança le plus gros morceau sur Matt.

— Il paraît que quand les grands costauds sont mordus c'est du sérieux.

Matt rattrapa le projectile contre son torse, puis l'enfonça dans la poubelle.

— Lâche-moi, Mark.

Evan surgit à nouveau dans le salon. En voyant la poussière accrochée à la chemise sombre de Matt, il eut l'air inquiet. Il devait avoir une sorte de radar spécial danger. Ou alors il était beaucoup trop angoissé pour quelqu'un de son âge.

— Matt, tu es tombé ? Tu t'es fait mal ?

Aussi soucieux de la paranoïa d'Evan que soulagé d'avoir un moment de répit sur le sujet de sa vie amoureuse, Matt le souleva et le cala sur sa hanche.

— Je vais bien, mon grand. Tu sais qu'à bien des égards tu as de la chance d'être fils unique ?

— Hein ?

Matt sortait déjà de la pièce à grands pas. Il avait fait le plus gros du travail ce soir. À ses frères de s'occuper du reste.

— Montre-moi le château que Gid et toi êtes en train de construire.

Evan avait posé le bras sur l'épaule de Matt et semblait apprécier de pouvoir le regarder dans les yeux.

— Je peux encore taper sur quelque chose avec un marteau ?

Matt s'arrêta à l'entrée du couloir et tourna la tête vers ses frères.

— Bien sûr. J'ai un trio de corniauds rien que pour toi…

Il pointa deux doigts vers ses yeux, puis les dirigea vers Mark, Pike et Alex, pour leur signifier qu'il allait rester sur ses gardes… et qu'il couperait court à leurs taquineries quand ils auraient un public incluant un enfant impressionnable et leur délicate grand-mère. Alex éclata de rire. Pike hocha la tête, concédant que Matt partait en ayant l'avantage. Mark leva les mains en l'air en signe de protestation. Ce qu'ils pouvaient être pénibles…

— C'est quoi, un corniaud ? demanda Evan.

Matt secoua la tête, tandis que ses frères s'esclaffaient derrière lui. Il allait devoir réfléchir à comment expliquer ce concept à un enfant de huit ans.

Une heure plus tard, la cuisine était prête à recevoir de nouveaux placards et de nouvelles faïences. Une fois les pots de peinture refermés et la poussière balayée. Matt quitta sa famille et descendit avec Evan les marches devant l'immeuble de sa grand-mère.

— Par là, mon grand. J'ai promis à ta maman que tu serais au lit à 21 heures, alors on ferait bien de se dépêcher.

— Je n'ai pas sommeil, protesta le petit garçon en bâillant.

Matt réprima un sourire.

— Je sais. Si tu veux fermer les yeux et te reposer quelques minutes sur le chemin du retour, ça ne me dérange pas.

— Je pourrai revenir vous aider ? Mamie Martha a dit qu'elle ferait des cookies aux pépites de chocolat la prochaine fois. Ce sont mes préférés. Elle m'a dit de l'appeler mamie Martha parce que j'étais gentil et que je l'aidais, même si elle n'est pas vraiment ma grand-mère.

Comme Matt tenait sa hache et sa boîte à outils, Evan tira sur la manche de son manteau pour l'arrêter.

— Je n'ai pas de vraie grand-mère. Est-ce que je peux partager la tienne ?

L'enfant était bien trop jeune pour s'inquiéter autant des sentiments des autres et de la sécurité. Pour ce qui n'était pas la première fois de la soirée, Matt se demanda quels événements avaient secoué sa jeune vie. Corie avait avoué que son ex avait « fait du mal à beaucoup de monde ». Matt sentit la colère l'envahir à l'idée de ce qu'Evan avait pu subir.

— Si elle dit que tu peux, alors ça me va.

Il posa ses outils sur le trottoir à côté du pick-up, puis souleva Evan pour le poser dans la benne arrière. Le petit garçon allait l'aider à ranger sa hache et sa boîte à outils dans le coffre métallique derrière la cabine.

Croyant entendre des pas sur le trottoir, Matt dressa l'oreille. Mais, comme les bottes d'Evan frottaient sur le fond de la benne, il ne parvint pas à localiser le bruit. Un de ses frères les avait peut-être suivis dehors, songea-t-il en jetant un coup d'œil derrière lui. Mais le cercle de lumière dessiné par le réverbère devant la vieille boucherie était vide. Il n'y avait pas non plus de piétons à proximité. Parfois, les grands bâtiments en briques et en calcaire qui s'élevaient de chaque côté de la rue dans le quartier du City Market capturaient les sons et les renvoyaient, en particulier lors d'une nuit froide et dégagée comme celle-ci, avec peu de vent pour atténuer les échos.

Bien sûr, il y avait des ombres aux abords de chaque réverbère et dans les ruelles entre les immeubles. Et, à cause des véhicules garés le long des trottoirs, une personne courbée contre le froid serait peut-être difficile à discerner. Matt remonta un peu son bonnet sur ses oreilles et essaya de repérer à l'ouïe ce qu'il ne pouvait pas voir. Mais, avec le bruit de la boîte à outils qu'Evan avait insisté pour ranger lui-même ainsi que ses commentaires ininterrompus concernant la construction et les biscuits, il était quasiment impossible d'entendre quoi que ce soit d'autre.

C'était probablement son hypervigilance habituelle qui lui jouait des tours. Si ce qu'il avait entendu était les pas de quelqu'un qui entrait dans un bâtiment, nul besoin de s'inquiéter. À une époque, l'endroit avait été un quartier ouvrier en décrépitude mais, grâce au retour du tourisme et à l'arrivée de professionnels et de familles jeunes qui vivaient et travaillaient plus près du cœur de la ville, il n'était plus particulièrement dangereux. Le plus pressé était surtout de mettre Evan à l'abri de ces températures glaciales.

— Allez, viens, mon grand.

Quand Evan eut fermé et verrouillé le couvercle du coffre, Matt l'aida à sauter sur le trottoir, puis à grimper sur la banquette arrière de la cabine. Après lui avoir accroché sa ceinture, il ébouriffa la frange qui dépassait du bonnet.

— Tu t'es bien amusé, ce soir ?

— Ça m'a plu de taper avec le marteau, mais la prochaine fois est-ce que je pourrai utiliser ta hache ?

— Non, je ne crois pas. Elle est lourde, et c'est dangereux. Mais on verra comment tu te débrouilles avec un pinceau.

Les travaux étaient loin d'être terminés dans l'appartement au-dessus de la boucherie de feu son grand-père. Quand ils auraient fini la rénovation, ils pourraient le vendre à un prix assez élevé pour que mamie Martha puisse acheter le ranch de plain-pied où elle avait emménagé cet été. Mais Corie accepterait-elle de lui confier à nouveau Evan ? Quand il aurait évoqué les haches et le fait qu'il avait demandé à son frère de vérifier les antécédents du père d'Evan, elle y réfléchirait peut-être à deux fois.

— Ce sera à ta maman de décider.

— Cool.

Il manquait deux dents au sourire qu'Evan lui adressa, mais il frappa Matt avec la même intensité que celui de Corie.

Bon sang… Sa famille voyait peut-être quelque chose en lui que Matt n'avait pas encore tout à fait admis : il était en train de tomber amoureux de ses voisins, pas seulement de la jolie maman dont le sourire et le contact le troublaient, mais aussi du petit garçon qui semblait hanté par les mêmes ombres que Matt avait connues dans son enfance. Les McGuire avaient besoin de lui. Ou peut-être qu'ils avaient seulement besoin de quelqu'un – et il voulait se porter volontaire.

Matt s'avança sur la chaussée pour aller du côté conducteur. Mais une sorte de sixième sens frémit sur sa nuque, et il crispa les doigts sur la poignée de sa portière.

Il n'avait pas imaginé les bruits de pas. Ils étaient désormais précipités et s'éloignaient d'eux. Le claquement d'une portière retentit. Quelqu'un les avait-il surveillés ? Il fit un rapide tour sur lui-même sans apercevoir aucun espion. La conversation sur les incendies volontaires avec sa famille et les soupçons de Corie concernant la présence de quelqu'un dans son appartement alimentaient peut-être son appréhension.

Il n'y avait plus beaucoup d'agressions et de vols dans ce quartier. Et, de toute façon, n'importe quelle personne sensée y réfléchirait à deux fois avant de s'en prendre à lui. Matt était capable de se défendre en cas de confrontation physique. Son entraînement de pompier et la musculation n'étaient pas les seules capacités qu'il ait perfectionnées au fil des ans.

Cela dit, le frémissement sur sa nuque ne se trompait jamais quand il s'agissait du combat contre le feu et de la sécurité des hommes et des femmes de la caserne 13. Quelque chose ne tournait pas rond. Mais il s'agissait peut-être seulement d'un voisin curieux, qui se demandait ce qui se passait au-dessus de la vieille boucherie… Ou pourquoi le solitaire du clan Taylor, qui n'avait jamais amené de petite amie aux réunions familiales, était désormais accompagné d'un enfant.

Comme il n'y avait pas de menace visible, Matt s'installa au volant et verrouilla les portières. Après avoir démarré, il mit le chauffage et croisa le regard curieux d'Evan dans le rétroviseur.

— Je vais laisser le pick-up chauffer quelques minutes avant d'y aller.

— Je peux compter sur ta montre combien de minutes il reste ?

— Bien sûr.

Matt la détacha de son poignet et la tendit par-dessus le dossier pour montrer la fonction minuteur à Evan.

— Et maintenant tu la règles sur quatre minutes. Quand l'alarme se déclenchera, on pourra y aller.

— Chouette.

Evan se renfonça sur la banquette pour jouer avec la montre qui le fascinait tant.

— Il reste vingt-quatre minutes avant l'heure où je dois aller au lit, annonça-t-il. Quand il fera chaud dans le pick-up, on aura vingt minutes pour arriver à la maison.

Il était bon en maths, songea Matt. Evan avait fait ses exercices de multiplication en un temps record, sans se tromper une seule fois, avant que Matt lui donne la permission d'aller jouer avec Gideon Jr.

— Je t'y ferai arriver en dix-huit minutes.

— On va devoir courir dans l'escalier si on a seulement deux minutes.

— On fera la course.

Dès que la montre bipa, Matt sortit de sa place de parking. À cette heure tardive, il n'y avait pas beaucoup de circulation. Il roula deux cents mètres avant de s'arrêter à un feu rouge. En voyant dans le rétroviseur qu'Evan le regardait à nouveau, il demanda :

— Est-ce que quelqu'un du *diner* va accompagner ta maman à sa voiture à la fin du service ?

— On n'a pas de voiture.

Sa réponse candide réveilla les soupçons de Matt.

— Alors comment fait-elle pour aller à l'école et au travail, puis pour revenir à la maison ?

— Comme on le fait toujours : on marche. Sinon, quand il fait froid comme aujourd'hui, on va jusqu'à l'arrêt de bus. Ce n'est pas très loin.

Mais il était tard, elle était une femme et elle était seule.

— Est-ce qu'elle te laisse marcher aussi loin tout seul ?

— Non, non.

— Alors elle ne devrait pas le faire non plus.

Un mouvement dans la rue derrière lui attira l'attention de Matt. Une camionnette passe-partout sortait d'une place et se rapprochait du pick-up. Le véhicule ne roulait pas vite. Mais comme les phares l'aveuglaient dans tous les rétroviseurs Matt ne pouvait pas voir le conducteur.

— Écoute, mon grand, tu veux bien régler le minuteur sur quinze minutes ? Ne le quitte pas des yeux pour voir si on arrive à la maison avant que ça bipe.

Au soulagement de Matt, Evan se concentra sur la montre.

Le garçon n'était donc pas alarmé par le véhicule derrière eux. Mais c'était un garçon de huit ans – il n'était pas censé s'inquiéter à propos d'étranges coïncidences et de sixième sens l'avertissant d'un danger. C'était la mission de Matt. Sur un coup de tête, il tourna à droite juste avant que le feu change. Quand la camionnette fit de même, Matt sortit son portable de sa poche et appela un numéro familier.

Mark décrocha à la seconde sonnerie.

— Je te manque déjà ?

— Ça t'embêterait de t'arrêter chez moi avant de rentrer ?

— Non, répondit son frère, toute trace d'humour disparue de sa voix. Que se passe-t-il ?

Lorsque Matt tourna à nouveau à un angle de rue, la camionnette l'imita. L'avertissement sur sa nuque ne pouvait plus être ignoré.

— Je n'en suis pas sûr. Mais je me sentirais mieux si j'avais du renfort.

7

— Hé, blondinette.

— Allez, poupée… Avoue-le, qu'on te manque.

Génial. Maintenant, les deux hommes à l'arrière du bus soufflaient des baisers dans sa direction.

Après ce message de « politesse » que le cabinet de son avocat de Saint Louis avait laissé sur son téléphone ce soir, c'était vraiment la dernière chose dont elle avait besoin.

— Par politesse, nous informons tous nos clients que Owenson, Marsden & Heath a peut-être subi une brèche de sécurité à la suite d'un feu d'origine électrique dans nos bureaux, au cours duquel plusieurs ordinateurs et la plupart de nos dossiers ont été détruits. Bien que nous fassions tout le nécessaire pour maintenir la confidentialité pendant le tri des dossiers restants, qu'ils soient en version papier ou numérique, nous sommes toujours en train d'interpréter toutes nos données. Bien évidemment, des systèmes de sauvegarde étaient en place. Nous sommes donc en mesure de continuer à répondre à tous vos besoins en cours ou à venir. Nous sommes heureux de vous annoncer que Me Heath est rentré chez lui et se remet des blessures reçues au cours de l'incendie. Nos bureaux temporaires seront situés au…

Elle n'avait pas écouté la fin du message. Tout ce qui était besoins en cours et à venir ne la concernait pas. Ses seules affaires juridiques appartenaient au passé. Mais une faille de sécurité ? Des dossiers manquants ? Son avocat blessé dans un incendie ?

Cela ne pouvait signifier qu'une seule chose : Kenny.

Était-il responsable de ce feu ? Avait-il eu accès à sa nouvelle identité et à d'autres données personnelles que Me Heath lui avait préparées ? Avait-il incendié le cabinet pour détruire les preuves de son passage à Saint Louis ? S'il avait réussi à localiser son avocat, pouvait-il aussi la retrouver ici ?

— Tu penses à quoi, poupée ? Avec lequel de nous deux t'as envie de faire plus ample connaissance en premier ?

Tout en serrant son sac à dos contre sa poitrine, Corie observa son reflet brouillé dans la vitre du bus qui la ramenait chez elle après la fermeture du *diner*. Normalement, elle trouvait le trajet reposant. Elle aimait voir les parties de la ville qui étaient toujours décorées pour Noël ou le nouvel an, en particulier quand les lumières se réfléchissaient sur la neige. Mais ce soir le monde extérieur était flou. Son pouls battait dans ses oreilles, couvrant toute pensée amusante ou sereine. Et elle frissonnait, malgré son manteau, ses gants et le chauffage du bus qui soufflait sur ses pieds.

Elle ne pouvait s'empêcher de se remémorer les violences verbales de Kenny. *« C'est quoi, un foutu groupe de travail ? Tu n'iras nulle part. Tu es bonne pour seulement deux choses. Si tu n'étais pas complètement frigide, ça en ferait trois. Tu me mets en valeur et tu t'occupes de mon bébé. Compris ?* Les mots pouvaient changer, mais le ton restait le même. Et sa réaction à elle aussi.

Ce n'est pas Kenny, se dit Corie, s'obligeant à inspirer profondément. *Il n'y a aucune preuve qu'il ait allumé ce feu à Saint Louis et qu'il ait découvert quoi que ce soit sur ta nouvelle vie. Ton monde n'est pas en train de partir en flammes autour de toi.* Les deux hommes qui l'embêtaient ce soir n'étaient pas Kenny. Même dans ses pires moments, Kenny avait été obsédé par les apparences : le bon look, la femme idéale, s'associer avec des gens d'argent et de pouvoir. *Ces crétins ne sont que des poivrots qui se trouvent être dans ton bus. Tu es quelqu'un de valeur, Corie. Tu es forte. Pense aux choses positives. Evan est en sécurité. Tu es en sécurité.*

Elle se répéta ce mantra encore et encore, comme son thérapeute le lui avait conseillé. *Evan est en sécurité. Tu es en sécurité.*

Elle avait mal aux pieds après sa journée à la fac et la longue soirée au *diner.* Mais elle avait eu de bons pourboires et avait trouvé le temps lors de sa dernière pause de terminer sa dissertation pour son cours d'anglais. Elle avait bien géré son arrivée à l'arrêt de bus et n'avait pas eu besoin d'attendre dans le froid. Hormis ce coup de fil et les deux imbéciles à quelques mètres d'elle, cette soirée aurait été positive.

Elle avait commis l'erreur de croiser le regard de Jordan et Harve quand ils étaient montés dans le bus d'un pas mal assuré à l'arrêt suivant. Apparemment, les deux hommes avaient pris cela pour une invitation. Ils s'étaient assis près d'elle et de l'autre côté du couloir, s'étaient présentés et avaient commencé à la draguer. Au début, elle avait cru qu'ils avaient l'intention de la voler : Jordan avait posé la main sur le sac à dos qu'elle tenait sur ses genoux et s'était penché vers elle. Mais ensuite, en voyant Harve s'attraper l'entrejambe et passer la langue sur ses lèvres gercées, elle avait compris qu'ils n'en avaient pas après son argent ni son ordinateur.

Elle n'avait pas tardé à prévenir le conducteur. M. Lee

avait ordonné aux deux hommes avinés – l'un avec un duvet roux qui s'étalait sur sa mâchoire et se confondait avec les tatouages sur son cou, l'autre doté d'une longue barbe qui contenait un bout de bretzel – de changer de sièges, sinon il appelait la police et les obligeait à descendre à l'arrêt suivant.

Avec force protestations, ils s'étaient rendus à l'arrière du bus. Là, ils avaient continué à importuner toute personne dotée d'une paire de seins âgée de dix-huit à cinquante ans. Et, comme Corie était actuellement la seule passagère correspondant à cette description, elle subissait leurs bruits obscènes et leurs sous-entendus sexuels.

— Un verre, ça te tente, poupée ?

C'était Harve, celui qui avait de la nourriture dans ses poils de barbe.

— On pourrait finir la soirée chez toi.

À une époque, quand elle était une jeune femme naïve qui croyait que tous les hommes pouvaient être des héros, elle se serait tournée vers Kenny pour qu'il les arrête. Et sans le moindre doute, avec ses ressources et ses connexions criminelles, il l'aurait fait. Mais c'était avant qu'elle comprenne qu'il protégeait sa propriété – il se moquait de sa peur ou de son inconfort à elle. Kenny aurait menacé ou frappé l'un des deux ivrognes, ou les aurait retrouvés et aurait mis le feu à leur voiture pour indiquer que personne ne l'embarrassait en draguant la femme qu'il considérait comme son bien.

Ce soir, elle devait gérer la situation toute seule.

Ou trouver un allié prêt à la défendre.

Corie croisa le regard du conducteur dans le rétroviseur et plaida en silence pour qu'il intervienne.

— Hé, ça suffit ! ordonna-t-il, réduisant temporairement au silence les deux passagers. Désolé, mademoiselle Corie.

— Corie ? Tu t'appelles Corie ?

— Corie comment, poupée ?

M. Lee marmonna un juron et secoua la tête, comprenant un peu tard qu'il venait de fournir à ces deux losers une nouvelle information sur elle. Elle le rassura d'un sourire, mais se crispa davantage. Pourvu qu'il ne les oblige pas à descendre au prochain arrêt… Parce que le prochain arrêt, c'était le sien. Au moins, dans le bus, elle pouvait compter sur la présence des autres passagers et du conducteur pour la protéger un minimum – ou pour témoigner, si jamais quoi que ce soit lui arrivait. Corie avait encore deux cents mètres à parcourir à pied jusqu'à son immeuble. Elle appréhendait de devoir marcher toute seule, de nuit, jusqu'au hall sécurisé de son immeuble si ces hommes décidaient de la suivre.

Alors que le bus tournait dans Wyandotte Street et se rapprochait de son arrêt, Corie ôta ses gants et les fourra dans les poches de son manteau. Tant pis pour le froid, l'important était la sécurité. Elle sortit ensuite de son sac son portable et sa bombe lacrymogène, qu'elle serra dans chaque main. Elle ne serait peut-être pas capable d'être plus forte ou de courir plus vite que Jordan et Harve s'ils décidaient de la suivre et de prolonger cette torture, mais elle pouvait être plus maligne. En anticipant, elle réussirait peut-être à leur échapper. Elle mit son sac à dos et se prépara à filer aussi vite que possible vers son immeuble. S'il y avait une leçon qu'elle avait apprise au cours des années passées avec Kenny, c'était d'être prête à affronter n'importe quelle situation.

Et de faire tout ce qui était nécessaire pour les garder en sécurité, Evan et elle.

Elle se glissa hors de son siège et fonça vers l'avant du

bus pour s'asseoir au plus près des marches. Elle avait l'intention de se précipiter dehors dès que la porte s'ouvrirait.

— Waouh… Ralentis, poupée. On va te raccompagner.

Jordan se leva en chancelant et s'engagea dans le couloir, tandis que Harve le suivait en traînant des pieds.

— Asseyez-vous, ordonna Carl Lee en les voyant approcher. Ce n'est pas votre arrêt.

Il jeta un coup d'œil vers Corie et murmura :

— Dépêchez-vous de sortir dès que je m'arrête. Je vais essayer de les retenir.

Harve ricana et s'échoua sur le siège derrière Corie, laissant pendre un bras par-dessus le dossier.

— On a peut-être besoin d'air frais, mon vieux. Et puis on ne voudrait pas que notre copine marche toute seule jusque chez elle aussi tard, pas vrai ?

Corie sursauta en le sentant effleurer sa queue-de-cheval. Elle s'avança tout au bord de son siège et pivota pour ordonner au voyou de la laisser tranquille.

— Je ne suis *pas* votre copine et je n'ai pas *besoin* que vous me raccompagniez.

Mais quelle erreur ! Elle avait réagi à leur manège. Ils allaient prendre cela comme une invitation personnelle à multiplier leurs avances.

— Oooh, elle est plus fougueuse que je ne m'y attendais ! lança Jordan avec un large sourire.

— J'adore ça, quand elles sont fougueuses.

Harve se leva, et sa longue barbe tomba sur le dessus du siège de Corie. Elle mourait d'envie de tirer dessus de toutes ses forces. Il se mordrait peut-être la langue quand son menton heurterait le dossier, ce qui l'obligerait à se taire.

Pendant que les deux hommes riaient, M. Lee marmonna quelque chose et décrocha sa radio. Allait-il signaler ce qui se passait ? Appeler la police ?

Elle leur tourna le dos lorsque le bus commença à ralentir et composa le 911 sur son portable, prête à appeler en cas de besoin.

Puis elle regarda par la vitre et aperçut la haute silhouette sous l'abribus. Auréolé par les lumières fluorescentes, il semblait encore plus massif que de coutume à cause de son gros blouson d'hiver. Comme un phare au milieu d'une mer déchaînée, Matt Taylor, avec ses larges épaules et sa présence stoïque, lui montrait le chemin vers la sécurité.

Du soulagement, une immense gratitude et peut-être même de l'anticipation déferlèrent dans ses veines. Elle se leva d'un bond, soulagée qu'il soit là, comme l'ami dont elle avait besoin en ce moment.

— Matt ! s'exclama-t-elle en dévalant les marches dès que la porte s'ouvrit.

Sans hésiter, elle se jeta sur lui. Elle fourra téléphone et bombe lacrymogène dans ses poches, puis agrippa le col de son blouson. Tout en se dressant sur la pointe des pieds, elle l'attira vers elle et pressa ses lèvres sur les siennes. Il laissa échapper un soupir surpris qui n'étonna pas Corie. Après tout, elle ne l'avait pas vraiment averti de ses intentions. Mais elle ne s'attendait pas à ce que sa bouche ferme se mette à glisser sur la sienne. Ni à ce que sa barbe du soir lui taquine la peau en une caresse subtile. Ni à ce qu'une étincelle de chaleur lui picote les lèvres, avant de se répandre dans son sang, quand il accentua la pression de ses lèvres pendant un instant bref mais intense.

Le baiser dura plus longtemps qu'elle ne s'y attendait, moins longtemps qu'elle ne le voulait, et lui donna l'impression que le sol tremblait sous ses pieds lorsqu'elle se laissa enfin retomber sur les talons. Matt commença à se pencher, comme s'il voulait reprendre contact avec ses lèvres. Et

Corie brûlait d'envie de l'attraper par l'arrière de la tête pour guider sa bouche là où elle la voulait.

Mais, en entendant l'avertissement que lançait le conducteur aux deux hommes, elle se rappela que se jeter sur Matt avait été une tactique, pas une habitude de couple qu'elle avait le droit d'exercer. Elle s'obligea à continuer à jouer la comédie, même si elle ne parvint à émettre qu'un murmure essoufflé :

— Salut, mon cœur.

— Mon cœur ?

Il lui frotta les bras, les sourcils froncés de confusion, jusqu'à ce qu'il entende les remarques de Harve et Jordan.

— Hé, poupée, attends-nous, lança le barbu en se précipitant dans les marches. Toi, le vieux, ne ferme pas les portes.

— Tu avais dit que ça serait du gâteau, avec elle, Harve. Si je dois me castagner avec ce type, je veux un supplément…

— La ferme, Jordy.

Cory n'eut pas besoin d'expliquer son accueil un peu trop chaleureux.

Matt releva les yeux pour observer Jordan et Harve en silence, la mine froide et sévère. Il détacha les mains de Corie de son blouson, puis s'avança devant elle. Se redressant de toute sa hauteur, il n'eut pas besoin de dire un seul mot pour figer les deux hommes sur place.

Jordan s'écroula sur le trottoir dans sa hâte à s'éloigner de cet inconnu imposant. Harve l'attrapa par la manche et le remit sur pied, avant de le pousser dans le bus.

— Remonte, Jordy. Après tout, ce n'est pas notre arrêt.

Ses yeux sombres s'arrondirent comme deux scarabées noirs lorsqu'il hocha la tête vers Corie.

— À bientôt, mam'zelle Corie.

Jordan pinça les lèvres en cul-de-poule.

— Salut, poupée.

Alors que ce dernier geste inapproprié faisait tressaillir Corie, Matt s'élança et monta dans le bus d'un pas déterminé. Après s'être arrêté à côté du conducteur, il regarda Harve et Jordan battre en retraite jusqu'au fond du bus. Matt sortit son portefeuille et tendit une carte de visite à M. Lee.

— Si jamais vous voyez ces deux-là embêter à nouveau Corie, appelez-moi.

Le conducteur prit la carte et hocha la tête.

— Je le ferai. Soyez prudents.

— Bonne nuit, monsieur Lee, lança Corie lorsque Matt la rejoignit. Et merci.

— Bonne nuit, mademoiselle Corie. Monsieur Taylor.

Il les salua de la tête, puis referma la porte. Dans un ronflement de moteur, le bus s'éloigna.

Comme l'air froid et humide s'insinuait sous son manteau en laine, Corie se passa les bras autour de la taille. Mais la température n'était pas la seule chose à la faire frissonner. Harve et Jordan avaient pressé le visage contre la lunette arrière et ne la quittèrent du regard que pour se taper dans la main par-dessus les dossiers.

Elle sursauta en sentant Matt la toucher. Une sensation de chaleur l'envahit aussitôt quand il drapa le bras autour de ses épaules et l'attira contre lui. Il jouait son rôle de moitié de couple beaucoup mieux qu'elle. Il suivit les deux hommes des yeux jusqu'à ce que les lumières de l'abribus et des réverbères ne percent plus les fenêtres, jusqu'à ce que ses tourmenteurs soient avalés par les ombres.

Corie resta immobile contre Matt assez longtemps pour s'apercevoir qu'elle n'avait pas remis ses gants. Même s'ils étaient raidis par le froid, ses doigts étaient crispés dans le nylon noir du blouson de Matt. Elle s'accrochait à lui comme si elle avait tous les droits de l'utiliser comme une bouillotte géante. Chassant cet instinct de préservation qui semblait la pousser à aller systématiquement vers lui, Corie s'écarta de lui. Elle sortit ses gants de ses poches et les remit.

— Je suis désolée pour ce baiser. J'ai…

Elle regarda le bus disparaître dans la circulation, puis releva la tête vers Matt.

— J'avais besoin qu'ils me laissent tranquille. Je me suis dit que s'ils pensaient que j'étais *avec* toi… Ça a marché. Merci.

Il ne sembla pas entendre ses excuses. Ni se soucier du fait qu'elle ait profité de son empressement à lui venir en aide.

Et il n'avait personne avec lui.

Où était Evan ? Kenny les avait retrouvés !

Corie réfréna la flambée de panique qui s'emparait d'elle à chaque fois qu'elle ignorait où était exactement Evan. *Il est trop tôt pour s'inquiéter. Trop tôt.*

— Tu les connais, ces deux-là ? demanda Matt.

Elle secoua la tête et scruta les alentours. Non, elle ne les avait jamais vus avant ce soir. Oh ! bon sang. La panique l'emportait. Ils étaient seuls à cet arrêt de bus. Il n'y avait pas d'enfant avec eux. Leur immeuble se trouvait à deux cents mètres. Evan était-il à nouveau seul dans leur appartement ? Elle ne voyait pas le pick-up de Matt. Un petit groupe fumait devant le bar un peu plus bas dans la rue, mais il n'y avait personne de l'âge d'Evan. Où était son fils ? Elle avait confié une mission à Matt. Peut-être deux, maintenant que Jordan et Harve s'étaient immiscés dans sa vie ce soir, mais elle avait confié à Matt la chose qui comptait le plus au monde pour elle : son fils.

— Ils semblaient te connaître, remarqua Matt d'un

ton neutre. Pourquoi pensaient-ils que tu serais une proie facile pour eux ? Que ce serait « du gâteau » ?

Sans se soucier du ridicule de son geste, Corie regarda derrière le large dos de Matt, à la recherche de son petit ange.

— Où est Evan ?

Matt se tourna pour qu'ils soient à nouveau face à face. Sa voix calme et grave changea à peine de timbre, même s'il courba un peu les épaules pour approcher le regard du sien et s'assurer qu'elle se concentre sur ce qu'il disait.

— Il dort à poings fermés sur mon canapé. Mon frère et sa fiancée sont avec lui. Ev va bien. Parle-moi de ces hommes.

Les yeux de Matt capturèrent son attention. Contrairement à ceux de Harve, petits et froids, ils avaient une intensité chaleureuse qui se répandit en elle, aussi revigorante que le café dont ils avaient la couleur. Ils calmèrent sa panique et chassèrent le frisson né de ses peurs passées. Evan était en sécurité. Matt était un homme bon et fiable qui ne ferait rien pour mettre son fils en danger. *Il n'est pas Kenny.*

Et, avec le retour de la pensée rationnelle, elle songea à ce qu'avait dit Matt. Était-ce son imagination, ou Harve s'était-il exprimé de façon étonnamment intelligible pour un ivrogne qui bafouillait quelques minutes auparavant ?

— Il est chez toi ? Il dort ? Evan va bien ?

— Oui. Et toi ?

Matt se redressa lentement, sans jamais détacher le regard du sien. Il serra ses mains gantées le long de ses flancs, les détendit, puis les serra à nouveau, comme s'il voulait la toucher, mais se retenait de le faire.

Elle n'aurait rien eu contre. Après six ans à éviter les hommes – au début parce qu'elle avait pensé qu'ils étaient tous comme Kenny et sa bande de voyous, plus tard à cause du travail, de l'école, et car être une mère célibataire hypervigilante ne laissait pas de temps pour les relations amoureuses –, elle n'aurait vu aucune objection à ce que Matt Taylor la touche.

Corie esquissa un sourire et hocha la tête.

— Je vais bien. Grâce à toi.

Que Matt soit incroyablement patient ou adorablement timide, Corie voulait de ce rapprochement qu'il était trop poli pour initier. À une époque, elle avait été une jeune femme sûre d'elle-même, qui avait suivi la voie conseillée par sa mère – ce qu'elle avait naïvement cru vouloir, elle aussi –, jusqu'à ce qu'un kidnapping, des menaces de mort et le monde obsessionnel et violent de Kenny la transforment en victime soumise. C'était agréable de sentir un peu de son assurance revenir au contact de cet homme. Elle glissa le bras sous celui de Matt et l'entraîna.

— On pourrait rentrer à la maison maintenant ?

— Du moment que tu me racontes tout.

Il posa sa main gantée sur la sienne, là où elle agrippait son avant-bras, indiquant par là qu'il aimait partager ce lien amical avec elle, lui aussi, et ne voulait pas qu'elle s'écarte. Cet homme la faisait se sentir en sécurité. Et son baiser avait éveillé en elle des sensations en sommeil et ignorées depuis trop longtemps. Corie ne comptait aller nulle part sans lui.

Tout en marchant, elle lui résuma son trajet en bus.

— Ils sont montés à l'arrêt juste après le *diner.* Tu vois le genre : deux types ayant trop bu sortant d'un bar quelconque. J'ai essayé de me faire discrète, mais ils m'ont repérée et ont décidé que j'étais leur cible de choix. Quand M. Lee leur a ordonné de se déplacer, ils ont obéi. Mais ils n'ont pas arrêté pour autant. Ensuite, ils sont devenus pénibles pour tous les passagers. Mais maintenant je me demande si ce n'était pas de la comédie. Harve a eu l'air de dessoûler plutôt vite dès qu'il t'a vu.

— Je fais souvent cet effet aux gens.

Sans savoir s'il avait eu l'intention d'être drôle ou pas, Corie sourit et pressa la joue contre son épaule. Le matériau de son blouson était froid contre sa peau, mais elle apprécia la souplesse et la chaleur des muscles qu'elle sentait dessous. Ils traversèrent la chaussée et marchèrent une centaine de mètres sans changer de position. Matt bloquait le plus gros du vent, et Corie se sentait protégée grâce à ses yeux attentifs qui scrutaient les environs et se posaient de temps en temps sur elle. Le simple fait de marcher dans la rue bras dessus bras dessous semblait normal. Intime. Et bien plus romantique que les grands gestes faits par Kenny pour tenter de la charmer.

— C'est bizarre, c'est tout. Il y a un tas de choses bizarres qui arrivent autour de moi en ce moment, admit-elle. D'abord les feux, et puis le fait que quelqu'un est peut-être entré dans mon appartement. Ce coup de fil ridicule. Et maintenant ces deux crétins qui m'embêtent.

— Quel coup de fil ?

Avait-elle vraiment dit cela à voix haute ? Elle essaya de s'expliquer d'une façon qui ne la faisait pas passer pour la femme complètement paranoïaque qu'elle était.

— Un message de la secrétaire de mon avocat à Saint Louis, à propos d'un incendie dans leur cabinet.

— Il y a eu des blessés ?

— Mon avocat a été légèrement blessé, mais il s'est bien remis. Apparemment, ils ont perdu des documents dans le feu.

— Certains de ces documents te concernaient-ils ?

Elle haussa les épaules. Elle avait aussitôt imaginé le pire, mais en réalité elle n'en savait rien.

— C'était seulement un appel pour m'informer.

Matt crispa un instant les doigts sur les siens, puis il enfouit les mains dans les poches de son blouson. Elle eut l'impression qu'il serrait les coudes contre son torse, comme pour maintenir leurs bras noués et l'encourager à rester près de lui. Mais, quand il tourna la tête pour observer les voitures et les pick-up qui traversaient l'intersection derrière eux lorsque le feu changea de couleur, elle sentit que sa posture avait changé et qu'il était sur ses gardes. Il voulait avoir les mains libres pour… pour quoi ?

— Tu n'aurais pas remarqué une camionnette blanche derrière le bus ? demanda-t-il.

— Non. De nuit, c'est difficile de voir grand-chose à part les phares.

Elle étudia les véhicules qui roulaient non loin d'eux. Pas de camionnette. La sensation de joie et d'excitation qu'elle ressentait – et venait d'admettre – parce que Matt l'avait attendue et la raccompagnait chez elle s'évanouit. Avait-il repéré quelque chose qui lui avait échappé ?

— Pourquoi ?

— J'ai vu un véhicule inconnu dans le quartier tout à l'heure. Il nous a suivis depuis l'immeuble de ma grand-mère.

— Suivis ?

Corie s'arrêta, avant de dégager brusquement son bras. Il se passait quelque chose d'anormal, c'était évident.

— Pourquoi ne m'as-tu rien dit ?

Matt se tourna vers elle et l'attrapa par les coudes.

— Mes frères policiers sont en train de se renseigner. La camionnette n'est pas arrivée jusqu'à notre immeuble et notre parking. Je l'ai semée en prenant des chemins détournés.

Elle ne voulait pas être rassurée. Elle voulait des faits.

La suspicion dans les mots et la posture de Matt était manifeste.

— La camionnette vous suivait ? Tu en es sûr ? Tu as vu le conducteur ? Evan va bien ? Est-ce qu'il a eu peur ?

La dernière fois qu'elle avait eu l'impression que son monde s'écroulait autour d'elle, c'était une réalité. Elle n'avait pas l'intention d'ignorer les bizarreries qu'elle remarquait, d'être prise au dépourvu et contrainte de faire à nouveau quelque chose qu'elle regretterait.

— J'ai besoin de voir Evan. Tout de suite.

Cette fois, Matt drapa le bras autour de ses épaules et la ramena contre lui. Il se remit à marcher à grandes enjambées, obligeant Corie à presser le pas.

— A priori, il a passé le trajet à jouer avec ma montre. Je ne crois pas qu'il ait remarqué la camionnette.

Elle secoua la tête, dubitative.

— Il remarque tout.

— C'est vrai. J'ai abattu un mur ce soir, en faisant beaucoup de bruit. Il a accouru pour vérifier que j'allais bien.

Elle s'arrêta et leva les yeux vers lui.

— J'allais bien, répondit-il à sa question muette, avant de l'attirer contre lui pour reprendre la marche. Evan aussi. Mon frère Mark est avec lui. Mes frères Pike et Alex essayent de localiser la camionnette, même si je n'ai réussi à relever qu'une immatriculation partielle. Le gars rôdait peut-être autour de mon pick-up pour voir s'il pouvait le voler. J'étais plus inquiet à propos du fait que tu sois toute seule dehors.

— Je vais bien. Enfin, ça va aller, corrigea-t-elle. J'ai connu bien pire que deux poivrots dans un bus. Evan est ma seule préoccupation.

Matt resserra le bras autour d'elle, tandis qu'ils gravissaient les marches en granit jusqu'à l'entrée de leur immeuble. Il passa son badge sur le lecteur et la suivit à l'intérieur. Même dans le hall, à l'abri du froid et du vent, Corie se sentait glacée. Sept ans plus tôt, quand les problèmes avec Kenny avaient commencé – la pire année de sa vie –, la terreur avait débuté avec quelqu'un qui les suivait, elle et son fils.

— Tu ne l'aideras en rien si quelque chose t'arrive, déclara Matt en appelant l'ascenseur.

Corie se précipita dans la cabine et appuya sur le bouton du sixième étage.

— Je suis une adulte. Je peux prendre soin de moi. Lui, il vient d'avoir huit ans. Il est confiant et curieux, et il est ce que j'ai de plus cher au monde.

Elle était clairement perturbée par ce qui se passait, sinon elle ne se cramponnerait pas encore à Matt. Quand elle s'aperçut qu'elle agrippait toujours son blouson, elle essaya de le lâcher. Mais ses doigts semblaient paralysés, et voilà que ses yeux s'embuaient…

— Corie…

Tandis que les portes de l'ascenseur se refermaient, Matt lui encadra le visage de ses grandes mains et le releva vers lui.

— La prochaine fois que tu travailles tard, préviens-moi. Je viendrai te chercher. Et si je suis de garde j'enverrai un de mes frères ou mon père.

Elle secoua la tête.

— On prend ce bus depuis des mois. On n'est pas ta responsabilité. Je ne peux pas te demander de…

— Hors de question que tu rentres à nouveau seule de nuit.

Il appuya ces mots en serrant doucement les doigts dans ses cheveux et le long de son cou pour l'empêcher de secouer à nouveau la tête. Un soupir qui était peut-être un léger rire fit bouger la frange sur le front de Corie.

— C’est mauvais pour ma tension, conclut Matt.

— *Ta* tension ?

Elle referma les doigts autour de ses poignets.

— C’est *moi* qui suis en mode panique.

Du pouce, il lui caressa la joue. Son gant en cuir était froid sur sa peau, mais son geste et sa voix grave éloignèrent le monde extérieur assez longtemps pour qu’elle inspire profondément.

— Laisse-moi faire cette toute petite chose, déclara Matt. S’il te plaît.

Elle devait réfléchir, pas réagir. Elle devait faire appel à son cerveau, pas à ses émotions. Et surtout elle devait mettre de l’ordre dans ses pensées pour ne pas effrayer Evan. La patience et la gentillesse de Matt la calmèrent suffisamment pour que sa panique maternelle diminue un peu. Elle le croyait quand il disait qu’Evan était en sécurité. Pour cela, elle lui était reconnaissante. Mais elle n’avait pas l’intention de devenir un fardeau pour lui. En outre, si ces étranges événements étaient liés à Kenny Norwell, tous ceux qui seraient en contact avec elle seraient en danger.

— On abuse déjà de ta générosité. Ça ne devrait pas être ton problème.

Il n’essaya pas de prétendre que les événements récents les concernant, Evan et elle, ne bouleversaient pas sa vie. Il ne lui conseilla pas de ne pas s’inquiéter. Il ne lui promit pas de régler ses ennuis en échange de son silence ou d’une partie de jambes en l’air, ou de la garde de son fils comme Kenny l’aurait fait.

Matt se campa devant elle comme le chêne inflexible qu’il était et tendit la main.

— Passe-moi ton portable.

Il ôta ses gants avec les dents et les garda là pendant

qu'il enregistrait son numéro dans le téléphone, qu'il lui rendit ensuite.

— C'est plus rapide que de sortir ma carte de ton sac.

Le geste enfantin et la phrase à peine intelligible étaient aussi touchants que la réponse à son baiser avait été grisante. Elle récupéra les gants, tandis qu'il sortait son portable et tapait son numéro à elle. Maintenant qu'il pouvait parler clairement, il ajouta :

— Si tu préfères prendre le bus, l'un de nous ira avec toi. Ce n'est pas parce que je propose de venir te chercher que tu me dois quoi que ce soit. Promets-moi de m'appeler, c'est tout.

Quand il eut fini, elle fourra chaque gant dans la poche correspondante de son blouson, comme elle le faisait avec Evan presque tous les jours quand ils rentraient de l'école. Mais, au lieu de l'envoyer jouer dans sa chambre comme elle le ferait avec un enfant, Corie passa les bras autour de Matt et l'étreignit. Même si elle était de taille moyenne, elle atteignait à peine ses épaules. Pourtant, lorsqu'il l'enlaça à son tour et posa le menton sur ses cheveux, elle eut l'impression qu'ils s'ajustaient parfaitement. Elle se blottit contre lui, presque triste que l'ascenseur ralentisse et s'arrête.

— Tu es un bien meilleur ami que je ne le mérite, Matt. Mais tu ne tiens peut-être pas à t'engager avec moi.

— Peut-être que si. Peut-être que c'est déjà le cas.

Quand les portes s'ouvrirent, ils s'engagèrent côte à côte dans le couloir.

— Fais-moi un peu confiance, d'accord ?

Corie attrapa sa main et entrelaça leurs doigts.

— Te faire confiance, c'est ce qu'il y a de plus facile.

8

Dès que Matt eut déverrouillé la porte, Corie se précipita à l'intérieur, impatiente de voir Evan.

En arrivant dans le salon plongé dans la pénombre, ils furent accueillis par une version un peu plus petite mais tout aussi large de Matt. Il avait les yeux bleus, mais c'était forcément son frère. Mark Taylor posa le doigt sur ses lèvres, tout en faisant un signe de la tête vers le canapé. Evan s'y trouvait, profondément endormi, un bras autour de son dragon, la montre de Matt au poignet. Une rousse sculpturale vêtue d'un sweat-shirt taché de peinture sortit de la cuisine, se séchant les mains sur un torchon. Elle salua Corie et Matt d'un sourire, mais garda le silence.

— Mark, mon frère, murmura Matt derrière elle. Sa fiancée, Amy Hall. Voici Corie, la mère d'Evan.

Bien qu'elle ait du mal à détourner le regard de son enfant endormi et que le soulagement l'empêche presque de parler, Corie parvint à remercier le couple, avant de traverser la pièce à la hâte. Elle s'agenouilla près du canapé pour observer le petit visage innocent d'Evan, tandis qu'il ronflait doucement, la tête posée sur un coussin. Elle écarta une mèche de cheveux châtains de sa joue constellée de taches de rousseur et posa la main sur sa nuque. Il allait bien. Il était épuisé après ce qui avait dû être une soirée palpitante pour lui, mais il allait bien. Kenny ne les avait pas retrouvés. Kenny ne lui avait pas repris son fils. Poussant un soupir de soulagement qui résonna dans toute la pièce, elle se releva, ajusta la couverture sur Evan et l'embrassa sur la joue.

— Ça va mieux ? demanda Matt, tout près d'elle.

Elle leva les yeux sur lui et hocha la tête.

— Tu avais raison. Il va bien. C'est juste que… une mère a besoin de savoir comment va son enfant.

Elle tourna la montre de Matt sur le fin poignet d'Evan pour la détacher.

— Tu ferais mieux de la récupérer maintenant, sinon tu risques de ne jamais la revoir.

Matt interrompit son geste.

— Laisse-la-lui pour ce soir. Je crois que ça l'aide à se sentir en sécurité, comme s'il pouvait affronter tout ce qui le stresse.

Ce n'était peut-être pas la montre en tant que telle, mais plutôt ce qu'elle représentait. Cet homme avait beaucoup de qualités qui les aidaient à se sentir en sécurité. Corie lui serra l'avant-bras pour le remercier de cette attention.

— On te la rendra demain matin, promis.

Elle sentit qu'on la tirait de l'autre côté. Amy venait de glisser le bras sous le sien et l'entraînait vers la cuisine.

— Viens, allons quelque part où on n'a pas besoin de murmurer. J'ai préparé du chocolat pour nous réchauffer. Et je veux te montrer le dessin qu'Evan a fait.

Plus elles s'éloignaient du salon, plus sa voix devenait sonore et exubérante.

— Je vais m'en inspirer pour fabriquer un de mes aliens de jardin, un extraterrestre miniature qu'il pourra garder dans sa chambre. Si tu es d'accord. Il a dit qu'il avait un endroit où le mettre.

Amy tendit à Corie un dessin aux crayons de couleur,

puis s'approcha de la cuisinière pour remplir deux mugs de chocolat chaud.

— Des aliens de jardin ? demanda Corie.

— Défais ton manteau et assieds-toi quelques minutes.

À l'évidence, Amy se sentait comme chez elle dans l'appartement de Matt. Après avoir désigné une des chaises autour de la table en bois rustique, elle attira son attention sur les volutes violettes, rouges et jaunes dessinées sur le papier.

— Je reconnais le thème du dragon, qui sera amusant à intégrer à mon travail. Evan fait des choix de couleurs très audacieux. Je trouve que c'est une vraie source d'inspiration.

Devait-elle s'inquiéter de l'armée de dragons sans cesse croissante gardant la chambre d'Evan ? se demanda Corie.

Lorsque les deux frères les rejoignirent, Mark s'empara d'un mug à moitié vide sur la table et l'apporta à sa fiancée pour qu'elle le resserve. Elle versa du chocolat en poudre dans plusieurs mugs, avant de les remplir d'eau bouillante.

— Amy est une artiste, déclara-t-il. Elle travaille surtout avec les métaux. Elle a installé son atelier dans mon garage.

— Pour la bonne raison que le mien a brûlé l'été dernier.

Après avoir distribué les boissons, elle s'assit à côté de Corie et tendit la main gauche vers elle.

— Voici un exemple de ce que je fais : ma bague de fiançailles.

Corie étudia le travail de filigrane autour du solitaire. C'était un bijou unique en son genre. Comme Amy devait l'être, elle aussi, devina-t-elle.

— C'est splendide… et très original.

Amy s'appuya contre son fiancé, qui avait posé les mains sur ses épaules, et admira le bijou à son annulaire.

— Mark m'a donné ce diamant monté sur un anneau en or blanc tout simple quand il m'a demandée en mariage, avec sa bénédiction pour que j'en fasse ce que je voulais. Je l'ai fondu et j'ai créé les deux cœurs entremêlés autour de la pierre. Les alliances que je suis en train de fabriquer seront plus simples à cause du métier de Mark.

Les mains autour de son mug, Corie haussa les épaules.

— Waouh… Tu fabriques tes propres bijoux de mariage, alors que moi je n'ai même pas de passe-temps.

Debout près de la cuisinière, Matt tournait sa cuillère dans son chocolat chaud.

— Parce que tu travailles ou que tu étudies tout le temps. Ou que tu fais des choses avec Evan. La plupart des gens ne seraient pas capable de gérer tout ça aussi bien que toi.

Elle lui sourit, le remerciant en silence de ce compliment. Et, si elle ne se trompait pas, le léger frémissement au coin de ses lèvres indiquait qu'il souriait en retour.

Lorsqu'elle se fut un peu réchauffée, Corie ôta son manteau, tandis que Matt et Mark s'asseyaient eux aussi. Elle avait eu l'intention de ramener Evan chez eux pour ne plus être dans les pattes de Matt. Mais les frères Taylor et Amy lui donnaient l'impression d'être une invitée bienvenue. Non, en réalité, ils lui donnaient l'impression d'être une amie. Corie ne se rappelait pas la dernière fois qu'elle s'était assise avec des gens de son âge pour parler d'autre chose que d'enseignement, de cours, de travail ou de problèmes juridiques. Ils continuèrent à bavarder pendant une demi-heure, tout en buvant leur chocolat. Elle apprit les détails du mariage des tourtereaux, prévu cet été dans la ferme de la grand-mère d'Amy. Elle écouta quelques anecdotes à propos des pompiers de la caserne 13 où les deux frères travaillaient. Matt se contenta de hausser les épaules lorsque Mark affirma que son frère l'avait sauvé du feu non pas une fois, mais deux. Même si Mark et Amy dominaient la conversation, ils les incluaient, Matt et elle, grâce à des taquineries, des compliments sur Evan et des questions intéressantes qui les aidaient à mieux connaître Corie, et réciproquement.

La discussion se serait sûrement prolongée encore plus si elle n'avait échoué à réprimer un bâillement. Elle posa aussitôt la main sur sa bouche.

— Je suis désolée. Ce n'est pas à cause de vous, promis.

Mark repoussa sa chaise, tandis qu'Amy serrait la main de Corie et lui adressait un sourire contrit.

— C'est ma faute. Je pars en roue libre dès que je parle d'épouser cet homme. Matt a appris à faire avec.

Elle adressa un clin d'œil à son futur beau-frère.

— Et en plus je crois qu'il m'aime bien.

— Il t'aime bien, confirma Matt. J'ai dit que je ferais partie de la noce, non ?

Amy contourna la table pour enlacer Matt par-derrière.

— Exact.

— Allez, ma rouquine, lança Mark en la tirant par la main. Laissons-les dormir. Corie a eu une longue journée, et c'est ce qui m'attend demain.

D'un geste plein de galanterie, Matt tira la chaise de Corie. Ils se rendirent tous dans le salon, baissant le ton dès qu'ils se rapprochèrent d'Evan. Mark aida Amy à enfiler son manteau, puis les deux frères échangèrent une brève accolade.

— On se voit au boulot, frangin.

— Merci pour le coup de main.

— Comme si tu n'avais jamais fait la même chose pour moi !

Amy serra Matt dans ses bras, puis s'approcha de Corie. Tout en l'étreignant, elle lui glissa à l'oreille :

— Matt est quelqu'un de bien. Il n'y a pas mieux. Un drôle de zèbre, mais…

— Ma rouquine ? intervint Mark en l'éloignant de Corie. On a dit quoi sur le fait de jouer les entremetteurs ?

— Qu'il est aussi lent qu'un escargot et qu'il a besoin d'un petit coup de pouce ? répliqua Amy dans un murmure de conspiratrice.

— Et sur ces belles paroles, on va y aller.

Mark ouvrit la porte et poussa sa fiancée dans le couloir.

— J'ai été ravi de te rencontrer, Corie.

Mais, apparemment, lui non plus n'avait pas été épargné par l'envie de jouer les marieurs. Il regarda Matt derrière Corie et lui fit un clin d'œil.

— Bonne nuit, l'escargot.

Matt empauma le visage de son frère et le poussa dans le couloir. Hilare, Mark prit Amy par la main, puis les fiancés se dirigèrent vers l'ascenseur. Matt referma la porte derrière eux et se tourna vers Corie. Sous sa barbe naissante, ses joues semblaient avoir rosi.

— Je suis désolé. Ces deux-là ont parfois tendance à faire des conseils amicaux… un peu agressifs.

Se détournant pour cacher son visage écarlate, Corie regagna la cuisine et commença à rincer les mugs.

— Ils t'aiment beaucoup, ça se voit. Ça doit être super d'avoir une famille sur qui on peut compter, même à la dernière minute comme ce soir.

Matt la rejoignit et ouvrit le lave-vaisselle pour y déposer les mugs qu'elle lui tendait.

— Tu n'as pas de famille ? Je me doutais qu'il n'y avait personne ici à Kansas City, parce que Ev et toi vous êtes toujours seuls. Tu ne reçois jamais personne. Mais aucune famille nulle part ? Tu as parlé de Saint Louis tout à l'heure.

— C'est là que j'ai grandi. Fille unique. J'ai une mère et un beau-père. Il était plutôt sympa. Mais ma mère et moi avons coupé les ponts. Ça me manque de ne pas avoir de maman et de grand-mère pour Evan mais, elle, elle ne me manque pas.

Elle pouvait lire la question « pourquoi ? » dans ses yeux. Elle haussa les épaules et mouilla l'éponge pour nettoyer le plan de travail. Ce n'était plus un sujet qu'elle avait du mal à aborder. Elle était en paix avec ses décisions de changer de nom et de quitter Saint Louis.

— Je t'ai dit que mon ex avait fait du mal à beaucoup de monde. Mais il avait aussi beaucoup d'argent. Généralement gagné de façon illégale, comme je l'ai découvert, en travaillant pour d'autres criminels. Mais ma mère était prête à passer outre à ce petit détail tant qu'il la couvrait de cadeaux et me gardait dans une belle maison bien trop grande pour nous trois.

— Il te *gardait* ?

Corie retourna à l'évier sans croiser son regard. Matt semblait comprendre d'instinct que ses mots étaient plus littéraux que ne l'imaginaient les gens.

— Quand je me suis séparée de lui, il a kidnappé Evan. Comme il était encore parent gardien, la police n'a pas appelé ça un kidnapping. Mais si je voulais être avec mon fils je devais être avec Kenny.

— Tu aurais pu divorcer et demander la garde exclusive.

Corie secoua la tête. Elle avait été jeune et vulnérable, isolée de tous et craignant pour sa vie.

— La femme que j'étais à l'époque n'aurait pas pu le faire.

— Mais tu es plus forte, maintenant. Norwell ne fait plus partie de ta vie. Tu as bien la garde exclusive, n'est-ce pas ?

— Oui. J'ai légalement changé nos noms et j'ai laissé ce cauchemar derrière moi. J'ai commencé une nouvelle vie selon mes termes.

— C'est pour ça que l'appel du cabinet d'avocats t'a

inquiétée ? Tu penses que ta mère ou ton ex essayait de découvrir qui vous êtes et où vous vous trouvez maintenant ?

— Mon avocat a ces informations, c'est vrai. Mais d'après la secrétaire ils ne sont même pas sûrs qu'il manque quelque chose. Ils appelaient tous leurs clients pour les prévenir, pour se couvrir juridiquement, je présume.

Elle avait été prudente pendant si longtemps, tout comme son avocat. Aux yeux du monde, Katie Norwell et son fils, Danny, avaient disparu de la surface du globe.

— Kenny est resté à Jefferson City après sa sortie de prison. Et ma mère n'y connaît absolument rien en matière d'effraction et de feux.

Matt mit le lave-vaisselle en marche, ce qui lui laissa quelques instants pour refréner ses émotions.

— Il faut beaucoup de force de caractère pour tout recommencer sans l'aide de famille ou d'amis.

Son compliment lui réchauffa le cœur.

— Quand Kenny a été arrêté pour incendie criminel et envoyé en prison, j'ai pensé que ma mère comprendrait enfin que c'était un monstre, qu'on panserait les vieilles blessures et qu'on redeviendrait une famille.

Après s'être séché les mains, elle parvint à regarder Matt dans les yeux.

— Ma mère m'a encouragée à me marier avec Kenny. Et elle m'a critiquée pour avoir divorcé et lui avoir pris son fils. Elle a dit que c'était une erreur et que je ne pourrais pas revenir en arrière. Après tout, et je la cite, « les incendies volontaires sont des crimes sans victimes ».

— Dis ça aux gens qui ont perdu tous leurs biens, rétorqua Matt en levant les yeux au ciel. Qui ont perdu la sécurité d'un toit au-dessus de leurs têtes. Ou pire, un animal domestique ou un proche. Qu'il y ait des morts ou pas, il y a des victimes.

Un étau de chagrin enfoui depuis longtemps lui comprima le cœur. Certaines parties de son passé étaient difficiles à évoquer, après tout. Corie retourna dans le salon pour contempler son fils endormi. Elle passa doucement les doigts dans ses cheveux et lissa les mèches ébouriffées sur son front.

— On pourrait croire qu'un parent ferait tout ce qui est en son pouvoir pour protéger son enfant. C'est ce que je ferais. Je l'ai fait. Voilà ce que ma mère m'a dit en dernier : « Va le retrouver et supplie-le de te pardonner. »

Corie frissonna et serra son cardigan autour d'elle.

— Il gagnait sa vie en faisant du mal aux gens. Il m'a envoyée à l'hôpital et il a kidnappé Evan pour que je revienne. Il a fallu que Kenny aille en prison pour qu'on réussisse à lui échapper… et elle voulait que je lui demande pardon ?

Sans prévenir, Matt l'attira contre lui et l'étreignit. Même avec ses bras croisés coincés entre eux, elle sentait la chaleur et la force qui émanaient de lui. Pendant un long moment, elle se laissa aller contre son torse. Matt enfouit les doigts sous sa queue-de-cheval, la souleva et massa la tension qui lui serrait le crâne. Elle n'avait pas besoin de mots – elle sentait déjà toute son empathie. Mais il lui offrit quand même des mots.

— Tous les gens ne sont pas faits pour être de bons parents. Mes parents biologiques étaient souvent ivres ou défoncés. Ils nous surveillaient à peine, Mark et moi. Je jouais avec le feu, et ce n'est pas une métaphore, le soir où notre maison a brûlé, et ils sont morts. Ils étaient dans le salon, inconscients. J'ai réussi à sortir Mark. Mais je n'ai pas réussi à les réveiller. S'ils avaient été de meilleurs parents…

— Oh ! Matt…

Elle libéra ses bras pour pouvoir les passer autour de sa taille et le serra très fort.

— Quel âge avais-tu ?

— Peu importe.

— Quel âge ? insista-t-elle. Tu as dit que tu étais plus jeune qu'Evan quand tu avais… fait des bêtises.

— Quatre ans.

— Seulement quatre ans ?

Elle posa la joue sur son cœur et l'écouta battre. Son propre cœur pleurait pour l'enfant qu'il avait été.

— Tu as dû avoir tellement peur.

— Je n'essaye pas de comparer ma souffrance à la tienne – ni de la minimiser. Je veux seulement te dire que je comprends ce que c'est de n'avoir personne à ses côtés quand on en a besoin.

Corie frotta son nez sur la chemise en flanelle de Matt et inhala son odeur virile. Kenny ne l'avait jamais simplement tenue contre lui. Il avait voulu l'avoir à son bras pour l'exhiber devant ses amis et ses employeurs, ou dans son lit pour des rapports peu satisfaisants, ce qu'elle avait naïvement attribué à son inexpérience. Elle avait fini par comprendre que leurs ébats n'avaient jamais eu pour objectif de la combler, elle, surtout après qu'elle lui avait donné le petit garçon qu'il voulait. Tenir Matt dans ses bras et être tenue par lui était une expérience inédite, incroyablement addictive, à laquelle elle était incapable de mettre fin. Être pressée contre lui, sentir son corps chaud et solide contre le sien était à la fois calmant, tonifiant et sensuel.

— Je voulais seulement qu'ils me remarquent, poursuivit Matt en lui caressant la nuque. Mark était le bébé. Il était mignon. J'étais… superflu. Même à quatre ans, je savais qu'on n'était pas une famille normale, traditionnelle.

En imaginant ce petit garçon solitaire et négligé, elle resserra son étreinte.

— Je voulais qu'ils ressentent quelque chose, ajouta-t-il. De la peur, de la panique, peut-être un peu d'inquiétude à propos de Mark et moi. *Je* voulais ressentir quelque chose.

— Que tu étais en sécurité. Que quelqu'un tenait assez à toi pour t'empêcher de faire quelque chose de dangereux. Tu as dû culpabiliser après leur mort. Mais c'étaient eux les adultes. Ils auraient dû prendre soin de toi.

— Je remercie le ciel tous les jours que les Taylor nous aient adoptés, Mark et moi. Et aussi Alex et Pike. On était tous placés au même endroit. Tout le monde n'a pas la chance d'avoir une famille comme la nôtre.

Quand les lèvres de Matt effleurèrent ses cheveux, Corie eut envie de se fondre en lui, de le tenir toute la nuit dans ses bras. Il y avait quelque chose d'ironique à ce qu'ils soient tous les deux les rejetons de parents égoïstes. Mais son passé était peut-être encore trop douloureux pour qu'il puisse en plaisanter. Le désir de soulager sa douleur – ou d'être consolée pour la sienne – n'était pas la base de leur relation.

À moins que ce ne soit le cas ? Le destin l'avait-il menée dans l'appartement en face de chez Matt parce qu'il était le seul homme capable de comprendre ce qu'elle avait traversé ? Était-elle attirée par lui parce qu'elle percevait chez lui du chagrin et des secrets qui ressemblaient aux siens ? L'intensité calme et réservée de Matt était-elle censée faire renaître la femme enjouée et pleine d'assurance qu'elle avait été ?

Malgré ces quelques minutes de bonheur et de normalité, et l'envie inattendue de pousser plus loin cette étreinte, un nouveau bâillement la ramena à la réalité. Avec un gloussement fatigué, elle lâcha la chemise de Matt. À cette heure tardive, c'était idiot de rêvasser aux sentiments qu'il éveillait en elle.

— Rien à voir avec toi, promis.

Elle fut un peu déçue que Matt la laisse s'écarter aussi facilement. Mais c'était un homme éminemment pragmatique. Elle devrait s'estimer heureuse qu'au moins l'un d'entre eux fasse preuve d'un peu de bon sens.

— Il est tard. Il faut que j'aille mettre Evan au lit, sinon je ne vais jamais réussir à le faire se lever pour l'école.

— Je vais le porter.

Corie récupéra son manteau et les affaires d'Evan, tandis que Matt soulevait le petit garçon et se dirigeait vers l'appartement de l'autre côté du couloir. Quelque chose de primitif et de purement féminin remua dans le ventre de Corie face à l'image paternelle de Matt posant son fils sur le lit. Pendant qu'elle bordait Evan, il plaça le dragon protecteur sur la tête de lit, puis mit le manteau sur le dossier de la chaise. Après avoir allumé la veilleuse, elle suivit Matt jusqu'à la porte d'entrée.

Son voisin sexy ferait un père fantastique. Elle le pressentait, Matt serait doué pour plein de choses, parce qu'il était patient, observateur et attentionné. Protéger les autres semblait inscrit dans son ADN, et ce torse, ces bras, ces fesses dans son jean et… oh, nom d'un chien ! Elle avait peut-être des responsabilités et un sacré passif émotionnel, mais elle était aussi une femme adulte en pleine santé, avec des besoins et des hormones qui voulaient dicter leur loi.

Une fois dans le couloir, Matt se tourna vers elle.

— Je vais attendre jusqu'à ce que tu aies verrouillé la…

— Merci pour tout ce que tu as fait ce soir.

Consciente qu'elle commettait peut-être la plus grosse erreur de sa nouvelle vie, elle s'appuya d'une main sur son torse, glissa l'autre sur sa nuque et se dressa sur la pointe des pieds pour l'embrasser. Du bout de la langue, elle goûta sa lèvre inférieure rigide, puis la sentit s'amollir quand elle la captura entre les siennes.

Puis elle s'aperçut qu'il ne la touchait pas. Alors qu'elle avait enfoui les doigts dans les cheveux courts sur sa nuque, il serrait les poings le long de son corps. Même s'il avait brièvement réagi lorsqu'elle avait sucé sa lèvre, il ne répondait pas à son baiser. Et ce son rauque dans son torse ne ressemblait pas à un grognement de plaisir.

Corie le lâcha aussitôt et recula en rougissant.

— Je suis désolée.

— Je t'ai dit que tu n'avais pas à faire quoi que ce soit qui te mette mal à l'aise. Ce n'est pas parce que mon frère et Amy n'arrêtent pas de se tripoter que j'attends de toi que…

— Non, tu as dit que je devais te *dire* quand quelque chose me mettait mal à l'aise.

Son embarras laissa place à une bouffée de colère, puis à de la confusion.

— C'était pour te remercier, Matt. Je n'ai pas pris sur moi et *fait semblant* de t'embrasser. J'en avais envie.

Et voilà que l'embarras surgissait de plus belle.

— Sauf si tu n'es pas d'accord ? Je sais que je suis plutôt rouillée mais, quand je t'ai embrassé à l'arrêt de bus, toi aussi, tu m'as un peu embrassée…

Elle fourragea dans ses cheveux, défaisant presque sa queue-de-cheval.

— Est-ce que je profitais… ?

— Non. Tu peux m'embrasser ou me toucher n'importe quand, n'importe comment.

Il semblait presque furieux lorsqu'il baissa la tête vers elle et siffla ces paroles entre ses dents. Il se redressa brusquement, comme s'il était surpris de sa propre véhémence.

Après avoir détourné le regard un instant, il reporta son attention sur elle.

— Ce n'est pas ce que je voulais dire.

Il battit l'air de la main, luttant visiblement pour trouver les mots justes. Après un autre geste de frustration, il glissa les doigts dans les cheveux qu'elle avait libérés. Comme elle ne s'écartait pas, il sembla parvenir à une décision. Il repoussa une mèche derrière son oreille et posa la main sur le côté de son cou, soulageant ainsi Corie de ses incertitudes.

— J'aimerais t'embrasser à nouveau très bientôt.

Il parlait plus bas, avec ce timbre sexy et posé indiquant qu'il disait exactement ce qu'il pensait.

— Pour de vrai. Pas pour la galerie. Pour aucune autre raison que… l'envie de t'embrasser.

En matière de déclarations de désir, celle-là était très sensuelle. Et c'était bon pour son amour-propre de savoir qu'ils étaient sur la même longueur d'onde, tout compte fait. Corie sourit et leva la main pour toucher sa belle bouche.

— Je vais garder ça à l'esprit.

Il voulait seulement lui indiquer qu'elle pouvait faire progresser leur relation naissante à son rythme… mais qu'il était intéressé. Pourvu qu'il comprenne qu'elle aussi était intéressée et qu'il n'avait pas besoin d'être timide pour exprimer ses sentiments avec elle, songea Corie. Il apprendrait peut-être également que céder à ses envies ne signifiait pas qu'il l'effrayerait, comme Kenny l'avait fait. Elle glissa la main le long de son torse, avant de reculer vers sa porte.

— Bonne nuit, Matt.

Il effleura le coin de sa bouche et traça son sourire du bout du doigt, déclenchant un courant électrique qui la traversa jusqu'aux orteils.

— Bonne nuit.

Quand il hocha la tête et s'éloigna sans l'embrasser, elle s'efforça de ravaler sa déception. Après avoir refermé la porte, elle s'y adossa et se morigéna. Elle n'était sans doute pas la seule à vouloir faire preuve de prudence avant de se lancer pour de bon. Matt l'avait tenue contre lui, l'avait touchée, l'avait écoutée, s'était confié à elle et avait réveillé son cœur. Elle ferma les yeux en souriant. Décidément… Il la faisait fondre. Elle aurait peut-être une vie normale, un jour, du moins l'espérait-elle. Elle aurait peut-être le mari aimant et la grande famille dont elle avait toujours rêvé.

— Maman ?

Rouvrant les yeux, elle vit Evan débouler dans le salon.

— Coucou, bonhomme, fit-elle en s'avançant vers lui et en l'obligeant à pivoter sur lui-même. Qu'est-ce que tu fais debout ?

— Je voulais vérifier que tu étais rentrée et que tu allais bien.

L'inquiétude de son fils faillit la faire trébucher. « Normal » ne serait peut-être jamais possible pour eux. Pas tant que Kenny Norwell aurait une telle influence sur leur vie.

— Oui, poussin, je vais bien. Matt a dit que toi aussi.

Maintenant qu'il était à moitié réveillé, elle l'aida à enlever son jean et à mettre son pyjama.

— Allez. Recouche-toi.

Il tendit le bras pour toucher son dragon, avant de se glisser sous les draps.

— J'aime vraiment beaucoup Matt, maman.

— Moi aussi, je l'aime bien, répondit-elle en remontant les couvertures sur lui.

— Sa mamie prépare des cookies, et je me suis fait un nouvel ami. Gideon ne va pas à la même école que moi, mais on a construit un château ensemble. Est-ce qu'il pourrait venir jouer ici un jour ?

Les gros bâillements qu'elle avait laissé échapper chez Matt étaient contagieux. Evan semblait résolu à débiter tout ce qu'il avait à dire avant de se rendormir.

— Mark est rigolo. Il appelle Amy « ma rouquine » parce qu'elle est rousse. Et Pike appelle Alex « Minus » parce qu'il est petit.

Un nouveau bâillement l'interrompit.

— Oh ! et puis Matt a gagné le concours de hache !

— Le quoi ?

L'inquiétude qui l'avait envahie disparut aussitôt, parce que Evan s'était endormi. Il s'était enfin détendu et rêvait à de jolies choses, à en croire son visage souriant. Corie se pencha pour l'embrasser à nouveau.

— Bonne nuit, bonhomme. Je t'aime.

Elle éteignit la lampe de chevet, puis sortit en laissant la porte entrebâillée. Apparemment, Evan avait vécu une grande aventure avec Matt et sa famille ce soir. Il paraissait même l'idolâtrer un peu. Mais comment le lui reprocher ? Elle aussi semblait avoir un faible pour leur voisin le pompier.

Alors qu'elle se dirigeait vers sa chambre, elle entendit l'un des chats du quartier gratter à sa fenêtre. Ils rôdaient souvent dans les escaliers de secours, en quête de nourriture ou d'un endroit chaud où dormir. Sur l'insistance d'Evan, elle avait fourré quelques vieilles serviettes dans un carton et l'avait posé sur le palier de l'escalier extérieur pour leur créer un abri contre le froid. Parfois, elle leur donnait des restes du *diner*. Leur logeur interdisant les animaux domestiques, c'était ce qui s'en rapprochait le plus.

— Je n'ai rien pour toi ce soir, minou.

Corie plia son haut et le posa sur le lit à côté d'elle, avant d'ôter ses chaussures. Malgré les épais rideaux occultants, elle entendait comme le chat était agité. Il miaulait, sifflait et butait contre la chaise qu'elle avait mise dehors pour empêcher le carton de s'envoler.

— Eh bien, alors, qu'est-ce qui t'arrive ?

Elle se dirigea vers la fenêtre mais, avant de l'atteindre, elle entendit un autre son en provenance du salon. Un coup frappé doucement à sa porte. Trois coups, une pause, puis trois autres.

Elle jeta un coup d'œil sur le réveil, puis se crispa en entendant à nouveau trois coups. Elle se précipita sur son manteau, qu'elle avait accroché près de la porte, et s'empara à nouveau de la bombe lacrymogène.

Toc, toc, toc.

— Corie ?

Elle poussa un soupir de soulagement en entendant le murmure de Matt. Elle remit la bombe à sa place et ouvrit.

— Tu n'as pas tourné le verrou. J'attendais..., commença-t-il.

Elle se jeta à son cou.

— Merci. Pour plein de choses, merci.

Ses orteils quittèrent le sol lorsque Matt l'enlaça par la taille et se redressa. Les pieds pendant dans le vide, elle recula la tête et lui sourit.

— Un concours de hache ? Vraiment ?

— Oh... Ça.

Il la reposa et s'écarta, tout en essayant de s'excuser.

— Mon frère et moi, on abattait un mur. Ev n'était pas dans la pièce à ce moment-là...

— Ça m'a tout l'air d'être une activité masculine que les êtres humains dotés de testostérone apprécient plus qu'ils ne le devraient. Mais je sais qu'il était en sécurité. Moi aussi, je me sens en sécurité avec toi. Émotionnellement et physiquement.

Elle haussa les épaules, incapable de trouver les mots pour expliquer tout ce qu'elle éprouvait.

— Pour le feu. Pour le reste.

Elle se sentait tout étourdie, en partie à cause du soulagement qu'il n'y ait pas d'intrus à sa porte, probablement à cause de la fatigue, peut-être à cause de toutes ces émotions qui tourbillonnaient en elle.

— Je t'apprécie beaucoup, Matt. Je sais que ça ne tombe pas vraiment bien et que des choses inexplicables arrivent autour de nous, mais c'est vrai. Est-ce que je vais te voir demain ?

Elle voulait que les sentiments étranges et merveilleux qu'elle avait découverts ce soir continuent.

Il posa les mains sur sa taille et lui répondit de la façon neutre à laquelle elle commençait à s'habituer :

— Je fais la garde du soir. Je ne rentrerai pas avant 20 ou 21 heures.

Son enthousiasme se dissipa, remplacé par la déception.

— Je serai au travail à cette heure-là. Eh bien, merci encore d'avoir gardé Evan ce soir. Je te promets que je ne t'embêterai pas à chaque fois que…

Il lui encadra le visage de ses grandes mains, et ses lèvres couvrirent les siennes, interrompant son excuse d'un baiser. Il l'avait coupée au beau milieu d'une phrase, pourtant elle s'en moquait. Son hoquet de surprise fut étouffé par la pression de sa bouche glissant sur la sienne. Il inséra la langue entre ses lèvres entrouvertes, tandis qu'elle agrippait sa chemise, son T-shirt, les muscles en dessous, et répondait avec ardeur à son baiser.

Matt enfonça les doigts dans ses cheveux et lui orienta la tête en arrière pour mieux dévorer sa bouche. Il avança, la plaquant contre le mur à côté de la porte, jusqu'à ce qu'elle sente la pression de ses cuisses contre des parties de son corps qui n'avaient rien senti d'aussi excitant depuis beaucoup trop longtemps. Sa chaleur commença à la consumer, tout comme sa bouche le faisait.

Le baiser de Matt était lent, doux et addictif. Elle avait vraiment bien fait d'attendre qu'il prenne l'initiative d'exprimer son désir pour elle. Chaque caresse de sa langue, chaque exploration était aussi délibérée que la moindre de ses pensées.

Mais avec un grognement de regret qui fit écho au sien il releva la tête, mettant fin au baiser. Ils respiraient tous les deux de façon irrégulière, et ses seins dressés effleuraient le torse de Matt à chacune de ses expirations. Elle était vaguement consciente du renflement dur à l'avant de son jean, tout comme elle était consciente de son intimité moite, et elle gémissait intérieurement de frustration de ne pas aller plus loin. Elle était restée trop longtemps sans homme. Cet homme-là éveillait en elle – autant physiquement qu'émotionnellement – toutes les émotions délicieuses et effrayantes qu'elle avait oublié avoir le droit de ressentir.

De ses yeux sombres, il étudia son visage. Il observa ses cheveux tandis qu'il passait les doigts dedans pour essayer de les lisser. Au bout d'un instant, il finit par lui ôter son élastique, et ses longues mèches se répandirent sur ses épaules.

Il lui détacha gentiment les mains de sa chemise et posa l'élastique dans sa paume.

— Je te vois demain soir, murmura-t-il d'une voix rauque.

Le souffle trop court pour parler, elle hocha la tête en silence.

— Jusqu'à quelle heure le *diner* est-il ouvert ?

— Le vendredi et le samedi, on ferme à minuit.

— Evan ?

— Il sera avec moi. Il y a un lit de camp dans l'arrière-salle, sinon il est assis à l'une des tables, à dessiner, à jouer ou à bavarder avec nos clients réguliers.

Il hocha la tête, puis la lâcha complètement. Il recula, les mains levées, lui donnant l'impression d'être une irrésistible tentatrice malgré sa robe en polyester bleu et ses cheveux en bataille.

— Je vous retrouverai là-bas à la fin de ma garde. Tu me dois toujours une part de tourte.

Elle laissa échapper un éclat de rire qui sembla résonner dans tout le couloir. Elle plaqua la main sur sa bouche, tandis que Matt souriait – une légère incurvation au coin des lèvres, qui le rendait très séduisant. Sans oublier ses yeux sombres d'une intensité pénétrante. Elle posa la main sur sa joue râpeuse.

— Bonne nuit, Matt.

— Bonne nuit, Corie.

Elle rentra chez elle et ferma la porte, puis s'y adossa. Elle entendit Matt exhaler et murmurer :

— Le verrou.

Pourquoi ce rappel lui faisait-il l'effet d'un mot doux ?

Corie s'empressa d'obéir. La main posée sur le battant, elle imagina la sienne posée de l'autre côté, la protégeant, les reliant l'un à l'autre. Elle captura sa lèvre gonflée entre ses dents, savourant le goût de Matt qui subsistait là.

Elle n'avait jamais été embrassée de cette façon. Elle n'avait jamais compris comment un homme pouvait déclencher le désir d'une femme avec un simple baiser. Elle n'avait jamais su comme la confiance pouvait être libératrice, comme le rire et l'espoir pouvaient rendre exaltant le fait de tomber amoureuse.

Tomber amoureuse… Était-ce ce qui lui arrivait ? Était-elle folle de le souhaiter ? De croire qu'elle avait droit à une seconde chance d'être heureuse ? D'espérer que Matt ressente la même chose qu'elle ?

Au bout d'un moment, elle entendit la porte de l'autre côté du couloir s'ouvrir et se refermer. Six longues années s'étaient écoulées depuis son divorce, et c'était la première fois depuis tout ce temps qu'elle était impatiente de revoir un homme. Elle avait hâte de revoir Matt.

Tandis qu'elle traversait l'appartement pour aller se coucher, elle entendit le chat dévaler bruyamment l'escalier de secours. Pourquoi était-il aussi agité ? se demanda-t-elle distraitement. Elle écarta le rideau pour regarder dehors, mais il faisait trop sombre pour qu'elle puisse voir grand-chose. Le carton sous la chaise avait été renversé, et la neige tout autour était trop remuée pour que des empreintes de pattes soient reconnaissables. Il y avait peut-être eu trop d'occupants dans le carton ce soir. Ne distinguant aucun animal susceptible de l'inquiéter, Corie s'assura que la fenêtre était verrouillée, puis rabattit le rideau.

Kenny ne les avait pas retrouvés. Elle s'était inquiétée pour rien.

En outre, elle avait des choses beaucoup plus agréables auxquelles penser.

Comme d'embrasser à nouveau Matt Taylor.

Et encore et encore et encore.

9

Matt tira sur le volant pour tourner brusquement à gauche, juste à temps pour éviter les voitures garées le long du trottoir. Il manœuvra le fourgon d'incendie dans la ruelle qui longeait le prétendu « meilleur atelier de réparation automobile de KC » dans McGee Street. Pas de doute, le quartier était vraiment devenu une zone dangereuse. C'était leur troisième intervention de la journée, et chaque feu avait été plus important que le précédent. En comptant les cinq appels médicaux, le chat coincé dans une canalisation et les deux fausses alertes, le quota d'appels habituel de la caserne 13 avait été largement dépassé.

Une fois le camion arrêté, Matt mit le frein à main et coupa la sirène. Les lumières rouges et bleues du gyrophare se réfléchissaient sur les vitrines des magasins et les pare-brise des véhicules, mais semblaient absorbées par les flammes orange et jaune qui s'échappaient en tourbillonnant des portes du garage. Une fumée d'un noir d'encre s'élevait vers le ciel, salissant la neige sur les branches des vieux chênes le long du trottoir et obscurcissant davantage le ciel du soir.

— Bien négocié, Taylor, déclara le capitaine Redding en mettant son casque blanc de chef d'opérations. Mark, Jackson… La priorité, c'est de vérifier qu'il ne reste pas de réservoirs d'essence, de bouteilles oxyacétyléniques ou de produits inflammables qui n'aient pas encore explosé. Enlevez-les si possible. Sinon établissez un périmètre de sécurité.

— À vos ordres, capitaine, répondirent-ils en finissant de s'équiper.

Redding jeta un coup d'œil vers Matt.

— Toi, tu te coordonnes avec le service de maintenance municipale pour vérifier que toutes les conduites de gaz sont coupées. Je vais essayer de trouver le propriétaire et de parler avec la personne qui a signalé l'incendie.

Il étudia le bâtiment ravagé par les flammes.

— Ça a brûlé un bout de temps avant que quelqu'un appelle les pompiers. Pour autant que je sache, vendredi est toujours un jour ouvré. Pourquoi personne ne s'est manifesté avant ?

— Vous pensez qu'il y a des victimes ? demanda Matt.

— Je pense que je ne veux pas envoyer plus d'hommes là-dedans que nécessaire. Il y a quelque chose de louche.

Redding balaya du regard les voitures de police qui bloquaient la circulation et les habitants du quartier qui s'étaient amassés à une distance raisonnable de l'incendie.

— Où sont passés tous les mécaniciens ?

Un peu plus loin, un type plutôt quelconque, hormis ses muscles, son incapacité à relever la tête et sa combinaison de travail isolante crasseuse, parlait avec un homme plus âgé vêtu d'un costume cravate et d'un long manteau élégant.

— C'est le seul dans cette foule à porter un vêtement professionnel.

Avec ses vingt ans d'expérience, Kyle Redding avait un sixième sens à propos des feux. Même si Matt était pompier depuis beaucoup moins longtemps, il avait le pressentiment que cet incendie n'avait rien d'accidentel. Il désigna du menton la rangée de dépanneuses et de remorques à l'autre bout du bâtiment, chargées de voitures de luxe et de puissants pick-up à divers stades de réparation.

— On dirait qu'ils ont sorti la plupart de leurs véhicules.

— Ceux qui valent pas mal d'argent, acquiesça Redding. C'est ce que je ferais si j'allais mettre le feu chez moi.

— Je vais appeler mon père et prévenir l'unité spécialisée dans les incendies volontaires.

Pendant que le capitaine menait Mark, Ray et le reste de l'équipe à la rencontre des collègues des deuxième et troisième camions, Matt coupa le contact et appela le PC.

— Lucky 13 sur les lieux, 819 McGee Street. Capitaine Redding au commandement. Taylor 13 Alpha terminé.

Il remplaça sa casquette par son casque, puis descendit de la cabine pour mieux évaluer la scène. La chaleur était tellement intense qu'il la sentit dès qu'il s'approcha. Même si les lances étaient sorties et qu'un périmètre était mis en place pour empêcher le feu de s'étendre, il n'y avait probablement plus grand-chose à faire.

Matt ajusta son masque, signala sa position par radio à l'équipe et entra dans le bâtiment. Longeant les murs pour garder ses repères, il essaya de localiser l'origine du brasier. À cause de l'eau qui jaillissait à travers les portes industrielles, une épaisse vapeur se mêlait à la fumée, ce qui rendait la visibilité presque impossible. Après avoir indiqué à Mark et Ray qu'il avait bien reçu leur RAS pour le rez-de-chaussée, il aperçut les restes calcinés d'un pick-up positionné sur l'un des ponts élévateurs. Une fois certain que personne n'était piégé à l'intérieur du véhicule ni dessous, il marcha jusqu'à un escalier métallique menant au premier étage. Mais il dut faire demi-tour à cause des flammes sinueuses qui dansaient au-dessus de lui et coupaient l'accès au sommet des marches. L'une après l'autre, les dalles de plafond fondirent et tombèrent. Les poutres en bois qui soutenaient le premier étage commencèrent à se fissurer, affaiblies par le feu, l'eau et la chaleur. Les épais murs de pierre et les cadres de fenêtre en acier survivraient probablement à presque n'importe quoi, mais l'intérieur du garage était sur le point de s'effondrer.

— Taylor 13 Alpha, annonça-t-il à la radio. Tout le monde dehors. L'étage est sur le point de nous tomber dessus. Source du départ de feu non identifiée. Je ne peux pas accéder au premier étage de l'intérieur. Je répète : tout le monde dehors.

Lorsque Matt émergea, Mark et Ray étaient déjà à l'extérieur, attendant que la grande échelle soit déployée pour leur permettre d'accéder au toit. Son masque s'embua au contact de l'air froid, et il l'abaissa sous son menton.

— Les produits inflammables en bas sont sécurisés, cria Mark. Le point d'allumage est forcément là-haut.

Matt leva les pouces pour montrer qu'il comprenait.

— Vous avez vu comme la structure intérieure brûlait ? C'est comme si quelqu'un avait aspergé le sol du premier étage d'accélérant. Ce monstre va tout dévorer.

Il tapota sur sa radio, indiquant à l'équipe que leur mission était désormais de circonscrire le feu.

— Lucky 13, au boulot. Soyez prudents sur le toit.

Matt se dirigeait vers la ruelle pour faire son rapport au capitaine Redding lorsqu'une fenêtre éclata au-dessus de sa tête. Il sursauta et leva instinctivement le bras pour se protéger du verre qui tombait tout autour de lui. Indemne grâce à sa tenue de feu et son casque, il remonta son masque sur son visage, puis leva les yeux. La pression qui avait soufflé cette fenêtre allait-elle provoquer une réaction en chaîne ? Si c'était le cas, il devrait ordonner à ses hommes de reculer pour se mettre à l'abri. Avec cet apport d'oxygène, une explosion de fumée risquait de se produire d'un instant à l'autre.

— Bon Dieu…

Ce que Matt vit était bien pire.

— Arrêtez !

Un homme brun vêtu d'une combinaison sale se penchait par-dessus le rebord de la fenêtre. De la fumée noire tourbillonnait tout autour de lui. Il fut pris d'une quinte de toux, suivie d'une inspiration sifflante, signe que ses poumons ne se remplissaient pas. Son visage était marbré de suie et de traînées rouges, probablement du sang, qui rendaient son expression indéchiffrable. Mais son intention ne tarda pas à devenir claire, lorsqu'il lança dans le vide le fauteuil de bureau qui lui avait servi à briser la vitre.

L'évitant de justesse, Matt se mit à courir. Une jambe passa par-dessus le rebord de la fenêtre.

— Attendez ! cria-t-il. On va installer une échelle. Arrêtez ! Inspirez profondément et ne bougez pas. On arrive.

Il fit signe au type de retourner à l'intérieur, puis désigna l'escalier de secours au bout du bâtiment.

— Vous pouvez l'atteindre ?

Il alluma sa radio.

— Échelle ! Côté nord-est, premier étage. J'ai un sauteur…

L'homme chancela dans la fumée, sauta, tomba, se jetant loin des flammes. Matt plongea, dans une dernière tentative pour amortir sa chute. Mais il arriva trop tard. La victime heurta le sol devant lui avec un bruit écœurant.

À quatre pattes, Matt se rua vers lui.

— Un médecin, vite ! J'ai besoin d'une planche !

Il ôta son masque et le posa sur le visage de l'homme, lui donnant l'oxygène dont il avait tant manqué, puis ôta ses gants pour vérifier son pouls. Les secouristes arrivèrent et prirent sa place, mais il connaissait déjà le diagnostic. Nuque brisée ou crâne fracassé, l'homme était mort.

Matt s'assit sur les talons, tandis que Redding approchait. Les secouristes placèrent l'inconnu sur une planche pour le stabiliser et l'intubèrent, mais il était trop tard. Après avoir serré l'épaule de Matt, le capitaine s'agenouilla à côté du mécanicien décédé.

— Je crois que je saisis maintenant pourquoi quelqu'un a allumé ce feu.

Matt le rejoignit à la hâte. Il avait besoin de comprendre pourquoi cet homme était mort, pourquoi il n'avait pas pu le sauver. Un système antifeu défectueux ? Un problème avec l'inspection de la sécurité incendie ? Quel genre d'entreprise abandonnait un de ses employés sans faire le moindre effort pour le sauver, sans même alerter les secours ?

— Vous avez pu tirer quelque chose du propriétaire ?

— Qu'il est un enfoiré qui se croit tout permis et brasse du vent. Mais vise un peu ça…

Comme l'un des secouristes secouait la tête, Redding attrapa le poignet du mort et repoussa la manche de sa combinaison. Ses doigts et ses jointures étaient contusionnés et ensanglantés, comme s'il s'était battu. Des restes d'adhésif collaient à son poignet.

Avant que le défunt soit recouvert, Matt aperçut son visage meurtri et gonflé. Il s'était battu, c'était évident.

— Ces blessures datent de plusieurs heures. Elles n'ont pas été causées par le choc avec le béton.

Il souleva l'autre poignet. La peau était à vif, comme si la victime avait tiré sur ses liens ou s'était servi de ses dents pour se libérer.

— Ce n'est pas lui qui s'est attaché tout seul comme ça.

— Scène de crime maquillée, déclara Redding.

Il remit la main de l'homme sous la couverture, puis fit un signe de tête aux secouristes. Après l'avoir déposé sur le brancard, ils l'emmenèrent dans l'ambulance, à l'abri des curieux et des photographes de presse qui arrivaient sur place.

— Quelqu'un a laissé cet homme pour mort dans ce garage.

— Attendez une seconde, lança Matt aux secouristes.

Il regarda de plus près le poignet blessé de la victime. Le capitaine se pencha à son tour.

— C'est quoi, ça ? Un tatouage maison ?

Matt étudia les inscriptions. Elles semblaient avoir été griffées dans la peau avec le même instrument que celui dont l'homme s'était servi pour se libérer. Un frisson de suspicion le parcourut. Il frotta la suie recouvrant la pièce de tissu cousue au-dessus de la poche de poitrine du mort et lut son nom.

— Maldonado.

L'homme dont la voiture avait été incendiée quelques jours plus tôt. L'informateur censé dénoncer la nouvelle génération de la famille Meade, les barons du crime de Kansas City.

— Il faut que mon oncle Cole voie ça.

Redding ordonna aux secouristes de rester sur place avec le cadavre et de veiller au grain.

— Je vais appeler la police.

Deux heures plus tard, comme la nuit était tombée et que le feu avait été éteint, il faisait désormais moins cinq degrés. Pendant que les pompiers du Lucky 13 passaient le bâtiment au peigne fin à la recherche d'éventuels points chauds et déblayaient les débris, la police était arrivée, représentée par Cole et son coéquipier du NCIS, Amos Rand.

Matt était épuisé. Il s'assit sur le marchepied de son

camion et vida une bouteille d'eau. Il avait enlevé son casque et son appareil respiratoire, mais portait toujours son équipement de protection pour se tenir chaud. En voyant son oncle et son coéquipier approcher, il se leva et leur tendit la main.

— Oncle Cole. Agent Rand.

— Matt.

Cole garda la main de son neveu dans la sienne pendant quelques secondes et plissa les yeux d'un air soucieux.

— Tu as l'air au bout du rouleau. Ça va ?

— Longue journée.

Cole hocha la tête. Parfois, les premiers intervenants voyaient des choses affreuses qui les hantaient pendant longtemps. Comme un homme assez désespéré pour préférer une façon de mourir à une autre.

— Il me faudra ta déposition quand tu seras prêt.

— Finissons-en tout de suite.

Matt leur expliqua avoir assisté à la mort d'Enrique Maldonado et confia ses soupçons quant à la cause du feu. Il n'y avait qu'un seul employé sur le site en plus du défunt, et il n'avait pas revu ce premier mécanicien depuis que le feu avait été éteint et qu'il avait pris le temps d'observer la foule. Et enfin… quelqu'un avait réussi à sauver tous les véhicules coûteux qu'ils avaient ici, mais pas leur dernier employé ?

— On dirait une arnaque à l'assurance, suggéra Cole.

Amos acquiesça.

— Meade avait peut-être besoin de rentrées d'argent et a décidé de mettre le feu à sa propre entreprise.

— Ou alors il détruisait des preuves, ajouta Matt avant de désigner l'équipe de la police scientifique qui avait discuté avec Cole et Amos. Vos experts ont trouvé quelque chose ?

Amos courba les épaules pour se protéger de l'air froid.

— Ils ne peuvent pas encore entrer dans ce qui reste des bureaux à l'étage, mais ils ont trouvé une substance collante sur l'accoudoir du fauteuil que Maldonado a utilisé pour casser la fenêtre. Ils devront analyser ça au labo pour voir si ça correspond à l'adhésif, mais on dirait bien que c'est ça. Il a été attaché à la chaise et tabassé avant le début du feu. Il était dans l'incapacité d'évacuer les lieux. Il était peut-être inconscient. Ils ont sans doute cru qu'il était mort. Personne n'a essayé de sauver ce type.

Quelqu'un avait essayé, mais trop tard. Matt n'arrivait pas à se sortir de la tête le son de la victime heurtant le trottoir.

— Si j'étais arrivé plus tôt… Si j'avais su qu'il était là-haut…

— Tu n'y es pour rien, Matt, insista Cole.

Le capitaine Redding lui avait dit la même chose. Il lui avait ordonné de prendre un jour de congé et d'aller voir un des thérapeutes du KCFD en cas de besoin.

— Soit c'est la conséquence d'un autre crime, comme un incendie volontaire ou une agression, soit ça a été planifié, mais dans tous les cas il s'agit d'un homicide. On devrait pouvoir relier ça au propriétaire de ce garage, Chad Meade.

Amos observa l'homme en costume cravate qui marchait vers eux, escorté par un policier en uniforme.

— En parlant du loup…

Même si Matt l'avait aperçu dans la foule avec le mécanicien manquant à son arrivée sur les lieux, il n'avait pas compris que l'homme grisonnant chaussé de richelieus en cuir verni au lieu de bottes d'hiver était le propriétaire. Il n'avait pas du tout l'air d'un garagiste. Mais il ne correspondait pas non plus à l'image que Matt se faisait d'un ex-taulard. Pourtant, c'était bien Chad Meade, chef mafieux en devenir et objet de l'enquête de Cole et Amos.

— Si ce n'est pas M. Taylor et son énigmatique coéquipier, lança Meade d'un ton amical, même si Matt eut la nette impression qu'il n'y avait rien d'amical entre lui et la police. Nos chemins se croisent à nouveau. On m'a dit que vous vouliez me parler. Bien sûr, je tiens à vous aider à découvrir qui est responsable de cette affreuse tragédie. Je me suis dit que je pouvais vous accorder quelques minutes entre les coups de fil et les interviews des journalistes.

Il agita le portable qu'il tenait.

— Je suis en pourparlers avec la nana des assurances. J'imagine que ça va être une perte sèche.

Il leva les yeux vers Matt et émit un petit rire affecté.

— Ces vieux bâtiments des années 1920 sont construits comme des abris antiaériens de l'extérieur. Mais vous n'avez pas pu sauver grand-chose à l'intérieur, pas vrai ?

Cole ne prétendit pas qu'il s'agissait d'une conversation civile.

— Combien d'argent cette « perte sèche » va-t-elle vous rapporter, Chad ? Vous n'êtes pas en liberté conditionnelle ?

L'homme releva le col de son manteau.

— C'est bien pour ça que je dirige une entreprise légale, monsieur l'agent.

— C'est lieutenant.

— Et agent spécial, renchérit Amos en se tapant le torse. Vous allez devoir vous donner un peu plus de mal si vous voulez nous convaincre que vous vous êtes rangé.

Meade désigna les décombres fumants du garage.

— Est-ce que j'y peux quelque chose si la concurrence ne veut pas me voir réussir ?

— D'après vous, c'est un coup monté ? ironisa Cole.

— J'ai des ennemis, lieutenant. Mon oncle Jericho était un homme influent. Tout le monde n'approuvait pas sa façon de gérer ses affaires. J'ai appris de ses erreurs et je m'en sors très bien. Mais certaines personnes ont la rancune tenace.

Il tira sur son gant en cuir pour regarder l'heure, comme s'il calculait combien de temps il allait encore accorder à cette conversation.

— Vous en faites peut-être partie. D'ailleurs, comment va votre charmante femme ?

— Je suis ici pour faire mon travail, Meade.

À l'évidence, Cole ne comptait pas se laisser entraîner dans une discussion à propos de la dernière fois que lui et Tori avaient enquêté sur la famille Meade.

— Ce feu a fait une victime. Un de vos employés, Enrique Maldonado, a été piégé à l'intérieur. Il n'a pas survécu.

— J'ai appris ça. Ce n'est vraiment pas de bol.

Face à cette absence de compassion, et même d'empathie, pour la victime, Matt serra le poing.

Cole hocha la tête.

— Oui, c'est vraiment dommage qu'il ait eu les mains liées et qu'il ait probablement été inconscient quand le feu a commencé. Il n'avait aucune chance de s'en sortir.

Chad Meade croisa les yeux froids de Cole et finit par sourire, avant de détourner le regard. Étant donné que des membres de la famille de Chad avaient essayé un jour de tuer la femme de Cole, leurs relations étaient loin d'être cordiales.

— Je ne suis au courant de rien, lieutenant Taylor. Mais je vous assure que l'entreprise prend soin de ses employés et de leurs familles. Et maintenant, si vous voulez bien m'excuser, je dois aller parler aux gens de l'assurance et à la presse.

Il fit un geste vers le garage en ruines.

— Un bâtiment historique a été détruit. Les gens du quartier en ont le cœur brisé.

Cole enfonça les mains dans les poches de son blouson de cuir, sûrement pour cacher qu'il avait lui aussi serré les poings.

— L'enquête déterminera s'il s'agit d'un incendie volontaire. Vous pensez peut-être qu'on ne peut pas vous inculper pour meurtre, mais même une fraude à l'assurance vous renverra en prison.

— Je ne suis que l'investisseur qui possède la propriété. Un homme d'affaires. Qu'est-ce que j'y connais en matière de feu ?

Il agita les doigts en l'air.

— J'ai même arrêté de fumer.

Il se tourna et salua une journaliste brune, qui agita la main en retour et l'invita à parler devant sa caméra.

— Veuillez m'excuser, messieurs, mais je dois filer.

Amos le suivit sur quelques pas.

— On a encore des questions à vous poser, Meade.

— Je n'en doute pas.

Malgré son sourire étincelant, Meade avait pris un ton légèrement menaçant.

— Je ne suis plus dans le milieu, messieurs. Et votre enquête frise le harcèlement.

— Si vous n'êtes pas dans le milieu, alors vous n'avez rien à cacher, rétorqua Cole froidement.

Chad Meade lissa sa cravate, puis fouilla dans son manteau.

— J'ai du travail et des appels à passer. Des condoléances à présenter.

Il tendit une carte de visite.

— Si vous voulez me parler, contactez mon avocat.

Amos lui arracha la carte des doigts et la fourra dans la poche arrière de son jean, tandis que Meade s'éloignait.

— Quelle ordure ! Il se doute bien qu'on a collecté plein

de documents administratifs sur ses agissements, non ? Qu'on a remarqué que les plannings de ses cargaisons d'import-export coïncident avec le trafic qui arrive et part de l'aéroport et du port fluvial ? Tout ce qu'il nous faut, c'est un témoin pour corroborer tout ça. Plusieurs témoins, ce serait encore mieux.

Cole secoua la tête.

— Maintenant que Maldonado est mort, il faut tout recommencer. On va à nouveau devoir tenter de convaincre quelqu'un de le dénoncer.

La mine sombre, il observa le bâtiment Art déco calciné.

— Mais quand on voit où ça mène de le trahir…

Tout en les écoutant, Matt réfléchit. Quelques observations inexplicables à propos de ce feu commençaient à devenir compréhensibles.

— Je peux vous montrer quelque chose ?

Ils s'approchèrent du fourgon du médecin légiste. Cole et Amos montrèrent leurs badges et se portèrent garants pour Matt. Avec la permission du médecin, Niall Watson, qui resta près d'eux pour observer ce qu'ils faisaient avec le corps, les trois hommes montèrent à côté du brancard. Le Dr Watson leur tendit des gants stériles, puis baissa la fermeture Eclair de la housse mortuaire.

— Pouvez-vous identifier la victime ? demanda-t-il en remontant ses lunettes sur son nez. Il n'avait pas de pièce d'identité sur lui. Pas de portefeuille, pas de téléphone.

— C'est Enrique Maldonado, répondit Amos. Je peux ?

Il tira un couteau de l'étui à sa ceinture et le glissa en haut du brodequin de la victime. Quand il l'eut assez écarté de la jambe du défunt, il passa les doigts dans l'interstice et tira des plaques d'identité accrochées à une fine chaîne. Il les lâcha dans un sachet que le médecin légiste lui ouvrit, avant de le sceller et de l'étiqueter.

— En général, les criminels ne pensent pas à vérifier les boots pour autre chose que des armes dissimulées. Ces plaques confirmeront son identité. Maldonado était du NCIS, en mission d'infiltration pour moi. On pense que Meade fait transiter des armes illégales dans le pays en les cachant dans ces voitures de luxe qu'il importe et exporte. Enrique était notre informateur qui a suivi la piste jusqu'à Kansas City.

Les yeux baissés sur le corps, Amos fronça les sourcils.

— C'était un chic type. Il n'était même pas agent de terrain, mais on lui a confié cette mission parce qu'il était doué avec les moteurs et les voitures. Personne n'aurait remis en question son expérience.

Cole posa la main sur l'épaule d'Amos.

— Mes condoléances, Amos.

— C'était un bon marine.

L'agent ferma un instant les yeux, prit une profonde inspiration, puis les rouvrit, prêt à se remettre au travail.

— Il nous fournit des informations depuis des mois. On ne sait toujours pas si Meade dirige cette opération ou s'il n'est qu'un intermédiaire, ce qui nous oblige encore à identifier de qui il prend ses ordres.

Cole étudia le visage tuméfié de la victime pendant un instant avant de détourner le regard.

— Brûler sa voiture n'a pas suffi à empêcher Maldonado de nous rencontrer. Est-ce qu'il s'est fait griller ? Meade aurait découvert qu'il était policier ? Ou est-ce que ça va être la punition réservée à tous ceux qui parlent à la police ?

Matt avait sa petite idée sur la question.

— Si Maldonado travaillait pour toi, ça peut expliquer ce que j'ai trouvé.

Il leva le bras gauche du défunt et tira sur sa manche.

— Je me suis dit que vous voudriez voir ça.

Le Dr Watson prit une photo de l'avant-bras de Maldonado et de l'inscription qui avait été griffée dans sa peau.

N4 Jeff C FB

Cole sortit son téléphone portable et photographia le code.

— Tu penses qu'il a fait ça ? Ou que quelqu'un le lui a fait ?

Matt reposa le bras de la victime, puis souleva sa main gauche pour leur montrer les ongles ensanglantés.

— Comme tout était en feu autour de lui et qu'il n'avait rien pour écrire, il s'est débrouillé avec les moyens du bord.

Alors que Cole et le médecin légiste prenaient à nouveau des photos, Matt ajouta :

— Je pense qu'il a sauté pour être sûr que tu aurais le message. Je ne suis pas certain de ce que ça signifie, mais on dirait qu'il tenait à préserver ce qu'il avait écrit au cas où ses vêtements se seraient enflammés et que son corps aurait brûlé.

— N4, lut Amos à voix haute. En anglais, « N four ». Autrement dit, « enforcer », c'est-à-dire tueur à gages ou homme de main. « Jeff C » ? Jefferson City ? Meade s'est payé les services d'un nouveau tueur venant de Jefferson City. Probablement un ancien détenu tout juste sorti de prison.

Un ancien détenu ? Comme l'ex de Corie ?

C'est pour ça que l'appel du cabinet d'avocats t'a inquiétée ?

« Mon ex a fait du mal à beaucoup de monde. »

Matt sentit une étrange sensation lui picoter la peau, comme s'il était sur le point de comprendre quelque chose. En regardant dehors, il vit ses coéquipiers finir le nettoyage et plaisanter ensemble maintenant que le danger était passé. Il s'approcha de l'arrière du fourgon pour observer le groupe de reporters et de caméras qui encerclaient Chad Meade. Mais il ne savait pas vraiment ce que son intuition tentait de lui souffler.

— Et « FB », ça veut dire quoi ? demanda Cole.

Matt jeta un coup d'œil par-dessus son épaule. Amos était en train de racler une substance gluante sous la semelle du mort.

— On dirait de la vaseline.

Il la montra au médecin légiste, puis la déposa dans le récipient que celui-ci lui tendait.

Qu'est-ce qui échappait à Matt ? Quels détails ne voyait-il pas ?

— Je peux ?

Il approcha le récipient de son nez et renifla le contenu. Oh non… Bon sang, non !

— Tu as déjà vu quelque chose comme ça ? fit son oncle.

La réponse était oui. Son sang devint un torrent furieux dans ses veines.

Corie avait dit que son ex allumait des feux.

« Kenny est resté à Jefferson City après sa sortie de prison. »

Voilà pourquoi ses cheveux se dressaient sur sa nuque. Il rendit le récipient au médecin, qui le scella.

— Faites parvenir un autre échantillon à mon père, enquêteur en chef spécialisé dans les incendies volontaires au sein du KCFD, déclara-t-il en sautant à terre. Tu as besoin de moi pour autre chose, Cole ? J'ai un coup de fil à passer.

Plus vite l'équipe quitterait les lieux, plus vite il rédigerait son rapport préliminaire, plus vite il pourrait aller au Pearl's Diner retrouver Corie et Evan. Mais tout cela attendrait tant qu'il n'aurait pas entendu sa voix et serait sûr qu'elle allait bien.

— Vas-y, répondit son oncle. Je vais appeler Gideon à propos de l'incendie criminel potentiel. Merci pour ton aide ce soir. Je te tiens au courant si on découvre quoi que ce soit sur le feu en tant que tel.

Matt était déjà en train de reculer, tout en cherchant son portable dans son uniforme. Il désigna du menton la victime que Niall Watson était en train d'enfermer dans la housse mortuaire.

— Le « FB », c'est « *firebug* », c'est-à-dire incendiaire. Vérifie le nom Kenny Norwell. Regarde s'il a le moindre rapport avec Chad Meade. Et envoie-moi la photo de Norwell si tu la trouves.

— Ça marche, répondit Cole. Qui est Norwell ?

— Quelqu'un qui, je l'espère, se trouve toujours à Jefferson City.

10

— Décroche ! grommela Matt en direction du portable fixé sur le tableau de bord.

En entendant à nouveau le message d'accueil de Corie, agréable mais impersonnel, il appuya sur la touche pour raccrocher. Il lui avait déjà laissé trois messages, où il s'excusait d'être en retard, lui demandait de le rappeler, annonçait qu'il avait des informations à lui transmettre en personne, tout en essayant de ne pas sembler inquiet de savoir si elle allait bien.

Il avait dû se contenter d'un simple SMS.

Coucou, Matt. C'est bondé ce soir.

Je te rappelle dès que ça se calme.

Au moins, si elle était débordée, elle n'était pas seule. Et il n'imaginait pas un instant qu'elle oublie de veiller à ce qu'Evan soit lui aussi en sécurité. Ils allaient probablement bien. Il était trop épuisé et trop impatient de revoir son magnifique sourire pour pouvoir filtrer les pensées négatives.

Il inspira profondément et s'arrêta à un feu rouge.

Rien ne prouvait que l'ex-mari de Corie était à Kansas City, était entré dans son appartement, avait allumé des petits feux autour de leur immeuble et tuait des agents sous couverture. Son oncle Cole lui avait envoyé une copie de la photo d'identité judiciaire de Kenneth Norwell. En six ans, on pouvait beaucoup changer son apparence : laisser pousser sa barbe, se raser la tête, se teindre les cheveux, etc. Matt avait quand même mémorisé l'image, puis tenté de se rappeler s'il avait vu quelqu'un lui ressemblant autour de Corie et Evan. S'il l'avait vu parmi les curieux agglutinés devant les feux qui avaient eu lieu dans le quartier. Mais il avait été concentré sur son travail, trop occupé à éteindre les brasiers pour repérer l'homme qui les avait peut-être allumés.

Cole l'avait aussi informé que Norwell résidait à Jefferson City. Son contrôleur judiciaire confirmait que Norwell s'était présenté à tous les rendez-vous depuis sa sortie. Mais Jefferson City n'était qu'à deux heures et demie de route de Kansas City. Assez près pour qu'il vienne allumer un feu ici et rentre à temps pour ses obligations quotidiennes. Mais cela lui donnait-il assez de temps en ville pour jouer avec les nerfs de Corie ? Pour aller à Saint Louis faire flamber un cabinet d'avocats afin de trouver son nouveau nom et son adresse ?

Quelqu'un menait une campagne de harcèlement contre Corie et son fils. Quelqu'un voulait la déstabiliser et la terrifier, peut-être afin de la distraire assez longtemps pour qu'elle ne voie pas la menace arriver – ou peut-être simplement parce qu'un détraqué prenait plaisir à la manipuler et à l'effrayer. Et il était indéniable que quelqu'un avait allumé ces feux dans leur immeuble avec une substance inflammable ressemblant étrangement à l'accélérant utilisé pour brûler le garage de luxe de Chad Meade.

Il pouvait s'agir d'une coïncidence tragique. Ou c'était peut-être le passé violent de Corie qui revenait la hanter.

Matt tambourina sur le volant, comptant les secondes avant que le feu repasse au vert et que le véhicule devant lui avance. Il avait une sirène portable et un gyrophare qu'il pouvait utiliser pour se frayer un chemin dans la circulation, mais la seule urgence justifiable était le scénario catastrophe qui défilait dans sa tête et lui remuait le cœur. Or, pour autant qu'il le sache, rien n'était encore arrivé.

En outre, Corie et Evan n'étaient pas les seuls citoyens dont il était responsable. Un incendiaire à Kansas City ? Une légère hausse dans le nombre d'appels auxquels les pompiers avaient répondu le mois dernier était une cause d'inquiétude que personne n'était censé ignorer. Tous les feux n'étaient pas criminels, mais tous les feux étaient dangereux. Et pouvaient tuer, même si on n'avait pas été ligoté et laissé pour mort au milieu des flammes.

Malheureusement, c'était un vendredi soir de janvier, avec des températures descendant sous les moins dix degrés. Les bars et les cafés-restaurants autour du City Market étaient bondés. Des dizaines de personnes se hâtaient sur les trottoirs, entraient et sortaient des voitures, des bus et des taxis. Des centaines d'autres étaient déjà à l'intérieur, bien au chaud, et mangeaient et buvaient tout en flirtant et s'amusant. Chacun d'eux courait un risque si Kenny Norwell était en ville, allumant des incendies pour le compte de ceux qui le payaient bien.

Lorsque le feu changea, Matt appuya sur l'accélérateur.

— Ne va pas t'imaginer le pire.

Mais la tension qui lui nouait le cou indiquait que le pire était encore à venir.

Il tourna à l'angle de la rue et aperçut l'enseigne lumineuse familière du Pearl's Diner à quelques dizaines de mètres. Mais il était trop loin pour voir à l'intérieur, pour apercevoir la queue-de-cheval de Corie ou les cheveux ébouriffés d'Evan. Se garer dans le coin allait être un vrai cauchemar. Tant pis, il prendrait la première place venue assez grande pour son pick-up, puis il courrait le reste du chemin. Il avait dit à Corie qu'il sortait du travail vers 20 heures ou 21 heures, mais il était déjà 22 h 30. Jusqu'ici, il n'avait jamais été gêné par ses responsabilités en tant que lieutenant à la caserne 13. Mais ce soir toutes les lances gelées, tous les rapports d'incident, toutes les manifestations de soutien et de camaraderie de la part de ses coéquipiers après l'intervention l'avaient empêché de passer du temps précieux avec Corie et Evan. Même les vingt minutes consacrées à prendre une douche et à enfiler un jean et un pull lui avaient semblé interminables.

À présent, il faisait le tour du quartier pour la seconde fois, hésitant à allumer son gyrophare et à se garer en double file devant l'entrée du *diner*, tout cela parce qu'il n'était pas doué pour mettre des mots sur ses pensées. Il n'était pas sûr de pouvoir exprimer son inquiétude que Norwell parvienne à retrouver Corie et Evan sans avoir l'air d'aboyer des ordres et de faire peur à la jeune femme.

Surtout si tout cela s'avérait sans fondement. Ces feux étaient peut-être accidentels. Chad Meade avait peut-être tué le collègue de l'agent Rand lui-même. Et peut-être que sa nervosité était moins liée aux incendies qu'aux sentiments qu'il avait pour Corie, refoulés au fond de lui.

Son portable sonna. Quand il vit le nom sur l'écran, il décrocha aussitôt.

— Corie ?

Ce n'était pas Corie. Il entendit des bruits de fond, un brouhaha de paroles, le tintement de la vaisselle et des couverts, quelques voix parlant fort mais indistinctement.

— Matt ?

Evan avait une petite voix étranglée. Était-il en train de pleurer ?

— Ça ne t'embête pas que je t'appelle ?

— Bien sûr que non, mon grand.

Le cœur de Matt fit un bond dans sa poitrine. Y avait-il un problème ? Était-ce pour cette raison que Corie ne l'avait pas rappelé ? Il contrôla sa tension pour demander calmement :

— Est-ce que ça va ? Pourquoi tu appelles avec le téléphone de ta maman ?

— Maman a besoin d'aide.

— Qu'est-ce qui se passe ?

Evan renifla bruyamment, puis parla un peu plus fort.

— Il y a des clients qui sont méchants avec elle.

Des clients. Au pluriel. Alors ce n'était probablement pas Norwell. Evan serait sûrement capable de reconnaître son père. Cela dit, il n'avait qu'un an ou deux quand Norwell avait été emprisonné. Mais Corie le reconnaîtrait, elle. Annoncerait-elle au petit garçon qu'il se trouvait face à son père ? Son ex n'était peut-être même pas en ville, et les feux dans leur immeuble n'étaient probablement qu'une coïncidence sans rapport avec l'enquête de l'oncle Cole sur Chad Meade, le crime organisé et la contrebande d'armes. Et ce qui se passait au *diner* n'avait rien à voir avec ce qu'il avait appris ce soir.

Quelqu'un avait peut-être été mécontent du service ou n'avait pas laissé de pourboire à Corie. Le petit garçon en avait peut-être pris ombrage.

— Tout le monde n'est pas gentil, Ev, répondit-il d'un ton égal et rassurant.

— Ils ont cassé mon dragon.

Un voile rouge apparut derrière les yeux de Matt, et il ravala un juron. Le dragon en plastique n'était qu'un jouet, mais ce jouet avait une valeur émotionnelle indéniable pour Evan. Bon sang, même pour ses serments, l'enfant utilisait le dragon. C'était un doudou pour le fils de Corie, qui avait grandi sans père. Et puis, bon sang, c'était le dragon d'Evan.

— Certaines brutes ne sont pas gentilles du tout.

— Le monsieur barbu a dit qu'il allait manger mes briques, mais je crois qu'il les a cachées dans sa barbe dégoûtante ou dans sa purée. On ne peut pas manger des briques en plastique. Maman essaye de l'obliger à me les rendre.

D'où les éclats de voix.

— Est-ce qu'il fait du mal à ta maman ?

— Je ne crois pas. Mais ils font du bruit.

Enfin ! Un autre pick-up était en train de libérer une place de l'autre côté de la rue à une cinquantaine de mètres du restaurant. Il était plus que temps.

— Combien y a-t-il de méchants clients ?

— Deux.

— Il y a le monsieur barbu. Et l'autre, il ressemble à quoi ?

— Il est roux et il a plus de taches de rousseur que moi.

C'étaient les abrutis du bus. Il se souvenait de leurs noms : Harve et Jordy. Il en fallait beaucoup pour mettre Matt en colère, mais après la mort de Maldonado, les incendies volontaires en pagaille, la possibilité que l'ex de Corie travaille avec Chad Meade et, pour finir, des crétins avinés qui draguaient Corie et cassaient le dragon d'Evan, il ne lui restait plus beaucoup de calme pour contrôler sa rage.

— Est-ce que l'un de ces hommes l'a touchée ?

— Heu…

Bon Dieu ! Ils avaient posé leurs mains sur elle.

Matt traversa la rue et commença à manœuvrer.

— Elle va bien ? Et toi ?

— Moui.

— Tu le jures par le dragon ?

Il entendit presque l'énergie jaillir dans le ton d'Evan et la confiance lui gonfler la poitrine lorsque l'enfant répondit :

— Oui, ça va. Maman m'a dit de t'appeler pour savoir quand tu arrivais avant d'appeler la police. Tu arrives quand ?

— Je suis en train de me garer en ce moment même.

— Le monsieur roux a demandé à maman si son petit ami allait venir la sauver cette fois.

La peur audible dans la voix d'Evan s'atténua un peu, remplacée par la curiosité.

— Ça veut dire quoi ? Tu es son petit ami ?

— Carrément, répliqua Matt en défaisant sa ceinture. Raccroche et dis à ta mère que j'arrive.

— Ma-maaan !

L'appel s'interrompit. Matt attrapa son portable sur le tableau de bord, empocha ses clés et traversa la rue au pas de course. Grâce aux grandes baies vitrées, il vit ce qui se passait avant même d'atteindre la porte d'entrée.

Harve et Jordy étaient faciles à repérer à leur table au milieu de la salle, avec leur allure d'hommes des montagnes et leur penchant pour faire le cirque. Aucun des deux ne pouvait être confondu avec la photo d'identité de Kenny Norwell.

La scène n'en était pas moins choquante. Matt aperçut un dragon en plastique sans ailes et des briques en plastique éparpillées sur la table et sur l'assiette devant Harve. Evan avait les yeux rouges, mais il répliqua quelque chose à l'homme barbu et attrapa son dragon. Quand Harve poussa Evan pour l'écarter de la table, Corie lâcha son plateau vide et vint se placer devant son fils, avant de sermonner le barbu. Matt allongea le pas quand il arriva sur le trottoir, puis courut sur les derniers mètres.

Une femme enceinte vêtue d'un tailleur se tenait près de la caisse. Elle était au téléphone et relatait tout ce qu'elle voyait, à la police, peut-être. Un homme âgé s'était levé de sa table dans le box en face de Harve, Jordy et les McGuire. Il tendit le doigt vers les deux hommes et les réprimanda. En réponse, Jordy bondit et cria « Hou ! » ou autre chose du même acabit. L'homme s'affala sur la banquette à côté d'une femme aux cheveux blancs. Les autres clients suivaient la scène en écarquillant les yeux ou avaient baissé la tête, faisant de leur mieux pour ne pas s'impliquer.

« S'impliquer » était le credo de tous les Taylor. Intervenir quand quelqu'un avait besoin d'aide. Matt n'était peut-être pas un Taylor biologique, mais il l'était jusqu'à la moelle.

Il ouvrit la porte en grand.

— C'est une chose d'avoir les mains baladeuses avec le personnel ou d'être odieux avec quelqu'un d'aussi gentil que M. Wallace, lança Corie. Mais si vous touchez à mon fils…

La clochette au-dessus de la porte parut très bruyante et un peu menaçante dans le silence soudain. Matt ne fit aucun effort pour se voûter ou masquer sa colère. Il savait comment se faire remarquer. Grand type à la porte. Bonnet noir, jean noir, blouson noir. Étrangement silencieux. Le souffle à peine court malgré sa course dans le froid. Il riva les yeux sur la main couverte de taches de rousseur qui agrippait l'avant-bras de Corie. En quelques foulées, il rejoignit la table où Harve Barbe-dégoûtante et Jordy Taches-de-rousseur tourmentaient Corie et Evan.

— Tiens, tiens, voilà le petit ami, s'exclama Jordy, annonçant son arrivée par une phrase qui semblait préparée. Le gamin a dit que tu viendrais.

Mais il jeta un coup d'œil nerveux vers Harve, incertain de la conduite à tenir.

— Lâche-la, ordonna Matt.

Même si le rouquin desserra aussitôt la main, Harve ricana, incitant son copain à ne pas paniquer.

— Tout ça est un malentendu. La serveuse doit nous apporter notre dessert. On va le manger, et voilà.

— Non.

Simple. Succinct.

Harve serra les poings sur ses cuisses, et Jordy s'avança au bord de son siège. Ces gestes trahissaient leurs intentions.

L'un des frères de Matt faisait partie du SWAT. Un autre était un policier de terrain avec un coéquipier canin. Bon sang, il avait grandi avec trois frères. Il savait quoi faire en cas de bagarre.

Même si celle-ci n'allait pas durer bien longtemps.

Quand Harve écarta sa chaise de la table, Matt posa le bout du pied sur le plateau en plastique par terre, le fit remonter dans sa main et frappa l'homme barbu en plein visage, le renvoyant sur son siège. Sans perdre une seconde, il rabattit le manteau de Harve sur ses bras, tordit les manches et les noua derrière le dossier. Jordy bondit et prit son élan pour frapper Matt.

Il entendit Corie crier pour l'avertir, leva le bras pour parer le coup et pivota pour enfoncer le poing dans le plexus du rouquin. Avant que Jordy puisse reprendre son souffle, Matt lui tordit le bras dans le dos et lui pressa le visage dans son sandwich au rosbif. Quand Harve essaya de reculer sa chaise pour lui donner un coup de pied, Matt s'empressa d'écraser sa chaussure sous sa grosse semelle. L'homme poussa un glapissement de douleur, puis réclama qu'on appelle la police, parce que lui et son copain se faisaient agresser par un géant fou à lier. Du coin de l'œil, Matt vit les autres clients prendre des photos avec leurs téléphones, mais personne n'appelait qui que ce soit pour aider ces deux-là.

Pendant que Harve gémissait de douleur, Matt se pencha au-dessus de l'homme qu'il plaquait sur la table.

— Vous devriez vous attaquer à quelqu'un de votre taille, pas à un petit garçon.

— C'était pour rigoler, protesta Jordy. Il savait bien qu'on se marrait. Pas vrai, gamin ?

Corie serra son fils contre elle, tandis que le courageux petit bonhomme répliquait :

— Tu es une brute ! Les brutes vont chez le directeur.

Matt tordit le bras de Jordy un peu plus fort. Du regard, il indiqua à Harve qu'il lui ferait la même chose s'il bougeait.

— Rendez-lui tout ce que vous lui avez pris. Tout de suite.

Il hocha la tête vers Corie, qui dénoua les manches de Harve pour qu'il puisse retrouver l'usage de ses mains. Elle recula, puis attira à nouveau son fils contre elle. Harve vida la poche de sa chemise et lâcha les briques en plastique sur la table.

— Toutes, ordonna Matt.

Marmonnant un juron, M. Barbe-dégoûtante plongea les doigts dans sa purée et en sortit trois autres briques. Quand Matt haussa un sourcil, il les laissa tomber dans le verre d'eau et les remua pour les nettoyer. Après les avoir repêchées avec sa cuillère, il les posa sur une serviette qu'il tendit à Corie.

— Pardon, m'dame.

Corie prit la serviette et emmena Evan jusqu'au dernier box, où l'attendait le corps de son dragon. Après avoir installé son fils sur la banquette, elle l'incita à reconstruire son jouet.

— M'sieur, gémit Jordy. Il faut me lâcher. Vous me tuez, là.

Non. Matt avait vu quelqu'un mourir aujourd'hui. Ce

qui se passait en ce moment était une conversation amicale entre trois hommes sur le point de trouver un compromis.

— Est-ce que vous allez encore toucher cette femme ?

— Allez, quoi… Elle est jolie. Je voulais attirer son attention, c'est tout. Elle souriait à tout le monde, sauf à nous…

Matt appliqua un peu plus de pression sur son poignet.

— Non. Non, m'sieur.

— Est-ce que vous allez encore l'embêter, elle ou qui que ce soit d'autre dans le restaurant ?

Cette fois, l'homme ne chercha pas d'excuses.

— Non, m'sieur.

Matt le lâcha et recula.

— Barrez-vous.

Jordy attrapa son manteau à la hâte et se précipita vers la sortie. Harve mit plus de temps à se lever. Il ajusta sa veste sur ses épaules, puis adressa à Matt un regard qui semblait signifier que cette « conversation » n'était pas terminée.

— Tu ne sais pas à qui tu as affaire, monsieur « le petit ami ».

Matt n'apprécia pas la menace.

— Toi non plus.

Harve finit lui aussi par se diriger vers la porte.

Le restaurant tout entier sembla retenir son souffle lorsque le barbu s'arrêta à la caisse et sortit une liasse de billets de son portefeuille.

— Je ne veux pas de votre argent, déclara la femme enceinte.

Elle posa une main protectrice sur son ventre arrondi, puis leva son portable et prit une photo.

— Vous et votre ami, vous n'êtes plus les bienvenus ici. Si vous revenez, j'appellerai un de mes contacts au sein de la police. Mon mari, par exemple.

Elle remit le téléphone à son oreille.

— Chéri, je t'envoie la photo du deuxième homme tout de suite. OK…

Elle leva à nouveau son portable.

— Le lieutenant Kincaid voudrait vous parler.

— Harve, amène-toi.

Jordy attendait sur le seuil, la porte ouverte, ce qui laissait entrer un courant d'air glacial dans la salle.

— Il y en a une qui sort avec le géant ? Et l'autre qui est mariée à un flic ? Je m'en fiche si on touche une belle somme, on ne fait pas le poids, là.

— La ferme.

— Je sais que tu as dit qu'on lui devait…

— Bouge ! s'exclama Harve en poussant Jordy dehors.

« On touche une belle somme » ? *Lui ?* Quelqu'un payait ces deux-là pour embêter Corie ?

Il se doutait de qui il pouvait s'agir.

Avant même d'atteindre le bord du trottoir, Harve tapait quelque chose sur son téléphone. Matt s'approcha de la fenêtre et les observa, impatient de les voir quitter le quartier. Après avoir rangé son portable, le barbu jeta un coup d'œil en arrière et lui adressa un salut moqueur. Puis le feu changea, et Jordy entraîna son compagnon de l'autre côté de la rue. Une grosse cylindrée sombre aux vitres teintées s'arrêta un peu plus loin dans un crissement de pneus, et les deux hommes montèrent dedans. Harve avait dû envoyer un SMS pour qu'on vienne les chercher. Mais aucun service de voiture n'était aussi rapide. C'était forcément un de leurs copains qui attendait non loin de là. Peut-être assez près pour avoir vu leur confrontation par les fenêtres du *diner*.

Matt baissa les yeux sur la plaque et la mémorisa. Mais il attendit que les deux crétins et leur chauffeur invisible s'éloignent pour envoyer un SMS à Cole. Il lui transmit l'information, lui demanda d'identifier le propriétaire et de trouver si possible le nom de famille de Harve et Jordy.

Soulagé que l'incident soit clos, Matt soupira, puis adressa un hochement de tête à l'hôtesse. Elle était désormais en pleine conversation avec son mari, qui devait être aussi inquiet que Matt l'avait été quelques minutes plus tôt. Il se tourna ensuite vers Corie.

— Ça va, vous deux… ?

Corie se jeta sur Matt, l'entoura de ses bras, tandis qu'Evan se calait entre eux et s'accrochait à sa taille. Brusquement, il se sentit beaucoup mieux.

Le vieux monsieur qui avait essayé d'aider lança les applaudissements. Matt passa un bras autour de Corie et l'embrassa sur le sommet du crâne. Il inspira l'odeur agréable de nourriture, de dur labeur et de shampoing fruité qui n'appartenait qu'à elle. Il posa la main à l'arrière de la tête d'Evan et les maintint serrés contre lui. Grâce à leur étreinte, il se sentait plus fort et aimait la sensation de plénitude qu'il avait à tenir mère et fils dans ses bras.

Après s'être présenté à l'autre homme et s'être assuré qu'il allait bien, Matt le remercia d'avoir essayé d'intervenir. M. Wallace se rassit, puis tout le monde reprit le cours de son repas et de sa conversation. Corie se dressa sur la pointe des pieds pour déposer un baiser sur la joue de Matt.

— Merci. Je sais que je n'arrête pas de le dire, mais merci.

Matt sentit toutes ses terminaisons nerveuses vibrer au contact de ses lèvres. L'adrénaline qui l'avait propulsé dans le restaurant palpitait de façon irrégulière dans son organisme. Sa perception aiguë de tout ce qui était McGuire rivalisait avec la profonde fatigue de la journée. Il devait tenir le coup encore un peu, échanger des informations, s'assurer qu'ils étaient en sécurité… S'il les perdait, il ne s'en remettrait jamais.

— Ils vous ont fait du mal ?

— Non.

Il fit un clin d'œil à Evan.

— Tu jures par le dragon que tout va bien ?

Evan sourit, visiblement heureux que Matt comprenne son code de l'honneur. Il dessina une croix sur son cœur et hocha la tête, puis courut vers le box comme l'enfant heureux qu'il était censé être.

Corie baissa les bras autour de la taille de Matt et se blottit contre lui.

— Moi aussi, je le jure par le dragon, le taquina-t-elle. Mais je dois avouer que je n'ai jamais été aussi heureuse de voir quelqu'un de ma vie. Dès qu'ils sont entrés et ont demandé à être assis dans ma section, j'ai su que ça allait mal tourner.

Avec un soupir agacé, elle le lâcha pour mieux s'accrocher à son bras et se tourna vers le box où Evan jouait.

— Quel genre d'homme peut se montrer aussi brutal avec un enfant ? Lui voler ses jouets comme si c'était amusant ?

— Aucun homme digne de ce nom, répliqua Matt avant de l'embrasser à nouveau sur la tête. Je me suis dit qu'Evan serait en sécurité ici avec toi. Mais j'avais peur de ce que tu serais capable de faire pour le protéger.

Elle secoua la tête.

— J'ai demandé à une autre serveuse de s'occuper de leur table à ma place. Je pensais que si je n'étais pas là pour les divertir ils mangeraient en vitesse et partiraient. Mais quand ils se sont approchés d'Evan j'ai dû intervenir.

Elle frotta sa joue sur la manche de Matt.

— Bien sûr, je sais que c'était seulement une façon de

me faire réagir. Mais c'était chouette de savoir que j'avais du renfort avant de me lancer dans la bataille.

Il posa les mains sur les siennes.

— Je serai toujours là si tu as besoin de moi. Je suis content que tu m'aies appelé.

La femme enceinte les rejoignit au fond de la salle et tendit la main vers Matt.

— Je suis Melissa Kincaid. Je dirige le Pearl's Diner. Votre repas est offert par la maison.

— Matt Taylor. Merci d'avoir appelé la police.

Il lui serra la main, mais refusa sa proposition.

— Je veux seulement du café et une part de tourte.

— C'est quand même la maison qui régale. Et ne vous en faites pas pour la sécurité de Corie quand elle est ici. Après ce que je viens de raconter à mon mari, Sawyer, j'imagine que la moitié du KCPD va manger ici le reste du week-end. Ces deux-là ne risquent pas de nous embêter de sitôt.

Corie lâcha le bras de Matt pour enlacer sa patronne.

— Merci, Melissa.

— Remercie ton petit ami. Au fait, mon mari tient à vous rencontrer.

Melissa sourit à Matt, avant de désigner le box où Evan avait étalé ses jouets, ses dessins et ses briques de construction.

— Corie, prends dix minutes de pause. Je m'occupe de tes commandes.

Corie se glissa sur la banquette en vinyle à côté d'Evan, pendant que Matt ôtait son bonnet et ouvrait son blouson. Elle ébouriffa les cheveux de son fils et l'interrogea sur le statut des réparations de son dragon. Quand Matt s'installa en face d'eux, il sentit les pieds de Corie se glisser entre les siens. Il aurait pu croire à un hasard, mais quelques secondes plus tard elle lui effleura le genou du bout des doigts. Même si quelques pensées étonnamment coquines lui traversèrent l'esprit à propos de ce qu'ils pouvaient faire sous la table, Matt contrôla son cerveau et prit la main de Corie dans la sienne, entrelaçant leurs doigts loin des regards curieux.

— Désolée pour cette histoire de petit ami.

Les sourcils froncés, elle se mordilla la lèvre.

— Evan a crié ça à travers tout le restaurant pour menacer Harve et Jordy. J'ai bien peur que l'appellation soit restée.

Il brûlait d'envie d'embrasser cette lèvre inférieure, d'atténuer sa gêne, de soulager son propre inconfort.

— Ça ne me dérange pas.

La jolie bouche de Corie s'étira en un sourire.

— Moi non plus.

Ce n'était pas la première fois qu'il se le disait, mais il aimait vraiment tenir cette femme contre lui. Il aimait observer les nuances de son expression. Il aimait avoir avec elle des conversations intimes à mi-voix comme celle-ci.

Évidemment, il avait passé une bonne partie de ces dernières nuits à fantasmer sur Corie et sur ce qui se passerait s'il l'avait dans son lit. Il imaginait dénuder ces courbes somptueuses, goûter à ses lèvres douces, sentir sa peau nue contre la sienne, plonger en elle pour qu'ils soient aussi proches que deux personnes pouvaient l'être. Même s'il savait qu'elle était quelqu'un de prudent, il connaissait aussi la femme qui l'avait attiré vers elle pour un baiser impulsif, qui prenait l'initiative quand il était trop timoré à son goût, qui touchait ses lèvres et caressait son visage, qui s'accrochait à lui d'une façon légèrement possessive, avec un sourire sexy et adorable.

Oui, même maintenant, son corps avait envie d'être encore plus près du sien. Mais il y avait quelque chose d'apaisant et de tout aussi satisfaisant à lui tenir simplement la main. Pendant qu'Evan babillait et leur montrait par le détail comment toutes les briques s'emboîtaient pour reconstruire son dragon, une autre serveuse leur apporta leurs cafés et leurs parts de tourte à la cerise. Matt avait l'esprit en ébullition à force d'essayer de comprendre tout ce qu'il avait appris sur ce qui menaçait cette famille, mais tenir la main de Corie sous la table lui procurait une sensation plus intense. C'était comme un lien secret entre eux deux.

C'était plus profond, plus fort. C'était quelque chose de permanent.

Matt se perdait dans les yeux verts de Corie lorsque son téléphone bipa. Refusant de lâcher sa main, il posa son portable sur la table et ouvrit le SMS dès qu'il vit que c'était Cole.

Voiture enregistrée au nom d'un certain Jeff Caldwell.

Pas de casier. Tiens-toi bien : son adresse est dans ton immeuble. Tu ne le connais pas ?

Matt fronça les sourcils. Il connaissait plusieurs personnes dans la résidence. Mais il travaillait beaucoup. Il restait seul sauf en cas de réunion de famille. Ou s'il était inquiet à propos de Corie et Evan. Le seul Jeff à lui venir à l'esprit était le gardien à temps partiel de Wally Stinson. Et ce n'était qu'un nom pour lui. Il ne l'avait jamais rencontré en personne.

Mais le fait que ce type ait le moindre lien avec Corie ne lui plaisait pas du tout. Quelles étaient les chances qu'un autre de leurs voisins débarque à l'endroit où elle travaillait ? Que cet homme connaisse Harve et Jordan ? Que cet homme vive dans l'appartement sous celui des McGuire ?

— Aïe…

Pendant une seconde, Matt s'interrogea sur le changement dans les yeux de Corie. Ils s'étaient assombris. Ses sourcils pâles étaient arqués, interrogateurs.

Un peu trop tard, il s'aperçut qu'il avait resserré sa prise et relâcha aussitôt sa main.

— Désolé.

— Tu ne m'as pas fait mal, dit-elle. Mais tu es parti loin dans tes pensées, et je ne suis pas sûre qu'elles soient très bonnes. Est-ce que c'est ce côté silencieux un peu flippant dont tu m'as parlé ?

Son portable bipa à nouveau. C'était encore Cole.

Sans noms de famille, ça sera plus long d'identifier Harve et Jordan. Un de mes copains, Sawyer Kincaid, vient de venir de son bureau pour me demander si je te connaissais. Il a dit que tu t'étais débarrassé de la racaille dans le restaurant de sa femme. Tu n'envisages pas de changer de camp et de devenir flic, quand même ? :)

Ci-joint la photo du permis de conduire de Caldwell.

Si tu as besoin d'autre chose, préviens-moi.

Sois prudent.

Il remercia son oncle, puis ouvrit la photo. L'homme lui semblait vaguement familier, mais Matt ne se rappelait pas l'avoir croisé dans leur immeuble.

Mais, même si les cheveux bruns et les yeux marron étaient des caractéristiques physiques plutôt communes – après tout, il avait les mêmes –, il était certain d'avoir déjà vu cet homme quelque part. Mais où ? Matt agrandit l'image sur l'écran, dans l'espoir de distinguer le moindre signe distinctif, comme une cicatrice ou des dents tordues. Hormis des taches de rousseur sombres sur les joues, cet homme n'avait rien qui le rende reconnaissable au milieu d'une foule.

— Matt ?

Corie écarta leurs mugs et attrapa ses mains dans les siennes.

— Qu'est-ce qui ne va pas ? Tu me fais un peu peur.

Voilà… C'était le moment où il perdait généralement la femme qui l'intéressait. Quand il s'enfermait dans sa tête et cessait de communiquer.

Mais, alors qu'il essayait de trouver les mots justes pour lui dire ce qui était nécessaire sans l'alarmer, Corie attrapa le portable de Matt et le retourna pour cacher l'écran. Blême, elle jeta un regard paniqué vers Evan. Dès qu'elle vit que son fils ne faisait pas attention à eux, elle se pencha par-dessus la table et murmura :

— Pourquoi as-tu une photo de Kenny ?

— Ton ex ?

Et en un instant tous les éléments d'information préoccupants qui flottaient dans son cerveau formèrent un tout cohérent. Au prix d'un gros effort, Matt se retint de sauter par-dessus la table pour prendre Corie et Evan dans ses bras.

Il attrapa son téléphone, veillant à ce qu'Evan ne voie pas l'écran, et envoya un SMS à son oncle pour le prévenir.

— D'après son permis de conduire, il s'agit de Jeff Caldwell. Cet homme est Kenny Norwell ?

— Oui. Il a un peu grossi, et son front commence à se dégarnir, mais c'est bien lui. Et maintenant réponds à *ma* question. Pourquoi as-tu cette photo ?

Il suivit des yeux les muscles qui se contractaient le long de sa gorge pâle tandis qu'elle déglutissait péniblement.

— Ton silence flippant, ça ne va pas être possible ce soir, Matt Taylor. J'ai fait beaucoup d'efforts pour rayer cet homme de ma vie. J'ai besoin que tu me parles.

Matt balaya la salle du regard, puis observa leur reflet dans la vitre. Il ne distinguait pas grand-chose au-delà, hormis les feux de signalisation et les réverbères. Comment était-il censé protéger sa famille d'une menace qu'il ne pouvait pas voir ?

— Est-ce que tu l'as aperçu près d'un des endroits que tu fréquentes ? Ici ? À la maison ? À l'école ?

— Non. Et toi ?

Il jeta un coup d'œil vers Evan.

— On ne devrait peut-être pas discuter de ça ici.

Elle cacha les mains dans les manches de son cardigan, puis noua les bras autour de sa taille. Pour éviter d'alarmer son fils, elle se tourna légèrement et murmura d'un ton sans réplique :

— Dix mots ou moins, Taylor. Dis-moi quelque chose avant que je panique complètement.

Matt entendit un bruit de verre brisé au loin. C'étaient peut-être ses espoirs d'une relation avec Corie qui éclataient en morceaux.

— La voiture dans laquelle Harve et Jordy sont montés est à son nom.

Elle pâlit tellement qu'il crut qu'elle allait s'évanouir. Il tendit le bras et posa la main sur sa joue glacée.

— Respire, mon ange. Je ne sais pas encore ce qui se passe. Mais je l'empêcherai de vous faire du mal.

Corie commença à secouer la tête. À en juger par son expression abattue, elle ne semblait pas croire en sa promesse ou en sa capacité à la mettre en pratique. Mais, lorsque Evan se leva brusquement et s'agenouilla sur le siège à côté d'elle, son formidable instinct maternel s'éveilla aussitôt.

— Holà, mon poussin ! Qu'est-ce que tu fais ?

Ignorant les mains qu'elle posa sur sa taille, Evan pressa le visage contre la vitre et scruta l'obscurité.

— Matt ? Ce n'est pas ton pick-up ?

L'enfant avait lui aussi entendu le bruit de verre brisé,

compris Matt. Ce son n'avait pas été le fruit de son imagination.

Il aperçut alors les flammes qui s'échappaient du pare-brise de son pick-up. Non loin de là, quelqu'un s'était mis à hurler. D'autres personnes couraient, soit en direction du feu, soit dans la direction opposée. Matt entendit le crissement de pneus qui patinaient sur la chaussée glacée, tournant sur place jusqu'à ce qu'ils parviennent à adhérer au bitume.

— Appelle les secours.

Il attrapa son blouson et sortit en trombe du restaurant. Tout en sprintant, il cria « KCFD ! » à plusieurs reprises et ordonna aux gens qu'il croisait de se mettre à l'abri. Les piétons et les conducteurs avaient tendance à ralentir ou à s'arrêter complètement pour observer le spectacle : le liquide rougeoyant couvert de flammes se répandait sur le capot et tombait goutte à goutte sur le trottoir comme une coulée de lave. En sautant à l'arrière de son pick-up, Matt aperçut une camionnette blanche qui fonçait dans la direction opposée.

Après avoir sorti l'extincteur du coffre métallique, il évalua rapidement la situation de son perchoir. La bouteille de whisky cassée et le chiffon brûlé sur le sol indiquaient que quelqu'un avait lancé un cocktail Molotov sur son véhicule. Probablement le conducteur de la camionnette blanche. Ou Jeff Caldwell/Kenny Norwell, ou quel que soit son nom. Mais il ne voyait pas de grosse cylindrée sombre s'éloigner de la scène. Harve et Jordan étaient peut-être revenus pour se venger après l'humiliation publique de cette bagarre à deux contre un qu'ils avaient perdue.

Il était peut-être temps d'agir en pompier et de réfléchir à comment prévenir des dommages corporels ou des dégâts matériels. Dans cette rue, les véhicules étaient garés très près les uns des autres. Au fur et à mesure que les concerts dans les bars ou les matchs télévisés s'achevaient, et que les gens rentraient chez eux ou filaient vers leur prochaine destination, la circulation se densifiait. Ce lent défilé progressant pare-chocs contre pare-chocs annonçait un autre problème : avec un grand nombre de réservoirs d'essence réunis au même endroit, une explosion en chaîne était à craindre. Et, si cette substance inflammable, de la consistance du goudron, giclait sur les vêtements ou la peau de quelqu'un, la gélatine à combustion lente serait difficile à nettoyer, ce qui occasionnerait des blessures horribles et douloureuses.

— Appelez les secours ! hurla Matt à un groupe de jeunes gens qui s'approchaient en filmant la scène. Reculez !

À présent, le bouchon s'étendait jusqu'à l'intersection suivante, les conducteurs étant trop curieux ou effrayés pour faire attention où ils allaient. S'il ne prenait pas le contrôle de la situation rapidement, il aurait bientôt un accident de la circulation à gérer en plus du reste.

Après avoir sauté sur le trottoir, il se protégea le visage du plus gros des flammes et vaporisa une couche de mousse sur le pare-brise et le capot. Tandis que le conducteur de la voiture garée devant lui s'installait au volant et la déplaçait, Matt continua à manier l'extincteur. Mais il commençait à manquer de produit, parce que la substance visqueuse qui était manifestement l'arme de choix de l'incendiaire se répandait plus vite qu'il ne pouvait la circonscrire.

Il sentit alors une main au creux de son dos.

— Où est-ce que je dois vaporiser ?

En entendant la voix de Corie, Matt fit volte-face.

— Retourne à l'intérieur !

Instinctivement, il la prit par la taille et la ramena vers le *diner*. Puis il la souleva pour l'écarter du danger, tandis qu'une voiture faisait une embardée pour les éviter. Elle n'avait même pas pris le temps de mettre son manteau ni ses gants.

— Qu'est-ce que tu fais ici ?

Elle se dégagea et brandit le petit extincteur qu'elle avait apporté du restaurant.

— Laisse tomber tes envies d'expier. Tu as besoin d'aide.

— Tu crois que tout ça c'est parce que j'ai besoin de jouer les héros ?

Elle avait les joues rougies par le froid, et la seule chose qu'elle portait par-dessus son uniforme en polyester était son cardigan bleu marine.

— Tu vas geler.

Elle ignora complètement ce qu'il disait.

— J'ai appelé les secours. Ils arrivent dans quelques minutes.

Des cris et des coups de klaxon provenant des conducteurs coincés un peu plus loin, incapables de voir ce qui se passait ici, les obligèrent à hausser la voix.

— Et Evan ?

— Avec Melissa. Laisse-moi au moins dévier la circulation.

— C'est dangereux ici. Et je ne parle pas seulement du feu.

— Tu ne peux pas affronter Kenny tout seul, le prévint-elle, soutenant son regard pour s'assurer qu'il comprenait.

Ainsi, elle aussi pensait que son ex était derrière ce feu. Elle ne fuyait pas, ne se cachait pas. Elle était prête à se battre.

Ce n'était pas vraiment censé exciter Matt à ce point.

Il glissa les doigts dans les cheveux soyeux sous sa queue-de-cheval et baissa la tête pour l'embrasser. De la gratitude, de la compréhension et quelque chose de beaucoup plus primaire les relièrent pendant les quelques secondes que dura le baiser. Puis il ôta son blouson et le drapa sur les épaules de Corie. Pendant qu'elle glissait les bras dans les manches, il s'empara du second extincteur.

— Je m'occupe de la circulation.

Il désigna le liquide enflammé qui coulait du pneu avant et s'accumulait sur la chaussée.

— Vaporise de la mousse le long du bord du trottoir. Il ne faut pas que ça s'étende au-delà du pick-up. Reste là où je peux te voir. Le type qui a mis le feu est peut-être toujours dans la foule quelque part. Evan a besoin de toi.

— Et j'ai besoin de toi, répliqua-t-elle. Sois prudent.

Deux hommes la rejoignirent, munis d'extincteurs récupérés dans l'un des commerces du quartier. Matt l'entendit répéter ses ordres aux autres volontaires, pendant qu'il se mettait au milieu du bouchon. Il indiqua au véhicule suivant de ralentir et de s'écarter autant que possible du pick-up en feu. Après avoir ordonné aux voitures de se mettre sur une seule file, il incita les conducteurs roulant vers l'est à franchir la ligne blanche et à continuer à avancer.

Dès qu'il vit l'équipe B de la caserne 13 surgir au coin de la rue, Matt poussa un soupir de soulagement. Une fois la police sur place, il courut retrouver ses collègues et leur fit un topo rapide. L'un d'entre eux lui jeta une veste sur les épaules, l'identifiant comme le pompier qu'il était. Il repoussa la médecin qui voulait l'examiner et l'envoya vers les volontaires qui l'avaient aidé à combattre le feu. La menace pour son pick-up avait été neutralisée, mais il s'inquiétait des flaques de substance incendiaire, qui brûlaient encore dans le périmètre établi par Corie et les deux hommes. Ils allaient avoir besoin d'une unité de décontamination pour nettoyer la zone. Et ils auraient besoin d'un échantillon de la substance contenue dans la bouteille, afin de l'envoyer au labo pour le comparer aux autres.

Comme un policier s'approchait de lui pour prendre sa déposition, Matt tourna la tête vers Corie. Blottie dans son blouson trop grand, elle regardait ses coéquipiers travailler. Il mourait d'envie de la rejoindre, mais il devait faire un compte rendu complet avant que le ou les criminels disparaissent des radars jusqu'au prochain feu ou pire encore.

Cette éventualité du « pire encore » lui donnait une sensation de catastrophe imminente. Ce feu avait été personnel. C'était un message pour lui : l'horloge tournait, Corie appartenait à un autre homme, il ne serait jamais capable de la protéger. Ou quelque chose d'aussi prophétique que le feu qui avait détruit la voiture de Maldonado : ne plus parler à la police… ou mourir.

Le problème avec un incendiaire à gages qui envoyait des messages de ce genre était l'énorme risque de dommages collatéraux. De gens blessés. De vies perdues.

Matt voulait qu'un avis de recherche soit lancé pour retrouver Kenny Norwell, Harve et Jordy, cette grosse cylindrée sombre et la camionnette blanche.

Il voulait tenir Corie et Evan dans ses bras maintenant. Sa belle et courageuse Corie, qui travaillait dur et n'avait pas peur de lui, et son fils, malin et courageux, qui remarquait tout et se souciait tellement des autres. Matt avait besoin de savoir qu'ils allaient bien. Il avait besoin de voir le sourire de Corie. Tous les jours de sa vie.

Autant l'admettre, il était amoureux depuis un bon moment de la petite famille qui vivait en face de chez lui. Qui avait besoin de lui. Qui lui faisait ressentir des choses qu'aucun ex-mari, incendiaire ou meurtrier, n'allait lui enlever.

11

— Je veux m'arrêter au cinquième étage, déclara Corie pendant qu'ils attendaient l'ascenseur. Je veux frapper à la porte de cet enfoiré et le regarder droit dans les yeux.

À côté d'elle, Matt tenait Evan endormi contre son torse.

— Il est 1 heure du matin, Corie. Et si ce n'est pas lui ?

— Je lui présenterai mes excuses et je remonterai chez moi pour vivre le restant de mes jours dans la honte et la paranoïa.

Il n'essaya même pas de cacher le soupçon de sourire qui plissa ses joues ombrées de barbe. Mais ce sourire disparut aussi vite qu'il était apparu lorsqu'ils entrèrent dans la cabine.

— Et si jamais c'est ton ex-mari ? Tu sais ce que tu lui diras ou ce que tu feras quand tu le verras ? Tu tiens vraiment à ce qu'il voie Evan ?

— Je suis sûre qu'il l'a déjà vu ! s'exclama-t-elle avant de se remettre à murmurer. Evan est la seule chose qu'il ait jamais voulue de moi. S'il nous suit, toi et moi, alors il l'a déjà vu avec l'un de nous deux. Si Jeff et Kenny sont vraiment la même personne, je veux le savoir. Il est venu chez moi, Matt. Il a saboté ma cuisine pour allumer un feu. Il pourrait contester la garde d'Evan si un juge était mis au courant.

— C'est un repris de justice. Personne ne pourra légalement t'enlever ton fils. Tu es une trop bonne mère pour ça. Et je ne les laisserai certainement pas faire.

D'un bras, il la serra contre lui et posa un baiser rapide sur ses lèvres.

— Bon. Je vais aller frapper à sa porte. Toi, va coucher Evan.

— Non. Je t'accompagne. Soit je serai seule avec Evan dans l'appartement, soit je serai seule au cinquième. Je ne veux pas être seule si Kenny nous a retrouvés.

Il poussa un soupir.

— Ce n'est pas ce que je veux non plus. Dans ce cas, tu porteras Evan, et je me présenterai en premier pour qu'il soit obligé de passer par moi d'abord. S'il est là, tu prends Ev et tu cours. Appelle les secours. Demande Cole Taylor. Réclame n'importe quel Taylor. Les renforts arriveront.

— Que feras-tu pendant qu'on s'enfuit ?

— J'aurai une petite conversation avec lui. A-t-il un penchant pour les armes ou les couteaux, que je devrais connaître ?

— Non, répondit Corie. Mais il sait comment allumer des feux d'une dizaine de façons différentes.

— Je sais comment éteindre des feux d'une dizaine de façons différentes.

Elle n'en doutait pas un seul instant.

— Il est fort, Matt. Il sait se battre.

Matt la regarda par-dessus sa large épaule. Oui, bien sûr. Il était fort et savait se battre, lui aussi. Ce soir, il avait mis Harve et Jordy au tapis en un rien de temps. Et, même si elle savait Kenny plus doué et vigilant que ces deux crétins, Matt était sûrement capable de se débrouiller dans n'importe quelle situation.

— Je veux seulement mener une vie normale, déclara-t-elle en s'appuyant contre lui. Que mon fils soit heureux et en bonne santé, qu'il n'ait plus peur que le monstre vienne et m'arrache à lui. Je veux avoir des amis, d'autres d'enfants. Je veux enseigner, aimer et vivre la vie qui m'a été volée par Kenny et ma mère. Je ne veux plus avoir peur.

— Evan est un enfant intelligent. Il est plus fort que tu ne le crois. Et toi aussi. Et puis tu as ce dragon en plastique super cool pour te protéger.

Avec un petit rire, elle tapota le sac à dos où se trouvait la création d'Evan. Mais ce rire dénotait plus de désespoir que d'amusement.

— C'est toi, notre dragon protecteur, Matt. Tu es grand, fort, et tu maîtrises le feu.

— Je croyais que les dragons étaient méchants jusqu'à ce que je vous rencontre.

Il laissa échapper un gros bâillement qui sembla le surprendre. Mais il se redressa, comme pour chasser sa fatigue, puis appuya sur le bouton du cinquième étage.

— Bon, d'accord. On va aller frapper à la porte de ton voisin. S'il était près du *diner* en même temps que nous et a jeté ce cocktail Molotov, il ne dormira pas de toute façon.

Une minute plus tard, Corie soulevait son fils dans ses bras, tout en gardant son sac à dos et le sien sur chaque épaule.

— C'est bon, je le tiens.

Positionnée derrière Matt, elle passa le bras devant lui pour frapper à la porte et faire cette rencontre qui l'angoissait.

Pas de réponse.

Matt toqua à son tour.

— Monsieur Caldwell ? C'est Matt Taylor, de la brigade de pompiers.

Il colla l'oreille contre le battant, puis frappa à nouveau, un peu plus fort à chaque fois.

— Je ne crois pas qu'il soit là.

Dans le couloir derrière eux, une porte s'ouvrit. Une femme en pyjama et peignoir, un foulard rose vif autour de la tête, les regarda par l'entrebâillement.

— On est vendredi soir, d'accord, mais vous savez l'heure qu'il est ?

Matt la salua en touchant la visière de sa casquette du KCFD.

— Oui, madame, je le sais.

Elle se hérissa et serra son peignoir fleuri autour d'elle.

— Eh bien, certains d'entre nous travaillent le week-end. Alors merci de baisser d'un ton.

Voyant que la méthode de communication de Matt échouait, Corie intervint. Elle désigna l'appartement 512.

— Connaissez-vous M. Caldwell ? Le gardien à temps partiel de M. Stinson ? Je suis Corie McGuire, votre voisine du dessus.

— Jeff est très discret. C'est ce qui me plaît chez lui.

Le reproche était à peine voilé. La femme leva les yeux vers Matt et fronça les sourcils. Puis elle les riva sur le petit garçon endormi sur l'épaule de Corie. Son froncement s'accentua.

— Il ne devrait pas déjà être au lit ?

À l'évidence, ils n'allaient pas réussir à la convaincre de les aider à cette heure tardive. Corie sauta sur le premier mensonge plausible qui lui traversa l'esprit.

— Si, bien sûr. C'est pour ça qu'on cherche Jeff. Je me suis enfermée dehors, et il a le double des clés.

La femme baissa les yeux sur le trousseau qui pendait des doigts de Corie, avant de hausser un sourcil sévère.

— J'appelle M. Stinson. À lui de s'occuper de vous.

La porte se referma alors que Corie la remerciait.

— Tu mens très mal, la taquina Matt en lui reprenant Evan le temps que le gardien arrive.

— Mais grâce à moi on va entrer dans l'appartement, non ?

Techniquement, c'était Wally Stinson qui allait les faire entrer chez Jeff Caldwell.

Le gardien sortit de l'ascenseur, son trousseau de clés à la main. Vêtu d'un pantalon et d'un peignoir en laine enfilé à la hâte sur son pyjama, il ne semblait pas enchanté d'être là. Tout en marchant vers eux, il rabattit une mèche de cheveux sur son crâne dégarni.

— Ce n'est pas votre appartement, madame McGuire. Ni le vôtre, monsieur Taylor. Mlle Alice n'a pas apprécié d'être réveillée par tout ce bruit dans le couloir.

Malgré son envie de lui dire que le cliquetis de son trousseau était plus bruyant que leurs coups à la porte, Corie préféra passer aux choses sérieuses.

— Il est vital que nous parlions à M. Caldwell. Je pense qu'il est entré dans mon appartement par effraction.

Wally fronça les sourcils.

— Vous avez déjà dit ça, qu'il avait trafiqué votre four.

— C'est exact.

— Vous avez des preuves ?

Corie toucha la porte.

— Je pense qu'elles sont à l'intérieur. Je veux lui en parler, mais il n'ouvre pas.

M. Stinson remonta ses lunettes sur son nez.

— C'est parce que la plupart des soirs il travaille dans un centre de distribution. Il m'aide seulement pendant la journée. Maintenant, rentrez chez vous et laissez les habitants de cet immeuble dormir en paix.

— C'est encore mieux, lança Corie en lui barrant le chemin. On pourrait entrer sans qu'il le sache pour voir si mes affaires sont là.

— Aucun des résidents ne s'est plaint d'avoir été volé.

D'abord, cet homme accusait son fils d'avoir allumé des feux et maintenant, comme la femme du 513, il semblait la traiter de menteuse.

— D'où vous vient cette idée ? demanda-t-il. Pourquoi cet homme vous volerait et abîmerait vos affaires ?

Elle jeta un coup d'œil vers Matt. Quand il hocha la tête, Corie avoua ce qu'elle pensait être vrai :

— C'est mon ex-mari.

Wally sembla s'adoucir un instant.

— Ah, bon Dieu ! Je n'en avais aucune idée. On a vécu quelque chose comme ça avec ma fille. Son bon à rien d'ex a piqué toutes les télévisions et tous les ordinateurs de la maison quand ils ont divorcé. Il a quasiment tout mis en gage.

Il lui adressa un regard compatissant et lui tapota l'épaule. Revenant sur ses pas, il trouva le double de chez Jeff Caldwell dans son trousseau.

— Si c'est ce qui se passe ici, s'il vole ou casse vos affaires, je le virerai dans la seconde. Mais comme je l'ai dit, en général, il n'est pas là le soir.

— Alors c'est le moment idéal pour regarder, n'est-ce pas ? Merci, monsieur Stinson.

Après avoir déverrouillé la porte, il entra dans l'appartement plongé dans le noir. Il appuya sur l'interrupteur, mais l'endroit ne devint pas plus accueillant pour autant. Le salon ne contenait qu'une table pliante et des chaises ainsi qu'un vieux fauteuil inclinable en face d'une télévision dernier cri. Il n'y avait ni décoration ni affaires personnelles.

Matt rendit Evan à Corie, puis la précéda à l'intérieur. Ses yeux ne cessaient de bouger pour absorber le moindre détail.

— On dirait qu'il ne passe pas beaucoup de temps ici.

— Vous voyez ce qu'il vous a volé ? demanda M. Stinson.

— Pardon ?

Le gardien l'avait surprise dans son inspection d'une pile de magazines pornographiques à côté du fauteuil. Ils étaient achetés au détail. Il n'y avait ni nom ni adresse dessus.

— Cette pièce est presque vide, répondit-elle.

— Que vous a-t-il volé ?

Sa santé mentale, sa tranquillité d'esprit et son bien-être. Mais, bien sûr, M. Stinson pensait à une raison beaucoup plus financière ayant poussé Kenny, enfin Jeff, à venir chez elle.

— Ça vous ennuie que je jette un coup d'œil ?

— Votre petit ami est déjà en train de le faire.

Petit ami… Elle commençait à prendre l'habitude qu'on les considère comme un couple, Matt et elle. Cela le dérangeait-il ? se demanda-t-elle.

Pas elle, en tout cas. Pas le moins du monde.

— Corie.

Le ton posé de Matt l'effraya plus qu'un cri d'avertissement ne l'aurait fait. Serrant Evan un peu plus fort contre sa poitrine, elle le suivit dans la cuisine. Là, il tendit le bras pour l'empêcher d'approcher trop près.

Une vague de terreur la submergea. La pièce avait été transformée en une combinaison de laboratoire scientifique et de poste d'ingénierie. Des verres doseurs tachés et des réchauds étaient posés sur les plans de travail. Des récipients étaient remplis de cette pâte jaunâtre translucide qui avait recouvert le capot du pick-up de Matt, puis avait fait fondre la peinture et les essuie-glaces en brûlant. La même substance qu'ils avaient retrouvée dans l'allée de l'immeuble et dans son four. Une boîte à outils remplie de pinces et de tournevis côtoyait un coffret métallique contenant ce qui ressemblait à de délicats instruments dentaires. Sur le sol, un carton plein de câbles et d'équipements techniques : des téléphones jetables encore emballés, des puces d'ordinateur, quelque chose qui ressemblait à des paquets de pétards. Sur l'autre plan de travail : trois bouteilles de whisky dont les étiquettes correspondaient à celle qui s'était écrasée sur le pick-up de Matt. Des diagrammes étaient accrochés sur le réfrigérateur avec des aimants. Il y avait aussi une photo.

Une photo d'Evan, usée, souvent touchée, datant de son premier anniversaire. Ce jour-là, avant de se rendre au studio photo, Kenny l'avait obligée à rhabiller leur fils avec un costume et une cravate en velcro au lieu de la jolie salopette bleue qu'elle avait choisie. Un gros D était visible sur la photo derrière l'enfant qui posait : D comme Danny Norwell.

Même s'il dormait profondément, elle posa la main sur la tête de son fils et pivota pour qu'il ne voie pas ce spectacle perturbant. Des larmes de colère et de dégoût lui montèrent aux yeux. C'était son ancienne vie, celle à laquelle elle avait cru échapper.

— C'est Kenny. Il avait fait une installation de ce genre dans notre garage à Saint Louis.

— Qui est Kenny ? demanda M. Stinson.

— Jeff, bien sûr, rectifia-t-elle à la hâte. Je suppose qu'il se fait appeler Jeff, maintenant.

Matt prenait des photos avec son portable.

— J'appelle mon oncle Cole. Lui et l'agent Rand voudront voir ça, c'est sûr et certain.

Il lui fit faire demi-tour en direction du salon.

— Reste ici. Je veux inspecter le reste de l'appartement. Monsieur Stinson, ne bougez pas et veillez sur elle.

Même si c'était plus un ordre qu'une requête, le gardien hocha la tête.

— Tout ira bien, affirma Corie. Sois prudent.

M. Stinson lui proposa une des chaises pliantes, mais

elle était trop nerveuse pour s'asseoir et se détendre. Pas ici. Pas avec toutes ces preuves qui pointaient vers les feux criminels auxquels Matt avait dû faire face.

— Est-ce que c'est un labo de méthamphétamines ? s'enquit le gardien en désignant la cuisine du menton.

— Quelque chose comme ça.

Kenny n'avait jamais fabriqué de drogue dans leur garage. Il avait toujours dit qu'il avait besoin d'avoir les idées claires pour travailler avec les composés chimiques qu'il créait pour ses clients.

— Parmi tous ces produits, certains sont combustibles et inflammables.

— À quoi ça lui servirait ? demanda Wally.

— À allumer des feux.

— Pas dans mon immeuble. Il… Je ne me suis jamais douté qu'il y avait ça là.

M. Stinson fourragea dans ses cheveux clairsemés.

— Il s'y connaissait en matière d'électricité, de menuiserie, de plomberie… J'ai joué au poker avec lui et deux de ses copains, un soir.

— Deux de ses copains ?

Les genoux coupés par le poids du soupçon, Corie faillit s'affaler sur la chaise. Mais elle tenait Evan dans ses bras. Elle devait être forte. Intelligente. Plus intelligente que Kenny.

— Est-ce que l'un des deux avait une barbe brune, presque noire ? L'autre est couvert de tatouages. Il est roux avec des taches de rousseur.

Wally hocha la tête.

— Ouais. Harve et…

— Jordy.

Il sembla surpris qu'elle connaisse les noms des deux hommes. Mais elle-même n'en revenait pas de savoir ce genre de choses. Elle ignorait si elle devait être en colère ou se sentir stupide d'avoir été aussi longtemps aveugle aux dangers rôdant autour d'elle.

— Connaissez-vous leurs noms de famille ?

Wally se gratta à nouveau la tête.

— Jeff Caldwell, bien sûr. Jordan Cox… Et Harve…

Il claqua des doigts lorsque le nom lui revint en mémoire.

— Harve Mohrman. Il m'a dit qu'il avait rencontré Jeff à…

— Jefferson City ?

En prison. Harve et Jordy étaient des codétenus de Kenny. Même son pseudonyme était un clin d'œil à son séjour en prison. Jeff Caldwell ? Jeff City ? Jeff C ?

— Ouais, c'est ça. Comment le saviez-vous ?

Matt émergea du couloir et les rejoignit à grands pas.

— Il faut qu'on y aille.

— Pourquoi ? Qu'est-ce que tu as vu ?

Il lui reprit Evan des bras pour l'inciter à se dépêcher.

— On contamine peut-être une scène de crime.

Quelque chose n'allait pas.

— Qu'y a-t-il ? Un cadavre ?

Quelque chose de pire ? La concernant ? Ou Evan ?

— Corie…

Évitant sa main tendue, elle s'engagea dans le couloir. Elle jeta un coup d'œil dans la première chambre et la salle de bains, puis se rendit dans la chambre située juste sous la sienne. Lorsqu'elle entra dans la pièce, un courant d'air froid se faufila sous ses vêtements et lui glaça la peau.

Pourtant, aucune fenêtre n'était ouverte. En plein mois de janvier, la climatisation ne fonctionnait pas.

C'était la pièce elle-même, remplie de haine et de vengeance, et de ce genre d'obsession qu'on ne trouvait que dans les films d'horreur et de tueur en série.

L'odeur la frappa en premier. Quelque chose de brûlé et d'âcre, comme de l'encens ou une centaine de bougies parfumées. La pièce ne contenait qu'une table, une chaise et un carton qui ressemblait étrangement à celui qu'elle avait installé sous sa fenêtre pour les chats du quartier.

Trois des quatre murs étaient un autel malsain dédié à une seule personne : elle. Des photos de son mariage avec Kenny. Des photos de son enfance. Des photos où on la voyait attendre à l'arrêt de bus à côté du Pearl's Diner, assise sur un banc à l'université en train de parler avec un professeur, surveillant la récréation à son école. Il y avait des coupures de journaux et des clichés relatifs aux feux : bâtiments en ruines, violents accidents de voitures et restes humains calcinés. Des bouts de ficelle étaient punaisés sur ces images qui tapissaient les murs. Des allumettes calcinées et des briquets cassés, et même une bouteille de la taille d'un flacon de parfum, contenant la même substance inflammable, pendaient à ces différentes ficelles. Des mots et des phrases avaient été écrits à la bombe aérosol sur ce collage géant, comme « voleuse d'enfant » ou « tuer la sorcière », entre autres.

Quant au quatrième mur, il était recouvert de photos d'Evan. Des portraits posés quand il était tout petit, des clichés pris sur le vif dans la cour de son école à Kansas City et une de lui debout sur le plateau du pick-up de Matt, seulement éclairé par un réverbère. Si la cuisine était l'atelier d'un incendiaire, cette chambre était un lieu de culte.

Corie était figée sur place. Incapable de réfléchir, incapable de ressentir.

Elle sursauta quand Matt la rejoignit. Heureusement, il avait laissé Evan quelque part où il ne verrait pas tout cela.

— On dirait qu'il a utilisé l'escalier de secours pour

monter chez toi. C'est probablement comme ça qu'il est entré et sorti.

Il ne s'était pas agi d'un chat sauvage sur son balcon. Kenny s'était trouvé là, devant la fenêtre de sa chambre, et elle ne s'en était jamais doutée.

Il y avait tellement de haine et d'obsession dans cette pièce. Elle ne savait pas si elle devait hurler, pleurer ou simplement se rendre à l'évidence.

— Allez, viens, mon ange, déclara Matt. Personne n'a besoin de voir ça à part la police.

Il la fit tourner dans ses bras et l'obligea à sortir de la chambre.

Elle s'appuya contre lui, pleine de reconnaissance pour sa force et son soutien.

— Je n'ai jamais eu la moindre chance de vivre une vie normale après avoir quitté Kenny, n'est-ce pas ?

12

Deux heures plus tard, après avoir fini de les interroger, le lieutenant Cole Taylor et l'agent Rand du NCIS quittaient l'appartement de Corie pour redescendre au cinquième étage. Une équipe de la police scientifique relevait les indices chez Jeff Caldwell, tandis que des membres du KCFD emballaient en toute sécurité les produits chimiques et les appareils incendiaires que son ex-mari avait gardés là, avant de les emporter.

Tout comme elle, ils étaient sûrs que Jeff Caldwell était Kenny Norwell, même si personne ne savait où il était. Ils étaient également convaincus qu'il était l'homme qu'un gangster nommé Chad Meade avait embauché pour certaines missions, dont brûler une voiture, incendier un immeuble et maquiller une scène de crime. Cole et son coéquipier étaient partis en évoquant la possibilité que Kenny témoigne contre Meade.

S'ils parvenaient à le capturer.

Si Kenny ne trouvait pas une autre façon de se cacher au grand jour qui lui permettrait de ne jamais être découvert.

L'oncle de Matt leur avait également certifié que leur immeuble serait surveillé à plein temps. Ses parents, ses frères, ses belles-sœurs et d'autres membres de la famille élargie dont elle avait perdu le compte étaient passés déposer de la nourriture et leur proposer un endroit où dormir. Ils avaient offert des accolades, des poignées de main et des promesses de soutien qui incluaient Corie et son fils… parce que Matt avait dit qu'ils comptaient pour lui. Corie n'avait encore jamais vu de telles démonstrations d'amour. Le contraste avec son ancienne vie de famille ou de couple était frappant. Elle avait rencontré tant de Taylor qu'elle ne se souvenait pas de tous leurs noms. Mais chacun d'entre eux l'avait accueillie aussi chaleureusement que Mark et Amy. Elle avait eu l'impression de faire partie de quelque chose de plus grand qu'elle. De la famille qu'elle avait toujours voulue. Une grande famille où elle pouvait laisser son fils chez ses grands-parents en sachant qu'il serait en sécurité, protégé et aimé comme jamais Kenny et sa mère ne l'avaient fait.

Même si ces élans d'amour et de soutien l'avaient aidée à effacer de son esprit les images de cette chambre sordide, elle était désormais lucide sur les intentions de Kenny : il la tourmentait pour son plaisir personnel ou dans le but de la déstabiliser. Il comptait récupérer le fils qu'elle lui avait soi-disant volé et la punir d'oser vouloir un environnement plus sûr et plus aimant que celui que ses comparses criminels et lui pouvaient leur offrir.

Au cours de la nuit, Corie avait trouvé un second souffle. Tout ce qu'elle faisait pour aider la police aidait Evan, et elle ferait n'importe quoi pour son fils. Elle avait préparé plusieurs cafetières et servi de nombreux en-cas apportés par chaque visiteur. Avec toutes ces allées et venues, même s'ils s'étaient efforcés de ne pas faire de bruit, Evan avait fini par se réveiller à 2 h 30. Il avait bavardé avec Pike Taylor, caressé son collège canin, Hans, et organisé un rendez-vous pour jouer avec le fils de Pike, Gideon. Sans jamais lâcher son dragon en plastique, il avait plaisanté avec Mark et Amy et joué les hôtes attentionnés auprès de leurs invités.

À elle de porter pour eux deux le fardeau de la peur et du sentiment de danger imminent. Le fait de voir son fils aussi heureux ce soir valait tout ce qu'elle avait traversé dans sa vie… et tout ce qui risquait d'arriver dorénavant.

Mais maintenant que tous les Taylor étaient partis, hormis un grand pompier musclé qui serait sans doute prêt à donner sa vie pour les protéger, Evan et elle, elle avait un autre problème sur les bras.

Matt était épuisé. Il avait fait allusion à une journée de travail difficile. C'était probablement pour cette raison qu'il était arrivé en retard au *diner*. Après avoir serré sa mère et son père dans ses bras, puis refermé la porte derrière eux, il s'adossa au battant et poussa un profond soupir. Il semblait exténué, toujours incroyablement fort mais plus vulnérable. Il avait tant fait pour elle, pour Evan. Il allait peut-être enfin la laisser lui rendre la pareille.

Corie s'approcha de lui. Elle le regarda inspirer à fond, puis ouvrir les yeux. Il lui adressa un de ses sourires fugaces avant qu'elle pose doucement la main sur sa joue.

— Tu sens bon, murmura-t-il d'une voix rauque.

— Et tu as l'air au bout du rouleau. Viens avec moi.

Elle passa un bras sous le sien et l'entraîna vers le canapé.

— Toute la nuit, tu as tourné autour de la pièce, à monter la garde. Maintenant, tu peux te détendre et recharger tes batteries. Assieds-toi. Cette nuit, je prends le relais.

Il s'appuya contre les coussins, mais sans jamais cesser de la fixer de ses yeux sombres et affamés.

— Corie…

— Non.

Elle posa un doigt sur ses lèvres fermes, coupant court à toute protestation.

— Je ne me rappelle plus lequel de tes frères a dit ça, mais il a promis que quelqu'un surveillerait l'immeuble toute la nuit. À l'intérieur, c'est moi qui m'en occupe. Tu peux baisser la garde pendant quelques instants pour te reposer.

— C'est vrai que je suis crevé, admit-il, ses lèvres effleurant le bout des doigts de Corie comme une caresse. Mais je ne peux pas m'empêcher de penser que je pourrais faire autre chose pour arrêter ce taré et vous protéger.

— Toujours ce besoin d'expier ?

Elle l'obligea à écarter les genoux et s'avança pour s'asseoir sur le haut de ses cuisses. Pour une fois, elle était au niveau de ses yeux. Elle en profita pour déposer un long baiser sur ses lèvres. Serrant les mains sur ses hanches, il poussa un léger soupir, puis s'empara de sa bouche plus intimement. Même si Corie sentit ses seins se gonfler et une délicieuse chaleur se répandre dans son ventre, elle devina que ce baiser lent et langoureux témoignait de la fatigue de Matt. Il avait un travail physique. Il avait passé une soirée physique à remettre Harve et Jordy à leur place, puis à gérer l'incident avec son pick-up. Puis il y avait eu ce tourbillon d'émotions lorsqu'ils avaient découvert le dangereux espace de travail de Kenny et la pièce où il exprimait son obsession haineuse. En outre, pour un homme au tempérament plutôt calme et introverti, avoir affaire à la police, à sa famille et aux pompiers qui avaient investi l'immeuble au cours des deux dernières heures n'avait pas dû être évident. Il devait ressentir bien plus que de l'épuisement.

Alors, comme l'important était ce dont Matt avait besoin, et non les sensations excitantes et agréables que sa bouche et ses mains éveillaient en elle, elle détacha ses lèvres des siennes. Après avoir embrassé chacun des cernes sous ses beaux yeux, elle le serra contre elle et lui murmura à l'oreille :

— Tu ne me dois rien. Tu ne dois rien à personne, ni ton cœur, ni ta protection, ni ton dévouement. Tu as plus que payé ta dette pour ce feu que tu as allumé quand tu étais petit. Oublie ta croisade pendant quelques minutes et laisse quelqu'un prendre soin de toi pour une fois.

Il lui caressa doucement le dos.

— Corie, mon ange, tu n'as pas à faire quoi que ce soit.

Quel dommage qu'il voie leur relation de cette façon, comme si tout était à sens unique ! songea Corie en s'écartant. Oui, il était incroyablement fort, intelligent, droit et merveilleux, mais il devait comprendre qu'elle avait l'intention d'être son égale dans cette relation qui les avait fait passer de voisins à amis, puis à autre chose d'encore plus précieux. Kenny l'avait entretenue, traitée comme un trophée ou comme du bétail. Mais il ne l'avait pas aimée et il avait anéanti tous les efforts qu'elle avait faits pour l'aimer.

Matt Taylor était un homme bon. Il devait cesser de croire qu'il avait encore une dette envers la société.

— Rien ne m'oblige à faire quoi que ce soit. Mais je *veux* le faire.

Elle se leva et le repoussa contre les coussins lorsqu'il essaya de l'imiter.

— Là, tout de suite, de quoi as-tu besoin ?

Elle n'avait pas grand-chose à offrir, mais elle lui donnerait tout ce qu'il lui demanderait.

— Quelque chose à manger ? À boire ? J'ai du lait ou du jus de pomme. Sinon je peux refaire du café. Je suis désolée, je n'ai rien de plus fort. Tu as besoin d'un endroit calme pour dormir un peu ?

Il l'attrapa par la main pour l'empêcher de s'éloigner,

puis laissa courir son regard sur elle, de la tête aux pieds. Il s'arrêta longuement sur sa bouche et sa poitrine, lui montrant sans ambiguïté ce qu'il voulait. Ce qu'elle était prête à lui donner.

Mais, lorsque Evan apparut dans le salon, ils se rappelèrent alors qu'ils n'étaient pas seuls.

— Tu vas au lit, Matt ? demanda-t-il en sautant sur le canapé à côté de son héros préféré. Maman a dit que j'aurais dû être couché depuis longtemps. Et toi ?

— Oui, mon grand. Ta maman me disait justement que je devais aller dormir un peu.

Evan eut l'air dépité.

— Oh… Tu retournes dans ton appartement ? Tu t'en vas ?

Matt releva les yeux sur Corie, qui répondit à sa place :

— Il reste avec nous ce soir, poussin.

— Cooool !

Le cri d'Evan fut interrompu par un bâillement. Comme Matt bâillait à son tour, Corie serra les épaules de son fils.

— Allez, au lit. Comme ça, Matt pourra se reposer, lui aussi.

— D'accord. Bonne nuit, Matt.

Evan s'étala sur le torse de Matt et passa les bras autour de son cou.

— Bonne nuit, dit Matt en le serrant contre lui.

Le petit garçon recula en plissant les yeux.

— Tu veux mon dragon pour chasser les mauvais rêves ? Je lui ai remis ses ailes et j'ai réparé sa tête.

Matt l'étreignit à nouveau, puis embrassa ses cheveux châtains.

— Non, c'est bon. Tu peux le garder avec toi ce soir. Mais merci de veiller sur moi. Je t'aime.

— Moi aussi, je t'aime.

Evan jaillit du canapé et courut vers sa chambre, sans prêter attention aux yeux écarquillés des deux adultes.

Une fois la porte refermée, Matt regarda Corie.

— Est-ce que ça t'embête ? Je tiens vraiment beaucoup à lui. C'est comme si… on était de la même famille.

Le cœur plein de chaleur, Corie sourit.

— Ça ne m'embête pas du tout. Après tout, si toi et moi on a une relation, tu vas aussi en avoir une avec mon fils. Et je ne vois pas qui pourrait être un meilleur modèle que toi pour lui.

À en juger par son expression, il avait envie de lui demander ce qu'elle voulait dire par « relation », mais elle se concentra sur ce qu'elle lui avait proposé.

— Ferme les yeux et repose-toi, Matt. Il va me falloir dix minutes pour rendormir Evan. Ensuite, je reviendrai et je t'apporterai une autre part de tourte, si ça te tente.

Ses longs cils sombres reposaient déjà sur ses joues lorsqu'elle l'embrassa chastement sur le crâne et commença à marcher vers la chambre d'Evan.

— Ne t'inquiète pas pour nous, ni pour qui que ce soit d'autre, pendant dix minutes. C'est un ordre.

Une fois Evan endormi, elle mit son pyjama et se brossa les dents, puis revint dans le salon. Étendu de tout son long sur le canapé, Matt dormait. Ses pieds pendaient d'un côté, sa tête reposait sur l'accoudoir de l'autre. Son expression déterminée, qui était plus sérieuse que séduisante quand il était réveillé, s'était détendue pendant son sommeil, et la ligne dure de sa bouche s'était adoucie. Émue par sa moue presque enfantine, Corie s'approcha pour passer les doigts dans les cheveux sur sa tempe et y déposer un baiser.

Elle était contente de pouvoir lui offrir un sanctuaire exempt d'inquiétude et de culpabilité, même si ce n'était que pour quelques minutes. Parce qu'elle était sûre d'une chose : ils allaient avoir de quoi s'inquiéter à l'avenir, étant donné le comportement vindicatif de Kenny et la promesse de punition affichée sur les murs de la chambre au cinquième étage.

Même si ce n'était pas le même appartement, et que sa porte et ses fenêtres avaient été vérifiées à plusieurs reprises par Matt, ses trois frères et un oncle, elle n'avait aucune envie d'aller dans sa propre chambre. Pas toute seule, en tout cas. Elle était incapable d'approcher de la fenêtre qui donnait sur l'escalier de secours, là où Kenny avait dû venir au moins une fois. Corie redoutait d'entrer dans la pièce, de fermer les yeux et de ne voir que les horreurs tapissant les murs un étage plus bas.

Elle chassa cette pensée déplaisante de son esprit, puis s'assura que la porte d'entrée était bien verrouillée. Elle aussi avait besoin de dormir. Sa chambre avait beau l'angoisser, elle contenait un fauteuil confortable dans lequel Corie s'endormait souvent en lisant un livre. Après avoir éteint la lampe, elle sortit deux couvertures du placard du couloir. Elle revint délacer les boots de Matt et les lui enleva aussi doucement que possible pour ne pas le réveiller. Puis elle étendit une des couvertures sur lui.

Il avait bien mérité de se reposer. Il avait mérité sa gratitude et son admiration. Il avait mérité sa confiance et sa compassion. Elle glissa un coussin sous sa tête, avant d'embrasser sa joue râpeuse. Il sentait le savon, mais elle décelait encore une légère odeur de fumée due aux feux qu'il avait combattus dans la journée et la soirée. Sa présence ici semblait tellement normale. C'était rassurant de savoir qu'il était à l'abri, lui aussi. Pour quelque temps, en tout cas. À ses yeux, il était la personnification de la sécurité. Mais ce soir c'était elle qui lui offrirait un refuge. Elle serait celle dont il avait besoin, songea-t-elle en contemplant son visage adouci par le sommeil.

Elle était vraiment tombée amoureuse de cet homme.

Elle n'avait peut-être pas été aussi prudente qu'elle l'avait cru avec ses boots. Il avait peut-être senti sa présence. Ou peut-être qu'elle avait projeté son souhait dans la tête de Matt.

Alors qu'elle se détournait, il lui prit la main et l'attira sur le canapé à côté de lui.

— Tout compte fait, j'avais besoin d'un peu plus de dix minutes. Je peux ? Ça ne te dérange pas ?

Il passa le bras autour de sa taille et s'allongea derrière elle, le torse plaqué contre son dos.

— Je retourne chez moi, si tu préfères.

— Tu ne vas nulle part, répliqua-t-elle tandis qu'il tirait la couverture sur eux.

La chaleur de son corps collé au sien la rendit somnolente. C'était si bon de se sentir aussi importante et désirée par quelqu'un. Son rêve de trouver l'homme idéal s'était exaucé.

Alors qu'elle commençait à s'assoupir, Matt se crispa brusquement derrière elle.

— Le verrou ?

Avec un rire, Corie se tourna face à lui.

— C'est fait.

Il n'y avait pas beaucoup de place pour manœuvrer sur le canapé, mais elle se retrouva sur le dos et sourit en voyant sa mine perplexe.

— Qu'est-ce que j'ai dit ? demanda Matt.

— « Le verrou ». Je crois que je commence à prendre ça comme un code secret indiquant que tu tiens à moi.

Il glissa les doigts dans ses cheveux et lui sourit en retour.

— Alors je n'ai pas besoin de te faire des compliments fleuris ni de te réciter de la poésie pour t'impressionner ?

— Je ne crois pas que ce soit ton style, répondit-elle, amusée par sa plaisanterie. Ce n'est pas le mien non plus. J'aime tout ce qui est simple et honnête.

Les yeux de Matt étaient des lacs sombres au-dessus d'elle.

— J'ai vu un homme mourir devant moi ce soir. Il a sauté dans le vide, et je n'ai rien pu faire pour le sauver.

Il se rallongea sur le dos, un bras plié devant le visage. En entendant la peine dans sa voix, Corie sentit les larmes affluer.

— Un peu trop simple et honnête, hein ? Désolé.

Elle se tourna vers lui et l'enlaça.

— Oh ! Matt, c'est moi qui suis désolée. Pourquoi n'as-tu rien dit ?

— J'étais un peu préoccupé, ce soir.

— À te soucier de mes problèmes alors que tu avais les tiens.

Elle embrassa la peau chaude au-dessus de son col, s'étira contre lui pour glisser les lèvres le long de son cou et suça la peau là où son pouls battait avec vigueur.

— De quoi as-tu besoin ? Comment puis-je t'aider ?

Après lui avoir mordillé la pointe du menton, elle lui écarta le bras du visage et grimpa sur lui pour avoir accès à sa bouche. Ses jambes s'écartèrent, se mêlèrent à celles de Matt, se glissèrent entre ses cuisses musclées. Son bas de pyjama en flanelle frotta contre le jean et la bosse dure de son érection, éveillant une myriade de sensations en elle.

Elle baissa la tête pour explorer la ligne ferme de sa mâchoire. La zone à l'arrière de son oreille semblait riche en terminaisons nerveuses, et elle la parcourut de la langue au point de le faire hoqueter de plaisir. Elle sentit le torse de Matt se soulever et s'abaisser, tandis qu'il prenait plusieurs inspirations pour contrôler ses réactions.

— Je ne suis pas doué pour exprimer ce que je ressens. Ce dont j'ai besoin.

— Alors montre-moi.

Enfin, il l'entoura à nouveau de ses bras. Il épousa la courbe de ses fesses avec la paume et l'attira complètement sur lui. La possibilité de s'exprimer sans mots semblait avoir libéré quelque chose de puissant et d'affamé au fond de lui.

Avec un soupir rauque qui résonna en même temps que son propre gémissement, il posa la main à l'arrière de sa tête et plaqua sa bouche contre la sienne. Il dévora ses lèvres, réclamant avec autorité qu'elle lui cède le passage, avant de mêler sa langue à la sienne. Comme ils généraient déjà toute la chaleur dont ils pouvaient avoir besoin, la couverture atterrit sur le sol, et son haut de pyjama la rejoignit aussitôt.

Les mains de Matt laissaient des traînées de feu sur sa peau nue, comme si elles la guidaient vers cette explosion euphorique qu'elle n'avait jamais connue auparavant. Elle attrapa le bas de son pull et de son T-shirt et les remonta sur son torse. Avec la même impatience, elle commença à explorer ses pectoraux. Elle sentit sous ses mains le frémissement des muscles, les poils bouclés qui la chatouillaient. Ses tétons qui se raidissaient sous la caresse de ses doigts.

Matt se redressa brusquement, la faisant glisser sur ses cuisses. Elle l'aida à ôter pull et T-shirt, puis revint se presser contre lui. La chaleur de sa peau contre la sienne la faisait brûler de désir. Faire l'amour avec Kenny n'avait jamais duré aussi longtemps, n'avait jamais déchaîné un tel besoin physique en elle, une telle envie de donner du plaisir, un tel bonheur à en recevoir.

Il la souleva légèrement et baissa la tête pour capturer un mamelon dans sa bouche.

— Matt, souffla-t-elle, surprise par les éclairs électriques qui jaillissaient de ses tétons sensibles jusqu'à son entrejambe humide. Est-ce que… ? On va… ?

— J'ai envie de toi.

Elle l'agrippa par les cheveux, tandis qu'il taquinait son mamelon durci avec sa langue, ses lèvres et ses dents, et serrait l'autre sein dans sa main.

— J'ai envie de toi, répéta-t-il d'une voix rauque.

Elle n'avait aucun mal à comprendre ce qu'il attendait d'elle. Elle voulait faire preuve de la même clarté.

— Je suis toute à toi.

À bas l'expiation. Cet homme bon et courageux avait besoin de guérir, pas de faire pénitence. Il avait besoin de comprendre que ce qu'il avait fait étant petit ne déterminait pas l'homme qu'il était aujourd'hui. Il avait besoin de savoir qu'il était parfait et aimé. Et dans ses bras à elle il était aimé.

— Par terre, ça te va ? murmura-t-il contre sa bouche avant de s'emparer à nouveau de ses lèvres. Besoin… de place.

Pour toute réponse, Corie se laissa glisser par-dessus le bord du canapé et entraîna Matt avec elle. Ils tombèrent ensemble, et sa chute fut amortie par le tapis, la couverture et le soutien du bras de Matt. Puis leurs mains se frôlèrent, se bousculèrent, à la fois impatientes et maladroites. Ils se débarrassèrent du reste de leurs vêtements, et Matt sortit un préservatif de son portefeuille. Chaque contact était excitant, chaque heurt était une caresse parfaite.

Enfin, Matt se positionna sur elle et la pénétra. Corie ferma les yeux pour savourer la réponse primitive de son corps à cette invasion. La pression montait en elle de façon presque insupportable. Mais il se retenait, prenant appui sur ses bras alors qu'elle voulait sentir tout son poids sur elle.

Elle releva les paupières pour le contempler. Il grimaçait à cause des efforts que lui coûtait sa patience.

— Matt.

Elle lui toucha le visage, puis lui caressa les épaules. Croisant les chevilles autour de sa taille, elle murmura :

— Laisse-toi aller, Matt. Ne te retiens pas. Tu es en sécurité avec moi.

Elle se cambra sous lui. Sa tête se renversa tandis qu'il plongeait plus profondément en elle et commençait à bouger. Alors qu'il l'emmenait au sommet et atteignait l'extase avec elle, Corie serra les bras et les jambes autour de lui.

— Et je suis en sécurité avec toi.

Un peu plus tard, après avoir enfilé quelques vêtements au cas où Evan se réveillerait tôt et les trouverait ensemble, Corie et Matt s'allongèrent à nouveau en cuillère sur le canapé, bien au chaud sous les couvertures. Matt passa un bras possessif autour de sa taille, mais elle ne se sentait pas prisonnière. La tension qui avait consumé Matt plus tôt avait disparu. Corie se sentait chérie et essentielle, et non utilisée comme cela avait été le cas après un rapport sexuel avec Kenny.

C'était censé être comme cela entre un homme et une femme.

Le corps de Matt était brûlant dans son dos. Il écarta les cheveux sur sa nuque et murmura contre son oreille :

— Le verrou.

Et, tandis que le sommeil l'envahissait, elle sourit et ferma les yeux.

— Moi aussi, je t'aime.

De la fumée.

Matt ouvrit les yeux. La pièce était plongée dans la semi-obscurité de l'aube. Il ignorait si sa vision brouillée était due au manque de sommeil ou s'il se passait autre chose. Il avait dormi à poings fermés, dans le contentement le plus absolu. Mais deux heures étaient loin d'être suffisantes. Le canapé de Corie était trop court de quinze centimètres pour son corps, comme en attestait la raideur dans sa nuque.

Mais Corie elle-même était parfaite. Dans son sommeil, elle aimait se blottir contre lui. Soit elle le taquinait avec ses seins ronds écrasés contre son torse, soit elle frottait ses fesses rebondies contre son entrejambe. La tenir dans ses bras l'avait convaincu de manière subconsciente qu'elle était en sécurité… et avait réveillé son désir. Ils avaient refait l'amour, de façon plus nonchalante, mais tout aussi incendiaire que ces ébats cathartiques sur le tapis, où elle l'avait encouragé à ne pas se retenir avec elle et à laisser ses peurs, sa culpabilité et ses souvenirs douloureux de petit garçon négligé être consumés dans leur passion mutuelle.

Il aimait Corie McGuire. Il ne lui avait pas dit les mots exacts, mais il les avait ressentis. Il les lui avait démontrés.

Avait-elle compris ?

Puis la réalité du moment le percuta comme une balle de pistolet, et il s'assit, complètement réveillé.

Il était seul. L'appartement de Corie était rempli de fumée.

Son nez ne se trompait jamais. Où était le feu ?

— Corie ?

Matt repoussa la couverture et enfila ses boots. Il les lacerait plus tard. Pour l'instant, il avait besoin de comprendre ce qui se passait ici, et il avait besoin de la trouver. Il enfila son pull froissé par-dessus son T-shirt et son jean.

— Corie !

— Ici.

Comme toute mère digne de ce nom, elle avait d'abord couru dans la chambre d'Evan. Le garçon semblait un peu groggy et se frottait les yeux. Avec un peu de chance, c'était dû au réveil brutal et pas à la fumée.

Matt s'agenouilla devant lui pour voir s'il présentait le moindre signe de détresse pulmonaire.

— Inspire profondément, mon grand.

Pas de quinte de toux. Il serra l'épaule d'Evan, puis se releva. Il toucha ensuite le côté du cou de Corie, enfouissant les doigts dans ses cheveux soyeux.

— Et toi ?

— Ça va.

Elle pointa le doigt en direction de la cuisine.

— Pourquoi le détecteur de fumée ne s'est-il pas déclenché ?

Lui aussi voulait la réponse à cette question. Mais les « pourquoi » allaient devoir attendre.

— Chaussures et jean, tout de suite. On évacue jusqu'à ce que je sache de quoi il retourne.

Corie fit rentrer Evan dans sa chambre.

— Manteaux ?

Matt hocha la tête. Pendant qu'ils s'habillaient, il prévint les pompiers, puis fit rapidement le tour de l'appartement. Dans la cuisine, il découvrit que le détecteur ne contenait pas de pile. Sans nul doute, Kenny Norwell était revenu ici pour saboter les mesures de sécurité mises en place par Corie. Mais, si ce type voulait à tout prix récupérer son fils, pourquoi le mettrait-il en danger de cette façon ?

Il y avait autre chose en jeu, et Matt craignait d'avoir un coup de retard par rapport à ce que Norwell avait planifié.

Protéger Corie et Evan restait sa priorité. La police et l'équipe spécialisée dans les incendies volontaires dirigée par son père n'avaient qu'à s'occuper de faire tomber Chad Meade et son incendiaire à gages. Il avait des préoccupations plus immédiates.

Mais il ne trouva rien d'anormal dans aucun des endroits suspects habituels : électroménager, prises électriques, produits chimiques mal entreposés. Le sol dans la chambre de Corie lui parut spongieux lorsqu'il la traversa pour jeter un coup d'œil sur l'escalier de secours. Des flammes et de la fumée s'échappaient de la fenêtre sous celle de Corie, bloquant leur descente. Il n'avait pas besoin d'un diplôme en science du feu pour comprendre ce qui se passait.

Il referma derrière lui et courut dans le salon. Il entraîna Corie et Evan jusqu'à la porte, où ils enfilèrent tous leurs manteaux. Corie passa son sac en travers de son épaule. Evan avait pris son bien le plus précieux : son dragon.

— Il y a le feu dans l'appartement du dessous, déclara Matt en aidant le petit garçon à fermer son blouson trop petit.

Corie enfonça un bonnet sur la tête de son fils.

— Kenny a mis le feu à son propre appartement ?

Matt vérifia la porte, s'assurant qu'il n'y avait aucun danger à l'ouvrir, puis les mena dans le couloir. La fumée n'y était pas aussi épaisse, mais la brume qui flottait dans l'air lui indiquait qu'elle montait par toutes les aérations, fissures et fenêtres ouvertes. Les flammes n'allaient pas tarder à suivre.

— Il faut qu'on évacue cet étage et ceux du dessus.

Corie courut jusqu'au boîtier d'alarme incendie sur le mur. Mais quand elle l'actionna rien ne se passa.

— Ça ne marche pas non plus.

Matt se précipita à l'autre bout du couloir pour tester l'autre alarme. Silence. L'ex de Corie avait pensé à tout.

Il revint sur ses pas, tambourinant sur chaque porte au passage.

— Au feu ! KCFD, vous devez évacuer. Au feu !

Quelques portes s'ouvrirent immédiatement, et Matt répéta les consignes.

— Vérifiez que vos voisins sortent de chez eux.

Il rejoignit Corie et Evan, faisant de son mieux pour ignorer les deux regards verts écarquillés par la peur.

— Vous aussi, vous devez sortir. Pas d'ascenseur. Prenez l'escalier de secours.

Corie l'attrapa par son blouson.

— Et toi ?

— Je suis pompier, mon ange. Je dois faire mon travail. Et j'ai besoin de savoir que vous êtes tous les deux en sécurité pour pouvoir bien le faire.

Elle l'attira vers elle pour un baiser rapide mais fervent.

— Fais-le bien. On a besoin de toi.

Il les accompagna jusqu'au seuil du cinquième étage. Pendant qu'ils descendraient, il allait inspecter l'appartement de Norwell et évacuer les autres habitants de l'étage.

Mais un petit garçon déterminé lui bloqua le passage.

— Je veux rester avec toi, déclara Evan en serrant son dinosaure dans ses bras. Je n'ai pas peur.

Matt se baissa sur un genou devant lui, puis se courba pour le regarder dans les yeux.

— Tu es le garçon le plus courageux que je connaisse, mon grand. Mais tu dois respecter le feu. Va dehors avec ta maman, et restez ensemble jusqu'à ce que je vous rejoigne. Tu peux faire ça pour moi ?

Obéissant à une inspiration familière, il défit sa montre et l'attacha au poignet d'Evan.

— Et voilà. Règle le minuteur sur dix minutes. D'ici là, je vous aurai rejoints.

— Dix minutes ? Tu jures par le dragon ?

Matt dessina une croix sur son cœur.

— Maintenant, allez-y.

Main dans la main, les deux personnes qu'il chérissait le plus au monde s'éloignèrent. Matt se rua dans le couloir du cinquième étage, soulagé d'entendre les sirènes à distance. Il frappa aux portes et dirigea les résidents étonnés vers les sorties de secours. Il s'arrêta ensuite devant la porte gondolée de l'appartement 512. La rubalise en travers du battant avait été coupée. Il entendait le grondement de quelque chose de l'autre côté, comme le flux et le reflux de la mer sur la plage. Il connaissait ce son. Chaleur, pression, flammes remplissant l'espace clos… c'était sur le point d'exploser.

La dame hautaine qui habitait en face était bien contente à présent qu'il frappe aux portes. Après lui avoir ordonné de suivre ses voisins vers l'escalier de secours, Matt réfléchit. Pourquoi Norwell mettrait-il le feu à son propre appartement ? La police était déjà passée pour collecter les preuves contre lui. Le feu mettait son fils en danger. Une explosion pourrait déstabiliser la structure de l'immeuble, le faisant s'effondrer sur eux tous, tuant ceux qui ne pouvaient pas sortir.

L'évacuation !

Matt poussa un juron. Le but, c'était de faire sortir Evan et Corie à l'air libre. C'était de se cacher au milieu d'une foule distraite par le bruit et la peur.

Il voulait kidnapper son fils. À nouveau.

Matt sortit son téléphone pour appeler Corie et la prévenir.

À cet instant, il entendit un homme hurler.

De l'intérieur de l'appartement 512.

— À l'aide ! Au secours !

Le cœur de Matt se serra. Il n'avait pas le choix. Les personnes avant les biens. Et il refusait qu'un autre Enrique Maldonado se jette d'un balcon parce qu'il ne pouvait pas échapper aux flammes et à la fumée.

Matt envoya un SMS à Mark pour lui indiquer l'endroit et ce qu'il s'apprêtait à faire. Puis il prit une profonde inspiration, se prépara au souffle brûlant qui allait l'accueillir et abattit la porte d'un coup de pied. Le feu s'engouffra dans le couloir, tandis que les hurlements laissaient place à de la gratitude.

— Hé, mais c'est le petit ami. Aide-moi. S'il te plaît.

Entre deux quintes de toux, il reconnut la voix de l'homme. Jordan Cox. Pendant une fraction de seconde, Matt envisagea de faire demi-tour et de rejoindre Corie plutôt que de secourir cette crapule. Mais il avait déjà annoncé à son équipe qu'il allait intervenir. Ils risqueraient leurs vies pour le rechercher s'il n'était pas où il avait dit être.

Pourvu que ses boots soient assez épaisses pour le protéger au cours de cette marche en plein enfer.

— Ferme-la et fais ce que je te dis cette fois, ordonna-t-il en fonçant dans la chaleur et les fumées toxiques. On inhale plus de fumée quand on parle.

Mais l'autre fit la sourde oreille. Pendant que Matt sortait son couteau de poche et libérait Jordy du ruban adhésif enroulé tout autour de lui, le rouquin continua à bavasser.

— Il a dit qu'il n'avait plus besoin de mon aide, que j'étais un poids mort. Il a dit qu'il pouvait faire d'une pierre deux coups. Pitié, ne me laisse pas crever !

Malgré un coup à la tête – probablement assez violent pour que son agresseur puisse le ligoter à la chaise –, Jordan semblait en état de se déplacer. Cela dit, il n'irait pas loin dans cette bouillie enflammée avec ces baskets. Comme le temps pressait, Matt n'hésita pas. Utilisant la technique du porté pompier, il souleva Jordy sur ses épaules.

Tandis que les flammes faisaient fondre le tapis et s'attaquaient au parquet en bois dans le couloir, Matt emporta l'homme jusqu'à l'escalier de secours. Il le reposa, mais agrippa le bras de Jordy, en partie pour l'aider à se tenir debout et à avancer entre deux toux, et en partie parce qu'il comptait le remettre au premier policier qu'il croiserait une fois dehors.

Arrivé au deuxième étage, il demanda :

— Norwell vous a engagés pour embêter Corie ?

— Oui, m'sieur.

— Pourquoi ?

— Parce qu'il lui en veut de lui avoir pris son fils. Il voulait qu'on la secoue un peu, qu'on lui flanque la frousse. Il a dit qu'il était trop occupé pour le faire lui-même. Ça ne lui plaît pas que tu aies débarqué dans le schmilblick. Il a dit que ça l'avait obligé à changer ses plans.

— Est-ce que tu connais ses plans maintenant ?

Jordy se voûta, sachant que Matt n'aimerait pas sa réponse.

— Garder le petit. Tuer ta copine.

— Avance.

Lorsqu'ils arrivèrent dehors, l'air était froid mais sain. Matt inspira deux bouffées pour nettoyer ses poumons. La plupart des policiers s'occupaient de la circulation et du contrôle de la foule, mais il parvint à se débarrasser de Jordy et commença à chercher les McGuire.

Il tomba d'abord sur le gardien de l'immeuble.

— Stinson ! Vous avez une liste des résidents, pour qu'on confirme que tout le monde a bien été évacué ?

L'homme ouvrit la liste sur son portable et commença à cocher qui était là ou pas.

Où était la femme aux cheveux blonds comme les blés et dont le sourire lui illuminait le cœur ? se demanda Matt. Et ce petit garçon intrépide qui avait tout ce que Matt pouvait vouloir chez son propre enfant ?

Il observa à nouveau la foule, sa formation empêchant l'homme en lui de paniquer. Il jeta même un coup d'œil vers les passants qui interrompaient leur promenade matinale ou leur trajet jusqu'au bureau pour contempler le spectacle des camions de pompiers, des flammes et de la fumée noire qui s'échappait de la fenêtre du cinquième étage. Ils auraient déjà dû être sortis, songea-t-il, le ventre noué par l'angoisse. Il courut à nouveau vers Stinson.

— Où sont Corie et Evan ?

— Ils ne sont pas avec vous ?

— Je les ai envoyés en bas il y a dix minutes.

Le gardien fit défiler les noms. Il n'y avait pas de coche à côté des locataires de l'appartement 612.

— Je ne les ai pas vus.

Quand il aperçut une camionnette blanche garée le long du trottoir à une cinquantaine de mètres, Matt se mit à courir.

— Corie ! Ev !

À l'intérieur, il découvrit un laboratoire d'incendiaire avec presque le même matériel et les mêmes ingrédients que ceux que Norwell avait gardés dans son appartement. Il y trouva aussi Harve Mohrman. L'homme était inconscient, avec une blessure sanguinolente à la tête. Était-il censé subir le même sort que son copain Jordy ? La tentative de Norwell de kidnapper Evan dans la foule avait-elle échoué ? Dans ce cas, où étaient Corie et Evan ? Avait-il laissé la camionnette déverrouillée au vu et au su de tous pour tenter de faire accuser M. Barbe-dégoûtante à sa place ?

Matt sortit du véhicule, puis passa trois appels : à un médecin pour qu'il soigne Mohrman, à un policier pour qu'il l'arrête et à Corie.

Il tomba aussitôt sur la messagerie. À nouveau.

Il aperçut alors la grosse cylindrée noire qui s'éloignait à toute vitesse. Elle était déjà à plusieurs centaines de mètres et se frayait un chemin dans la circulation dense à cette heure-ci. La camionnette était une fausse piste de plus, qui donnait à Norwell davantage de temps pour s'enfuir avec ses trophées.

Pas cette fois. Matt hésitait sur ce qu'il devait faire. Il ne pouvait pas se permettre de se laisser distraire à nouveau. Il perdrait toute trace de Norwell avant d'arriver à son pick-up dans le parking souterrain. Si Norwell avait Corie, autant dire qu'elle était morte. S'il avait Evan, le garçon allait disparaître.

Non. Pas question. Il avait déjà perdu une famille dans un incendie. Il n'en perdrait pas une autre.

Il repéra le casque blanc de Kyle Redding et courut vers lui.

— Capitaine !

En voyant le fourgon d'incendie garé un peu plus loin, il changea de direction. Le logo du Lucky 13 était apposé sur le côté du véhicule. Il le toucha au passage, puis se glissa au volant. Il n'avait pas compris tous les changements qui s'étaient produits dans sa vie au cours de la semaine, mais il y avait au moins une chose qu'il maîtrisait très bien.

Le puissant moteur démarra en vrombissant dès qu'il tourna la clé. Mais Redding l'avait poursuivi et il attrapa la portière avant que Matt puisse la refermer.

— Taylor ! Qu'est-ce que tu fais avec mon camion ? Tu es censé être de repos aujourd'hui.

— Déduisez-le de mon salaire, chef.

La voiture était toujours visible, mais elle s'éloignait de plus en plus. Si elle tournait à un coin de rue ou franchissait le sommet d'une côte…

— Le point d'allumage se trouve dans l'appartement 512. Les flammes ont atteint le couloir et menacent l'appartement du dessus. J'ai une autre urgence, chef. Laissez-moi partir.

Son frère Mark était là, lui aussi. Il ouvrit la portière côté passager et grimpa.

— Allez, frangin, raconte-nous. Que se passe-t-il ?

— Il les a enlevés.

— L'ex de Corie ? Il a aussi embarqué le petit ?

Matt alluma la sirène et le gyrophare. Il avancerait beaucoup plus vite et réussirait peut-être à les rejoindre.

— Appelle Cole et Rand. Dis-leur que j'ai Norwell en visuel. Donne-leur le GPS du camion et suis-moi.

— Je m'occupe du GPS, intervint Redding en redescendant et en appelant le central. Tu es en service commandé, Taylor.

Le capitaine lui donnait ainsi la légitimité dont il avait besoin pour garder son travail. Voler un camion pour une mission personnelle était le genre de choses qui finissaient par un licenciement. Et de la prison.

— Retrouve ce type qui brûle ma ville et fais-lui sa fête.

— Capitaine ?

— Moi aussi, j'ai aimé une femme, un jour, répondit-il avant de taper sur la portière. Allez, fonce ! Je veux cet incendiaire derrière les barreaux.

Au lieu de sauter à terre, Mark posa un casque sur la tête de Matt et lui jeta une veste sur les épaules.

— Tu n'es pas obligé de faire ça, Mark.

Son petit frère sourit.

— Ah, mais si, je suis obligé. On est une équipe, tu te souviens ? On l'est depuis le jour de ma naissance.

Il tapa sur l'épaule de Matt de la même façon que le capitaine Redding l'avait fait sur le camion.

— Lucky 13 en route.

13

Corie se réveilla avec une migraine lancinante et le goût métallique du sang dans la bouche.

Une odeur chimique âcre flottait dans l'air, lui brûlant les sinus et lui faisant monter les larmes aux yeux. Mais quand elle voulut lever la main pour s'essuyer les joues elle ressentit une brusque douleur autour des poignets, causée par des poils arrachés et des contusions.

Elle retrouva toute sa lucidité d'un coup et se redressa. Elle était ligotée sur une chaise de bureau à roulettes. Ses poignets et ses chevilles étaient attachés avec du ruban adhésif. Un grand cercle avait été tracé autour d'elle avec la même substance visqueuse jaunâtre que celle que Matt avait découverte dans son four. Ses vêtements en étaient également imbibés.

À présent, elle se rappelait la silhouette qu'elle avait aperçue dans la fumée quand Evan et elle descendaient l'escalier. Elle avait cru que c'était un autre résident qui fonçait lui aussi vers la sortie. Mais il s'était alors précipité sur elle.

Elle avait été horrifiée en voyant le visage de l'homme émerger de la fumée. Cheveux sombres. Large torse. Regard froid. D'instinct, elle avait poussé Evan derrière elle lorsque le poing de Kenny avait percuté sa joue, lacérant sa pommette et faisant tinter ses oreilles. Elle était tombée à genoux, tandis qu'Evan hurlait et tendait les bras vers elle.

Mais Kenny s'était interposé entre eux et avait relevé le menton de l'enfant.

— Tu te souviens de moi, fiston ?

Evan avait reculé contre le mur pour éviter tout contact avec son père. Comme passer par les sentiments n'avait pas fonctionné, Kenny s'était replié sur les techniques qu'il maîtrisait le mieux. Il avait tiré Corie sur ses pieds, sans se soucier de la commotion cérébrale dont elle souffrait sûrement.

— Kenny, ne fais pas ça, avait-elle supplié, prise d'un vertige. Il ne te connaît pas. Tu lui fais peur.

— Tant mieux. Comme ça, il comprendra.

Il avait brutalement resserré sa prise sur son bras pour l'empêcher de trébucher.

— Fais exactement ce que je dis, Danny, sinon je la frappe encore. Allez, venez avec moi. Et évitez de vous faire remarquer.

Corie était sur le point d'arriver à sa grosse voiture noire lorsque le vertige l'avait fait vomir. Elle s'était évanouie sur la banquette arrière sans savoir si son fils était en sécurité. Et maintenant… Combien de minutes ? Combien d'heures ? Le produit chimique qui était censé la tuer avait fait office de sels et l'avait ranimée.

Elle regarda autour d'elle. À en croire les grandes fenêtres à persiennes qui occupaient toute la longueur des murs, elle devait se trouver au premier étage d'un entrepôt reconverti. Elle était placée au beau milieu d'un open space, mais voyait de chaque côté des cloisons de box, des bureaux, des papiers. Comme on était samedi, tout était vide. Il n'y avait aucun employé pour lui venir en aide.

Elle aperçut Evan, posté à l'une des fenêtres. Il était

agenouillé sur des chaises empilées et regardait dehors par la vitre ouverte. En d'autres circonstances, elle aurait eu peur de le voir se pencher par une fenêtre du premier étage. Mais les circonstances étaient loin d'être normales et, pour l'instant, elle était incapable de les protéger, lui et elle. Au moins, il avait toujours son dragon. Il le serrait contre lui tout en se balançant d'avant en arrière.

Comme sa vision redevenait plus nette, Corie fronça les sourcils. Non. Il démontait le dragon, pièce par pièce. Il jetait un coup d'œil par-dessus son épaule en direction des box à la droite de Corie, puis jetait les briques en plastique une ou deux à la fois par la fenêtre.

Ils tournèrent tous les deux la tête en entendant des éclats de voix. Deux hommes se disputaient derrière l'une des cloisons du box.

— J'avais dit : pas de boulot au noir.

— Je fais tous les jobs pour lesquels tu m'engages. Le résultat t'a toujours convenu, non ?

Elle reconnut aussitôt la voix de Kenny.

— Oui. Mais je ne te paye pas pour que tu harcèles ton ex-femme. Tu attires trop l'attention sur mon opération.

— Tu voulais que ce bâtiment soit réduit en cendres. Ce n'est pas à toi de me dire comment je dois m'y prendre.

— Je te paye grassement pour que tu t'occupes de mes ennemis.

— Et je le ferai. Quand ces gamins feront faillite, ça leur passera l'envie de s'inviter sur ton territoire. Ce boulot permet de régler deux problèmes à la fois : le tien et le mien.

Corie entendit des pas. Les hommes bougeaient.

— Et maintenant, lâche-moi la grappe, Meade.

Corie se redressa autant que ses liens le lui permettaient pour essayer de distinguer l'interlocuteur de Kenny. Elle pouvait tenter de convaincre cet homme de l'aider. Il accepterait peut-être de prendre Evan avec lui pour le laisser au poste de police ou à la caserne. Elle avait peut-être une chance de mettre son fils en sécurité.

Ses mouvements attirèrent l'attention d'Evan. En voyant qu'elle était réveillée, il s'exclama :

— Maman !

Il sauta des chaises et courut vers elle.

— Evan, stop !

Baissant les yeux sur la gelée visqueuse qui recouvrait le sol, elle comprit : Kenny avait piégé cet endroit pour qu'il parte en flammes avec elle.

— Ne t'approche pas ! Ne mets surtout pas de ce truc sur toi. Ça va brûler, poussin.

Un bras couvert d'une manche de combinaison grise attrapa Evan par l'épaule et le tira à plusieurs mètres de la substance inflammable.

— Ta maman a raison, Danny.

— Je ne suis pas Danny !

Son fils se débattit et envoya un coup de pied dans le tibia de Kenny.

— Le dragon bat le monstre à chaque fois !

— Mais qu'est-ce que ça veut dire ?

Tout en jurant, Kenny se frotta la jambe.

— De quelles idioties as-tu farci la tête de mon fils, Katie ?

Il adressa les jurons suivants à Evan, et Corie faillit se dévisser les épaules pour tenter de se libérer et voler au secours de son enfant.

— Un peu de cran, gamin. Hors de question que mon fils croie à ces histoires de contes de fées débiles.

Il arracha le dragon des mains d'Evan.

— C'est censé être quoi, ce truc, de toute façon ?

Il le jeta sur Corie. Elle baissa la tête pour l'esquiver, mais le jouet tomba sur le sol et se cassa en plusieurs morceaux.

— Non ! cria Evan.

Alors qu'il se précipitait vers ce qui lui faisait office de doudou, Corie hurla :

— Evan, stop ! Fais ce qu'il dit. S'il te plaît.

— Arrête de l'appeler Evan. Il s'appelle Danny, comme mon père.

Evan se mit à frapper de ses petits poings le monstre qui l'avait engendré.

— C'est pas vrai ! C'est Matt mon papa maintenant. C'est le petit ami de maman, et il m'aime. Matt me l'a dit.

Kenny le gifla du revers de la main.

— La ferme…

Perdant tout sang-froid, Corie s'agita sur la chaise. Elle finit par glisser vers l'avant et s'effondra par terre.

— Ne le touche pas ! Evan !

— Le seul papa que tu aies, c'est moi.

L'homme que Kenny avait appelé Meade sortit du box. Il avait les cheveux grisonnants et, même s'il portait un manteau en laine bien coupé et visiblement coûteux sur son costume, ce n'était pas quelqu'un qui avait de la classe. Il passa à côté d'Evan sans s'arrêter. Alors que le petit garçon assis par terre sanglotait en se tenant la joue, il ne lui offrit pas de mouchoir, ne lui sourit pas et ne lui demanda pas s'il allait bien. Cet homme n'était pas un allié pour elle.

— Je m'en vais. Je ne suis jamais venu ici. J'ai eu mon compte de disputes conjugales il y a des années. Tu es viré.

— J'ai ce que je veux, rétorqua Kenny sans se soucier le moins du monde de la menace. Mon compte en banque est bien rempli, et j'ai mon fils.

L'autre homme se tourna vers lui et le pointa du doigt.

— Si j'apprends que tu n'as pas quitté le pays…

— Quoi ? Tu embaucheras un autre tueur pour me régler mon compte ?

Kenny éclata de rire.

— J'attends de voir ça. Ce n'est pas pour rien que j'ai la réputation d'être le meilleur dans mon domaine. Tes secrets sont en sécurité avec moi, Meade.

Il agita la main vers son ex-employeur.

— Et maintenant, va-t'en et laisse-moi travailler.

Il ramassa un sac qui devait être plein d'outils, d'argent, ou les deux. Il commença ensuite à ranger le matériel qui lui avait servi à immobiliser Corie et à piéger l'immeuble. Lui non plus n'eut aucune pitié pour son fils.

Elle parvint à se redresser sur un coude, ce qui la mit au niveau d'Evan.

— Hé, mon chéri… Regarde-moi.

Son pauvre bébé avait une marque sur le visage, et ses yeux étaient rouges et gonflés. Mais il était son brave petit soldat. Il renifla bruyamment, puis essuya ses larmes. Elle vit alors la montre noire beaucoup trop grosse pour son poignet. Elle n'abandonnerait pas espoir avant son dernier souffle. Et elle ne laisserait pas son fils renoncer non plus.

— Regarde ta montre et entraîne-toi à lire l'heure. Commence à compter combien de minutes Matt va mettre pour arriver ici.

Kenny s'esclaffa, comme s'il s'agissait d'un défi ridicule.

— Ton petit copain ne va pas venir te sauver, Katie. Je lui ai laissé du pain sur la planche. Il ne te retrouvera jamais. Ou peut-être qu'il te retrouvera quand cet endroit aura brûlé et que Danny et moi on sera dans un avion en direction d'une plage tropicale des Caraïbes.

Ses paroles n'intimidèrent pas Corie autant que par le passé. Elle n'était plus isolée et vulnérable face aux gens comme Kenny Norwell ou sa mère. Elle avait des amis. Elle avait les bases d'une nouvelle famille. Elle avait un avenir.

Elle avait son propre dragon mangeur de feu.

— Tu ne connais pas Matt Taylor.

Au volant de son camion, Matt explora les voies de transit étroites et les parkings dans le quartier des entrepôts au nord du City Market. Il avait éteint gyrophare et sirène pour rester le plus discret possible. Il avait été bloqué pendant de précieuses minutes derrière une file de véhicules qui passaient de deux voies à une autour d'un chantier. S'il avait réfléchi un tant soit peu, il aurait demandé au central de lui préparer un trajet libre d'obstacles.

Mais il n'avait pas réfléchi. Il avait seulement ressenti. De la peur. De l'amour. De l'angoisse. De la colère. Il avait besoin que Corie entre dans sa tête pour l'aider à comprendre ce qui s'y passait. Il avait besoin de son beau sourire pour tenir à distance les ombres du passé. Il avait besoin de son fils pour le faire sourire et le remplir d'enthousiasme à l'idée d'être père. Il avait besoin d'elle, point barre.

Les yeux perçants de Mark avaient gardé en vue la Dodge Charger noire jusqu'à ce qu'elle tourne dans ce labyrinthe de vieilles usines et d'entrepôts, reconvertis en bureaux, en immeubles d'habitation et en commerces modernes.

— Où est la voiture, Mark ? Où les a-t-il emmenés ?

Ironiquement, Mark, le clown de famille, était celui qui gardait la tête froide.

— On ne les a perdus de vue que depuis deux ou trois minutes. Il a dû entrer dans un de ces entrepôts et a baissé la porte pour se cacher. Il est toujours là. Ce complexe est verrouillé pendant le week-end. On l'aurait entendu repartir.

Matt jeta un coup d'œil vers son frère. Il voulait tellement le croire. Mais fouiller chaque entrepôt, observer chaque porte de garage allait relever de l'impossible.

— Il nous faut des renforts. Appelle le central. Appelle tout le monde. Alex. Pike. Papa et maman.

Mark sortit son téléphone portable et attrapa la radio sur le tableau de bord.

— Je vais les contacter. Je vais aussi demander à la caserne la plus proche de nous envoyer tous ceux qui peuvent nous donner un coup de main.

— Je ne peux pas les perdre, Mark. C'est la première fois que je sens que c'est la bonne. Je peux lui parler et… elle dit que je suis drôle et…

Matt s'interrompit. Il venait d'apercevoir des petits points jaunes, rouges, violets et verts éparpillés sur le trottoir devant la porte de garage à gauche.

— Attends une seconde.

Pendant que Mark parlait avec le central, Matt descendit du camion pour tenter de comprendre ce qu'il voyait. Son humeur s'améliora à chaque pas. Il ramassa une petite brique en plastique, puis une autre. Il leva les yeux vers la fenêtre ouverte au premier étage, et le mystère s'éclaircit : il s'agissait d'indices délibérés.

— Evan McGuire, je crois que je vais t'adopter.

Après avoir glissé les briques dans sa poche, Matt chercha une échelle ou un escalier de secours qui lui permettrait de jeter un coup d'œil dans l'entrepôt. Grâce à une benne et à la canalisation au-dessus, il parvint à grimper jusqu'à une fenêtre, même si ce n'était pas celle qui était ouverte, et regarda à l'intérieur.

Il faillit perdre l'équilibre en voyant Corie ligotée sur une chaise et allongée dans une flaque du produit incendiaire maison de Kenny Norwell. La mise en scène était la même que pour Enrique Maldonado.

Matt s'empressa de redescendre de son perchoir, puis s'installa à nouveau au volant et passa une vitesse.

— Cet endroit est piégé pour partir en flammes, et Corie est coincée au milieu. Elle ne réussira pas à s'en sortir toute seule.

— Les renforts arrivent. Tu as vu Evan ?

— Non. Mais Norwell est là, alors le petit doit être dans les parages.

Il connaissait de nombreuses façons de prévenir un feu, d'éteindre un feu et de sauver quelqu'un prisonnier au milieu d'un feu. Mais une porte verrouillée se dressait entre lui et sa mission.

— On a une seule chance d'y arriver, Mark. Une fois que Norwell saura qu'on est là, Corie sera à sa merci.

— Tu sais que je te suivrai quoi que tu décides. Alors qu'est-ce qu'on fait ?

Et soudain l'inspiration lui vint, aussi lumineuse qu'un sourire de Corie. Il passa la marche arrière, recula dans une ruelle, puis positionna le fourgon perpendiculairement à la porte de garage.

— Accroche-toi.

— Tu ne vas pas… ?

Mark attacha sa ceinture et s'agrippa à la barre, tandis que Matt changeait de vitesse et enfonçait l'accélérateur.

— Waouh, frangin ! Qui a dit que tu étais le timide de la famille ?

Meade et Kenny étaient repartis à se disputer.

Kenny n'avait jamais eu l'esprit d'équipe.

— Quand on s'est mis d'accord pour bosser ensemble dehors, j'ai accepté parce que c'est bien payé. Mais je suis mon propre patron. Compris ?

Dehors ? Kenny et ce Meade avaient été codétenus ?

Ce n'était peut-être pas très utile de le savoir, mais au moins, pendant que ces deux coqs s'affrontaient, essayant d'affirmer leur supériorité, ils ne lui prêtaient pas attention. Kenny pensait probablement l'avoir prise dans un piège inextricable, et Meade s'en moquait.

Comme elle était déjà couverte d'accélérant, peu importait qu'elle se traîne dedans. Elle fit appel à toutes ses forces pour ramper jusqu'à l'un des bureaux. Elle ne parviendrait peut-être pas à se hisser assez haut, mais l'un de ces tiroirs contenait forcément une paire de ciseaux ou un cutter qui lui permettrait de se libérer.

Evan était retourné s'asseoir sur la pile de chaises sous les fenêtres. Heureusement, il se concentrait sur la montre de Matt et, sans le savoir, croyait en un miracle.

Corie avait refermé les dents sur le bord d'un tiroir. Alors qu'elle parvenait à l'ouvrir, millimètre par millimètre, elle entendit un vrombissement de moteur dehors. Les deux hommes se tournèrent pour regarder par la fenêtre.

— Qu'est-ce que c'est que ça ?

Le bâtiment tout entier trembla, et Corie s'affala par terre. Quelque chose de gros et de puissant venait d'emboutir la porte de garage sous eux.

Evan dégringola de sa chaise, mais remonta aussitôt dessus pour jeter un coup d'œil dehors.

— C'est Matt ! C'est son camion ! lança-t-il en pivotant vers Corie. Il est là !

— Evan, cours !

Il hésita un instant, probablement inquiet pour elle.

— File, vite !

Il se mit à sprinter vers la porte du fond, aussi vite que ses petites jambes le lui permettaient. Elle le perdit de vue, puis entendit des voix crier en bas, des pas précipités, quelqu'un qui l'appelait. Il y avait aussi des sirènes, maintenant. Elle s'entendait à peine réfléchir.

Mais une chose était très claire : l'expression de haine sur le visage de Kenny.

— Tu ne me reprendras jamais mon fils.

Il lâcha une allumette enflammée dans la flaque qui recouvrait le sol. La substance prit aussitôt feu et commença à brûler dans sa direction.

— Crève, sale sorcière.

Il se lança à la poursuite d'Evan.

— Non ! hurla-t-elle.

Plusieurs choses s'enchaînèrent si vite qu'elle eut l'impression d'halluciner.

La porte la plus proche s'ouvrit en grand, et deux pompiers surgirent dans la salle, munis d'une lance.

— Corie !

Matt ?

— Je suis là !

Deux policiers entrèrent à leur tour, armes au poing. Un gros berger allemand précéda un autre policier à l'intérieur, puis un homme plus petit armé d'un fusil d'assaut déboula dans la pièce. Grâce à des signaux manuels, Matt les envoya tous dans des directions différentes.

— L'enfant est notre priorité.

Il laissa l'autre pompier projeter un puissant jet d'eau sur M. Meade, qui lui fit perdre l'équilibre. Puis il réorienta la lance pour arroser le bord du piège.

— On n'a pas plus long, Matt ?

C'était Mark Taylor.

— Je ne peux pas atteindre Corie.

— Moi, si.

Matt courut vers elle. Seulement protégé par ses bottes et sa veste, il traversa les flammes et s'agenouilla à côté d'elle.

— Matt ! Non !

Il sortit un couteau de poche et l'ouvrit pour couper le ruban adhésif qui attachait son poignet droit à la chaise. Il effleura de son doigt ganté sa joue gonflée.

— Mon ange, tu es blessée !

— Est-ce que je devrais te dire que j'ai déjà eu pire ?

— Non.

Il passa à sa jambe droite. Même si elle ne sentait plus ses propres doigts, elle posa quand même la main sur sa joue râpeuse.

— Je t'aime.

— Je t'aime.

Tout en libérant son poignet gauche, il releva les yeux.

— Waouh… Je n'ai eu aucun mal à le dire !

— Tu es un peu étrange, Matt Taylor. Mais je crois que tu es l'homme idéal pour moi.

— Ah oui ?

— Oui. C'est pour ça que tu dois me laisser. C'est trop dangereux. J'ai besoin que quelqu'un qui aime Evan soit avec lui maintenant.

— Toi, tu l'aimes. Tu seras bientôt avec lui.

Il continua à couper le reste des liens sans regarder par-dessus son épaule. Mais Corie était bien placée pour voir les flammes qui dansaient à la surface de l'accélérant, suivant le chemin qui menait jusqu'à elle.

— Il faut que tu y ailles. Je suis sur le point de prendre feu.

— Alors ça tombe bien que je sois pompier.

Matt ôta sa veste et l'emmitoufla dedans. Corie sentit la chaleur des flammes qui se tendaient vers elle lorsqu'il la porta à travers le piège brûlant. Quelques secondes plus tard, il la reposa et lança la veste un peu plus loin. Ils se trouvaient désormais près des fenêtres, quelques mètres au-delà du périmètre du feu.

— Déshabille-toi.

Les mains tremblantes, elle défit les boutons de son cardigan et de son chemisier, tandis qu'il lui baissait son jean sur les jambes.

— Il faut que tu ailles chercher Evan, lança-t-elle. Il est parti de l'autre côté.

— J'ai envoyé beaucoup de personnes de confiance à sa recherche.

— Mais…

— Tu as élevé un garçon intelligent. C'est grâce aux miettes qu'il a semées que je vous ai retrouvés.

Il jeta le dernier bout de ruban adhésif sur le côté.

— Continue à te déshabiller. Je ne veux pas qu'une étincelle accidentelle déclenche une réaction. Je n'ai aucune intention de te perdre.

— Mes mains sont tout engourdies. Ces liens m'ont coupé la circulation.

— Compris.

Il s'attela à la tâche et finit de la dévêtir, ne lui laissant que sa culotte et son soutien-gorge. Quand il la prit dans ses bras, elle regarda dans ses yeux pendant une fraction de seconde et sut qu'elle serait en sécurité. Elle pouvait lui faire confiance pour le reste.

— Retiens ta respiration. Ça va faire mal.

Corie remplit ses poumons, puis pressa le visage contre le torse de Matt. Il la serra contre lui pendant que Mark les bombardait d'eau. Lorsque Matt fit signe à son frère d'arrêter, d'autres pompiers étaient entrés avec des lances plus longues qui leur permirent d'atteindre la zone couverte de produits chimiques et d'éteindre les flammes.

Elle sentit les lèvres de Matt sur sa tête.

— Je ne sens plus le produit sur toi. Je crois qu'on peut t'emmener dehors. Je veux qu'un médecin t'examine.

Elle avait l'impression d'avoir été percutée par un train et commençait déjà à frissonner après avoir été mouillée jusqu'à l'os. Mais elle n'avait toujours qu'une seule chose en tête.

— Je ne fais rien d'autre avant d'avoir vu mon fils.

— Et si tu mettais des vêtements secs dépourvus de produit chimique ? Je veux des couvertures ! ordonna Matt.

Quelques secondes plus tard, Corie avait ses deux couvertures, l'une enroulée autour d'elle comme un paréo, l'autre drapée sur les épaules.

— Evan va bien, mon ange. Il est dans une ambulance avec mes parents et se fait examiner par les secouristes. Norwell et Meade ont été arrêtés par mon oncle Cole. Jordy s'est livré, et Harve est en chemin pour l'hôpital. J'imagine qu'il a de la prison dans son avenir proche, lui aussi.

Corie contempla Matt, stupéfaite.

— Comment ? Comment sais-tu tout ça ? Comment peux-tu en être aussi certain ?

Il retira son oreillette pour lui montrer qu'il suivait les échanges radio depuis le début.

— J'entends des voix.

Corie hésitait entre le taper et l'enlacer.

— Pourquoi ne me l'as-tu pas dit ?

Il écarta ses cheveux humides de sa joue meurtrie et les repoussa derrière son oreille.

— C'est toi qui étais en danger imminent. C'est là-dessus que je devais me concentrer.

— Pour expier ?

— Non. Par amour.

Puis il entrelaça leurs doigts avec tendresse.

— Allons chercher notre petit.

Retrouvez prochainement, dans votre collection BLACK ROSE

Le piège du secret, de Carol Ericson - N°687

ENQUÊTES À LOS ANGELES – 2/4

Traquer le criminel qui terrorise Los Angeles, soutenir moralement les victimes et leurs familles…, c'est la mission de la psychologue Kyra Chase. Pourtant elle aimerait bien, elle aussi, se délester du terrible secret qui la hante. Car, même si elle devine chez Jake, son partenaire, une empathie grandissante, elle sait qu'à aucun prix elle ne doit se laisser aller. Sous peine de devenir à son tour une cible pour le tueur…

Troublante affaire, de B.J. Daniels

Au bout du fil, une femme gémit et supplie… Bouleversé, Ford reconnaît la voix de Rachel, son amour de jeunesse, puis un coup de feu retentit et la communication est coupée… Sur la scène de crime où il a été appelé, il découvre que Rachel est vivante. En revanche son mari a été tué. Meurtre ? Légitime défense ? Henrietta Roberts, médecin légiste, lui révèle alors que l'appel qu'il a reçu était peut-être une mise en scène…

Un bébé en péril, de Danica Winters - N°688

Ému aux larmes, Mike prend le bébé dans ses bras et croise le regard de Summer. Certes, elle est venue lui présenter son fils, mais est-elle prête à lui donner une seconde chance ? Une question à laquelle il n'aura guère le temps de réfléchir. Car un drame terrible va bientôt assombrir leurs retrouvailles : agents secrets tous les deux, ils ont de nombreux ennemis, et ces ennemis font peser une menace sur leur enfant…

Le doute dans tes yeux, de Delores Fossen

En arrivant sur la scène de crime où elle vient d'être appelée, Della Howell retient une exclamation de surprise. Se peut-il vraiment que le shérif chargé de l'enquête soit Barrett Logan ? Et, tandis que leurs regards se croisent, elle s'interroge : réussira-t-elle à travailler avec l'homme qui l'a quittée et qu'elle aime encore ? Et surtout saura-t-elle lui cacher qu'elle attend un enfant de lui ?

Retrouvez prochainement,
dans votre collection

BLACK ROSE

Pour mieux te protéger, de Cindi Myers - N°689

Troublé, Grant écoute Eve, la séduisante jeune femme qui vient d'entrer dans son bureau. Avec fougue, elle prend la défense de Dane Trask, son ex-compagnon, accusé de détournement de fonds, et qui se cache dans la montagne. Peu à peu, Grant comprend que Dane a contacté Eve et qu'en raison de son lien avec lui elle fait l'objet de menaces. À contrecœur, mais pour mieux la protéger, il accepte qu'elle participe à l'enquête…

En mémoire d'une nuit, de Julie Anne Lindsey

L'invitation a été posée sur son pare-brise, et pour Gwen le message est clair : l'inconnu qui l'a laissée pour morte, cinq ans auparavant à la fête de l'automne, est à sa recherche. Paniquée, elle se résout à demander son aide à Lucas. Lucas qu'elle a quitté au lendemain de son agression. Lucas qui est devenu inspecteur et qui, sans qu'elle le sache, enquête dans l'ombre depuis le drame…

Plongée dans le doute, de Marie Ferrarella - N°690

Adam, Léna l'aimait follement. Mais c'était avant qu'elle ne découvre que sous ses airs de libraire respectable, il se livrait à un odieux trafic de drogue. Voilà pourquoi elle lui a caché qu'elle attendait un enfant de lui… Mais aujourd'hui, il lui jure qu'elle s'est trompée, et elle doute : peut-elle laisser à Adam une chance de s'expliquer ?

Menaces dans l'ombre, de Julie Miller

L'inspecteur A.J. Rodriguez en est persuadé : Claire Winthrop ne ment pas quand elle affirme avoir été témoin d'un meurtre. Pourtant aucun corps n'a été retrouvé, et aucun indice n'a été relevé sur le lieu supposé du crime. Mais, sans qu'il puisse l'expliquer, la lueur de détresse qu'il a vue passer dans ses yeux bleus a éveillé en lui un puissant besoin de protéger la jolie Claire du danger qui la guette…